KB261568

ROSE RED
RESIDENCE OF JOHN & ELLEN RIMBAUER, SEATTLE, WASHINGTON
NUMBER OF JOB
NUMBER OF SHEET
DATE
N
CARRIAGE
HOUSE
GARDEN
SOLARIUM
DRESSING ROOMS
SWIMMING
POOL
RECREATION
ROOM
TAPESTRY
GALLERY
BOWLING
ALLEY

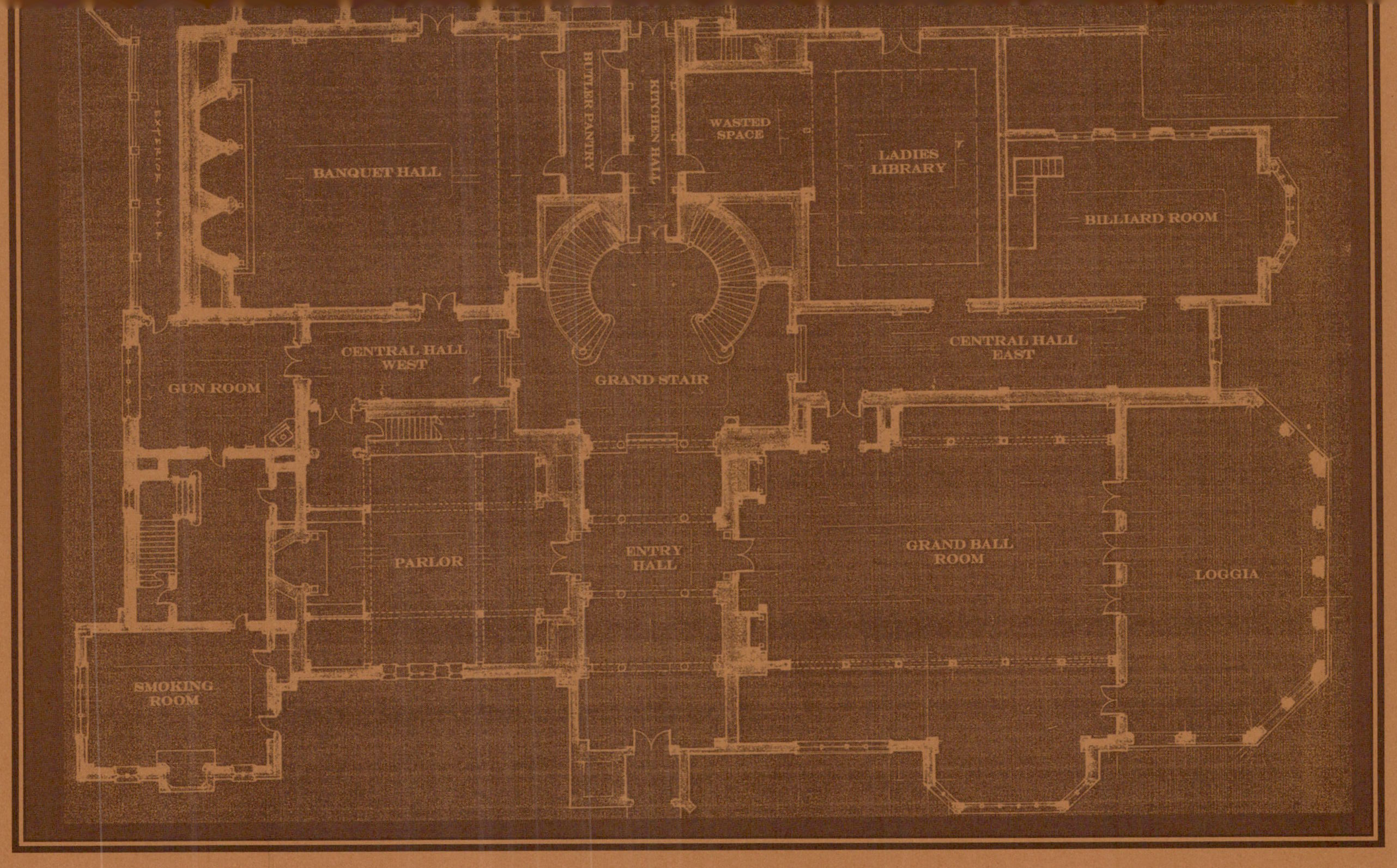

EXTERIOR WALL
BANQUET HALL
BUTLER PANTRY
KITCHEN HALL
WASTED SPACE
LADIES LIBRARY
BILLIARD ROOM
CENTRAL HALL WEST
CENTRAL HALL EAST
GUN ROOM
GRAND STAIR
PARLOR
ENTRY HALL
GRAND BALL ROOM
LOGGIA
SMOKING ROOM

로즈 레드

엘렌 림바우어의 일기

조이스 리어든 박사 엮음 | 최필원 옮김

문학세계사

옮긴이 · 최필원

•

한국 인터넷 문학상 장편소설 부문에 당선되면서 등단.
전문번역가와 소설가로 활동하고 있다. 지은 책으로는 『베니스 블루』『아네모네』
『비의 교향곡 No. 9』 등이 있으며, 옮긴 책으로는 『파이트 클럽』『질식』
『드라이빙 미스터 아인슈타인』『잡을 테면 잡아봐』『스피크』『베네치안 어페어』
『다윈의 라디오』『미스틱 리버』『조종사의 아내』『벌들의 비밀생활』 등 다수.
미국 작가 척 팔라닉과 아니타 슈레브의 모든 작품의 번역을 전담하고 있음.

로즈 레드
조이스 리어든 엮음

•

초판 1쇄 발행일   2005년 8월 8일

•

옮긴이 · 최필원
펴낸이 · 김종해
펴낸곳 · 문학세계사

•

주소 · 서울시 마포구 신수동 345-5(121-110)
대표전화 · 702-1800
팩시밀리 · 702-0084
이메일 · mail@msp21.co.kr www.msp21.co.kr
www.ozclub.co.kr(오즈의 마법사)
출판등록 · 제21-108호(1979.5.16)

•

값 9,200원

ISBN 89-7075-345-1   03840

ROSE RED

THE DIARY OF
ELLEN RIMBAUER

조이스 리어든 박사
초자연적 현상 연구소
버몬트 대학교
시애틀, 워싱턴

독자들에게:

1998년 여름, 워싱턴 주 에버렛의 한 중고품 염가판매장에서 먼지로 덮인 오래된 일기장을 하나 구입했습니다. 제겐 그것이 엘렌 림바우어의 일기라는 확신이 있었습니다. 잉크와 제본상태, 그리고 일기의 내용 등에 대한 버몬트 대학 공공문서국의 꼼꼼한 검사 결과, 그것은 엘렌 림바우어의 일기가 분명하다는 결론에 이르게 되었습니다. 제 요구로 그 일기의 사본이 만들어졌죠.

제 석사 논문의 주제가 된 엘렌 림바우어의 일기는 그 후로 줄곧 날 사로잡아왔습니다. 존과 엘렌 림바우어 부부는 20세기의 문턱에 선 시애틀 상류 사회의 엘리트들이었죠. 그들은 스프링가 정상에 거대한 개인 저택을 짓고 살았습니다. 사람들은 그 저택을 로즈 레드라 불렀습니다. 그 건축물은 그 동안 숱한 논쟁거리를 제공하며 사람들의 입에 오르내렸습니다. 41년 동안 무려 26명의 사람이 그 저택 안에서 목숨을 잃거나 실종되었으니 그럴 만도 하죠.

이 책을 통해 일부를 소개하고자 하는 엘렌 림바우어의 일기는 저로 하여금 로즈 레드로의 원정을 결심하도록 만들어주었습니다. 조만간 전 심령현상의 전문가들로 구성된 팀을 이끌고 림바우어 저택, 로즈 레드로 들어가 잠들어 있는 심령의 힘을 깨워보려 합니다. 또한 1970년, 역시 같은 목적을 가지고 로즈 레드를 찾았다가 실종된 맥스 번스타임 박사님에 얽힌 미스터리도 풀어보려 합니다. (개인적으로 번스타임 박사님을 만나 뵌 적은 없지만 그래도 그 분의 저술은 심령 현상 분야에서 가장

조이스 리어든 박사
초자연적 현상 연구소
버몬트 대학교
시애틀, 워싱턴

진보적인 것이라고 인정하고 있습니다.)

이 책이 출간되기까지 온 정열을 쏟아준 버몬트 대학 출판부에 깊은 감사를 드립니다. 아무쪼록 이 책이 심령 현상에 대한 일반인들의 이해와 용인을 넓히는 데 일조했으면 하는 바람입니다. 그리고 태평양 북서안의 눈부신 성장과 발전이 이루어졌던 흥미 있는 역사적 시대를 다시 한번 되돌아볼 수 있는 계기를 제공할 수 있었으면 좋겠습니다. 그 동안 이 문서를 추려 부담 없이 읽을 수 있는 사이즈로 편집하느라 애를 많이 먹었습니다. 반복되는 부분은 삭제했고, 불쾌감을 주는 부분 역시 생략했음을 알려드립니다. 좀더 많은 정보를 원하거나 관음증을 주체할 수 없는 독자들은 편집되어 잘려져 나간 부분이 보관되어 있는 버몬트 대학교 홈페이지를 방문해보시기 바랍니다. 주소는 다음과 같습니다. www.beaumontuniversity.net 그곳에 가면 문제의 저택을 담은 사진도 볼 수 있습니다.

부디 재미있게 읽어주셨으면 좋겠습니다. 그리고 저는 과학의 이름으로 로즈 레드의 진실을 파헤치기 위해 끝까지 최선을 다할 것임을 독자 여러분께 다짐하는 바입니다.

조이스 리어든 소장

다음은 1907년부터 1928년 사이에 씌어진 엘렌 림바우어의 일기에서 발췌한 것입니다. 모든 편집은 제 판단에 의해 이루어졌음을 밝힙니다.

림바우어 부인과 그 자손들의 명예가 훼손되지 않도록 많은 노력을 기울였지만 그 과정에서 어떠한 내용의 왜곡도 없었다는 사실 역시 더불어 알려드립니다. 앞으로 읽게 될 이야기는 엘렌 림바우어가 자신의 손으로 직접 쓴 일기이며 곳곳에 독자들의 이해를 돕기 위해 편집자 노트를 붙여두었으니 참고하시기 바랍니다.

— 조이스 리어든

Diary
belongs to 엘렌 림바우어

1907년, 4월 17일 ― 시애틀

　일기장에 내 생각들을 드러내는 것이 몹시 두렵다. 하지만 잘해 낼 수 있으리라는 희망도 생겨난다. 그리하여 더 이상 주체하지 못하고 나만의 일기장에 모든 걸 털어놓기로 결심했다. 사랑과 열정으로 가득 찬 멋진 남자를 기다리는 것으로 난 내 인생의 19년을 보냈다. 그리고, 드디어 그 순간이 현실로 다가왔다. 존 림바우어에 대한 생각만으로도 황홀해질 지경이다.

　때로는 육체적 욕망이 날 지배하기도 했다. 어머니가 늘 염려하시던 대로 야한 연애소설을 너무 많이 읽은 탓은 아닐까? 아니면 아버지가 꾸중하실 때면 은근히 내비치셨듯이 내가 너무 사악한 탓일까?

　갖가지 위험이 팔을 뻗으면 닿을 만한 가까운 곳에 도사리고 있다는 사실을 인정하지 않을 수 없다. 죽음. 불안, 파괴, 어둠 속에 홀로 있을 때 숙녀답지 못한 괴이한 상상에 빠져드는 건 혹시 내가 죄악을 지니고 태어났기 때문은 아닐까? (어쩌면 이런 상상은 정체를 알 수 없는 외부의 힘으로부터 나오는 것일지도 모른다. 어쨌든 난 그렇다고 믿고 싶다.) 또 다른 세상이 존재하는 것일까? 적어도 내겐 그런 확신이 든다. 인간이 느낄 수 없는 힘, 내가 기도하는 신과는 친숙하지 않은 그런 이상한 기운. 어둡고, 외면적이며 초자연적인 그 무엇. 전체적으로 정체를 알 수 없는. 그것은 항상 어둠 속에서 숨죽이고 기다린다. 난 그것을 느낄 수 있다.

미래에 대한 어렴풋한 느낌, 정체불명의 그 무언가를 인정하지 않는다면 그것은 뻔한 거짓말일 것이다. 내 인생을 바꾸어놓을 존 림바우어의 감촉. 그리고 이미 날 사로잡아버린 크고 어두운 힘.

존 림바우어는 오미크론 정유라는 커다란 석유회사의 사주이다. 그와 동업자인 더글라스 포시 씨는 상냥하고 말수가 적은 신사인데 승승장구해 나가는 회사 덕분에 그의 아내 필리스와 난 돈 걱정을 모르고 살게 될 것이다. 사람들은 머지 않은 미래에 가정용 조명과 난방 장치의 연료로 석유가 쓰이게 될 거라고 한다. 존이 말하길, 지금 동부에선 가정용 석유 온수기가 화제를 일으키고 있다고 한다. 등유로 가는 자동차도 이미 나와 있단다. 언젠가 존과 함께 기차를 타고 디트로이트에 꼭 가보고 싶다. 그곳에서 존은 록펠러(John Davison Rockefeller(1839-1937): 미국의 자본가, 자선가, 석유왕 — 옮긴이 주)와 함께 사업을 하겠지. 오, 내 머리는 벌써부터 그런 상상으로 핑핑 돌고 있다 : 존 D., 그와 함께 저녁식사를 하다니! 난 그저 워싱턴 주 시애틀에서 온 은행가의 딸일 뿐인데! 왠지…… 온 세상이 내 손끝에서 펼쳐질 것 같은 기분이 든다. 세상으로 통하는 열쇠는 바로 존이다. 느낌으로는 한 달 안에 그와 약혼을 하게 될 것 같다. 어떻게 내가 이토록 솔직할 수 있지? 하지만 누가 훔쳐보지도 않을 일기장인데 뭐 어때.

존은 이미 거대한 저택의 공사를 지시해두었다. 워싱턴에서, 아니 이 땅에서 가장 화려하고 거대한 저택이어야 한다고 열을 내고 있다. 그는 내게 자주 저택에 관한 이야기를 꺼냈다. 마치 내가 거기에 현혹되어 넘어가기를 기대라도 한다는 듯. 하지만 (거의) 그렇게 되어버릴 것 같다. (이 글을 쓰며 내 얼굴이 빨개지고 있다!)
그는 자동차를 타고 공사가 한창 진행중인 저택을 둘러보러 가자
고 했고, 난 덜컥 그러자고 했다. 일주일 안에 우린 행복한 일생을
보내게 될 주택지로 드라이브를 하게 될 것이다. (행복한 설레임도
있지만 두려운 이 느낌은 무엇일까? 그저 미래의 남편과 함께 나눌
빛과 사랑으로 이 절박한 운명의 느낌을 극복해나갈 수 있기만을
바라며 기도할 뿐이다.)

1907년, 5월 11일 — 시애틀

떨리는 손으로 오늘 일어났던 끔찍한 일들에 대해 적어 내려가려 하지만 뛰는 가슴은 잘 진정되지 않는다. 수주일 만에 다시 여는 일기장. 그 동안 존의 사업 문제로 (적어도 내가 듣기로는), 내가 몸이 아팠기 때문에 (어머니의 표현을 빌리자면 여성이라면 한 달에 한 번씩 겪어야 하는 "장미의 의식"), 그리고 적절한 주택지 방문 날짜를 잡지 못한 존의 명백한 무능력 때문에 주택지 방문 계획은 부득이 연기되었다. 마침내 날짜가 정해지고, 난 두근거리는 가슴으로 현관 앞 계단에 서서 존이 도착하기만을 기다린다. 아, 이 가슴 벅참!

무척 실망스러운 일(어머니에게도 물론)이었지만 존으로부턴 어떠한 약혼 제의도 들어오지 않고 있었다. 나에게도 그렇지만 존은 아버지에게 (확신에 가득 찬 어머니의 설명에 의하면) 접근해 혼수에 대해 상의하거나 하지도 않았단다. 그렇게 수 주일이란 시간은 느릿느릿 흘러갔다. 가까운 친구들은 두 번씩이나 존의 자동차, 아니면 그것과 똑같이 생긴 것을 늦은 밤에, 그것도 존이 살고 있는 언덕과 부두 사이의 도로에서 보았다고 귀띔해주었다. 나는 그 일에 대해 밤낮 없이 부두로 들어오는 수입 원유의 관리 감독을 위한 것이라고 생각했다. 하지만 방탕과 난봉이 넘쳐나는 부두 근처를 존이 배회하고 다닌다는 건 적잖이 걱정스러운 일이기도 했다. 대체 난 누구와 결혼을 하려는 거지? 그건 나도 잘 모르겠어!

공포는 그렇게 내 기도 속으로 스며들었고, 난 천천히 죄악에 빠져들기 시작했다. 지난 주엔 침대 옆에 꿇어앉아 보이지 않는 힘에게 존 림바우어를 벌주도록 소리없이 기도하기도 했다. 만약 그에게 구린 곳이 있다면. 그러자 태어나서 한 번도 본 적 없는 어마어마하게 거센 바람이 뿌리째 뽑힌 나무 하나를 허공에 날려 내 침실 창문을 향해 냅다 던졌다. 유리가 깨지고, 그 파편들이 사방으로 흩어졌다. 신기한 건 우리 정원의 다른 나무들은 전부 멀쩡한 상태였고, 이웃들도 그날 밤의 강풍을 듣거나 보지 못했다고 입을 모았다. 난 그것이 기도의 힘이었다고 굳게 믿었다.

독실한 크리스천인 어머니조차도 내 말을 곧이곧대로 들으려 하지 않으셨다. 이 말은 꼭 해야겠다. 만약 그 나무가 내 기도에 의한 것이었다면, 그것은 분명 그리스도에 의한 것은 아니었다는 것. 그날 밤, 내 기도는 그리스도나 신을 향해 올린 것이 아니었다. 오, 심장이 약한 이들은 더 이상 읽지 말길. 난 바로 그에게 기도를 올렸던 것이었다. 또 다른 그. 또 다른 힘. 만약 죄악이 있다면 이제 존 림바우어는 나를 위해서만 헌신해야 하는 인간으로 바뀌어져 있을 것이다. 자신이 그것을 깨닫고 있든, 그렇지 않든. 난 그 힘에게 기도를 올리는 것이다.

오늘 난 문단속을 하느라 많은 시간을 허비했다. (내 방의 보수 공사가 끝날 때까지 동생 방에서 지내고 있는 중이다.) 왠지 누군가가 어깨 너머로 내 일기장을 훔쳐보는 것 같은 기분이 든다. 혹시 존이? 아니면 어머니? 모르겠다. 아무튼 앞으로는 좀더 주의를 기울여야겠다는 생각을 해본다. 일기장의 제본에 자물쇠를 달고,

그것으로도 모자라 자물쇠가 붙은 서랍 안에 꼭꼭 숨겨 넣어둔다. 그 열쇠는 한때 증조모 길크리스트가 찼던 은 목걸이에 걸어 드레스 안 깊숙이 쑤셔 넣었다.

몇몇 설명할 수 없는 기이한 사건들은 계속해서 날 당혹스럽게 만들었고, 그럴수록 난 점점 더 심한 노이로제에 시달리게 되었다. (어제만 해도 그렇다. 세면대 왼쪽에 놓아둔 브러시가 건드리지도 않았는데 오른쪽으로 옮겨져 있었다. 난 그냥 세수만 하고 있었을 뿐인데. 정말 그랬다, 얼굴을 들고 보니 정말로 오른쪽에 놓여져 있는 것이다!)

가끔 집 안의 가구들이 제 위치에서 벗어나 있는 걸 목격하곤 한다. 어제는 화장대의 서랍 하나가, 그것도 존이 보낸 연애편지가 들어 있는 서랍이 단단히 걸려 열리지 않았던 일도 있었다. 집사 필처트까지 동원해보았지만 서랍은 열릴 기미도 없었다.

오늘 필처트는 내용물을 꺼내기 위해 화장대의 뒷면을 뜯어낼 거라고 보고해왔다. 이런 기이한 일들을 하나씩 생각해보면 그리 심각하게 느껴지진 않는다. 하지만 종합적으로 묶어 생각해보면? 그냥 무시해버려도 될까? 섬뜩하며 가슴이 설레기도 한다. 어쩌면 모두 내 탓일지도 모른다. 다른 힘에게 바친 사악한 기도도 그렇고, 이런 일관성 없는 사건들의 초자연적인 특성에 대한 선천적인 호기심과 매혹 때문일 수도 있다. 정말 악마의 장난일까?

하지만 잠깐! 오늘 일어난 아주 기이한 사건 얘길 해야지!

존 림바우어는 올즈모빌이 만든 자동차(1896년 설립된 GM의 가장 오래된 브랜드 ― 옮긴이 주)를 몰고 오전 10시에 날 데리러 왔다. 이 도시에 단 몇 대밖에 없다는 바로 그 자동차였다. 사륜차의 소음은 매우 요란했지만 기분만큼은 몹시 좋았다. 가끔 덜컹거릴 때 겁이 나긴 했지만. 존의 운전 실력은 수준급이었다. 적어도 내 생각엔. 하지만 운전에 대해 내가 뭘 알겠어? 그는 저택 공사가 한창인 스프링 가의 서쪽으로 계속 차를 몰아나갔다. 그곳까진 약 15분이 걸렸다. 저택은 도시 전체가 내려다보이는 언덕 정상에 지어질 것이란다. 차를 타고 오면서 밖으로 내던져질 뻔한 위기를 두어 차례 맞기도 했다. (하지만 존은 그럴 일은 없을 테니 걱정 말라고 연신 날 안심시켰다.)

소박해보이면서 잘생긴 존 림바우어는 아주 활동적인 남자다. (그가 정유 사업으로 성공할 수 있었던 것도 다 그 때문일 것이다.) 그는 늘 자신감에 차 있고, 우쭐대길 좋아한다. 어떠한 불행이 닥쳐도 그는 절대 움츠리는 법이 없다. 망망대해에서 거센 폭풍과 맞닥뜨리는 일이 있어도. (존은 여행을 즐긴다. 아시아와 남북 아메리카, 유럽 등지까지 돌아다녀 보았다고 한다.) 그의 지식은 내게 기운을 북돋아주고 품고 있던 적개심을 누그러뜨린다. 존은 관용과 불관용이 혼합된, 아주 예측불허한 인간이다. 내가 그의 못된 성질에 피해를 본 적은 없다. 하지만 가엾어라, 피해를 본 이들이여! 물론 난 피해를 보고 싶지 않다. 만약 나나 내 아이들에게 그런 포악성을 드러낸다면 가만히 두고만 보진 않을 것이다. (아이들을 떠올리면 소설을 읽을 때와 같은 격렬하고 정열적인 온기가 느껴진다. 어머니 말씀이 지당해!) 차를 타고 공사중인 저택으로 향하며 그와 함께 나누었던 몇 마디를 적어본다.

내가 입을 열었다.

"존, 어머니가 따라오고 싶어 하시는 걸 말려서 기분이 상하신 것 같아요."

"당신은 이미 다 자란 19세 여인이잖소, 엘. (난 그가 고른 내 애칭이 너무 마음에 든다!) 당신 어머니는 당신 나이에 두번째 아이를 낳으셨소. 이제 당신은 어머니를 놀라게 만들 그 어떤 충격적인 일이라도 맘껏 벌이고 다녀도 상관 없을 나이가 되었단 말이오."

"어머니만큼은 내가 누구보다 잘 안다구요."

내가 말했다.

"난 당신보다 두 배나 나이가 많소. 아마도 당신 부모님께서 그 점을 못마땅해하시는 것 같아요. 특히 내 의도에 대해선 더욱."

그가 내 드레스를 따라 찬찬히 시선을 옮겼다. 그는 날 짓누르는 자신의 힘을 잘 알고 있으며 그것을 희롱하듯 사용한다. 하지만 가끔 그는 그 힘을 상대를 약올리는 수단으로 쓰기도 한다. 문제는 그가 그 즐거움을 감추기 위한 노력을 전혀 하지 않는다는 사실이다. 난 그렇게 확신한다. 그렇다고 내가 어쩌겠어? 그저 씁쓸한 웃음을 짓는 수밖에. 얼굴이 빨개지는 것 역시 피할 도리가 없다. 양 볼이 후끈 달아올랐다. 하지만 난 여전히 턱을 높이 치켜든 채 눈 앞에 펼쳐진 질퍽거리는 도로를 주시하고 있었다.

"그럼 당신의 의도는 뭐죠?"

미소를 철저히 감추며 내가 물었다.

"물론 당신을 강탈하는 것이죠. 청춘기의 덩굴로부터 당신의 순결을 빼앗은 후 다른 남자와 결혼해 살도록 버리고 떠나는 것."

"그랬다간 우리 아버지가 도끼와 밧줄을 챙겨 들고 당신을 찾아 나서게 될 거예요."

"당신은요? 당신도 날 거부할 거요?"

"물론 당신이 말하는 강탈엔 나도 흥미 없어요. 적어도 우리가 결혼을 하기 전까진."

"약혼 말이오, 아니면 결혼 말이오?"

"다른 재미는…… 이미 보았잖아요, 존 림바우어."

얼굴이 화끈 달아오르는 게 느껴졌다. 우린 서로의 몸에 손을 대 보았고, 또 키스도 해봤다. 그의 거친 손은 내 가슴의 모양을 잘 알고 있다. (비록 맨살을 만져본 건 아니지만!) 언젠가 춤을 추고 있을 때 그가 다가와 내 몸에 자신의 것을 딱 붙였던 적이 있었다. 난 그의 흥분을 느낄 수 있었지만 그는 내 것을 느끼지 못했다. 어머니가 항상 강조하시던 '숙녀의 품행'에 대한 주의는 내게 어떠한 효과도 주지 못했다. 어머니는 너무 구식이다. 요즘 여자들은 자기 남자를 만지는 것, 자기 남자를 만족시키는 것에 대해 스스럼 없이 수다를 떤다. 하지만 그것은 다 자신들의 욕망을 누그러뜨리고, 순결을 지키려는 눈속임에 지나지 않는다. 보다 신성한 결혼식을 위해. 존은 나이만큼이나 노련하다. 난 그의 세속적인 면이 좋고, 또 그것으로 인해 내가 갖게 될 기회들로 몹시 들떠 있다.

"앞으로 재미는 지겹도록 볼 텐데 뭐. 장담하건대 우리는 함께 살면서……"

그가 적절한 단어를 찾아 잠시 머뭇거렸다.

"큰 보상을 받게 될 거라 믿소."

12살짜리 꼬마처럼 내가 응석 어린 소리로 불쑥 말했다.

"존! 함께 산다고요?"

"아, 서둘지 말아요. 내게 강요하거나 내 결정에 이의를 제기하는 일은 절대 삼가도록 해요. 이 두 가지만 명심한다면 우린 앞으로 단 한 번의 언쟁도 없이 화목하게 살 수 있을 거요. 난 내 집의 주인이자 가장이오. 작은 재산과 내 소유권을 주장할 수 있는 권리를 손에 쥐기 위해 내가 얼마나 고생했는지 압니까? 내 의견에 토를 달거나 하는 일이 없도록 각별히 신경을 써주었으면 하오. 내 말 이해하겠소?"

"그럼요, 존."

"무조건."

"물론이죠."

"여성 참정권에 대해서라면 잘 알고 있소. 그들이 좀더 많은 자유와 힘을 위해 애쓰는 것에 대해선 아무런 불만도 없소. 하지만 내 집에선 절대 용납할 수 없소. 알아 들어요? 머지않아 내가 얼마나 관대하고, 애정 넘치는 파트너인지 알게 될 거요. 하지만 내 파트너가 내 신뢰를 저버리거나 협약을 어기면 무슨 일이 생기게 되는지 포시 씨에게 한번 물어봐요. 난 당신에게 많은 것을 제공할 것이오. 하지만 그 중에 자유가 포함되어 있을 거라 속단하지 말아줬으면 좋겠소."

"존 림바우어, 지금 내게 청혼하는 건가요?"

내 머리 속엔 오직 그 생각뿐이었다. 당시 상황을 적어 내려가는 이 순간에야 비로소 그 말의 참 의미를 깨달을 수 있을 것 같다.

"서두르지 말라니까."

독선적인 미소. 그때만 해도 나는 앞날에 대한 확신을 가지고 있었지만 그것은 어디까지나 내 착각일 뿐이었다. 나와 마찬가지로 존 역시 앞으로 펼쳐질 괴이한 사건들에 대해선 전혀 예상을 못하고 있는 듯했다.

존의 업적과 성공의 웅장한 성명서 격인 대저택이 들어설 땅은 그야말로 장엄하다. 그곳은 개이깔나무와 소나무의 높은 숲으로 덮여 있고, 인부들은 저택이 들어설 자리를 마련하기 위해 40에이커 중 6에이커에 달하는 숲을 밀어냈다. 정말 집 한 채가 그렇게 클 수 있을까? (끝내 밝혀진 존의 계획은 상상조차 할 수 없을 정도로 야심찬 것이었다!) 도시에서 벗어나 있으면서도 저택은 진흙투성이의 스프링가 맨 끝에 떡 하니 버티고 서 있다. 그곳에선 도시 전체를 제 손바닥 들여다보듯 내려다볼 수 있다. 정말 환상적이야! 저택의 서쪽으론 작은 길이 하나 나 있는데 존에 의하면 그 길은 캐나다까지 뻗어 있다고 한다. 그리고 그 길을 타고 남쪽으로 향하면 멕시코에 닿을 수 있고. 내 머리로는 상상이 잘 되지 않는다: 이 작은 길 하나가 이 나라 전체를 꽉 메우고 있다니. 상상이 돼? 삼나무 숲. 샌프란시스코. 그리고 영화의 메카로 자리잡았다는 로스앤젤레스. (2년 전쯤인가, 순회 영사기사가 우리 도시를 찾았을 때 난 〈달나라 여행 Le Voyage dans la Lune〉이란 영화를 봤다. 쥘 베른의 소설을 원작으로 한 공상과학 영화인데 난 그 책을 너무 재미있게 읽었다! 15분짜리 영화였는데 그 당시로는 가장 긴 러닝타임을 자랑하고 있었다. 그 영화는 다른 곳도 아닌 아버지 은행에서 상영되었다. 은행 내부의 넓은 흰 벽 때문이었다.) 난 영화에 푹 빠져 산다. 좋아하는 배우들이 너무 많아 나중에 집에서 파티를 열 때 꼭 그들을 초대하고 싶다. 그렇다고 벌써부터 이렇게 호들갑 떨 필요는 없지만.

존이 올즈모빌을 공사장에서 멀리 떨어진 곳에 주차시켰다. 공사장이라야 땅에 뚫린 커다란 구멍뿐이었지만! 너무나 다행스러운 건 인부들이 진흙 위로 길고 넓은 삼나무 판자를 깔아놓았다는 사실이었다. 말이 끄는 짐차가 바쁘게 오갔고, 현장 감독이 주문한 재료들이 속속 들여져 왔다. 현장 감독은 윌리엄슨이란 이름을 가진 아일랜드인처럼 생긴 남자로 불그레한 볼과 넓은 콧수염을 가지고 있었다. 그는 아주 험악한 인상의 소유자였다. 그는 여자가 공사 현장에 와 있다는 사실을 무척 불쾌하게 여겼다. 나한테도 그 정도 눈치는 있다. (내가 도착했을 때 그는 몇 번씩이나 자신의 불편한 심기를 은근히 드러냈다. 하지만 그것도 잠시, 존이 그의 팔을 낚아채 한쪽으로 끌고 가 몇 마디 던지자 그때부턴 날 외면하기 시작했다. 물론 경멸에 찬 표정은 끝내 떨쳐버리지 못했지만. 그 짧은 언쟁 때문이었을까? 나 때문에 벌어진 언쟁. 어쩌면 그 후 오래 가지 않아 일어났던 불행한 사건도 그것에서부터 비롯된 것일지도 모른다. 오, 하느님, 제발 사실이 아니길! 제발 저에게 이런 저주를 내리지 말아주세요!)

혹시 오늘 대저택에서 일어났던 일이 그 동안 느껴오던 앞으로의 위험을 예고하는 것은 아니었을까? 끝일까, 아니면 이제부터 시작일까? 무엇인가 보이지 않는 어두운 힘이 내가 상상조차 할 수 없을 만큼 큰 것은 아닐까? 난 그 어둠의 일부인가, 아니면 분리되어 있나? 난 그것에 의해 지배되고 있는 것인가, 아니면 그것이 내 기도에 의해 지배되고 있는 것일까? 그 해답을 찾아 머리를 굴리는 동안 손에 움켜쥔 펜이 부르르 떨린다. 그렇다면 내가 지금 그것에 홀려 있다는 얘긴가? 내가 어떻게 감히 그런 생각을 할 수 있지? 어떻게 그런 얘길 쓸 수 있지? 존과 이미 모든 준비를 끝내놓았으니 이제 와서 남들에게 속시원히 털어놓을 수는 없다. 다 된 밥에 재

뿌릴 순 없으니까. 이런, 또 쓸데없는 얘기만 늘어놓고 있잖아. 다시 오늘 있었던 재앙 이야기로 돌아가야지.

　수목으로 뒤덮인 경사지에 움푹 꺼진 구멍. 그 넓이와 깊이는 상상을 초월하는 것이었다. 솔직히 말하면 난 지금껏 그 어떤 공사현장 근처에도 가보지 못했다. 그런 이유로 내 무지를 감출 순 없지만 그렇다고 내가 건축과 아주 거리가 먼 것만은 아니다. 그것만큼은 장담할 수 있다. 그뿐 아니라 난 앞으로 이 분야에 좀더 깊이 빠져들어볼 작정이다. 그래야 우리로부터 떠맡겨진 업무로 고생하는 인부들의 노고를 충분히 이해할 수 있을 테니까. 그 거대한 건축물! (그저 미래 남편의 자아나 자만심만큼 크지 않기만을 바랄 뿐이다. 만약 그랬다간 앞으로 수년간 만만찮은 문제에 시달리게 될 것이 불 보듯 뻔하다.) 적어도 내 눈엔 언덕의 남쪽 정상에 세워진 채 도시를 내려다보고 있는 그 저택은 웬만한 대학교 건물 정도의 크기와 비슷해 보였다. 새로 이사 온 이들이라면 대저택을 주의회 의사당으로 착각하고도 남을 것이다. 존의 저택 ─ 아니, 우리 저택! ─ 은 의사당 건물이 오히려 왜소하게 보일 정도로 큰 것이었다. 분명 공사가 끝나면 그 저택은 수 마일 밖에서도 보일 게 틀림없다. 정말이다! 후세에 역사적인 건물로 남게 될 것이다. 땅에 파인 구멍, 건물의 최하부는 기초공사의 경이로움을 드러내고 있었다. 네 마리의 노새를 모는 한 팀이 두껍고 젖은 땅을 뒤집었고, 삽을 든 인부들이 달려들어 짐 마차에 흙을 퍼 담았다. 수 시간에 걸쳐 작업을 했음에도 그 거대한 구멍엔 자그마한 흠집도 생기지 않았다. 이 프로젝트의 규모는 형언할 수조차 없을 만큼 방대한 것이었다. 단언하건대, 지금껏 이런 건축물은 지구상 그 어느 곳에도 없었다. 앞으로도 영원히 지어질 리 없고.

오늘 일어났던 사건은 정말로 끔찍했다. 하지만 분명한 건 그것이 사람의 짓이 아니었다는 것이다. 물론 나같이 가녀린 여자가 견디기란 결코 쉬운 일이 아니었다. 사건은 우리가 현장에 도착하자마자 일어났다.

웅장한 공사현장을 돌아보고 있을 때였다. 삽을 든 인부들, 짐마차꾼들, 단련된 인내력으로 작업반을 다루는 관리자들. (거의 모든 막노동꾼은 중국인이나 흑인이었고, 그들은 특별한 관리가 필요했다.) 언뜻 보기엔 군대와도 같아 보이는 집단이었다. 윌리엄슨의 거친 입 역시 군대에나 어울릴 법했다.

윌리엄슨은 단단한 체구에 거대한 머리를 가진 사람이었다. 그는 풍채가 당당한 남자였다. 고함을 치고, 손짓을 하고. 마치 그는 인부들만이 알아볼 법한 수신호를 알고 있는 듯했다. 특히 그의 직속 부하들에겐. 그는 임시로 지어놓은 판자집의 현관에 서서 인부들의 이름을 불러대며 미쳐 날뛰는 새처럼 손을 흔들어댔다. 들여온 재료들을 정리하고, 진흙을 치워내는 일도 직접 했다. 어쩌면 갑작스러운 존의 출현에 짜증이 났는지도 모른다. 전에 윌리엄슨을 본 적이 없었기 때문에 확실히 말할 수는 없지만. 하지만 오늘만큼은 윌리엄슨 씨 밑에서 일하고 싶다는 생각이 전혀 들지 않았다. 그의 성마르고 인정머리 없는 목소리는 공사 현장 전체를 쩌렁쩌렁 울려댔고, 그것도 모자라 메아리가 되어 우릴 질리도록 따라다녔다. 꼭 신의 입에서 나온 것처럼. (그 후 일어났던 사고를 생각하면 절대 과장된 비유가 아니다.) 이제 그만!

존과 난 거대한 구멍의 가장자리로 다가갔다. 그리고 대저택의

최하부를 이루기 위해 그 안으로 굴러들어가는 돌들을 지켜보았
다. 바로 이 작업 때문에 지금까지의 연기가 불가피했다고 한다.
존은 바로 중대한 의미를 가진 그 순간을 나와 함께 하기 위해 준
비를 해두었던 것이다. 그에겐 이것이 그저 땅에 구멍을 파내는 단
순한 작업으로 느껴지지 않는 모양이었다. (솔직히 말해 난 구멍의
크기만으로도 무척 놀랐다.) 우리 밑으로 10명 정도의 중국인 인부
들이 산더미처럼 쌓인 돌덩이들을 향해 바삐 움직였다. 그들은 망
치와 정으로 돌덩이를 깎아 반듯한 모양의 블록으로 만들어내기
시작했다. 그것들은 스코틀랜드인처럼 생긴 신사들 몇 명에게로
보내졌고 (우리는 그들의 외모로 그들의 계통을 쉽게 판단할 수 없
었다.) 잠시 꼼꼼히 살펴보던 그들은 만족한다는 듯 고개를 끄덕였
다. 이내 블록에 모르타르가 발라지고 하나씩 차곡차곡 쌓아 올려
졌다. 그렇게 대저택의 벽은 쭉쭉 자라났고, 스코틀랜드인들은 한
팀이 되어 공사에 온 정열을 쏟았다. (최하부를 디지는 데만 무려 7
천 개의 돌 블록이 쓰일 거라고 한다!) 난 눈앞에 펼쳐진 광경에 완
전히 매료되었다. 내 기억에 존이 몇 마디 던졌던 것 같지만 난 그
의 목소리를 듣지 못했다. 난 그 아름다움에 흠뻑 빠져 있었다. 적
어도 내게 그것은 살아 움직이는 것처럼 느껴졌다. 인간에 의해 지
어진다기보다는 스스로가 알아서 자라나고 있다는 느낌이 들었다.
그때의 스릴은 지금 일기장에 옮겨 적을 수 없을 수 없을 만큼 가
슴 벅찬 것이었다. 그것은 날 사로잡았고, 내 안의 열기를 깨워주
었다. 그것은 존 림바우어의 촉감이나 속삭임과는 또 다른 것이었
다. 무척 감동적이었다고 감히 말할 수 있을까? 만족스러운 유려
함. 땀에 젖은 중국인들. 그들은 웃통을 벗어 젖힌 채 땀으로 번쩍

이는 몸에 잔뜩 힘을 넣고 있었다. 난 이 작업에서 잠시도 눈을 뗄 수 없었다. 하지만 또다시 윌리엄슨의 음성이 메스꺼운 바람처럼 현장을 들썩이게 만들었다. 그가 연신 내뱉는 모독적인 말이 내 얼굴을 잘 익은 버찌처럼 붉게 만들어버렸다.

넘쳐날 듯 재료를 가득 실은 커다란 존의 짐마차가 현장감독의 판자집 앞에 세워졌다. 그것을 몰고 온 마부는 윌리엄슨만큼이나 큰 체구에, 그만큼 말도 많았다. 먼발치에서도 윌리엄슨이 마부가 가져온 재료를 마음에 들어하지 않는다는 것을 알아챌 수 있었다. 혼란스럽고, 불쾌한 상태에서 들었던 것이기에 정확히 기억할 순 없지만 그들이 나눴던 대화는 다음과 비슷했다.

"이건 우리가 주문한 것과 다르잖소, 코빈 씨."

"난 그저 이것들을 배달해주고 오라는 지시만 받았을 뿐이오."

"싣기 전에 빌어먹을 재료들을 직접 확인해봤어야 할 게 아니오?"

"이건 내가 직접 실은 빌어먹을 재료라고요. 내가 따로 확인할 필요는 없었단 말입니다. 내가 손수 실은 것들이니."

"당신 눈으로 한번 똑똑히 봐요. 이건 말똥만도 못하잖소. 이런 쓰레기를 가져와서 림바우어 씨에게 돈을 청구하겠다는 거요, 지금? 경고하겠는데 그럴 생각일랑 아예 않는 게 좋을 거요." (아마도 현장을 찾은 우리를 의식하고 내뱉은 말이었을 것이다. 물론 그의 비꼬는 듯한 말투가 가장 큰 이유였겠지만.)

"당신의 빌어먹을 경고 따윈 상관 없소. 그리고 이것들은 쓰레기가 아니라고요. 앞으로 그렇게 부르지 않아줬으면 고맙겠소."

"이건 쓰레기요."

"림바우어 씨의 마차에 실린 이것들은 당신이 주문한 재료들이오. 그 이상도, 그 이하도 아니라고요. 영수증에 서명하고 중국인들에게 어서 짐을 내리라고 해요. 이 구역질 나는 공사현장에 단 1분도 더 머물러 있을 생각이 없으니까. 철도공사 때 말고 이렇게 많은 누렁이들을 한꺼번에 본 적이 없다고요. 참고로 난 철도가 무척 싫소!"

"그런 말을 함부로 했다간 일자리를 잃을 수도 있다는 걸 모르나? 그런 태도, 그런 입으론 두 번 다시 마부 노릇을 못 하게 될 거요. 분명히 경고하지만……"

"잔소리 말고 망할 놈의 짐이나 내리라고요. 상인 카페에서 맥주랑 데이트가 있으니까. 자꾸 신경 건드렸다간 내 성질을 보게 될 줄 아슈. 인부들을 불러 빌어먹을 마차를 비우든지 나중에 땅을 치며 후회를 하든지 마음대로 해봐요!"

"됐어! 더 이상은 못 들어주겠어! 이 마차 당장 돌려요. 돌아가란 말이오. 오늘 이후로 마차 근처엔 얼씬도 못할 줄 아시오."

마부인 코빈 씨가 존의 짐 마차 뒤로 돌아가 방수 시트 밑으로 손을 뻗어넣는 걸 본 기억이 난다. 마치 무언가를 찾아 땅을 파헤치는 듯. 그리고 그가 윌리엄슨을 향해 몸을 돌렸다. 먼발치에 서 있던 난 푸른색과 회색을 띠는 연기가 작은 구름처럼 뻐끔 뿜어져 나오는 것을 볼 수 있었다. 갑자기 둔탁한 소리가 허공을 채웠고, 순간 복부를 세차게 얻어맞은 듯한 느낌이 들었다. 또다시 뻐끔. 그리고 다시 둔탁한 펑 하는 소리. 사실 그 소리가 처음 들렸을 때 윌리엄슨 씨는 이미 허공에 붕 떠 있었다. 마치 누군가가 밧줄의 끝을 그의 바지와 말에 각각 묶어놓고 말의 엉덩이를 힘껏 내리치기라도 한 듯. 산탄총의 두번째 총알은 윌리엄슨 씨의 얼굴과 목을 날려버렸다. 그 장면이 얼마나 끔찍했던지 순간적으로 속이 메스꺼워졌다.

그는 현관 앞의 조각상과 같은 모습으로 쓰러져 있었다. 장밋빛으로, 그리고 숨을 거둔 채. 난 죽은 사람을 한 번도 본 적이 없었다. 또 그것이 내게 어떤 영향을 줄 것인지도 모르고 있었다. 결국, 나 또한 머지않아 윌리엄슨 씨를 따라 그곳으로 가게 될 거라는 예감이 들었다. 천국, 지옥, 그밖의 단어는 머리에 떠오르지도 않는다. 이 두 견본은 내게 전혀 도움이 되지 않는다. 난 어제까지만 해도 천국과 지옥이 있다는 믿음을 가지고 있었다. 하지만 지금, 오직 그 두 곳, 내세에 흑과 백만이 존재하리라는 확신은 마구 흔들

리고 있다. 분명 그 사이엔 회색이 존재할 것이다. 윌리엄슨 씨가
그것을 깨닫게 해주었다. 그처럼 고약한 성질을 가진 이가 천국에
올라갈 수 있다는 건 지금 일기를 쓰면서도 상상이 되질 않는다.
하지만 그가 당연히 지옥에 떨어져야 할 다른 이의 손에 죽임을 당
했다면? 그럼 코빈 씨는 어떻게 되는 거지? 내세는 그를 어디에 내
던지는 거지?

그들이 코빈 씨를 어디에서 붙잡았는지 말했던가? 물론 상인 카
페에서였다. 그의 맥주와 함께. 그들이 들이닥쳤을 때 그는 테이블
위로 몸을 구부린 채 맥주잔을 만지작거리고 있었다고 한다. 그들
의 말에 의하면, 그는 자신이 어디에 와 있는지도, 또 자신이 무슨
일을 저질렀는지도 모르고 있었단다. 그는 아무것도 기억하지 못
한 채 미쳐 있었다고 한다.

"정신이 반쯤 나간 상태였소."

존이 말했다. 물론 그 말은 그의 정신이 완전히 나간 상태였다는
뜻이었다. 세상엔 정신이 반쯤 나간 채로 거리를 활보하는 이들이
많다. 겨우 그 정도로 정신병원에 가두진 않으니까 그곳에 갇히려
면 정신이 완전히 나가는 수밖에 없다. 그리고 오늘, 코빈 씨는 자
신의 모든 것을 잃어버렸다. 그리고 그들은 코빈 씨를 교도소로 끌
고 가 버렸다. 그 순간에도 그는 자신이 무슨 짓을 저질렀는지 모
르고 있었다고 한다.

난 '홀렸다'는 말을 들어본 적이 있다. '정신이 반쯤 나간' 사람
들을 두고 쓰는 말이다. 하지만 크리스천인 난 그 말을 깊이 생각
해본 적이 없다. 대체 무엇에 홀렸다는 말이지? 열심히 머리를 굴
려본다. 하지만 이젠 그것의 의미를 알아둬야 할 필요를 느낄 뿐만

아니라 그것을 자연스럽게 받아들여야 한다고 생각한다. 분명 이 것이 내세의 회색과 관련이 있을 테니까. 그리고 코빈 씨와 같은 불행한 사람들과 관계되어 있을 테니까. '정신이 반쯤 나갔다'는 말은 머리가 텅 비었다는 뜻이 아니다. 하지만 가득 차 있기보단 이상한 요소로 채워져 있다는 설명이 더 적절하지 않을까 싶다. 나 쁜, 사악한. 부패된 생선으로 가득 찬 머리, 회색으로 가득 찬 머 리. 세상의 다른 면. 홀림.

코빈 씨는 무엇인가에 단단히 홀린 것이었다. 그렇다면 윌리엄 슨 씨에게 저질러진 잔인한 행위는 과연 누구 탓이란 말이지? 코빈 씨는 진정 회색의 도구였을 뿐이란 말인가?

하지만 그것은 이제 상관 없다. 그는 영원히 우리 곁으로 돌아오 지 못할 테니까. 그는 교수형을 당하게 될 것이다. 무엇에 홀렸든, 그렇지 않든, 그는 교수형을 면할 수 없을 것이다. 그리고 그렇게 죽어버리겠지. 경련을 일으키는 다리는 바람부는 허공에 대롱대 롱 춤을 출 테고.

이제 대저택은 예전 같지 않을 것이다. 땅엔 이미 윌리엄슨 씨의 피가 뿌려졌고, 그것은 진흙과 모르타르와 함께 섞여 그곳의 일부 가 되어버렸다. 흩뿌려진 피. 내 두 눈으로 똑똑히 목격했다. 천국 과 지옥의 사이 그 어딘가. 흑과 백의 사이 그 어떤 색. 난 윌리엄 슨 씨가 누워 있을 그곳에 적절한 이름을 붙이고 싶어졌다. 그는 대저택에서 죽은 게 아니었다. 그는 그곳보다 훨씬 서정적인 곳에 서 죽음을 맞은 것이다. 나중에 존과 얘기해봐야겠다. 누가 뭐래도 그건 그의 집이니까. 하지만 그때의 장밋빛은 아직까지 생생히 기억에 남아 있다. 로즈 레드. 떨어지는 이슬비에 묽어진 피.

집으로 돌아오는 길에 존이 도로변에 차를 세우고 밖으로 걸어 나와 조수석 문을 열어주었다. 그가 그날 있었던 일에 대해 정중히 사과했다. 마치 집으로 돌아가는 계획에 차질이 생겼거나 레스토랑에서 불쾌한 서비스를 받고 나오기라도 했다는 듯 윌리엄슨 씨의 운명에 대해 냉담한 반응을 보이는 그의 태도에 난 깜짝 놀라고 있었다. 그는 그날 있었던 '불미스러운 일'에 대해 내 용서를 구했다. 하지만 그날의 일은 그의 잘못이 아니었다. 그가 진흙에 한쪽 무릎을 꿇었다. 그가 무엇을 하려는지는 불 보듯 뻔한 것이었다. 흔쾌한 기분과 강한 반감이 교차하는 순간이었다. 존은 실리주의자이다. 뭐 이미 알고 있는 사실이겠지만. 안 그래?

이것은 분명 그가 철저히 계획해 둔 일이었을 테고, 그날 있었던 살인사건도 그의 스케줄을 바꾸지는 못했다. 그는 그날 일을 무척 유감스럽게 생각하고 있었지만 그의 마음과 감정은 단 일분 일초도 기다리질 못했다.

그가 내 손을 잡고 정식으로 청혼했다. 장밋빛에 휩싸여. 회색빛에 휩싸여. 난 그렇게 그의 아내가 되는 것이다. 존의 아내. (그야 뭐, 내가 두 번 생각할 것도 없이 이내 그러겠노라고 승낙을 해버렸으니까!) 사실 그는 아주 최악의 날에 최악의 시간을 골라 내게 청혼을 한 것이다. 난 적잖이 놀랐다. 어째서 청혼을 뒤로 미루지 않았지? 하루나 이틀 정도라도 충분할 텐데. 그 동안 기다려온 것을 생각하면 그깟 며칠 정도는 더 참을 수 있었을 것이고.

하지만 존 림바우어는 다른 사람과 달랐다. 혹시 또 다른 이의 죽음이 그에게 약간의 영향이나마 줄 수 있을까, 하는 의문도 들었다. 워낙 순식간에 지나쳐가는 세월인지라 서둘러야 한다는 생각을 한 것일까? 아무튼 앞으로 수 개월간, 앞으로 수 년간은 윌리엄슨 씨의 사망에 대해 두고두고 생각하게 될 것 같다. 난 존이 죽음에 매료된 모습을 분명히 볼 수 있었다. 내 인생 역시 예전처럼 되돌릴 수 없을 거라는 사실도 확실하다. 난 윌리엄슨 씨가 내세의 어느 곳에 가 있을지가 궁금하다. 그곳에서의 귀환이 가능할까? 대답 없는 질문이 너무 많다.

결혼 후 날 자신의 배에 곧장 승선시키지 않으려는 그의 의도는 과연 무엇일까? 만약 선장과 일등항해사가 서로에게 마음을 열지 않는다면 그 배가 얼마나 멀리, 얼마나 순조롭게 항해해 나갈 수 있을까? 암초를 향해 돌진해 나갈 운명일까? 아니면 아직 보이지 않는 다음 섬에 등대가 기다리고 있을까? 선장님, 오, 선장님. 결혼이라는 단어와 그것이 가져다줄 새로운 경험에 가슴이 부풀어오른다. 머리부터 발끝까지 흥분으로 따끔거린다.

하지만 존이 그 동안 나 몰래 간직해온 비밀과 내게 마음의 문을 쉽사리 열어주지 않을 거라는 생각에 가슴이 싸늘히 식어버린다. 그는 나와 함께 나누기를 무척 꺼려하고 있다. 앞으로 내가 그의 문을 조금씩 열어나갈 수 있을까? 아니면 결혼 후에도 계속 고립된 채로 우울한 삶을 살아가야 할까? 그럴 수도 있다는 두려움이 내 몸을 휘감싼다. 내 청춘이 거짓 속에서 허비될까 두렵다. '결혼. 두려운 만큼 가슴도 설레는 건 어쩔 수 없다.

1907년, 8월 18일 — 시애틀

　미래의 존 림바우어 부인 자격으로 (그럴듯한 구실이지만) 오늘 난 23명의 엘리트 여성으로 구성된 모임에 참석했다. 안나 헤르 클라이스가 이끄는 그 모임에선 우리 마을의 건강 관리 프로그램의 위기, 특히 장애 아동과 굶주린 아이들을 위한 시설 부족에 대해 토론을 벌였다. 안나의 집에 차려진 화려한 점심식탁 너머로 우린 소아 정형외과 병원 건립을 위해 각자 20달러씩 기부하기로 했다. 신문사에서도 많은 관심을 보여주었다. 적지 않은 기부금의 액수 때문이기도 하겠지만 (다행히 20달러는 존이 혼쾌히 내주었다) 무엇보다 우리 모임이 전부 여성으로만 구성되어 있다는 사실이 크게 작용한 것이었다. 사실, 이런 일은 다운타운의 은행가들 모임에서는 관심조차 기울이지 않을 사안이었다.

　그 후, 난 22명의 멤버들을 올 11월에 있을 결혼식에 초청했다. 장애를 가진 아이를 기른다는 게 얼마나 힘든 일인지 상상조차 되질 않는다. 그래서 난 기도를 올린다. (맞아. 바로 내 어두운 신에게) 제발 내게 그런 시련은 던져주지 말아주소서. 존과 난 최대한 많은 아이를 낳을 계획을 세워두었다. 난 그 작업에 하루라도 빨리 착수하고 싶어 몸이 달아 있다. 신혼 첫날밤의 초조함과 두려움이 적잖이 걱정되긴 하지만. (남자가 내 안으로 들어온다는 생각에는 구역질 나면서도 무척 흥분이 된다.)

안나의 파티에 대해선 별로 할 말이 없지만 프리실라 슈너블리 이야기만큼은 해야겠다. 매우 깐깐한 흰담비 같은 여자인데 초췌한 얼굴과 중상적인 혀를 가지고 있었다. 그녀와 말 한 마디 나눠보지 못했음에도 난 그녀와 그녀 남편을 덜컥 내 결혼식에 초청해버렸다. 차차 알게 된 사실이지만 그녀는 정말 짜증나는 스타일이다! 내가 존에 대해 얘기하자 프리실라 슈너블리가 킬킬 웃기 시작했다. 그것도 모두가 들을 수 있을 만큼 큰 소리로. 그녀가 윌리엄슨 씨가 흘린 핏빛처럼 얼굴을 붉히는 티나 콜맨의 귀에 무엇인가 속삭였다. 그리고 둘이서 무슨 얘길 나누었는지 알려주려 하지 않았다. 하지만 굳이 듣지 않아도 어떤 얘기가 오갔는지 뻔했다. 보나마나 존과 그의 야간활동에 대해 수군거린 거겠지.

하지만 내 어찌 결혼 전 존의 행실들을 책망할 수 있으랴. 공식적인 결혼식을 올리기 전에 순결을 잃었다고 감히 그를 원망할 수 있을까? 그는 이미 결혼적령기도 지났는데. 이런 따위의 질문들이 머릿속에 가득 차 있었지만 나는 그 어떤 사실도 알지 못했다. 내 미래의 남편이 결혼 후 난봉을 부리는 것보다 결혼 전에 그랬다는 사실에 오히려 안도를 해야 하나? 앞으로도 계속 그의 과거로 남들 앞에서 망신을 당하게 될까? 프리실라 슈너블리가 그랬듯. 내 남편이 헌신적이지 못하다는 이유로 내가 시애틀의 엘리트 여성들에게 웃음거리로 남게 되면 어쩌지? 그가 내게 안겨줄 부와 특권을 생각해서 그냥 감수해낼 수도 있지 않을까? 그런 생각들로 머리가 지끈지끈 아파왔다. 대경실색. 근심.

과연 존은 다른 여자들과 시시덕거리기만 했던 것일까? 아니면 그 이상으로? 그들의 수군거림도 바로 그것 때문이었을까? 그런데 어째서 티나 콜맨 같은 여자들은 자신들의 침묵이 날 지켜줄 거라 믿는 거지? 전혀 그렇지 않다는 걸 알면서. 난 오늘 오후에 차나 함께 나누자고 티나를 초청했다. 이젠 두고 보는 일만 남았다.

티나 콜맨은 아주 멋쟁이다. 키가 무척 크고, 머리는 나와 같은 갈색이다. 그녀는 정열적인 파란 눈의 소유자이다. 난 그녀의 미모에 흠뻑 취해버리고 말았다. 그녀는 유명한 정형외과 전문의의 아내로 우리 모임의 이번 프로젝트를 추진하는 데 있어 가장 적임자이다. 그녀는 느리고 작은 목소리로 말을 했다. 그리고 말을 할 때 고개를 거의 움직이지 않는 특성이 있다. 마치 척추가 단단히 고정되어 있기라도 한 듯.

우린 차를 앞에 두고 어머니의 응접실에 앉았다. 오이 샌드위치, 월귤 과자와 함께 얼 그레이 차(19세기, 영국의 정치가였던 그레이 백작 2세의 이름을 따라 명명하였으며, 베르나못나무에서 채취한 기름과 중국산 차를 혼합해서 만든 차 — 옮긴이 주)가 날라져 왔다. 난 우리가 나누었던 대화를 생생히 기억하고 있다.

"집이 아주 멋있네요."

티나 콜맨이 말했다.

"여기서 태어나서 아직까지 살고 있어요. 존과 결혼해 출가하게 되면 그때가 이 집을 처음으로 떠나는 순간이 될 거예요. 우리 가족이 해외로 여행을 떠나거나 내가 매사추세츠의 브룩클린에서 6개월간 교양학교를 다녔을 때를 제외하고 말이죠. 바로 보스턴 밖에 있는."

"나도 보스턴에 대해서는 잘 알아요."

그녀가 얌전히 말했다.

"티나, 우린 같은 도시에서 자랐고, 또 부모님들도 같은 모임에 참가하고 계시니 아주 가까운 친구가 될 수도 있었을 것 같아요. 당신, 당신의 미모, 당신의 예의바름, 당신의 재치 있는 언어 능력에 대해선 익히 잘 알고 있어요. 내 기억엔 우리 두 사람 모두 제이슨 파인의 끈질긴 구애작전에 시달린 적이 있다고 아는데. 그 왜, 유별나고 오만했던 아이 있잖아요. 과연 그런 남자가 좋다고 청혼을 받아줄 여자가 세상에 있을까요?"

"맞아요."

차를 한 모금 넘긴 티나 콜맨이 손가락 하나를 허공에 치켜올리고 깃발처럼 흔들어보였다.

그때 난 그녀에게 이런 말을 했던 것 같다.

"존 림바우어의 야간활동에 관해 떠다니는 소문들은 나도 잘 알고 있어요. 모래에 머리를 묻고 지내지 않는 이상 어떻게 그걸 모를 수 있겠어요? 사탕발림 할 필요는 없어요. 하지만 부디 아는 진실을 말해줬으면 좋겠어요. 그냥 당신이 들은대로만. 그리고 그것이 얼마나 신빙성 있는 것인지도 들려주세요."

"그들 때문에 신경이 많이 쓰이는 모양이군요."

"그럼요. 누구라도 그럴 거예요. 특히 당장 결혼을 눈앞에 두고 있는 사람이라면 더욱."

"솔직히 말해 어떻게 그리 덤덤할 수 있는지 모르겠어요. 당신은 이 마을의 많은 여성들로부터 부러움을 사고 있어요. 그런 민감한 부분에 대해 지금처럼 아무렇지도 않게 물을 수 있는 용기 때문이기도 하지만 무엇보다 존 림바우어를 자신의 남자로 만든 당신의 능력 때문일 거예요. 많은 이들이 그런 당신을 시기하고 있다는 걸 알아야 해요, 엘렌. 그리고 반드시 그들의 복수에 대처할 수 있는 준비를 해두어야 해요. 당신이 무너지는 모습을 보기 전까지 그들은 절대 멈추지 않을 거예요. 어느 정도는 확실한 정보예요."

"하지만 아주 확실한 건 아니잖아요."

내가 말했다.

"존 림바우어는 존경받는 사업가예요. 지역사회에서도 가장 인정받는 인물이죠. 나나 다른 이들이나 모두 마찬가지이겠지만, 아무런 증거도 없이 이런 식으로 그를 왜곡한다는 건 정말 어리석은 일이에요. 그는 우리보다 20살이나 많잖아요. 그도 남자예요. 그에게서 뭘 기대할 수 있겠어요? 지난 20년간 수도원에서 살았을 거라고? 물론 그랬을 리는 없죠. 나라면 그의 과거 때문에 골치를 썩지 않을 거예요. 그의 미래는 당신의 것이니까요. 보나마나 찬란한 미래가 기디리고 있을 거예요. 내 말 빌어요."

"하지만 당신이 들은 얘기가 있을 게 아니에요."

"그냥 말 그대로 소문일 뿐이에요. 하긴, 소문도 폭력일 수 있죠. 특히 허구가 많이 섞인 것이라면."

"하지만 그건 아직 모르는 일이잖아요. 난 모르는 일이에요."

내가 말했다.

"난 결혼한 지 3년 됐어요. 그 동안 두 아이를 낳았죠. 그 중 한 아이는 살고, 한 아이는 죽었어요. 제 남편은 능력 있는 외과 의사이고, 괜찮은 남자이며, 헌신적인 남편이에요. 하지만 분명 집으로 돌아오겠다고 약속을 하고도 귀가를 하지 않는 일이 종종 있어요. 가끔 그의 옷에 밴 술 냄새만으로 여러가지 상상을 다 해볼 때가 있죠. 아시다시피 여자의 상상력이란 게 원래 그렇잖아요. 안 그래요? 난 내 남편을 사랑해요, 엘렌. 그는 완벽한 인간이 아니에요. 하지만 그건 나도 마찬가지이니 문제가 될 건 없어요. 존 림바우어 역시 완벽할 순 없잖아요. 그건 확실하지요. 지금은 모두에게 힘든 시간이에요. 또 호락호락하지 않은 지역에서 살고 있고요. 어떤 이들은 아직까지 이곳을 미개척지라고 부른다죠? 상상이 되세요? 난 내 남편의 사랑을 믿어요. 가끔 그의 행실이 의심스러울 때가 없진 않지만. 절대 그의 얼굴 앞에서, 절대 큰 소리로 싫은 소릴 해본 적은 없어요. 여자의 마음은 남자보다 훨씬 강하다는 사실을 잊지 말아요. 남자들은 연약한 피조물이에요. 그리고 겉보기와 달리 속으론 무척 불안해하죠. 그냥 당신의 사랑을 믿는 수밖엔 없어요. 나머지는 자연스럽게 따라오게 될 테니까요."

"글쎄 무슨 소문을 들었냐니까요?"

내가 물었다.

"내 말 듣고 있어요?"

"네. 이렇게 충고까지 해주시고…… 정말 고마워요. 하지만 사람들이 내 등뒤에서, 내 미래 남편의 등뒤에서 무슨 얘길 수군거리는지는 꼭 알아야겠어요. 왜 내가 그들에게 웃음거리가 되어야 하는지는 알아야 하지 않겠어요."

"과거를 들여다볼 줄 아는 여자들이 있어요. 개중엔 미래를 점칠 줄 아는 이들도 있고요. 혹시 영매(靈媒)를 찾아가볼 생각은 안 해봤나요?"

"교령회(交靈會) 말인가요?"

"뭔가 얻을 게 있을 것 같은데요."

내 얼굴은 흥분으로 벌겋게 달아올라 있었다.

"그런 여자를 만나본 적이 있나요?"

"오, 그럼요. 난 자주 그들을 보러 가요. 물론 남편은 그 사실을 모르죠. 우리 앞으로 이 비밀스러운 게임을 한번 즐겨보는 게 어때요? 하지만 우리 우정을 배신하는 일일랑 하지 말아요. 오늘 우리가 나눈 이야기가 존 림바우어의 귀에 들어가지 않도록 각별히 주의하고요."

"물론이죠."

난 잔뜩 들떠 있었다. 영매. 신문에서 읽어본 적은 있지만 실제로 교령회를 드나드는 이를 만나본 적은 없었다.

"그들에게서 내가 뭘 기대할 수 있죠?"

"놀랍고, 심오해요. 초자연적이기도 하고. 아주 특별한 경험이 될 거예요. 물론 남편과 만족한 결혼생활을 해나가고 있긴 하지만 교령회가 내 삶에 적시 않은 자극을 수고 있다는 사실만은 부인할 수 없어요."

그녀가 이를 드러내며 웃었다. 입안 곳곳에 금니가 보였다. 앞으로 펼쳐질 결혼생활의 정점에 다다랐을 때 내가 실망하게 될 거라고 생각하는지 오히려 자신이 더 즐거워하고 있었다. 난 이렇게 흥분되고 좋기만 한데.

"영매들이 다른 세계를 볼 수 있다는 게 사실인가요?"

"확실하게는 모르겠지만 아마 그럴 수 있을 거예요. 나도 교령회 중 그런 누군가와의 접촉을 느낀 적이 있어요. 하지만……"

난 그녀의 소심함이 얄밉게 느껴졌다. 다 알고 있으면서도 은근히 말하길 주저하며 사람 속을 태우고 있었다. 내 호기심을 조금 더 자극시켜보려는 것이겠지.

난 두 손으로 찻잔을 쥐고 나도 모르게 그녀 쪽으로 몸을 기울였다. 좀더 상세히 알고 싶었기 때문이었다.

"말해봐요."

"스스로 판단하는 게 중요해요. 내 경험은…… 글쎄, 뭐랄까…… 우리 각자는…… 다른 세계와의 접촉이 있건 없건 말이에요. 나한테는 그랬지만…… 아니, 그렇지만…… 당신에겐 어떨지 모르겠네요."

"나한테도 마찬가지일 거예요."

내가 말했다. 그녀가 커진 내 음성에 깜짝 놀랐다.

"내 기도엔 반드시 응답이 있을 거예요."

"네…… 기도는…… 내세엔 우리가 모르는 것들이 아주 많아요. 우리가 상상할 수 없는 것들 말이에요. 하지만 이 모든 것이 천사나 기도와 연관되어 있다고 생각하는 건 잘못된 일이에요. 밝혀지는 것들 중엔 아주 불쾌한 것들도 많아요. 기도문에 나오는 것들과는 전혀 다른 것들이지요."

그녀가 입을 열 때마다 그녀의 목소리보다 더 세찬 차가운 바람이 흘러나왔다. 한 여자라기보다는 어떤 존재. 마치 창문이라도 열려 있는 듯 뒤쪽에 걸려 있는 커튼이 살랑살랑 흔들렸다. 참으로 이상한 일이었다. 샹들리에의 크리스털도 딸랑딸랑 부딪쳤다. 맹세하건대, 실내 온도도 약 12도 정도 떨어져 있었다. 그녀가 입을 열 때 입김이 뿜어져 나오는 것이 보일 정도였다.

"죽은 이들 중 많은 수가 아직 살아 있어요. 당신이 믿거나 말거나 난 상관 안 해요."

그녀가 긴 손가락을 거만하게 흔들어보였다. 그녀의 안색이 창백해져 있었다. 아예 회색에 가까울 정도로.

"다른 세계와 접촉을 하려면 적어도…… 뭐랄까…… 개인적으로 뭔가를 내놓아야 해요."

쓴웃음. 그녀는 감정에 사로잡혀 있었다. 난 갑작스러운 한기에 몸을 부들부들 떨기 시작했다. 어깨에 걸칠 숄이라도 있었으면.

"절대 가볍게 생각하면 안 돼요."

그녀가 몸을 뒤로 젖히며 말했다.

커튼의 움직임이 멎었다. 샹들리에도. 그녀의 볼에 다시 혈색이 돌기 시작했고, 응접실의 온도 역시 예전으로 돌아왔다. 내 표정이 얼마나 바보스럽게 보였을까? 상스럽게 입을 쩍 벌리고. 아주 이상한 일이었지만 잠시 동안이나마 응접실에 있었던 건 티나 콜맨이 아니었다. 그 누구, 그 무엇인가가 그녀의 자리를 대신하고 있었다. 덧붙여 말하긴대 난 신을 믿는다. 실내에 보이는 모든 것은, 적어도 그 순간만큼은 이 세상 것이 아니었다. 그렇다고 어느 세상의 것인지 추측을 할 수 있는 것도 아니었다. 하지만 난 그 분위기에 푹 빠져 헤어나오질 못하고 있었다.

난 당장이라도 그녀가 자주 찾는다는 영매의 이름을 묻고 싶었지만 무엇인가가 날 말렸다. 공포? 가책? 등뒤에서 존이 나지막한 목소리로 경고하는 것 같기도 했다.

"존 림바우어의 안사람이 그런 사악한 일에 빠져 있는 걸 난 가만히 두고 볼 수 없소."

이것이 사악하다는 것에 대해선 한치 의심의 여지도 없다. 정말로. 신, 그가 누구인지는 모르지만 그날 오후, 그는 어디에도 찾을

수 없었다. 잠시 동안이었지만 나 자신이 어느 정도 노예 상태에
빠져 있었다는 걸 시인하지 않을 수 없다. 그것은 내가 알고 있던
그 어느 것보다 강력한 힘이었다. 몸이 마비될 만큼 추운 한기와
내 영혼을 꿰뚫는, 말로 다 표현할 수 없는 열기로 날 채워주는 힘.
난 그 친근함을 다시 느끼고 싶다. 만만치 않은 그 기운을 들여다
보고, 맛보고, 마셔보고 싶다. 또 한 번 그것에 지배당하고 싶다.
과연 어떤 기분일까? 그리고 그 느낌을 맛보려면 얼마나 더 참고
기다려야 하는 걸까?

1907년, 11월 12일 — 시애틀

　난 어머니의 탈의실에 앉아 있다. 내 추측으론 아버지는 이 방에 단 한번도 발을 들여놓지 않으셨을 것 같다. 난 거울 앞에 앉아 있다. 어릴 적 잠자리에 들기 전에 어머니가 긴 빨강머리를 빗으시던 모습을 수없이 많이 봐왔었다. 머리 속이 혼란스럽고, 긴장된다. 들뜨고 아찔한 기분. 웨딩가운을 차려 입은 내 눈에 눈물이 맺힌다. 가운은 화려하고, 호사스러워 보이면서도 보는 이를 사로잡는 묘한 분위기를 풍기고 있다. (다른 사람에게도 그렇게 느껴졌으면 좋겠는데.) 내 들러리 페넬로프 스트레이트는 내가 걸어 내려갈 현관문 앞길을 점검하기 위해 밖에 나가 있다. 날 교회까지 고상한 모습으로 데려다 줄 두 마리의 검은 말도 밖에서 대기하고 있다. 그녀가 차를 가지고 오겠다며 자리를 비운 사이 내겐 이렇게 몇자 적을 여유가 생겼다.

　꼭 데이지 꽃잎을 하나씩 뜯어내며 장난을 치는 소녀가 된 기분이다.

　"난 그를 사랑해, 난 그를 사랑하지 않아……"

　한 잎 한 잎 떨어져나갈 때마다 가슴은 두근두근 뛴다. 존 림바우어와 결혼을 해야 할 것인가, 말아야 할 것인가. 존에 대한 애정이 느껴지는 동시에 왠지 모를 거리감도 느껴진다. 친구들의 입에 오르내리는 소문 탓에 그에 대한 내 의심은 점점 커지고 있다. 존의 이름이 내뱉어질 때마다 경계심이 가득찬 그들의 시선이 내게 꽂힌다. 머지 않아 난 천하의 바람둥이와 혼인하게 되고, 또 친구들로부터 동정과 냉소의 시선을 받게 된다. 그 생각만 하면 몸이 와들와들 떨린다. '유혹에 빠지지 말게 하시고 악에서 구하소서.' 어째서 이런 생각들을 떨쳐내지 못하는 거지? 난 왜 지금 어머니의 거울 앞에 앉아 울고 있는 걸까? 앞으론 두번다시 이 집으로 돌아올 일이 없을 거란 생각 때문이겠지만.

결혼 피로연이 끝난 후 존과 난 그랜드 호텔의 대통령 스위트룸에서 첫날밤을 보내게 되고 날이 밝으면 오션 스타 호를 타고 태평양의 한 섬으로 신혼여행을 떠나게 될 것이다. 들리는 말에 의하면 그곳 여자들은 반나체로 돌아다닌다는데. 또 남자들은 허리감개만 걸친 채로 다닌다고 하고. 하지만 바닷물만큼은 노인의 눈처럼 맑고 투명하다고 한다. 존은 직접 그쪽 세상을 체험해보고 싶다고 오래 전부터 별러왔었다. 섬에선 아직 석유가 사용되지 않고 있고, 존은 그곳으로까지 사업을 확장시키고 싶어했다. 하지만 그 섬은 너무 낙후되어 있고, 방탕함으로 가득 차 있으며 간음까지 때때로 벌어진다고 그는 설명했다. 난 그 말을 믿어야 할지, 말아야 할지 갈피를 잡을 수 없다. 만약 그것이 사실이라면 그 섬은 나 같은 여자가 발 디딜 곳이 못 된다. 그럼 존은 왜 새 신부를 그곳에 데려가지 못해 저리 안달인 거지? 남편과 아내의 입장으로 떠나는 여행인가, 아니면 비즈니스맨과 아내의 입장으로 떠나는 여행인가? 이런저런 생각이 머릿속을 가득 채웠지만 난 존에게 한마디도 꺼내지 않는다. 그의 결정에 문제를 제기했다간 그는 폭발해버릴 게 분명하다. 호기심으로 한 말일 뿐인데도 그는 그것을 불평으로 듣곤 한다. 펑펑 쏟아지는 눈물은 계속해서 일기장을 적신다. 내가 어째서 이 결혼을 강행하는 걸까? 부, 지위. 그 동안 숱한 여자를 울린 거무스름한 미남. 나보다 20살 많으며 변덕스럽고 비밀이 많은 남자. 곧 시작될 여행에 대해서 그는 단 한 마디만 툭 던졌을 뿐이다.

"여행이 길어질 거요. 1년 이상 걸릴지도 모르니 철저히 짐을 챙기도록 해요. 더위와 추위, 모든 것에 대비해서."

"목적지가 대체 어디죠?"

"첫 목적지는 우리가 결정한 대로 섬으로 가게 될 거요. 그 다음엔 인도로 갈지도 몰라요. 길을 찾을 수 있다면 버마나 티벳으로 갈 수도 있고. 아마 영국인들이 이미 철도를 깔아놓았을 거요. 석유로 가는 기관차가 등장할 날도 멀지 않았소. 엘렌, 머지않아 우리 오미크론은 세계 굴지의 석유회사로 거듭나게 될 거요. 동방의 나라들을 둘러본 후 페르시아를 봤으면 하오. 그런 다음엔 아프리카로 이동할 계획이오. 바다에서 시원한 바람이 불고, 대륙 전체에 여름이 찾아올 무렵에 말이오. 물론 동아프리카를 말하고 있소. 사냥도 즐길 수 있으니. 남아프리카의 희망봉을 돌아 스페인으로 향하고, 전쟁이 우릴 막지 않는다면 프랑스와 영국도 볼 수 있을 것이오. 뉴욕. 필라델피아. 그리고 다시 기차를 타고 여행을 계속 해나갔으면 하오. 시카고? 덴버? 누가 알겠소? 이제 세상은 우리 것이오. 초일류 호텔, 최고의 객실과 객차, 그리고 최고급 스위트룸. 전부 우리 차지란 말이오. 6개월? 1년? 아무튼 대저택이 완공될 때까지 여행은 계속될 것이오. 돌아오면 웅장한 저택이 우릴 맞을 거요. 앞으로 우리가 살아갈 공간. 우리의 아이들을 낳아 기를…… 난 당신이 저택으로 돌아가기 전 아이를 가졌으면 하오. 가족 말이오, 엘렌. 생각해봐요."

그의 말 속엔 열정과 열광이 넘쳐났다. 어떻게 함부로 그의 말을 자를 수 있겠는가? 한참 들떠 있는 하늘 같은 남편의 말을 막는다는 건 상상도 할 수 없는 일이다. 벌레들과 그런 곳의 생물들이 지니고 있을 온갖 질병들과 맨가슴을 드러내고 다닌다는 야만인들 (어쩜 그렇게 미개한 곳을 목적지로 정할 수 있지?)에 대해 할 말은 많았지만. 그뿐 아니라 개인적으로 샌프란시스코나 파리나 런던을 더 선호한다는 말도 꺼내보지 못하고. 파리나 베니스나 로마에서 한 1년만 보내고 올 수 있다면. 신혼여행이라면 적어도 그 정도는 되어야 하지 않겠어? 나른한 몸을 호텔방 침대의 두꺼운 새털이불 밑에 눕힌 채 룸 서비스를 받는다든지, 남편과 함께 파리풍비누로 거품 목욕을 즐긴다든지. 하지만 존이 흥미를 가지고 있는 건 사냥, 원주민들, 탐사, 코끼리와 다이아몬드 광산업과 기관차뿐이다.

그가 처음 여행 얘기를 꺼냈을 때 난 그 어떠한 이의도 제기하지 않았다. 그리고 두번째로 얘기를 꺼냈을 때도, 세번째로 얘기를 꺼냈을 때도 마찬가지였다. 항상 나중에 기회가 있겠지, 하며 때를 기다릴 뿐이었다. 하지만 여행은 내일 당장 떠나기로 되어 있다. 47번 부두. 먼저 빅토리아로 향하고, 그곳에서 배를 갈아탄 후 타히티섬으로 향하게 된다. 난 섣불리 존에게 이의를 제기하지 않는다. 우선 그의 좋은 기분을 망치고 싶지 않았고, 또 일부러 그를 불쾌하게 만들고 싶지 않았기 때문이다. 그는 원숭이만큼이나 변덕스러운 사람이다. 그의 기분은 연신 좋았다가 싫었다가를 반복한다. 어쩌면 모두가 우러러보는 위대한 지그문트 프로이트 (독일인들에 의하면 영어로 한창 번역중에 있다는 그의 성적 이론은 무척 야하면서도 흥미로운 것이라고 한다)라면 존의 감정의 양을 정확히 측정해낼 수 있지 않을까? 내겐 아직 그의 감정을 정확히 꿰뚫어볼 수 있는 능력이 없다. 아주 의기양양할 땐 곁에서 적지않은 자극을 받기도 한다: 생기 넘치고, 정중하고, 유쾌하다. 하지만 나쁜 감정에 사로잡히면 그는 역겨워하고, 음울하고, 또 골똘한 생각에 잠긴다. 난 그가 두렵다. 가끔 그가 내게 폭력을 쓰지 않을까 겁이 난다. 다행스럽게 아직까지 그런 적은 한 번도 없었고, 앞으로도 영원히 그런 일이 없기만을 바랄 뿐이다! 만약 존이 내게 폭력을 쓴다면. 그 생각만 하면 치가 떨려온다. 그는 커다란 체구의 소유자이고, 힘도 장사이다. 그가 마음만 먹는다면 날 벌레처럼 짓눌러버릴 수도 있을 것이다.

다른 날도 아니고, 결혼식 날에 어떻게 이런 무시무시한 생각을 떠올릴 수 있지? 어머니도 결혼을 앞둔 시점에 나와 비슷한 불안감에 떨었던 적이 있다면서 (그뿐 아니라 첫날밤에 무엇을 기대할 수 있는지에 대해서도 알려주셨지만 모녀 사이의 비밀이므로 그 누구에게도 털어놓을 수 없다) 누구나 여자라면 한 번쯤 자신의 결정을 의심하곤 하며 남자들 역시 마찬가지라고 하셨다. 존은 지금껏 우리의 하나됨에 대해 들뜬 자신의 심정만을 드러냈을 뿐이었다. 사실 무척 아이러니한 것은 오직 나 한 사람만이 그런 쓸데없는 걱정을 하고 있다는 것이다.

존은 결혼식을 앞두고 경박스러워 보일 정도로 들떠 있다. 그 동안 존은 성인(聖人)과 같은 후한 인심을 과시했고, (그는 결혼식 피로연 경비 일체를 부담해 우리 아버지를 기쁘게 했다) 날짜가 가까워지면서 어린아이처럼 기뻐 어쩔 줄 몰랐다. 지금 그는 교회에서 날 기다리고 있다. 런던에서 맞춘 최고급 연미복 차림으로 서서 병사들을 기다리는 장군처럼 흰 장갑을 낀 손으로 뒷짐을 지고 있겠지? 제단에 서서 가끔 히죽거리기도 하면서. 그에겐 멋진 미래가 펼쳐져 있다.

이미 우리 두 사람의 미래를 훤히 들여다보고 있을 그를 난 무척 신뢰하고 있다. 상당한 재력을 가진 40대 남자. 어쩌면 그는 인생의 동반자를 찾기보다는 자기 재산의 상속인을 찾고 있었는지도 모른다. 이런 말을 해도 될진 모르겠지만, 쾌락의 여자들은 쾌락만을 제공할 뿐이고, 아내 될 사람은 아이를 낳아 기를 뿐이다. 물론 그는 아들을 원할 것이다. 모르긴 해도 내가 아들을 안겨주기 전까진 날 가만히 놔두지 않을 것이다. 그의 눈만 봐도 알 수 있다. 그의 말 한 마디 한 마디에서도 그것이 느껴진다. 하지만 진실한 사랑만 있다면…… 그의 의도 따위에 꺾일 내가 아니다.

사랑. 진실한 사랑은 반드시 좋은 일만을 불러오게 된다. 이제 곧 나는 신 앞에서, 가족과 친구들 앞에서 그와 같은 사랑을 고백하게 될 것이다. 오, 난 존 림바우어를 너무나 사랑한다. 그래, 용기를 갖는 거야. 그리고 믿음도, 희망도. 하지만 의심이나 헛된 기대는 없을 것이다. 난 모든 걸 사랑의 힘에 맡기려 한다. 난 준비되었어. 난 준비되었어. 난 준비되었다구.

1907년, 11월 13일 — SS 오션 스타 호 선상에서

오, 어디서부터 시작해야 하지? 결혼식? 피로연? 첫날밤에 무슨 일이 있었는지까지 털어놓아야 하나? (고통? 쾌락? 꿈의 실현? 공포? 그에게 홀린 듯 고갈되어 버린 느낌?) 나중에 기회가 되면. 어떤 것들은 그냥 기억 속에서 꽃필 수 있도록 남겨두는 편이 낫다.

타히티로 향하는 호화 증기선 오션 스타 호의 대통령 특별실. 왕과 왕비를 위한 내빈실이다(3개의 방에 풀 사이즈 욕실이 딸려 있다). 오늘 밤, 우리는 선장의 테이블에서 저녁식사를 하게 된다(검은색 넥타이와 이브닝 드레스 차림으로). 그렇게 우리의 태평양 도

항이 시작되는 것이다. 앞으로 남은 여정도 처음 몇 시간처럼 안락할 수 있다면 얼마나 좋을까? 승선한 지 고작 4시간이 지났을 뿐인데 우린 벌써 두 차례나 함께 있었다. 존은 시가를 가져오기 위해 갑판 위로 올라갔고, 나간 김에 기다리고 있던 비즈니스와 대저택 공사 현황을 담은 전보를 받아오겠다고 했다. 복잡한 일들이 계속 그를 괴롭혔다. 내가 알기론 그가 대저택 공사에 전혀 신경을 쓰지 않았던 건 결혼식 당일뿐이었다. 동료 한 명은 그를 끝까지 물고늘어지며 회사 일을 상세히 보고했다. 존은 대저택이 완공되면 집안 전체를 신혼여행을 테마로 꾸미고 싶다고 했다. 그래서 내게도 가는 곳마다 최대한 돈을 많이 뿌릴 것을 당부했다. 물론 그것은 농담이었다. 하지만 반짝반짝 빛나는 그의 눈을 들여다보고 있을 때면 아무리 황당한 농담이라도 진지하게 받아들이지 않을 수 없다.

난 지금에서야 비로소 우리의 재력이 어느 정도인지 희미하게 알아차린다. 존의 그런 이야기는 진지한 남편의 말이라기보다는 내가 즐겨 읽던 삼류 소설 속에서나 등장하는 것이었다. 대저택 하나를 짓는 것만으로도 상상할 수 없는 액수가 들어간다. 물론 이 신혼여행에도 마찬가지이고. 하지만 왠지 존은 그런 천문학적인 액수에 전혀 개의치 않는 것 같다. 혹시 돈을 끝없이 퍼낼 수 있는 우물이라도 존에게 있는 것은 아닐까? 그런 건 그저 상상 속에서만 가능한 줄 알았는데. 어쨌거나 가슴이 설레는 건 마찬가지다. 난 세계를 돌며 각종 예술품과 장식품, 장신구들을 긁어 모을 생각이다. 이 항해를 영원히 잊지 않도록. (존에게 말은 안 했지만, 난 첫날밤을 보낸 침대의 시트를 돈을 주고 구입해 보관하고 있다. 심홍색 얼룩이 묻은 그대로. 그가 신혼여행의 기념품을 사 모으길 원하듯, 나 역시 결혼 첫날밤의 기념품을 간직하고 싶었다. 난 시트를 박엽지(薄葉紙)와 빨간 나비 매듭으로 포장해 가져온 여섯 트렁크 중 하나에 잘 넣어두었다. 그 시트를 간직해두는 것은 누가 보더라도 무척 부끄러운 일이 아닐 수 없다. 만약 존이 그 사실을 알아낸다면 불같이 화낼 게 틀림없다. 벌써부터 우리의 부부생활은 비밀로 얼룩져가기 시작했다. 새출발, 하지만 우린 아직 각자만의 무언가를 놓지 않은 채 상대방 몰래 소중히 간직하고 있다. 이게 나쁜 일일까? 난 스스로에게 묻는다. 여자라면 누구나 그래야 하는 게 아닐까? 그는 내 몸을 타고 올라 날 소유한다. 상상조차 할 수 없었던 방법으로. 내 안에서. 점유, 쾌락과 고통. 과연 난 그것에 적응할 수 있을까?)

섬에선 티크나무, 암흑대륙에선 상아. 난 벌써부터 머릿속에 긴 목록을 만드느라 바쁘다. 다행스럽게도 존은 대저택의 평면도를 가지고 승선했다. 난 그것을 펴놓고 잎으로 하나씩 구입해나갈 것들의 배치를 생각한다. 존과 머리를 맞대고 밤낮으로 배치에 대해 고민하는 것도 재미있을 것 같다. 이제 그 계획은 존뿐만 아니라 나까지도 사로잡아버렸다! 나 또한 남편을 쥐고 흔드는 거대한 저택의 일부가 되어버렸다. 그것의 벽 속에서 나 자신이 느껴진다. 그가 내 안으로 들어온 것이다. 그는 내 안에 존재한다. 난 그의 입회하에 땀을 흘리고, 괴로워한다. 내 안의 벽은 부들부들 떨리고, 내 마음은 휘청거린다.

그는 날 갑판 위로 데려가지 않는다. 대신 그는 우리가 묵고 있는 특별실을 연신 들락날락거리고 있다. 술과 시가 냄새를 풀풀 풍기며 그가 다시 들어온다. 그리고 덜덜 떨고 있는 내 몸에서 속옷을 우악스럽게 잡아 끈다. 그가 내 스커트를 들추고 날 특별실의 한쪽 벽으로 몰아나간다. 바다의 잔잔한 소리와 배의 덜커덩거리는 소리가 한데 어우러져 들려온다. 그가 날 바닥에서 들어올리고 내 두 다리를 자신의 허리 앞으로 잡아 끈다. 난 그렇게 광란에 빠져들고, 그의 정욕, 그의 침투에 내 숙녀다움은 산산이 흩어져버린다. 내 립스틱은 입술 밖으로 번져 엉망이 되고, 가슴도 드러나버린다. 더 이상 평정을 유지할 수 없다. 난 끝내 비명을 지르고 만다. "오, 존. 나의 존!" 내 손가락이 그의 와이셔츠 뒷부분을 갈퀴질한다. "하느님 맙소사! 내 생애 이런 적은…… 이런 적은……" 내 음성에 그는 더욱 강렬한 흥분에 사로잡히고, 한층 더 맹렬하게 달려든다. 내 맨 엉덩이가 벽에 부딪치는 소리는 척추를 타고 올라 내 귀를 채운다. 얼굴이 심홍색으로 달아오른 그가 내 두 팔을 벽에 단단히 고정시켜두었고, 난 마치 상처 입은 짐승이라도 된 양 큰소리로 울부짖는다. 굴욕감에 사지가 부르르 떨리고, 극도의 흥분상태에 빠져 숨까지 차오른다.

그는 이 순간을 즐기고 있다.

그가 다시 특별실을 나선다. 나만 홀로 남겨둔 채로. 난 마구 헝클어진 모습으로 의자에 다소곳이 앉아 있다. 어차피 나도 화장을 고쳐야 했으니 오히려 혼자 남겨진 것이 다행스럽다. 그가 번뜩이는 눈과 흰 이를 드러내며 씨익 웃어보이고 밖으로 나가버린다. 단 한 마디 말도 없이. 실내에선 더 이상 술과 시가 냄새가 나지 않는다. 하지만 우리 몸에서 나온 짙고 시큼한 냄새가 그 자리를 대신하고 있다.

난 곳곳에 향수를 뿌리기 시작한다. 그리고 발코니의 창도 활짝 열어 젖힌다. 쏟아져 들어오는 바람이 내 머리를 사방으로 흩뜨려 놓고, 난 수치심, 그리고 묘한 만족감에 싸인 채로 멀뚱하게 서 있다. 붕 들뜬 기분. 난 비로소 그의 아내가 된 것이다. 소녀에서 여성으로의 변신은 그렇게 대성공이었다.

1907년, 11월 19일 − SS 오션 스타 호 선상에서

적적한 기분을 달래기 위해 다시 일기장을 폈다. 그 동안 적지
않은 페이지를 찢어 휴지통에 쑤셔 박기도 했지만 결국 내 처지를

묵묵히 인정하고 체념하기로 결심했다. 존은 아침과 점심식사 때는 물론, 사람들이 초청한 저녁 파티에서 날 정식으로 소개하는 데에 많은 힘을 쏟았다. 하지만 그 외의 시간엔 신혼여행중이라기보단 오히려 교도소에 갇혀 지내는 기분이 더 강하게 느껴진다.

이른 겨울의 바다는 특별실에 틀어박혀 지내는 내게 극심한 배멀미를 안겨주었다. 난 거북한 속을 진정시키기 위해 갑판으로 올라가게 해달라고 애원했지만 남편은 확고부동한 의지를 굽히지 않고 단호히 거절했다. 갑판 위에서 다른 사람들에게 날 보이고 싶지 않다는 게 그 이유였다. 대신 그는 급할 때 특별실 발코니를 사용할 것의 제안했다. 그는 내가 남들 앞에서 토하거나 창백한 얼굴을 보일까봐 겁이 난 것이었다. ("림바우어 사람들은 절대 남들 앞에서 약한 모습을 보이지 않아!")

그는 날 장식품 따위로 여기는 것 같다. 날 남들에게 드러내지 않음으로써 미스터리를 증폭시키려 한다는 것이 그의 설명이었다. 그래야 선장의 테이블에서, 오후의 티타임이나 칵테일 파티에서 내 힘이 더욱 막강해질 수 있다나. 그가 감금상태의 날 찾아 특별실로 돌아오는 건 자신의 욕정을 채우려 할 때뿐이다. 그것은 목욕이나 옷을 갈아입는 것만큼이나 자주 벌어지는 일이었고, 피로도가 심한 노동과도 같은 것이었다. 하루의 반은 늘 그로 인해 옷이 벗겨진 채로 지내야 했고, 나중엔 목욕을 하며 새 의상을 찾느라 바쁘다. 아무튼 그의 취향은 알아줘야 해!

오늘 아침, 그가 늘어놓는 말을 묵묵히 들으며 문득 떠오르는 생각이 있었다. 어쩌면 그가 두려워하는 건 혹시라도 내게 관심을 보일지 모르는 선상의 다른 남자들이 아니었을까. 꼭 어린아이나 떠

올릴만한 유치한 발상이다. 존이 질투를 한다고? 그때 오갔던 대화
는 다음과 같다.

존이 물었다.

"어젯밤, 제이머슨 씨를 봤소?"

"뭘 말이죠?"

"정말 내가 지금 무슨 소릴 하고 있는지 모르겠소, 엘렌?"

그의 목소리가 금세 날카롭게 변했다. 왠지 이러다간 싸움이라
도 대판 벌어질 것 같았다. 신기한 건 만약 그런 일이 생긴다면 나
도 물러서지 않고 당당히 맞서고 싶다는 충동이 생겼다는 것이다.
왜? 그야 하루종일 날 특별실에 가둬놓고 자신의 욕심을 채울 때만
돌아와 괴롭혀대니까.

"물론 봤죠. 제이머슨 씨는 바로 내 오른쪽 옆자리에 앉아 있었
어요. 기억할진 모르지만."

"선장은 당신을 그의 오른쪽 옆자리에 앉혔소. 그것도 4일 연속
으로 말이오."

그가 말을 멈추고 특별실을 슬슬 걸어다니기 시작했다.

"그 자리는 선상 최고의 명예란 말이오. 매일 밤 각기 다른 사람
이 돌아가며 앉게 되어 있지."

"그렇다면 무척 영광인데요."

"당신은 선상에서 가장 아름다운 여인이오, 엘렌. 다른 이들보다
열 배 이상."

"너무 치켜세우지 말아요."

"명심해요. 여긴 무척 쓸쓸한 곳이란 사실을 말이오."

"무슨 말이 하고 싶은 거죠?"

"그들의 익살을 너무 진지하게 받아들이지 않았으면 좋겠소. 당신의 타고난 천성……"

그가 자신의 가슴을 가리켰다. 물론 날 뜻하는 제스처였다.

"당신이 그런 모습으로 웃을 땐 정말 가관이었소."

내 얼굴이 확 달아올랐다. 그가 짐작하는 난처함 때문이 아니라 노여움 때문이다. 그럼 내가 그 자리에서 의도적으로 저속한 품행을 보였다는 소린가? 원래 부부는 이런 일로 티격태격하는 건가?

"저녁 테이블에서 내게 숄을 벗으라고 한 게 당신 아니었나요? 그때 내 가슴이 너무 드러났다고 이러는 거예요? 폴링 양을 못 봤어요? 선상 가수 말이에요. 이런 얘기까진 하고 싶지 않았지만, 그녀야말로 나보다 훨씬 풍만한 가슴을 요리조리 흔들고 다니며 난리를 쳤었잖아요. 당신에게도 다가와 말을 걸었고요. 그것도 부적절하고, 아주 음탕한 방법으로 자신의 몸매를 과시하면서 말이에요. 게다가 내 가운은 샌프란시스코 세일의 재봉사가 세밀하게 공들여 만든 것이었다고요. 폴 쁘와레(Paul Poiret(1879~1944): 현대 패션의 혁명이라 불리는 프랑스 출신 패션 디자이너 – 옮긴이 주)가 직접 디자인한 것이지요. 오히려 당신이 입으라고 골라 준 게 아니었나요? 당신이 작년 8월, 출장 갔다가 눈에 띄었다며 주문해줬던 거 기억 안 나요? 그런데도 내 행실이 숙녀답지 못했다고 말한다면 몹시 불쾌해요. 난 교양학교에서 엄격한 교육을 받고 자란 숙녀라고요. 앞으로 또 날 탓할 일이 있으면 사실을 똑바로 알아본 후에 하도록 해요."

"난 그저……"

"내가 웃을 때 가슴이 너무 훤히 들여다보였다는 말을 하려던 게 아니었나요? 나도 그때 상황을 생생히 기억하고 있어요. 가운을 막

벗으려던 참이었어요. 분명히 기억한다고요. 그러니까 이제부턴 저녁 테이블에서 숄을 벗으라는 따위의 요구는 하지 말아요. 그때처럼 사람 무안하게 만들지 말고. 이젠 날 좀 가만히 놔둬요! 나가서 늘 하는 일이나 하라고요. 뭔지는 모르지만. 하지만 이틀 전처럼 또 폴링 양의 향수냄새를 풍기며 돌아왔다간…… 오, 맞아! 내가 그걸 모를 줄 알았나요? 날 너무 쉽게 보지 말아요. 그 지독한 냄새를 내가 모를까봐요? 또 한번 그랬다간 나도 가만히 있지 않을 거예요!"

침착성을 잃은 난 목이 터져라 소리를 지르고 말았다. 하늘 같은 남편에게. 조금 후회스럽긴 하지만. 오, 하지만 이야기는 거기서 끝나는 게 아니다. 가만히 있지 않을 거라고 소리 치는 순간, 특별실의 가스등이 어두워지고, 침실 창문이 벌컥 열어 젖혀졌다. 그 틈으로 쏟아져 들어오는 거센 바람이 바닥에 있던 내 잠옷 자락을 들춰올리고, 머리를 어깨 너머로 날려버렸다. 하지만 어쩐 일인지 존은 아무런 미동도 하지 않고 서 있었다. 그의 머리는 거센 바람에도 나부끼지 않았고, 주머니에 꽂혀진 손수건도 움직이지 않았다. 커튼 역시 마구 휘날리긴커녕 제자리에 잠자코 늘어져 있었다. 뛰던 가슴이 진정되고, 바람도 점차 잔잔해져 갔다. 존과 난 멀뚱하게 서서 아무 말도 하지 않았다. 실내온도는 서늘했고, 뇌우(雷雨) 때나 맡을 수 있는 묘한 향기가 주위를 감돌았다. 씁쓸하고 달콤한 향기.

깜짝 놀란 남편에게선 아무런 말도 없었다. 마치 뇌졸중에라도 걸린 사람의 표정이었다. 그의 미간이 좁아졌다. 그리고 날 뚫어져라 쳐다보기 시작했다. 그가 홱 돌아서서 방을 나갔다. 더 이상 내게 할 말이 남아 있지 않았기 때문이기도 했겠지만 내 추측이 맞다면 그는 방금 전에 일어났던 일에 대해 잔뜩 겁을 집어먹었던 모양이다. 존 림바우어의 그런 약한 모습을 보긴 이번이 처음이었다. 그의 모습은 태연하게까지 보일 정도였다.

적어도 지금까진. 그날 저녁, 상황은 완전히 바뀌어 버렸다.

난 숄을 걸치지 않은 채로 저녁 식탁에 앉았다. 일부러 그의 속을 긁어보기 위해서였다. 그리고 전에 보인 적 없는 헤픈 웃음으로 시종 그의 비위를 건드렸다.

□ 편집자 노트

독자들의 편의를 위해 편집자가 일기의 장황하게 반복되는 부분을 생략했다는 사실을 알려드립니다. 삭제되지 않은 엘렌 림바우어의 일기 원본은 현재 워싱턴 주, 시애틀에 자리한 윈슬로 도서관에 보관되어 있음도 참고하시기 바랍니다. 『조이스 리어든의 초자연적 현상들에 대한 보고서, 1982-1999』는 워싱턴 주, 시애틀에 자리한 버몬트 대학 내 원서 도서관에 보관되어 있습니다.

— 조이스 리어든

1907년, 12월 15일 — 남태평양의 어느 섬

어째서 사람들은 천국이라는 이름이 붙을 수밖에 없는 이 섬들에 다른 이름을 붙인 것일까? 섬들은 한결같은 모습을 하고 있다. 모래의 단단한 지각은 깊은 땅 속으로부터 치솟아 올라 있고, 야자나무들은 얕게 뿌리를 내리고 있으며, 바람과 맑은 하늘과 투명한 바닷물이 지구의 얼굴을 덮고 있다. 황갈색 피부를 가진 이곳의 여자들은 모두 반나체 차림으로 함박웃음 짓는 백인 손님들을 반겨 맞았다. 솔직히 그 점은 조금 마음에 걸렸다. 공교롭게도 우리가 도착했을 때 이 지방은 여름이 시작되는 시기였다. 우리 고향은 겨울이 막 시작될 시기인데. 말 그대로 정반대의 환경이 펼쳐지고 있었다.

난 매일 밤 일기장에 자물쇠를 걸어 속옷과 화장품이 든 트렁크 속에 잘 넣어둔다. 남편이 이 신성함을 절대 침해하지 못하도록. 만약 그랬다간 나도 가만히 있지만은 않을 것이다. 또다시 뛰는 가슴을 안고 일기장을 편다.

일주일이 조금 지났을 때부터 생기기 시작한 일이었다. 적도를 넘어선 기념으로 오션 스타 호 선상에서 축하 파티가 벌어졌을 때였다. 음악과 술이 있었고, 선장의 포고와 춤, 즐거운 분위기가 선상에 가득 넘치고 있었다.

그날 아침, 존과 난 여느 때와 같이 아무 근심 없는 가뿐한 기분으로 눈을 떴다. 우린 발코니에서 함께 아침식사를 했고, 평화롭고 기분 좋은 시간을 보냈다. 나를 대하는 존의 태도는 전과 달라져 있었다. 그것은 발코니에서의 아늑한 아침식사로 확실히 증명되었 다. 난 전에 본 적 없던 작은 식당에서 그와 함께 점심식사를 했다. 하지만 그곳의 웨이터들은 모두 존을 잘 알고 있는 듯했다. 그들은 그에게 '선생님'이라는 단어 대신 '림바우어 씨'란 호칭을 붙였 다. 몇몇 친구들과 차를 마시고 난 후 우린 다시 특별실로 돌아와 '휴식'을 취했다. 그것은 부부관계를 뜻하며 최근 들어 그가 쓰기 시작한 단어였다. 물론 단어에서 풍기는 그런 편안함과는 거리가 먼 것이었다. 휴식이란 단어와는 전혀 어울리지 않는 행동들! 일을 치르고 난 후엔 선장의 테이블에서 저녁을 들게 되고, 그 후엔 적도 에 닿게 된 것을 축하하는 파티가 열릴 예정이었다.

파티가 벌어지는 동안 따뜻한 열대의 밤바람이 오션 스타 호의 난간 너머로 불어왔고, 머리는 샴페인 기운으로 띵했으며, 입안엔 아직 초콜릿 무스(디저트용 과자 ― 옮긴이 주)의 달콤함이 남아 있었 다. 파티가 한창 무르익을 무렵, 다음과 같은 사건들이 꼬리를 물 고 일어났다.

존은 댄포스인지 댄버스라는 이름을 가진 점잖은 여자와 춤을 추고 있었다. 그리고 난 댄…… 뭐라는 이름을 가진 남자와 담소를 나누고 있었다. 사람들 이름을 기억하는 건 내게 무척 힘든 일이 다! 그는 오래 가지 않아 화장실에 다녀오겠다며 나만 혼자 남겨두 고 자리를 떠버렸다. 브랜디를 과하게 마신 탓이겠지.

"송로버섯 드시겠습니까, 부인?"

어깨 너머로 열대 바람만큼이나 부드럽고 포근한 음성이 들려왔다. 여자의 음성. 깊고 은은한.

난 필요 이상으로 급하게 몸을 돌렸고, 암적갈색 피부와 올리브 모양의 커다란 눈을 가진 흑인 여자와 눈이 마주쳤다. 그녀의 얼굴은 완벽한 타원형이었고, 입술은 두꺼우면서도 감각적이었다. 순간 나도 모르게 가슴이 울렁거리는 걸 느낄 수 있었다. 같은 여자와의 눈맞춤으로 이런 묘한 기분을 느낄 수 있다는 사실이 놀라웠다. 난 바보 같은 표정으로 그녀를 맞았다. 얼굴이 화끈거리며 달아올랐다.

그 웨이트리스는 검은 유니폼에 흰 앞치마를 두르고 있었고, 흰 칼라 단추는 목을 조를 듯 꽉 채워져 있었다. 그녀는 나나니벌 같은 잘록한 허리, 볼륨 있는 엉덩이와 튼튼해 보이는 다리를 가지고 있었다. 그녀의 신발은 발에 비해 터무니없이 큰 것이었다. 언뜻 보니 그녀는 내 발과 비슷한 사이즈였다.

난 한동안 그녀의 눈을 멍하니 들여다보고 있었다.

"부인?"

그녀가 다시 물었다.

"네, 주세요."

더 이상의 음식 생각은 없었지만 나도 모르게 그런 대답이 튀어나와 버렸다. 그녀를 내 곁에 조금 더 머물도록 만들기 위해 은쟁반에 담긴 송로버섯 하나를 집어 들었다.

순간 말로 형언할 수 없는 묘한 기분에 휩싸였다. 용기를 내서 일기장 위에 만년필을 놀리고 있는 지금, 난 고백하고 싶다. 난 그녀에게 입을 맞추고 싶다는 충동을 느꼈다. 그녀의 부드러운 살갗도 만져보고 싶었다. 하지만 그녀로부터의 키스는 받고 싶지 않았다. 당치도 않지! 그녀가 날 만지는 것도 허락할 수 없었다. 하지만 난 그녀의 옷을 벗기고 신이 만들어준 눈부시게 아름다운 그녀의 알몸을 내 손으로 직접 느껴보고 싶었다. 갑자기 섬뜩한 생각이 들어 난 머리가 아프다는 핑계를 대고 파티를 빠져나와 버렸다. 그리고 특별실로 돌아가 남편과 내가 틈날 때마다 상스러운 행위를 벌이는 침대 옆에 무릎을 꿇고 앉아 기도를 올렸다. 더 이상 불경한 생각에 휘둘리지 않게 해달라는 기도. 바로 이게 결혼이 여자에게 가져다주는 것인가? 쾌락이 이끄는 대로 따라가는 증폭된 호기심? 선상에서 이런 내 영혼을 드러내보일 수 있는 사람은 단 한 명! 사제. 하지만 그는 눈물이 찔끔찔끔 나는 눈과 고약한 술버릇을 가지고 있었다. 앞으로 고립된 채 살아가게 될 내가 가장 두려워하는 건 이와 같은 사악한 잡념에 대한 해결책, 그것으로부터의 탈출구를 찾지 못하게 되면 어쩌나, 하는 불안이다. 거의 3주일 동안 난 특별실에 스스로를 가둔 채 지냈다. 지금 현재, 난 다섯 개의 방이 딸린 최고급 호텔 스위트룸에서 지내고 있다. 직경 1천 마일(1,600 킬로미터) 내에서 찾을 수 있는 유일한 호텔이다. 호텔 바에서 터져나오는 웃음소리가 거리로 쏟아져 나오고, 뜨거운 공기처럼 벽을 타고 올라 방의 높은 천장에 닿는다.

  이걸 털어놓아야 할지…… 오늘 아침, 객실 담당 여직원이 남편과 내가 상스러운 행위로 더럽혀놓은 침대 시트를 갈기 위해 들어왔다. (대체 존이 어디서 그런 희한한 기술을 배워왔는지 궁금할 따름이다.) 아직 15살도 되어보이지 않는 그녀는 자그마한 체구와 희고 고운 피부를 가지고 있었다. 눈은 새까만 색이었고, 허리는 단단해보였다. 그녀가 분주히 일에 열중하는 동안 난 그녀를 꼼꼼히 뜯어보았다. 그녀도 내가 자신을 지켜보고 있다는 걸 깨달았고, 은근히 내 시선을 즐기는 것 같았다. 터져 나오려는 웃음을 애써 참으며. 살살 꼬리를 치며. 그녀는 자신이 내게 무슨 짓을 하고 있는지 모른다! 목이 뻐근해졌다. 뒤에 받쳐둘 베개는 보이지 않았다. 그저 면 커버로 싸인 딱딱한 정사각형 매트만이 눈에 들어올 뿐이었다. 난 발작적으로 잠을 잔다. 그 이유 중 하나는 존의 성욕이 지나치게 탐욕스럽기 때문이다. (그는 매일 밤 과음을 하고 취기가 자신이 원하는 상태에 도달했을 때 방으로 들어온다.) 뻐근한 목으로 인상을 쓰고 있는 내게 여직원이 다가와 몸을 돌리라는 손짓을 해보였다. 그녀가 작고 따뜻한 손으로 내 목을 문지르기 시작했다. 그녀의 손끝에선 짜릿함이 내뿜어지고 있었다. 그리고 그렇게 15분 동안 단단하고 옹이 많은 내 근육을 주물러주었다. 그녀의 손길로 내 몸의 긴장은 스르르 풀어져버렸다. 일본인지 중국인지는 모르지만, 아무튼 아시아식 마사지라고 한다. 만족스러운 마사지가 끝난 후 난 그녀에게 두둑한 팁을 쥐어주었다. 팁을 받아 쥔 그녀는 무척 흐뭇해 했다.

하지만 이야기는 거기서 끝나지 않았다. 그 여직원이 내게 침대에 누우라고 손짓했다. 그녀가 방문을 닫고 다가와 옷을 벗으라고 했다. (분명 그녀의 수화는 그렇게 말하고 있었다. 통역까진 필요 없었다.) 그녀가 내게 계속해서 아시아식 마사지를 해주겠다고 손짓했다. 분명 후한 팁을 고마워하며 좀더 확실한 서비스로 몇 푼 더 벌어보려는 계획이겠지. 물론 난 그녀에게 고마움을 표하며 그녀가 이해할 수 있도록 정중히 거절했다. 어쩌면 그녀는 내게 드레스만 벗으라고 했던 것인지도 모른다. 내 속옷 위로 계속 마사지를 해나가기 위해. 하지만 이곳 원주민들의 옷차림을 봐선 달리 추측할 도리가 없었다. 아주 잠시나마 난 이 어린 소녀 앞에 실오라기 하나 걸치지 않은 채로 누워 있는 모습을 상상해보았다.

한참이 지난 지금까지도 그 생각만 하면 온몸에 전율이 느껴진다. 이런 것까지 털어놓아도 되나? 다른 여자의 촉감을 느끼는 것. 나와 똑 같은 성별을 가진 누군가의. 과연 누가 여자의 아픔과 고통을 알아줄까? 어디를 만져야 하는지. 코르셋으로 인한 허리 통증이나 신발로 인한 발과 다리의 통증을 어떻게 누그러뜨릴 수 있는지. 하지만 이런 것들까지도 사악한 행위로만 느껴진다. 한 여자가 다른 여자와 함께, 그것도 벌거벗은 채로.

반짝이는 눈을 가진 소녀는 내 거절을 쉽게 받아들이지 못했다. 최대한 많은 팁을 뜯어내야 한다는 의지에서인지, 아니면 문화적으로 그런 거절이 익숙하지 않은 탓인지. 이 섬과 이곳의 단순한 사람들은 내게 너무나 생소히게 느껴질 뿐이다.

욕망들은 날 괴롭힌다. 이제야 털어놓았다. 어쩌면 이것으로 나 스스로를 정화시킬 수 있을지 모른다. 만약 존이 지금처럼 날 외면하지 않는다면 나 역시 이런 사악한 잡념에 사로잡힐 틈이 없을 텐데. 요즘 내 생활은 이렇다. 음식과 육욕적인 쾌락. 허니문이란 단어보단 호러문이 더 잘 어울릴 것 같다. 이런 사악한 생각으로부터 구제해달라고 난 양쪽 신에게 기도를 올렸다. 남편으로부터의 독립을 위해. 그리고 자유로이 모래사장을 산책하며 시장 구경을 다닐 수 있도록 해달라고. 존이 술을 줄이고, 조금만 더 일찍 스위트룸으로 돌아오게 해달라는 기도도 올렸다. 가끔 그는 땀을 비오듯 흘리고, 옷에서 술과 시가 냄새를 풀풀 풍기며 새벽 3시나 4시쯤에 돌아오곤 한다. 의심은 나쁜 것이지만 아무래도 그에게서 다른 여자 냄새가 나는 것 같다.

그가 코를 골며 잠에 빠져 있는 동안 난 눈이 퉁퉁 부어 오를 때까지 눈물을 짜낸다. 그리고 집과 어머니를 그리워한다. 어머니의 보살핌, 어머니의 조언. 오, 그것을 잃었다는 사실에 가슴이 아파 오기 시작한다. 1년에 걸쳐 날 괴롭힐 신혼여행의 공포는 이제부터 시작일 뿐이고.

유럽에서 전쟁이 벌어질지도 모른다는 소식이 들려온다. 존은 앞으로 석유의 수요가 급격히 늘어날 것이고 우리의 재산도 덩달아 불어나게 될 거라고 믿고 있다. 하지만 사랑이 없는데 그깟 재산이 무슨 소용이랴. 만약 존이 날 진정으로 사랑한다면 어째서 이런 이상한 방법으로 그것을 표현하는 것일까? 우리의 땀 투성이 포옹에 사랑이 담겨 있을까? 언젠가 한 번 그것을 느껴본 적이 있었다. 하지만 그것은 벌써 수개월 전의 일이었다. 이 섬에 도착한 후로 남편이 침대로 가져온 건 사랑이 아닌 수성(獸性)이었다. 그는 날 이용할 뿐, 나와 사랑을 나누지 않는다. 그와의 잠자리는 육욕적이고 귀찮게까지 느껴진다. 그럼에도 마지못해 그에게 날 제공하는 건 순순히 말을 듣지 않았다간 무슨 낭패를 보게 될지도 모른다는 두려움 때문이다.

과연 내가 옳은 선택을 한 걸까?

지금 내가 바라는 건 그로부터 벗어나는 것뿐이다.

1908년, 4월 19일 – 케냐, 아프리카

아프리카. 암흑 대륙. 남자들의 천국. 미개하고 흥미로운 땅. 인류의 출생지. 그들은 그렇게 말한다. 에덴이라고. 시커먼 피부는 아예 푸른색으로 보인다. 야수들은 떼를 지어 몰려다니고. 오, 그 광경을 담아갈 수 있게 영화 카메라라도 있었다면!

존과 난 세 쌍의 다른 커플들과 함께 거의 30명의 원주민들의 안내로 관목 숲 안으로 들어선다. 두 커플은 영국에서, 한 커플은 클리블랜드에서 왔다고 한다. 호주인 가이드 찰스 해머와 흑인 포수 힙슈도 있다. 30명 중 10명은 여자이고, 그 중 수키나와 마리쉬파라는 이름의 두 여자가 내게 붙여졌다. 그들은 마치 법정에서 지정한 하녀라도 되는 듯 날 보살핀다. 반짝이는 눈과 해맑은 웃음으로 그들은 내게 생기를 불어넣어주었다. 지난 몇 주간 누려보지 못했던 즐거움이었다. 집을 떠나 맞는 크리스마스는 정말 우울했다. 존이 연신 이젠 내게 새 집이 생겼다고 열정적으로 설명을 했지만 그래도 나아지는 것은 아무것도 없었다.

그는 물론 대저택을 말하는 것이다. 속속 반가운 소식이 들려온다. 벽이 올라갔고, 지붕이 만들어지고 있단다. 저택의 앞면에만 무려 30개의 창문이 나 있으며 그것들에 끼울 유리는 이미 주문해두었다고 한다. 내 기념품 수집은 계속되었다. 남태평양 섬에선 아름다운 목각품과 산호를 가져왔고, 존이 박제한 커다란 물고기도 챙겨두었다. 어떤 종류의 물고기였는지는 기억 나지 않지만 존은 매일 저녁, 식당 테이블에 앉아 낚시 이야기를 주절주절 늘어놓았다. 태평양을 건너오는 동안 존은 무려 2백 마리에 달하는 물고기를 낚았다고 한다. 특히 박제해둔 그 한 마리에 대해서만은 두고두고 자랑을 멈추지 않았다.

하지만 언제부턴가 존은 은근히 나로 하여금 집에 대해서만 신경을 쓰도록 유도하기 시작했다. 돌아가 집을 꾸밀 생각에 벌써부터 진이 빠진다. 시암에선 벽지로 쓸 정교하게 짜여진 베이지색 비단 1백 야드(90미터)를 구입했다. 그것과 비슷한 리넨도 벽지로 쓰기 위해 같은 양을 구입했다. (인도 여행은 그곳의 반식민지 폭동으로 취소되었다.) 존은 연신 내게 아무거나 구입할 것을 권했다. 은근히 대저택의 엄청난 규모를 강조하려는 속셈이었다.

그래도 다행스러운 건 집이 우리 부부를 어느 때보다 가까이 묶어주고 있다는 사실이었다. 우린 틈만 나면 집 얘기를 나눴고, 서로의 계획을 털어놓았다. 그는 내 의견에도 진지하게 귀를 기울여 주었다. 신기하게도 우리가 집에 대한 얘기를 나누고 있는 순간에도 저택이 점점 커져만 가고 있다는 느낌이 들었다.

이런 나의 '환상'은 수천 킬로미터 밖에 떨어져 있는 대저택과 불가사의한 접속을 계속하고 있었다. 정신(精神)의 무선 통신. (라디오는 아직 시애틀에 보급되지 않았지만 우리가 그곳을 떠나오기 전, 최고의 화젯거리였다.) 난 이런 '환상'을 존에게 털어놓지 않았다. 얘길 한다 해도 순순히 받아들일 그가 아니었기 때문이다. 실제로 지금 현장에선 수백 명의 인부들에 의해 저택이 점점 커져가고 있는데도.

이틀 전, 주목할 만한 사건이 있었다. 존과 함께 저택 평면도를 들여다보던 중 그가 조반실 바깥부분을 손으로 가리켰다. 연회장의 왼쪽, 그리고 주방의 밑부분에서 문제가 발견되었다. 설계한 이가 남자였을 테니 당연한 일이었다. 닌 그곳의 배치가 마음에 늘지 않았다. 모든 창문은 서쪽으로 나 있었고, 정원을 향해 있었다. 어느 여자든 아침의 영혼을 만족시키는 건 동쪽에서 밝아오는 아침 햇살이라는 사실을 잘 알고 있다. 존은 내가 응접실을 비롯한 그 어느 곳에서 아침식사를 하건 상관 없다고 했다. 동쪽을 보든, 남쪽을 보며 식사를 하든. 하지만 사유차도의 평범한 풍경보단 정원이 훨씬 낫다는 게 그의 주장이었다. 30명도 넘는 이들이 저택에서 일하게 될 테니 매일 아침 침대에 누워 식사를 하고 싶다면 그렇게 하라고 했다. 물론 그는 내가 말하고자 하는 요지에서 완벽히 빗나가고 말았다. 문제는 조반실 배치의 미학이었고, 바로 그런 이유로 실용성이 떨어진다는 것이 내 주장이었다.

내가 얘기했던 주목할 사건은 이게 아니다. 놀라운 것은 바로 이 것이었다. 그런 열띤 논쟁이 한창 벌어지던 중 존이 평면도에 그려진 그곳의 두번째 창문을 손으로 가리키고 있었다. 난 그에게 그 자리엔 이제 창문이 없다고 했다. 얼마 전, 설계자가 냉장고와 사기그릇이 보관되어 있는 지하실로 좀더 쉽게 들어갈 수 있도록 북쪽에 위치한 식기실을 남쪽으로 옮겨놓았고, 그 창문은 더 이상 존재하지 않는다고 설명했다. 그는 그 사실에 대해선 전혀 몰랐다며 지금까지 자신에게 전해진 전보를 하나씩 훑어나가기 시작했다.

하지만 난 이 모든 걸 훤히 들여다보고 있었다. 벽이 올라가고, 벽돌이 놓여지고, 흙손으로 모르타르가 떠내어지는 광경을 똑똑히 보았다. 물론 그 누구도 내게 귀띔해주지 않았다. 그날 밤, 존이 새로 받은 전보를 들고 호텔방으로 돌아왔을 때 그의 얼굴은 창백하게 질려 있었다. 그가 전보를 내게 건네주며 말했다.

"이것 좀 설명해봐요, 엘렌."

"그냥 예감일 뿐이었어요."

"예감?"

"네, 그래요."

"난 지금 집 얘기를 하고 있는 거요."

"알아요."

"다른 것에 대한 예감은 없소?"

"세상이 내게 문을 열어주고 있어요. 당신도 그럴 거라고 했잖아요. 이 신혼여행이 벌써부터…… 찬란한 빛을 발하고 있네요. 세상도 훨씬 잘 보이는 것 같고요."

"그리고…… 또 뭐가 보이지?"

"함부로 알려 하면 안 돼요."

"혹시 내게 불길한 징조라도 느껴지는 거요?"

그가 언짢은 표정을 지어보였다.

"만약 그렇다면요?"

"그런 말장난 따위는 믿지 않소."

"그럼 아무것도 걱정할 필요가 없겠네요, 사랑하는 영혼."

"날 그렇게 부르지 마시오."

"당신이 많은 여자들과 함께 있는 게 보여요. 젊은 여자들. 그것도 젊디젊은 미소녀들. 집을 떠나온 후로 우릴 둘러싸온 검은 여자들과 입에 담을 수도 없을 정도의 괴상한 짓을 하고 있는 모습이 보여요."

내 눈에선 눈물이 흘러내리고 있었다. 참으려 애를 써보았지만 소용 없었다. 그런 내 모습이 얼마나 바보 같아 보였을까.

안색이 창백해진 그가 쉰 목소리로 소리쳤다.

"말도 안돼!"

그의 음성에 등골이 오싹해졌다. 끓어오르는 분노를 속으로 삭이며 그가 밖으로 나가버렸다.

놀랍게도 나중에 그는 말짱한 정신으로 돌아왔다. 신중하고, 품위 있는 모습으로. 그날 밤, 그는 결혼 첫날밤과 같은 온화한 남편으로 돌아와 있었다. 그는 전에 없던 부드러움으로 내 만족을 위해 최선을 다했다. 그리고 잠자리에 들어선 훌쩍훌쩍 울기까지 했다. 후계자에 대한 그의 집착은 놀라웠다. 난 그에게 혈통을 이을 후계자를 생산해내는 수단에 지나지 않는다. 그 시도엔 내 협조가 절실히 필요하다는 것을 그는 잘 알고 있다. 날 침대로 끌어들이지 못

하면 자신의 재산을 물려줄 상속인도 있을 수 없으니. 그런 필요성
은 그로 하여금 날 존중하고, 품위를 차리도록 만들어 주고 있다.

어쨌거나 난 그에게 신의 두려움을 깊이 심어주는 데 성공했다.
하지만 솔직히 말해 그것은 신이 아닌 악마의 장난이었다. 그렇지
않고서야 그날 밤, 어떻게 그런 거짓말을 그의 앞에서 주절주절 늘
어놓을 수 있었으랴. 사실 난 지금껏 한 번도 그가 다른 여자와 시
시덕거리는 환시를 본 적이 없었다. 그저 의심만 있었을 뿐이다.
하지만 그가 다른 여자들과 어느 정도의 접촉을 가져왔다는 건 불
보듯 뻔한 것이었다. 그가 잠자리에서 내게 사용하는 현란한 테크
닉. 설마 그 자신이 혼자 터득해내진 않았을 테고. 분명히 그것들
을 어디선가 배우긴 했을 것이고, 난 가르쳐준 적이 없었으니 뻔하
다는 얘기다.

그렇게 우리 사이의 게임은 계속되었다. 부부인 척하기. 세상에
걱정할 것이 하나도 없다는 듯 대저택의 평면도를 들여다보는 것
으로 소일하며 지냈다. 난 천천히 수키나와 가까이 지내기 시작했
다. 존은 사냥여행을 즐겼으며, 매일 밤 임팔라(아프리카산 중형의 영
양 ─ 옮긴이 주) 한 마리씩을 옆구리에 끼고 돌아왔다. 내겐 환시가
있었고, 그에겐 꿈이 있었다. 내 여성성은 우리 사이에 완벽한 조
화를 가져다 주었다. 매달 어김없이 찾아오는 그날이 되면 그는 늘
술병을 손에서 놓지 않은 채 며칠씩 우울해 했다. 그리고 나중에
새로운 시도를 위해 슬금슬금 기어들어오곤 했다. 때론 부드럽게,
때론 필사적으로. 난 그의 행복을 여는 열쇠였고, 그는 내 마음을
여는 열쇠였다. 난 그렇게 결혼생활의 관례를 하나씩 익혀가고 있
었다.

1908년, 5월 15일 – 케냐, 아프리카

  거의 한 달 동안 일기장을 펴지 못했다. 정확히 3주, 그리고 5일. 물론 지금도 오랫동안 펜을 잡고 있을 순 없지만 몇 자 적어보려 한다. 난 두렵다. 한동안 의식을 잃었고, 또 대부분의 시간을 섬망 상태에 빠져 지내야 했다. 함께 여행중이던 몇몇이 말라리아로 생명을 잃었다. 내 몸무게도 7킬로그램씩이나 빠졌다. 내 흉곽의 앞, 뒷면도 우릴 거드는 이곳의 원주민 여자들처럼 돌출되어 나와버렸다. 그때 난 며칠동안 고열에 시달렸다. 식욕도 없었고, 땀을 비오듯 흘렸으며, 온몸에 경련이 일어나기도 했다. 내가 이렇게 살아 있는 것은 순전히 지극정성으로 날 돌뵈준 수기나의 보살핌과 그녀의 쓰디쓴 차와 약, 그리고 회복을 갈망하는 내 끊임없던 기도 덕분이었다.

  지난 4주일간 난 텐트 밖으론 한 걸음도 내딛지 않았다. 다른 이들로부터 철저히 격리된 채 원주민들의 간병을 받았다. 존조차도 내게 접근하는 것을 거려했다. 그는 텐트 밖 멀찌감치 서서 바람에 뒤로 젖혀진 텐트자락 사이로 내 상태를 묻곤 했다. 날 지치게 한 건 바로 그때의 고독이었다. 그 때문에 난 정신이 이상해질 지경이었다. 오직 수기나와의 대화 몇 마디가 나와 세상의 고리를 그대로 유지시켜주었을 뿐이었다. 대화라기보단 단어와 제스처의 어색한 결합이라고 표현하는 편이 더 적절하다. 섬망 상태에 빠져 있는 동안 난 상상도 할 수 없는 곳을 둘러볼 수 있었다. 어쩔 땐 그 꿈이 마치 현실처럼 느껴졌다.

그럴 때마다 날 꺼내준 건 바로 수키나였다. 죽음의 문턱에 바짝 다가섰음을 느꼈던 적도 세 번이나 있었다. 내세를 넘나들 땐 상쾌한 기분과 무시무시함이 동시에 느껴졌다. 다른 세상과의 미묘한 접촉은 나로 하여금 죽음에 대한 두려움을 떨쳐버리게 만들어주었다. 난 내가 천국에 와 있는지, 지옥에 와 있는지, 아니면 연옥에 와 있는지 구분조차 할 수 없었다. 내가 확실히 알 수 있는 건 신이 내 목숨을 살렸다는 사실뿐이다. 하지만 그 과정에서 악마가 내 영혼의 값을 마구 깎아 내렸을지도 모른다. 정확히 무슨 대화를 나누었는지는 기억할 수 없다. (당시엔 너무나도 또렷이 들렸었지만) 하지만 내가 정확히 기억할 수 있는 건 지키지도 못할 약속을 섣불리 해버렸다는 것이다.

때론 여동생처럼, 때론 친구처럼 간호사와 주술사의 역할을 한꺼번에 완벽하게 해낸 수키나는 처음부터 진실을 알고 있었다. 내 고열과 무기력함은 이곳의 물이나 정글의 벌레 때문이 아니었다. 내 병은 남편과의 접촉에서 얻은 것이었다. 남자들이 지니고 다니는, 입에 담을 수도 없을 정도로 지저분한 병. 이 병의 치료 역시 무척이나 괴로운 것이었다. 하지만 존에게 있어 그 괴로움은 내 것의 몇 배 정도 클 것이다. 아마도 존은 완치될 때까지 차마 내 입에 담을 수 없는 신체 부위에 계속해서 주사를 맞아야 하겠지.

6주 전, 존이 땀을 비오듯 흘렸던 것도 이런 이유에서였다. 이 고질병은 그에게 불쾌감을 안겨주었고, 아예 걷지도 못하게 만들었다. 이런 사실은 수키나의 귀띔이 없었다면 전혀 알 길이 없었을 것이다. 그의 회복은 나보다 훨씬 빨랐다. 내가 병상에 누워 있던 지난 3주간 그는 사냥에 푹 빠져 지냈다. (수키나의 귀띔에 의하면 이 지독한 병은 여자들에게 그리 큰 문제를 주지 않는다고 했다. 하지만 내 경우에는 전혀 그렇지 않았다.)

남편과 아내는 이것에 대해 절대 입을 열지 않는다. 영원히. 그것만은 분명하다. 남편의 외도에 울기도 많이 울었고, 괴로워하기도 했다. 합의했던 결혼 서약의 위반, 그리고 날 존중하지 않는 그의 태도 역시 문제였다. 그의 만족을 위해 고통받았던 난 어떻게든 치욕과 고통을 고스란히 돌려주기 위해 안간힘을 다했다. 그가 그토록 갈망하는 후계자 생산은 내 협조 없인 불가능했으므로 전혀 방법이 없는 것도 아니었다. 하지만 나 역시 은근히 자식을 원하고 있다는 사실이 날 우울하게 만든다. 존과 함께 다시 몸을 섞는다는 건 상상만으로도 속이 울렁거리고, 소름이 돋는다. 좀더 생생한 이미지가 머리에 그려진다면 난 이대로 속을 비워내 버리고 말 것이다. 난 다시 한번 그가 자신의 꿈을 실현하지 못하도록 최선의 노력을 다하겠다는 다짐을 한다. 난 지금껏 무조건 용서하면서 살아왔다. (그의 속셈은 이미 처음부터 분명히 드러나 있었다!) 앞으로 결코 바보짓은 하지 않을 것이다. 반드시 내게 애원을 하도록 만들 것이다. 눈물까지 펑펑 쏟으며. 내가 그 동안 겪어야 했던 고통에 대한 재정적, 그리고 감정적인 대가를 치르게 만들 것이다. 만약 그가 자신의 후계자를 원한다면 그에겐 다른 선택의 여지가 없다. 지난 수주 간 내 허리와 머리엔 지옥이 들어와 자리하고 있었다. 남편에 대한 책망과 복수를 향한 결의도 다 그것으로부터 비롯된 것이었다. 만약 그가 진정으로 사랑하는 게 돈이라면 난 그를 가만히 두지 않을 것이다. 그의 대저택은 영원히 완공되지 않을 것이다. 공사는 영원히 멈추지 않을 것이고, 돈은 한푼도 남지 않을 것이다. 그는 내 감정 기복에 따라 자신의 자금이 고갈되어가는 것을 똑똑히 목격하게 될 것이다. 그리고 혈통을 잇느냐 마느냐는 전적으로 내 협조에 달려 있다. 내 두 다리가 스프링 달린 덫처럼 확 닫쳐버리면 그는 몹시 괴로워할 것이다.

수키나가 가져온 수프를 깨끗이 비웠다. 복수를 하려면 먼저 기력을 회복해야 한다. 고열에 순순히 항복하기보다 몸을 일으켜 땀에 젖은 침대 시트와 잠옷을 벗었다. 그리고 수키나의 지시에 따라 고통스럽고 굴욕적인 치료법에 덤덤히 날 맡겼다.

난 반드시 내 발로 텐트를 걸어나가 반얀나무 밑에 놓여진 저녁 테이블에 앉아 맞은편에 앉은 남편의 눈을 똑똑히 들여다볼 것이다. 그는 기도와 (양쪽 모두를 향한) 내 친구 수키나의 도움으로 회복된 내 기력에 기가 죽을 것이다. 수키나에겐 병을 낫게 하는 힘과 내가 늘 궁금해하던 세상의 다른 쪽으로 들어설 수 있는 힘이 있다. 검은색 나무로 만든 그녀의 인형들, 그녀의 노래와 주사. 내 병은 정신을 단단히 다져놓았고, 그 동안의 고통은 오히려 마음을 굳혀놓았다. 그는 영원히 자신의 부정(不貞)을 후회하게 될 것이다.

그리고 난 승리할 것이다. 든든한 수키나가 내 편에 서 있으니. 난 그녀를 데리고 집으로 돌아갈 것이다. 앞으로 남편은 좋든 싫든 내게 모든 것을 용인하는 법을 배워야 할 것이고, 수키나가 그 첫 번째 경우가 될 것이다.

1908년, 6월 15일 – 카이로, 이집트

6월 날씨가 카이로보다 더운 곳이 세상에 또 있을까? 우린 며칠에 걸쳐 나일 강을 타고 흘러내려왔다. (북쪽이 강 하류라니, 정말 이상한 곳이다.) 존은 여전히 기분이 안 좋다. 물론 그럴만한 이유가 있다. 그는 내게 끔찍한 저주를 옮겨줬던 4월 말 이후로 지금껏 단 한 번도 내 애정을 받지 못했다. 우리가 지금 몸을 싣고 있는 이 보트에는 그가 눈독을 들일 만한 미소녀도 없다. 유럽 여자 몇몇도 같이 타고 있었지만 모두들 말할 줄 알고, 읽을 줄 알고, 쓸 줄 아는 똑똑한 이들로 그들의 스커트에 손이라도 댔다간 그 길로 곧장 망신을 당할 각오를 해야 하겠지. 그는 다른 승객들과 술을 마시며 투덜거렸다.

다행스럽게도 그는 수키나와 내 심기를 건드리지 않았다. 물론 저녁식사를 할 때만은 선장의 지루한 테이블에서 벗어날 수 없었다. 저녁 테이블에선 술이 공식 언어나 마찬가지였고, 나도 그들과 어울려 자연스레 이야기를 늘어놓곤 한다. 그는 자신의 사냥 이야기를 들려주면서 친구 만들기에 여념이 없었다. 하지만 그의 이야기를 듣는 여자들은 하나같이 사색이 되곤 했다. 예전에 내가 그랬듯. 난 그를 혐오하고 싶다. 하지만 그 짜증스러움은 날 점점 지치게 만든다. 철저히 계산되었든 아니든, 그는 적지 않은 시간을 들여 내게 갖은 아양을 떨고 있다. 페르시아에선 양탄자와 (결국 룩

소르에서 구입했다) 바구니 같은 고리버들 세공품을 직접 골라주기도 했다. 그 중 손으로 깎은 설화석고(雪花石膏)는 큰 수확이었다. 저녁 식사용 빵과 샐러드 접시, 두 가지 사이즈의 수프 그릇 40세트도 하나씩 잘 포장해 시애틀로 보낼 것이다. 존이 말하길, 만약 부치는 짐의 반이라도 무사히 도착한다면 다행스러운 일이라고 한다. 난 설화석고 80개를 더 주문했고, 늘어만 가는 액수에 그의 얼굴이 일그러졌다. 그것들을 거저 주다시피 하는 가난한 이집트 농부들의 입장은 전혀 헤아리지 못하고. 8백 개를 주문한다 해도 그의 일주일 수입에도 훨씬 못 미칠 것이다. 이제야 확실히 알 수 있을 것 같다. 남편에게 복수하는 길은 대저택의 공사를 이용하는 방법뿐이다. 그것은 또한 내가 가진 유일한 무기이기도 하다.

난 수키나를 함부로 대하는 유럽인들도 싫어졌다. 그녀의 존재조차 모르고 지내는 이들이 대부분이었고, 알고 있다고 해도 그저 노예 부리듯 할 뿐이었다. 그래도 프랑스인 커플만큼은 그녀를 잘 대해주었다. 부인은 그녀에게 맞을 만한 옷들을 주었고, 그녀도 고맙게 받아 입었다. (참고로 내 옷은 그녀에게 너무 작다.) 한 캐나다인 여자는 사려 깊고 공손하며, 수키나를 부를 땐 항상 그녀의 이름을 사용했다. 그들을 제외한 나머지 승객들은 모두 짐승 같은 망나니들이었다. 난 무엇보다 태양신 라와 카이로의 거리로부터 벗어나게 되었다는 사실에 몹시 기뻤다.

세상 그 어느 도시도 이곳처럼 인구가 조밀한 지역은 또 없을 것이다. 수백만 명의 갈색 피부를 가진 사람들은 잠옷 같은 갈색과 엷은 초록색 면 옷을 걸치고 다녔다. 마치 모두들 막 잠에서 깨어나기라도 한 듯한 모습으로. 남자들은 머리에 흰 천을 두르고 다녔다. 그곳 여자들은 얼굴을 가리고 다녀야 했다. 검은 눈을 제외한 얼굴 전체를 천으로 가린 그들은 앞만 뚫어져라 쳐다보며 움직였다. 짐차를 끄는 물소들은 햇볕으로 달구어진 거리를 더럽혔다. 사람들은 강으로 몰려나와 몸을 씻었다. 강은 땅의 심장과도 같았다. 그들은 아이들을 씻기고, 요리도구와 낙타를 씻었다. 강물은 썩고, 더러웠지만 그들은 전혀 개의치 않고 강에서 살다시피 했다.

수키나와 난 인력거를 타고 인간성이 극명하게 드러나는 도시의 시장으로 들어갔다. 우린 이 도시의 유일한 관광객이 아니었다. 하지만 왠지 기분만은 그렇지 않았다. 우린 그곳에서 작은 장신구들과 많은 양의 직물, 그리고 설화석고를 구입했다. 그것들은 세 개의 바퀴가 달린 인력거에 높이 쌓였고, 운전사는 한치의 머뭇거림도 없이 물건을 차곡차곡 쌓아올렸다. 그렇게 한 시간이 지나고 우린 작은 찻집에서 차를 마셨다. 어린 소년들이 커다란 부채를 펄럭이며 실내 공기를 흰기시기고 있있다. 차는 나도 하여금 땀을 쏙 빼게 만들어주었다. 그 바람에 내 체온도 자연스레 내려갔다. 난 그곳에서 잔돈지갑을 꺼내 보여주는 실수를 하고 말았다. 존이 수 차례에 걸쳐 내게 주의를 주었건만. 아무리 귀따갑게 들어도 도무지 몸에 익지 않는다. 난 그렇게 뚫어져라 쳐다보고 있는 이들 앞에서 돈이 가득 든 작은 지갑을 꺼내고 만 것이다. 이곳에 도착한 직후, 존은 달러를 바꿔 내게 충분한 돈을 쥐어주었었다.

모두 다 내가 자처한 일이었다. 건물 앞부분은 벌써 소란스러워진 상태였고, 수키나와 난 슬그머니 뒷걸음질쳐 뒷편으로 다가갔다. 어떻게든 일이 벌어지기 전에 그곳을 빠져나와야 했다. 뒷문으로 살짝 빠져나오려는데 아주 험상궂은 남자 두 명이 다가왔다. 말은 하지 않았지만 손에 쥐고 있는 칼은 그들이 무엇을 원하고 있는지 잘 말해주고 있었다. 잔돈지갑, 아니면 우리의 목숨. 난 하마터면 그대로 기절해버릴 뻔했다. 그들이 백인 여자에게 원하는 것은 그저 지갑뿐만이 아닐 거라는 생각이 들었다.

난 순순히 지갑을 그들 앞으로 내밀었다. 하지만 수키나가 내 팔을 잡으며 고개를 가로저었다. 두 남자 중 하나가 한 걸음 다가왔다. 그는 당장이라도 수키나에게 달려들 기세였다. 하지만 그녀는 꿈쩍도 않고 덤덤한 모습으로 서 있을 뿐이었다. 까만 그녀의 피부가 푸른빛으로 번쩍였다.

"누비안!"

알아들을 수 없는 언어로 그들이 소리쳤다.

난 잠자코 서서 수키나의 일거수일투족을 지켜보았다. 그녀가 말로는 표현할 수 없는 눈빛으로 사내를 노려보았다. 그녀가 당당히 한 걸음 내딛었다. 유동체같이 빈틈없는 동작이었다. 걸음이라기보단 물결, 다리 달린 동물이라기보단 뱀에 가까운 모습이었다. 그녀의 목과 가슴에서 낮고 묵직한 후두음이 들려오기 시작했다. 그 기괴한 소리는 이내 우리 주위를 휘감쌌다. 그녀의 접근에 잔뜩 긴장한 사내가 뒷걸음질쳐 나가기 시작했다. 처음으로 그들은 그녀의 지배에 놓이게 되었다. 그녀의 후두음이 지금껏 들어본 적 없는 이상한 언어로 바뀌어갔다. 하지만 두 남자는 그녀의 메시지를 완전히 이해하는 것 같았다. 그녀가 손을 흔들어보이자 뒷걸음질 치던 사내가 멈춰 섰다. 마치 바짝 얼어붙어버린 듯. 미동도 하지 않는 그의 모습은 꼭 대리석 조각 같았다. 그의 손에 들려 있는 칼은 무기가 아닌 장식품으로 전락해버렸다. 두 남자가 몸을 부르르 떨기 시작했다. 하늘을 두고 맹세하건대, 난 딛고 있는 땅의 덜거덕거림을 분명히 느낄 수 있었다. 자급식 지진. 그들이 갑자기 몸을 구부리고 고통에 몸부림치며 괴로워하기 시작했다. 위나 창자에 극심한 통증이 느껴지는지 배를 움켜쥐고 땅을 굴렀다. 그들의 신음소리는 이내 공포에 찬 비명으로 바뀌어갔다. 수키나가 내 손을 낚아채듯 잡고 인력거와 운전사가 기다리는 곳을 향해 날 이끌었다. 내가 돌아보았을 때까지도 두 남자는 바닥을 구르며 끙끙거리고 있었다.

수키나는 그곳에서의 일을 입 밖에 내지 않았다. 정말 다행이었다. 나도 무슨 말을 해야 할지 모르고 있었으니까. 하지만 이제부턴 좀더 당당히 낯선 거리를 활보할 수 있을 것 같았다. 내 아프리카인 친구만 곁에 있다면 어딜 가든 든든할 테니까. 말로 표현할 수 없는 그녀의 힘은 내게 커다란 흥미를 유발시켰다. 어디서 그런 힘이 나오는 것인지, 나도 그 힘을 가질 수 있는지. 궁금한 게 많았다. 만약 수키나가 그것을 내게 가르쳐준다면 난 세상에 두려워할 게 하나도 없을 것 같다는 기분이 들었다. 그리고 내 가슴이 갈망하는 모든 일도 맘껏 즐길 수 있을 것 같았다.

1908년, 7월 4일 – 크레타섬, 그리스

독립기념일, 존은 술에 절은 채 하루를 보냈다. 그의 축하행사는 정오도 되기 전에 시작되었다. 어부들이나 마시는 투명한 술을 벌컥벌컥 들이키고 돌아다녔는데 알고 보니 그것은 알코올을 변형시킨 것이었다. 물론 그리스인들은 우리의 독립기념일에 대해 잘 모르고 있었다. 아마 그들은 이상한 방법으로 애국심을 표현하는 존을 보며 어리둥절했을 것이다.

수키나와 난 폐허가 된 도시를 둘러보았다. 한때 항구도시였던 이곳은 이제 해안으로부터 약 4000미터 떨어진 내륙이 되었다. 2천 년 전에 있었던 지진으로 인해 해수면 위로 올라온 것이다. 우린 돌로 만든 통들이 일렬로 늘어선 빨래터를 찾았다. 어찌나 보존이 잘 되어 있던지 수도관 꼭지와 비누만 있었다면 당장이라도 빨래를 할 수 있을 것 같았다. 그리스는 올리브유, 오징어, 그리고 나무를 타고 오르는 염소들의 땅이다. (그 신기한 장면을 내 눈으로 똑똑히 볼 수 있었다!) 이곳의 조용하고 평화를 사랑하는 시민들은 카페에 둘러앉아 토론을 즐겼다. 그들이 마시는 커피는 내 속을 발칵 뒤집어놓을 만큼 쓰디쓴 것이었다.

오늘 아침, 바로 이곳, 푸른 지중해가 내려다보이는 호텔 스위트룸에서 지난 4월 이후 처음으로 존에게 문을 열어주었다. 오늘 아침은 유난히 더웠고, 난 침대에서 내려와 창가에 서서 바닷바람을 맞고 있었다. 그때 갑자기 존이 다가와 날 와락 껴안았다. 내 입에서 항의가 터져나오기도 전에 그의 커다란 손은 이미 내 잠옷을 파고들고 있었다. 난 중심을 잃지 않으려고 활짝 열려 있던 프렌치 도어(좌우로 열리는 유리로 된 문 − 옮긴이 주)를 붙잡고 몸을 앞으로 숙였다. 잠옷 자락이 허리 위로 들춰졌고, 뻔뻔스러운 그는 날 거세게 몰아부치기 시작했다. 두 무릎이 부들부들 떨렸고, 가슴은 쿵쾅댔다. 맙소사, 그토록 내가 이 스릴에 굶주려 있었나? 몇 개월간의 거부 때문이었는지 우리의 열정은 그 어느 때보다 뜨거웠다. 존은 무척 거칠고, 힘이 넘쳤다. 하지만 그와 동시에 조심스러움과 온화함도 느껴졌다. 제대로 서 있을 수도 없을 지경이었다. 결국 난 무릎을 꿇어버렸지만 남편은 내게서 떨어지지 않았다. 절정에 다다른 난 소리를 빽 질러버리고 싶었지만 내 입에서 흘러나온 건 신음에 가까운 알아들을 수 없는 음절뿐이었다. 우린 만족감에 휩싸인 채 숨을 헐떡이며 바닥에 나란히 누웠다. 내 얼굴은 차가운 타일에 닿아 있었다.

"이건 숙녀가 할 짓이 아니에요."

내가 기운 없는 음성으로 말했다. 내 말에 그가 먼저 웃음을 터뜨렸고, 결국 나도 그를 따라 웃어젖혔다.

"우리의 아침 드라이브."

그가 말했고, 우린 다시 웃음을 터뜨렸다.

우리가 서로에게서 떨어졌을 때 그가 내 몸을 뒤집었고, 우린 다시 바닥에 나란히 누웠다. 우리의 몸은 침실과 홀의 경계에 걸쳐져 있었다. 아침 햇살을 쬐는 우리의 정신도 반쯤 나가 있었다. 두 다리로 그의 허리를 꼬옥 휘감으며 내가 말했다.

“이제 더 이상 지난 일은 생각하지 말도록 해요.”

“그럽시다.”

“영원히.”

“영원히.”

내 볼을 살살 쓸어 내리며 그가 말했다.

“내가 바보였소, 엘렌.”

그리고 내가 기다렸던 한 마디가 흘러나왔다.

“날 용서해주시오.”

“이제 그 얘긴 하지 말기로 해요. 앞으로도 물론이고요.”

어디서 그런 너그러움이 솟아났는지 나조차도 알 수 없었다. 어쩌면 나 역시도 결혼 생활과 내 인생이 깨지는 것을 원치 않았던 모양이었다. 수키나의 거대한 힘에 대한 믿음이 있었기에 더 이상 존 림바우어가 그리 커다란 장애로 느껴지지 않았는지도 몰랐다. 오히려 게임으로 느껴질 정도였다. 쥐 대신 고양이가 된 기분. 난 그가 간절히 원하는 것을 소유하고 있고 — 그의 후계자를 출산할 수 있는 능력 — 그는 어느새 내가 익숙해져버린 것들 — 지위, 힘, 그리고 상상을 초월할 만큼의 부(富) — 을 소유하고 있었다.

그렇게 바닥에 누워 있는 40세 남자의 가슴에 다시 욕정이 고개를 쳐들기 시작했다. 그리고 난 순순히 그를 받아들였다. 결혼 후 처음으로 난 쾌감에 따라 그를 이끌어나갔다. 내 요구에 따라 움직이는 남편 역시 몹시 흥분한 채 쾌감을 느끼고 있었다. 내 손길이 닿을 때마다 그는 만족에 찬 쉰 목소리로 “좋아!”를 연발했다. 그가 내 말에 그토록 고분고분할 수도 있다니…… 난 미처 몰랐다. 미처…… 그는 지금 내 지시에 따라 허리와 손을 열심히 움직여 날 만족시켜주고 있었다. 지금껏 경험해보지 못했던 전혀 새로운 느낌은 날 깜짝 놀라게 만들었으며 (그것들에 두 손을 들어버린 내 자신에) 순수하고 완벽한 환희로 날 압도했다. (내 몸의 모든 근육에 불이 붙은 느낌이었다!) 내 다리는 아직까지 그의 허리를 감은 채로 떨어지지 않고 있었다. 난 축축하게 젖은 머리를 뒤로 젖혔다. 내 가슴은 장밋빛으로 물들어 있었고, 남편은 장거리 달리기 선수처럼 거친 숨을 몰아쉬고 있었다.

"아주 좋아요, 조니."

예전엔 감히 상상도 할 수 없었던 그의 애칭을 쓰며 내가 말했다. 새로운 태도에 적응해나가는 것이었다. 이런 확신엔 별다른 시험이 필요없었다.

그가 자신의 머리를 내 가슴 위에 얹었다. 고분고분한 소년의 모습으로. 뭐라 설명하긴 힘들지만, 바로 그 순간, 우리 부부 사이의 형세는 전혀 다른 쪽으로 기울어 있었다. 난 이제 육체적 욕망을 맘껏 드러낼 수 있는 힘과 용기를 얻은 것이다. 그리고 그토록 오만했던 남편보다 우월한 위치에 서게 되었다. 이제 더 이상 과거는 생각하기 싫다. 그 대신 앞으로 펼쳐질 미래를 호령하고 싶다.

옷을 입고, 발코니에 앉아 커피를 마시는 동안 허리에서 또 한 차례의 욕망이 느껴졌다. 하마터면 남편을 졸라 다시 한번 일을 치를 뻔했다. 하지만 그 느낌은 왠지 여자의 충동에서 비롯된 것 같진 않았다. 처음엔 쓰디쓴 커피를 탓했지만 나중엔 품고 있던 꿈의 한 부분이 이루어졌기 때문이라는 생각이 들었다.

그리고 나선 그 행위 자체를 탓했다. (아니면 행위들. 누군가가 그 횟수를 세고 있었다면!) 지금껏 그런 상태를 직접 느껴본 적이 없었기에 영혼을 (분명히 말하지만 몸이 아닌 영혼) 뚫고 굽이치며 올라오는 묘한 기분에 대한 추측만이 난무했다. 난 또다른 생명의 존재를 느꼈다. 내 안의 생명. 내가 임신을 한 것이었다. 그것은 너무나도 확실하고 명백한 사실이었다. 내 몸 속에선 자그마한 생명이 꿈틀대며 자라고 있었다.

수키나가 날 보았을 때 모든 건 더욱 확실해졌다. 방으로 들어온 그녀가 한동안 내 눈을 뚫어져라 들여다보다가 커다란 미소를 지어보였다.

"이제야……"

그녀가 피진 영어(동남아시아, 멜라네시아, 서아프리카, 서인도 등에서 사용되는 혼합 영어. 원래 중국 연안에서 쓰였음 — 옮긴이 주)로 말했다.

"시작되었군요."

그렇다. 이제부터 시작이었다.

1908년, 9월 9일 — 파리, 프랑스

난 저주 받았다. 약혼을 했을 때부터. 그리고 대저택 공사현장에서의 살인사건과 해리 코빈의 광기로 깜짝 놀랐을 때부터. 이상하고 기묘한 사건들이 끊임없이 이어졌을 때부터 눈치를 챘어야 했다! 뱃속의 아기를 잃었을 때부터. 크게 상심한 날 수키나는 극진히 위로해주었다. (그녀는 이 세상에 쓸모없는 아이들은 원래 그렇게 사라져 없어지는 법이라고 했다. 하지만 그 말은 내게 전혀 위로가 되지 못했다.) 존에게 난 이 아름다운 도시의 사회생활 속에 날 구속시켜달라고 애원했다. 2주일에 가까운 시간 동안 우린 매일밤을 분주하게 보냈다. 오페라를 긴람하고, 저녁 파티에 참석하고, 사업차 갖는 저녁식사 미팅에도 동행했다. 피로가 쌓이면서 기력도 점점 쇠퇴해져 가는 걸 느낄 수 있었다. 가끔 잠을 자지 않으려고 무리를 하기도 했고, 너무 기름지거나 맛이 없어 보이는 음식을 억지로 입 안에 쑤셔넣기도 했다. 일부러 최대한 꽉 끼는 코르셋을 골라 입기도 했고, 여자의 심리나 그들이 무엇을 필요로 하는지 전혀 알지 못하는 존에게 단단히 주의를 주었다. 만약 아이를 간절히 원하고 있다면 지금까지 그랬던 식으로 날 몰아부치면 안 된다고 경고했다. 아이를 잃은 슬픔까지도 함께 나누어야 한다고.

내 생애 이런 참담함은 처음이었다. 히스테리를 일으킨 난 무려 두 시간 동안이나 수키나의 품에서 꼴사납게 흐느껴 울며 헤어나올 수 없었다. 그 동안 내 안을 따뜻하게 데워주었던 아기는 그렇게 가버렸다. 연락을 받고 의사가 한걸음에 달려왔다. 그는 내게 일주일에서 열흘간 침대에 꼼짝없이 누워 휴식을 취해야 한다고 했다. 아이를 잃은 슬픔만으로도 부족했던 모양이었다. 내 병으로 모처럼의 자유시간을 갖게 된 건 남편이었다. 수 개월 만에 처음으로 홀로 된 그는 도시를 맘껏 활보하며 눈에 띄는 꽃을 찾아 다니기 시작했다. 모를 것 같지만 난 분명히 알고 있었다. 오늘 아침에도 그는 술에 거나하게 취해 있었다. 난 그와 시시덕거리는 여자를 머리 속에 떠올려 보았다. 15 아니면 16살짜리 소녀, 금발머리, 파란 눈. 모르긴 해도 나와 정반대의 외모를 가지고 있을 것이 틀림없었다. 보나마나 남편은 그녀에게 선물공세를 펼칠 테고, 그녀는 그가 거부할 수 없는 유혹으로 남편을 홀리고 있을 것이다.

그런 생각에 속이 울렁거렸다. 수키나는 그 울렁거림이 아이를 잃은 슬픔에서 비롯된 것이라고 믿고 있었지만 내 생각은 달랐다. 내 얼굴은 분노와 원한으로 창백해졌다. 내 말에는 더 이상 귀를 기울여주지 않는 존을 응징하기 위해 난 다시 어두운 힘을 찾는다. 그는 날 마치 자신의 작업장이나 선장 다루듯 내게 명령만 해댈 뿐이었다. 그의 기를 꺾으려면 난 그의 후계자를 볼모로 잡을 수밖에 없다. 내가 없으면 그에겐 오직 사생아만이 안겨질 것이다. 하지만 난 그에게 합법성을 제공한다. 그리고 영원성도.

내 설명을 들은 수키나가 눈웃음을 짓는다.

"화가 난다는 건 살아 있다는 증거예요, 엘렌 양."

그녀는 나로 하여금 존재의 이유를 갖도록 하려는 속셈인 모양이다. 내가 슬럼프에라도 빠질까봐 걱정을 하고 있는 것이다. (같은 이유로 비탄에 잠겨 있는 부족 친구들도 곁에서 지켜본 적이 있을 것이다.) 그래서·난 존의 응징에 초점을 맞추기로 한다. 여자들이랑 시시덕거리며 맘껏 거리를 배회하고 돌아다녀 보라지. 그 어디에도 그가 찾는 사랑은 없을 테니. 가족도 물론이고.

난 그를 괴롭힐 공모를 하느라 바쁘다. 하지만 그 와중에도 그를 공경하는 것을 잊지 않는다. 가끔 내가 왜 이리 남편에게 헌신하고 있는지 이해가 되지 않을 때가 있다. 우리의 나이 차이 때문일까? 그의 부와 힘 때문에? 그를 미워하지만 난 그를 존중한다. 만약 내가 실성하게 된다면 보나마나 그건 내 안의 전혀 다른 두 여자들 때문일 것이다: 사랑을 하는 한 여자, 그리고 증오하고 싶어하는 또 다른 여자; 인생을 찬양하기 위해 신에게 기도를 올리는 여자, 그리고 남편을 응징하기 위해 어둠에 기도를 올리는 여자. 어떻게 하면 이 두 여자를 한 몸 안에 지니고 화목하게 살 수 있을까? 난 그를 증오하고, 또 그를 사랑한다. 난 그의 주목을 원하지만 또 한편으로는 날 가만히 내버려두지 않는 그 때문에 비탄에 잠긴다. 난 그로부터의 독립을 원한다. 이탈. 하지만 대저택에서 그와 함께 가족을 이루며 살아가고 싶은 욕망도 크다. 그를 응징하고 싶고, 그를 섬기고 싶다. 난 대체 누구인가? 누구이길래 이토록 짜증을 부리는 걸까?

난 앞으로 열흘 동안 아이를 잃은 슬픔을 속으로 삭여야 할 것이다. 신의 자비로운 축복을 선물로 돌려달라고 간절히 애원해야 할 것이다. 만약 남편이 내 병을 기회로 삼는다면 나도 그냥 지켜보고만 있진 않을 것이다.

마음이 진정되지 않는다. 잠도 오지 않고 배도 고프지 않다. 몸이 정화되는 느낌이 든다. 수키나는 마치 제 언니 돌보듯 날 간호한다. 만약 신이 내 아이를 가져갔다면 분명 거기엔 숨겨진 이유가 있을 것이다. 그렇지 않다면 이렇게 내가 상실과 괴로움과 걱정과 고통에 시달리고 있는 모습을 잠자코 지켜보고 있지만은 않을 테니까. 아직 존의 후계자가 나올 때가 되지 않았나? 앞으로 얼마나 많은 시험을 더 받아야 하는 것일까? 내가 다른 여자들보다 부족한 게 대체 무엇이길래.

내면의 평화를 어떻게 찾을 것인가? 그것이 가능하긴 한 것일까? 내 영혼을 다시 회복할 수 있을까? 예전의 일기를 들춰보며 이 질문들의 답은 이분법뿐이라는 사실을 깨닫는다. 어머니가 되는 방법뿐. 그의 요구에 응하지 않는 것이야말로 비탄과 고민으로부터 벗어날 수 있는 지름길이다. 너무 복잡하다. 너무 피곤하기도 하고. 휴식을 취해야 한다. 졸리지 않더라도 눈은 감고 있어야 한다. 곁에서 자리를 지키고 있는 수키나의 콧노래를 들으며. 그녀 부족의 멜로디와 리듬. 난 그녀의 주문에 빠져들어버릴 것이다. 날 친언니 대하듯 보살펴주고, 사랑해주는 매혹적인 여인. 수키나가 없었다면 과연 난 어떻게 살 수 있을까? 이제 우리 두 사람은 하나로 묶여졌다. 그리고 이런 우리 관계는 계속 지속될 것이다. 영원히.

1908년, 12월 9일 — 시애틀, 워싱턴

　떠난 지 1년만에 존과 난 기차를 타고 시애틀로 돌아왔다. 역에서 우리를 마중 나온 어머니, 그리고 예전의 내 가정교사와 (지금은 어머니의 비서로 일하고 있다) 재회했다. 난 마치 여름 캠프에서 돌아온 꼬마 여학생으로 돌아간 듯 엄마 품에 와락 안겼다. 그동안 난 일주일에 적어도 한 번은 집으로 편지를 보냈다. 그런 이유로 어머니는 임신과 유산(流産) 소식에 대해 이미 잘 알고 계셨다. 어머니는 수키나를 반갑게 맞아주셨다. 우려했던 것처럼 흑인식모 대하듯 하지 않고, 오히려 보고 싶었던 식구를 맞듯 따뜻한 인사와 입맞춤으로 그녀를 맞아주셨다. 무엇보다 그런 짐에 난 마음을 놓을 수 있었다.

　어머니는 수키나를 데리고 집으로 돌아가셨다. 우린 존과 내가 대저택으로 들어가는 날까지 떨어져 지내기로 했다. 며칠 안에 충분히 끝낼 수 있는 공사였지만 크리스마스 연휴가 끼여 있는 관계로 몇 주일 연기될 수도 있었다. 오, 다시 돌아온 내 사랑하는 고향. 진흙이 깔린 도로, 축축한 회색 하늘도 여전했다. 캔자스와 콜로라도 주의 밀밭과 아이다호와 워싱턴 주 동부의 불모지를 가로질러 달리는 기차 안에서 바라보던 칙칙한 풍경에 식상해 있던 내 눈은 오랜만에 펼쳐진 푸릇푸릇함에 반가움을 금치 못했다.

　존과 난 그의 방에서 짐을 풀었다. 그날 늦게 다시 만난 수키나와 난 12개의 여행용 트렁크를 풀어 정리하는 결코 쉽지 않은 작업에 들어갔다. 그뿐 아니라 지난 1년간 사 모았던 기념품들을 정리하는 일까지 끝내놓아야 했다. 그것들은 나무상자에 담겨진 채 시내에 있는 창고에 차곡차곡 쌓여 있었다. 지금 당장 꺼낼 수 있는 것들도 있고, 나중에 대저택의 공사가 끝난 후 들여와야 하는 것들도 있었다. 하지만 하나도 빠짐 없이 꼼꼼하게 확인해야 했다.

수키나와 내가 함께 해도 몇 주일은 족히 걸릴 일이었다. 나 혼자서 체크해야 할 상자만도 95개나 되었다. 양탄자, 모피, 존이 아프리카에서 사냥한 수렵 기념품, 단지, 화병, 램프들…… 목록은 끝이 없다. 이보다 더 풍성한 크리스마스가 또 있을까? 지금껏 느껴보지 못했던 두근거림으로 그것들을 차례로 풀어본다. 꼭 선물이 수북이 쌓인 크리스마스 트리 밑에 들어와 있는 아이가 된 기분이다.

긴 기차 여행은 나로 하여금 계속되는 존의 접근을 거부할 수 있게 도움을 주었다. (그리고 난 그것이 은근히 기뻤다.) 기차 안에만 틀어박혀 지내야 했기 때문에 바깥 바람을 쐴 여유는 꿈도 꿀 수 없었다. 그는 하루가 다르게 굴종하는 모습을 보였다. 난 고분고분해진 그를 최대한 이용해 먹으려 머리를 굴리는 데 여념이 없었다. 객차의 보이를 부르거나, 식사를 운반해오는 것도 그의 몫이었다. 그야말로 남자 하인이 따로 없었다. 그 짜릿한 기분은 말로 다 표현할 수 없을 정도였다! 설명할 수 없는 그 기분은 아이를 잃은 후로 처음 느껴보는 것이었다. 내 눈길 밑에서 그는 너무나도 무기력했다.

밤이 되어 침대에 오르면 그는 사시나무처럼 몸을 떨었고, 난 내 따뜻한 몸을 그에게 가져다 댔다. 하지만 순순히 그에게 몸을 내주는 미련한 짓 따윈 하지 않았다. 하지만 언젠간 그에게 두 손을 들어야 할 때가 반드시 올 것이다. 나 또한 언제까지나 그의 쾌감을 거절할 수 없기 때문이다. (물론 누구에게도 시인하지는 않지만!) 하지만 이제 나 없이도 그가 만족할 수 있는 곳으로 돌아왔으니 슬슬 그에게 복종하는 수밖에. 예측불허의 사태를 위한 철저한 준비에 들어갈 시간이다.

지루한 기차여행 내내 존과 난 대저택에서 처음 열릴 파티에 초대할 손님 목록을 만드느라 분주한 시간을 보냈다. 우린 1월 15일에 파티를 열기로 결정했다. 크리스마스 연휴로 공사가 지연될지 모른다는 생각에 일부러 넉넉하게 시간을 두었다. (존은 석유 사업에 쏟는 시간 외엔 새 집에만 신경을 쓰게 될 것이다. 그는 벌써 사업 파트너 더글라스 포시의 미팅을 위해 떠났다. 지난 주, 우리가 기차 안에서 떨어져 지내는 동안 회사에서 있었던 일에 대해 논의하기 위해.) 증기선으로 도착한 뉴욕. 그곳의 리츠 호텔에서 우릴 맞은 건 사진 다발이었다. 오, 이 웅장함! 전면의 벽은 벽돌로 덮여 있고, 저택 주위는 연철 울타리가 둘러져 있으며, 두 개의 거대한 돌기둥이 우뚝 세워져 있다. 사유 차도엔 섬이 덩그러니 놓여져 있는데 그곳엔 이탈리아에서 구입한 작은 조상(彫像)이 놓여지게 될 것이다. 저택 정면엔 30개도 넘는 창문이 있고, 무수한 지붕 위론 여섯 개의 굴뚝이 솟아올라 있다. 저택 내의 거대한 계단과 홀 입구가 그려진 도면은 보기만 해도 숨이 찰 정도로 멋있다. 오, 이 엄청난 곳이 내가 살게 될 집이라니! 상상조차도 쉽지 않다! (머지 않아 가능해지겠지만!) 응접실엔 영국에서 구입한 갑옷 한 벌과 스위스의 알프스 산맥에서 존이 총으로 쏴서 잡은 갈색 곰, 그리고 바이에른에서 구입한 파이프 오르간이 이미 제자리를 찾은 후였다! 정말 훌륭한 인테리어가 아닐 수 없다. 1년 동안 사 모았던 기념품과 보물들. 그 멋들어진 응접실에서 차를 마시는 상상에 난 벌써부터 들떠 있다!

우리의 귀가와 저택의 완공을 축하하는 의미로 열리게 될 파티는 무척 사치스러운 행사가 될 것이다. 고장의 정치인들, 예술가들, 친구들, 실업가들을 합쳐 약 3백 명 정도가 초대될 예정이다. 우리가 도착하기 전 어머니가 대강 준비를 해두셨다고 한다. 존도 프랑스에서 샴페인 50상자와 와인 수백 상자를 구입해 집으로 보냈다. 파티가 끝나면 남은 것들을 와인 저장실에 보관할 것이다.

(존은 서해안에서 가장 큰 개인 저장실을 갖고 싶어 했다.) 쇠고기는 시카고와 캔자스 시티에서, 돼지고기는 네브라스카 주에서, 싱싱한 생선은 파티 당일 부둣가에서, 초콜릿은 스위스에서, 차는 영국에서, 시가는 쿠바에서 들여오기로 되어 있다. 시애틀 사람들에게 있어 영원히 잊지 못할 파티가 될 것이 틀림없다.

그리고 난 이런 파티가 매년 열릴 수 있도록 존을 설득해볼 참이다. 매년 섣달 그믐날 밤마다 열리는 림바우어 파티. 앞으로 이 파티는 사교계 신문에 대문짝만하게 실리게 될 것이다. 가장 커다란 저택에서 열리는 가장 성대한 파티. 그런 상상에 한결 기분이 가뿐해진다. 긴 여정이 끝나 무척 기쁘다.

이젠 또 다른 긴 여정을 시작할 차례이다.

1908년, 크리스마스 이브 – 시애틀

　존은 인부들이 마무리 작업을 하는 2주일 동안 내가 대저택에 접근하는 것을 철저히 막았다. 우린 1월 15일에 정식으로 입주하게 되어 있다. 파티가 벌어지는 날. (존은 우리가 도착할 때 하인들이 마중 나와 우릴 맞을 수 있도록 준비해두었다.) 입주 전 개인용품을 정리해두기 위해 저택에 가게 해달라는 내 애원이 계속 이어지자 존은 자신의 새 캐딜락 승용차에 날 태우고 스프링가를 향해 차를 몰았다. 수개월 전에 올랐던 여정을 그대로 따라가는 것이었다.

　도시 곳곳은 아직까지 도로의 경사를 다시 잡는 공사로 골머리를 썩고 있었다. 여기저기서 우스운 광경들이 목격되었다. 어떤 가족은 법정에서 도시를 상대로 소송을 걸기도 했다. 도시가 멋대로 특정 도로의 높이를 2미터씩 낮춘다는 건 도저히 이해할 수 없는 처사라는 것이 그들의 주장이었다. 수많은 협곡을 메워 도로를 만들겠다는 건 누가 보더라도 불가능에 가까운 일이다. 벌써 10년째 진행되고 있는 이 사업계획은 늘 격렬한 싸움을 몰고 다녔다. 도시를 상대로 소송을 건 가족들은 집의 위치를 낮추지 않아도 되었다. 그렇게 진흙으로 질퍽질퍽한 새로운 도로 레벨 위로 솟구쳐 오른 12에서 15미터 높이의 산봉우리 위론 몇몇 대지와 집들이 그대로 남겨지게 되었다. 하지만 그곳으로 접근하는 것은 쉽지 않았고, 결국 그 가족들은 집을 잃고 말았다. 조만간 그들이 의미 없는 투쟁을 접고 도시계획에 순순히 항복하게 될 거라는 사실은 불보듯 뻔한 것이다. 하지만 그렇게 되기 전까진 이런 볼만한 광경들은 계속 남아 있게 될 것이다! 마치 황량한 회색 하늘을 향해 불쑥 솟구쳐 올라와 있는 5층 빌딩 높이의 산봉우리가 도시의 동부지역에 자리한 빌딩의 전부일 것 같다는 생각이 든다.

림바우어 대저택의 정문에 도착했을 때 난 숨도 제대로 쉬지 못했다. 지난 수개월간 도면을 보고, 벽을 옮기고, 창문을 바꾸고…… 뉴욕으로 날아온 사진들을 뚫어져라 들여다봤음에도 난 그 웅장함에 넋을 잃고 말았다. 장엄해! 야심적이야! 훌륭해!

돌과 벽돌로 지어진 저택은 남북으로 수백 미터 길이로 뻗어 있고, 위협적인 모습의 벽과 지붕, 유리, 그리고 굴뚝을 당당하게 드

러내보이고 있었다. 만약 이 저택으로 사람들에게 확실한 인상을 심어주려 했던 것이 존의 의도였다면 그것은 대성공이었다. 묘사를 계속해 나갈 순 있지만 그러자면 한도 끝도 없을 것 같다. 아마 나중에 덜 피곤할 때 계속 이어가는 것이 좋을 것 같다. 지금은 한 두 개의 방을 소개하는 것으로 만족해야지. 저택 주인의 아내로서 가장 중요한 곳.

연회홀은 엄청나다. 중앙엔 호두나무로 만든 번쩍이는 테이블이 덩그러니 놓여 있다. 그 사이즈로 봐선 한 70에서 80명 정도의 손님들을 모두 앉힐 수 있을 것 같다. 그 동안 사 모은 사기제품을 넣어둘 커다란 유리 장식장은 두 면의 벽에 붙박이로 붙어 있다. 북쪽 벽의 장식장엔 존의 가족이 세계 60개국을 돌며 모은 찻주전자를 넣어두면 좋을 것 같다. 벽면 곳곳엔 유럽에서 들여온 그림들이 걸려 있다: 풍경화가 대부분으로 신혼여행중에 구입한 것들이다. 손님들은 2미터짜리 장작이 벽난로에서 타고 있는 식당에 안락하게 앉아 세상 곳곳의 풍경을 감상할 수 있을 것이다. 벌써부터 파티가 기다려진다! 이 테이블 위로 음식이 수북이 차려질 것이고, 또 많은 손님들이 참석해 자리를 빛내줄 것이다. 상상만으로도 흥분이 된다!

존과 나의 개인방은 대저택 2층의 서쪽 날개에 자리하고 있다. 우리 부부는 각자 6, 7개의 개인방을 갖게 되고, 응접실을 비롯해 화장실, 서재, 도서실도 그것에 포함되어 있다. 내 침실은 내가 상상 속에 그려왔던 것 이상이다! 주방 밖 일광욕실과 형형색색의 꽃들로 가득한 안마당이 내다보이는 커다란 퇴창이 특히 마음에 든다. 창문마다 흰색 실크 커튼이 드리워져 있다. 침대는 세 계단 위에 놓여 있다. 하녀들이 내 '깐깐한 지시'에 대해 숙덕거리는 것이 벌써부터 들려오는 듯하다. 아무튼 기분만은 최고다! 실내의 목공품들은 전부 손으로 직접 깎아 만든 것들이고, 대부분 6개월 전 존과 내가 둘러보았던 프랑스 남부에 자리한 오피드라는 마을에서 구입한 것들이다. 내 침실에 놓인 그것들은 무척 호화스러워 보인다. 침대의 오른쪽과 계단 밑엔 3장의 패널로 된 동양풍의 병풍이 자리하고 있다. 그 뒤에 서서 급히 옷을 벗어 젖히는 내 모습이 머릿속에 떠오른다. 병풍의 입구엔 긴 거울이 붙어 있어 남편이 기다리는 침대에 오르기 전 내 모습을 살필 수 있다. (솔직히 말해 대저택에 흠뻑 빠져 있는 난 그 동안에 있었던 남편과의 불화에 대해선 까맣게 잊고 있다. 존은 이 저택을 무척 자랑스러워하고, 난 그가 자랑스럽다.) 병풍의 뒷면은 저택 뒤로 펼쳐진 숲을 연상시키는 짙은 초록색의 플러시천으로 넒여 있다. 바닥에 깔려 있는 네 장의 양탄자는 모두 페르시아에서 구입해온 것들이다. 초록색 벨벳 의자, 루이 14세 안락의자 두 개, 그리고 프랑스의 르와르에서 가져온 화장대. 그야말로 여왕이 따로 없다!

1909년, 1월 16일

　대저택으로의 입주와 새 집에서의 멋진 첫날밤에 대해 그냥 지나칠 수가 없다.

　첫번째, 날씨. 아마도 하늘은 1년 동안 열대지방에서 아늑한 시간을 보내고 돌아온 우리를 벌하시는 것 같았다. 케냐와 카이로의 열기는 시애틀의 혹독한 추위를 우리의 기억에서 깨끗이 지워버렸었나보다. 며칠 전부터 찾아온 추위는 도시 전체를 꽁꽁 얼려놓았다. 영하 11도의 날씨에 꽁꽁 얼어붙어 버린 유니온 호수에선 쏟아져 나온 사람들이 오랜만에 스케이트를 즐겼다. 다음날, 온도는 영하 7도 이상으로 올라갔지만 사람들은 밤낮을 가리지 않고 겨울날씨를 만끽하며 보냈다. 그리고 다시 영상 5도의 전형적인 겨울날씨로 돌아왔을 때 비극이 벌어지고 말았다.

　다음날 아침, 조간신문은 하룻밤 사이에 무려 2만 개의 파이프가 터져버렸다는 소식을 전했다. 기적적으로 높은 언덕 정상에 자리한 우리의 새 집만은 무사했다. 단 한 개의 파이프도 터지지 않았고, 그 소식은 사람들 입에 금세 오르내렸다. 존은 그것이 다 절연 파이프를 실내 벽 안으로 들여놓기로 한 자신과 설계자의 완벽한 기획 때문이었다고 했다. 파티 준비를 위해 방마다 뜨겁게 불을 지펴두었던 것과 중기 열을 켜두었던 것도 큰 도움이 되었다. 꼭 그럴 필요까지는 없었지만! 다른 사람들의 집엔 상수도 시설도 제대로 되어 있지 않았다. 그들은 대저택 안에 발을 들여놓는 것만으로도 큰 영광으로 여겼다.

다시 집 얘기로 돌아와서…… 난 아직 대저택에 단단히 매료되어 있다! 이런 휘황찬란함과 사치스러움은 좀처럼 보기 힘들다. 특히 서해안 지역에서는. 록펠러나 밴더빌트나 카네기쯤 되어야 이 정도 규모의 저택을 소유할 수 있을 것이다. 지금 일기를 쓰는 동안에도 공사는 계속 진행중이다. (내 느낌엔 왠지 영원히 계속될 것만 같다.) 하지만 손님들에게 2만 평방피트(약 560평)에 달하는 방대한 저택을 구경시켜주는 것엔 아무 문제가 없었다. 정면 현관에서 존의 수렵 기념품이 진열된 복도까지의 길이는 20미터나 된다. 아프리카산 마호가니 나무로 된 입구의 홀엔 양면이 조각된 계단이 2층을 향해 뻗어 있다. 계단의 밑부분에 서면 입구의 좌우, 그리고 앞뒤가 한눈에 들어온다. 바로 정면엔 주방과 일광욕실, 오른쪽으로는 갤러리와 거실, 왼쪽으로는 연회장과 응접실, 조반실이 위치하고 있다. 저택 내 각 방의 위치를 파악하는 데만도 며칠이 걸렸다. 이런 곳에서 길을 잃고 당황하기란 너무나도 쉬운 것이다.

파티엔 250명 이상의 손님들이 참석했다. 그들은 여섯 개의 방에 나누어 앉아 저녁식사를 했고, 대무도장에서 꼭두새벽까지 춤을 추며 즐겼다. 손님들 중에는 국회의원, 시장, 유명한 브로드웨이 여배우 마욜리 사보이, 이름은 기억 나지 않지만 무척 유명하다는 야구선수, 매혹적인 소프라노 지니 사비노 (존과 오랫동안 붙어 다니는 것이 썩 좋아보이진 않았지만), 이탈리아인 두 명과 중국인도 포함되어 있었다. 이탈리아인과 중국인은 존으로부터 석유를 수입해 쓰는 기업가들이었다. (그의 사업에 대해 점점 더 많은 것을 알아갈수록 오싹한 기분 또한 커져만 갔다. 지난 1년간 세계를 돌며 존의 사업에 대해 상세한 정보를 얻을 수 있었다. 물론 그것은 그 동안 올린 수확 중 가장 큰 것이었다. 그는 자주 비밀스러운 협상을 벌였는데 대부분 정제소와 작은 석유회사를 합병시켜 철도를 사용한 운송비용을 줄이고자 하는 데에 목적을 두고 있었다. 그렇게 공급을 늘일 수 있고, 또 인건비용을 줄일 수 있다는데…… 그의 사업이 그토록 비밀스러운 것일 줄은 상상도 못했다!)

난 흰 드레스를 입었는데 남자 손님들 사이에서 반응이 아주 좋았다. 앞으로 매년 이걸 꺼내 입어야지! 여자 손님들은 하나같이 훌륭한 옷차림을 하고 있었다. 화사한 벨벳, 실크, 그리고 모직까지. 남자 손님들은 턱시도에 흰 타이 차림으로 우아하고 세련된 모습이었다. 파티는 기대 이상의 성공이었고, 앞으로도 그렇게 될 것이다. 모두들 대저택의 규모에 넋을 잃었다. 어떤 이는 저택을 두고 "박물관"이니 "왕가"니 하는 표현을 쓰기도 했다. 실내장식은 훌륭하다. 1년간의 신혼여행지에서 사 모은 것들은 멋들어진 조화를 이루며 배치되어 있다. 호화스럽긴 하지만 야하지 않고, 공을 많이 들이긴 했지만 신경이 거슬릴 정도는 아니다. 아무튼 존과 나 자신이 너무 자랑스럽다.

도서실로 (6천 권의 책이 소장되어 있는!) 향하는 길에 대학의 학장인 태너 롱포드와 우리 아버지의 막강한 라이벌인 은행가 브래들리 웹스터의 대화를 살짝 엿듣게 되었다. 그들은 결코 실없는 사람들이 아니었다. 그들의 입에서 그런 말이 흘러나왔다면 분명 확실한 근거가 있다는 얘기였다.

태너 롱포드의 굵은 음성을 듣자 나는 야담가 중 한 사람을 떠올렸다. 브래들리 웹스터는 자그마한 체구를 가진, 과장이 좀 심한 사람이다. 처음 들린 건 태너의 목소리였다.

"이곳에서 일어났던 살인사건에 대해 들어봤어?"

"아, 물론. 아주 끔찍한 사건이었다지?"

브래들리 웹스터는 늘 자만심에 차 있는 사람이다.

"그 왜…… 코윈이라던가…… 아닌가?"

"아마 코빈일 거야."

"아, 맞아. 미쳐버렸다는 얘기가 있던데…… 참 안됐지. 완전히 돌아버린 것으로 모자라 25년 형까지 언도받고. 들리는 소문에 의하면 감옥 안에서 자신의 두 눈을 후벼파고 인디언이 그렇게 하도록 시켰다며 울부짖는다던데. 그가 악마처럼 무슨 구멍에서 나왔다고 우긴다는 거야. 이 저택의 최하부에 파놓은 구멍에서 기어나와 자신에게 산탄총을 쥐어주었다나."

"눈을 후벼 파냈다고?"

"그래. 그것 때문에 죽었다는 거야. 출혈 과다로 말이지. 눈도 없이 감방을 뛰어다니며 '꺼져! 썩 꺼지란 말이야!' 하고 외쳐댔대 글쎄. 그때 그 인디언이 다시 나타나 아직 자신의 임무가 다 끝나지 않았다고 했다나."

"인디언이라……"

"림바우어는 이미 알고 있었다는데."

"뭘 말이야, 태너?"

"자넨 이 용지에 대해 전혀 모르고 있었단 말인가?"

"아니, 아무것도."

"나도 리사에게 들은 얘긴데……"

태너 롱포드가 설명을 시작했다. (리사는 태너의 여동생으로 상
당한 영향력을 갖고 있고, 또 우리 아동 병원 위원회 멤버로서 왕
성한 활동을 하고 있다.)

"저택의 최하부를 파내던중 인디언의 유골들을 발견했다나봐.
바로 빌어먹을 공동묘지였던 거지. 거기서 나온 해골이 짐마차를
가득 채우고도 남았다는데…… 그걸 보고 중국인 인부들 몇몇은
일을 그만두었다고 하더군. 그 묘지 때문에 이상한 질병이 돌았다
는 얘기도 있고. 이상 고열 같은 것 말이야."

"난 금시초문인데."

"리사는 많은 의사들을 알고 있어. 그애 입에서 나온 말이라면
신뢰할 수 있다구."

"믿지 못해서 그러는 게 아니라……"

"내가 듣기로는 이상한 유물들도 발견되었다고 하던데. 추장인
지 족장인지. 현장에서 그것들이 약탈당하는 사건이 빈번하게 일
어났다더군. 그 사실을 알고 림바우어가 몇몇 인부들을 해고시켰
다지 아마. 하지만 소문은 순식간에 퍼지고 말았어. 주 정부에선
전문가를 보내 조사를 해보려 했는데 그가 그냥 뼈들을 모아 태워
버리는 바람에……."

"그가 어쨌다고?"

"그것들을 태워 없애버렸다고 했지 아마. 자기 회사에서 가져온
석유를 붓고 말이야. 아주 그다운 생각이야. 주정부에서 보낸 사람
들이 찾아왔을 땐 이미 그것들은 재가 되어버리고 말았지. 주 정부
에서는 대저택 공사를 중단시키려 했었는데 증거가 전부 증발해버
렸으니 그럴 수도 없었던 거야. 림바우어가 모든 걸 그저 소문으로

만 남도록 조치를 해두었던 것이지. 아주 두뇌회전이 빠르다구. 림 바우어 말이야. 하지만 그 코빈이란 사람은 대체 무슨 말을 한 것 일까? 인디언이 어쩌고 한 것 말이야. 그가 그렇게 하라고 시켰다 니. 믿을 수 있겠어?"

"그냥 떠도는 소문이겠지. 그 이상은 아닐 거야."

"나도 그렇게 생각해. 정말로! 하지만 왠지 좀 이상하잖아. 인디 언이라니!"

그들의 대화가 그 정도 진행되었을 때 난 홀에서 누군가와 맞닥 뜨리게 되었다. 몰래 엿듣는 것도 그것으로 끝이 나버리고 말았다. 그 후로 어떤 말들이 오갔는지는 알 수 없다. 확실한 건, 존은 지금 껏 단 한 번도 내게 인디언 묘소에 대한 얘길 들려주지 않았다는 것이다. 물론 코빈에 대한 이야기도 마찬가지였다. 그의 눈! 맙소 사. 스스로 그런 자해를 가했다니, 상상도 가지 않는다! 그저 선정 적인 소문이기만을 바랄 뿐이다. 사람들은 원래 부잣집 얘기라면 하찮은 것도 크게 부풀려 떠들고 다니길 좋아하니까.

존은 벌써 수년에 걸쳐 이런저런 악성 소문에 시달려오고 있다. 이제 그의 안사람이 된 이상 나도 피해자가 될 수밖에 없을 것이 다. 그가 지금과 같은 부와 막강한 힘을 행사하는 동안엔 하는 수 없이. 그는 이 도시가 사용하는 등유와 휘발유의 80퍼센트를 공급 하고 있다. 포틀랜드 주에도 마찬가지고, 샌프란시스코에는 40퍼 센트, 덴버 주의 90퍼센트의 휘발유를 공급한다. 일본을 비롯해 영 국과 인도네시아에서도 그의 휘발유를 수입해 쓰고 있다. 한마디 로 그는 자신의 제국을 건설해놓은 것이다. (그것도 신혼여행을 떠 나 있는 동안에!) 그리고 어떤 제왕이든 온갖 해괴한 소문들로 시달리기 마련이다.

영혼에 대한 특별한 능력이 있는 수키나는 내게 저택에서 지금껏 경험해보지 못했던 '강력한 힘'이 느껴진다고 했다.

신기한 사건 하나 : 나와 친척 뻘 되는 손님 몇몇이 자기들끼리 저택을 둘러보던 중 행방불명이 된 일이 있었다. 그것은 매우 흥미 있는 일이었다. 나 역시도 며칠 전 저택 안에서 길을 잃고 헤맸던 적이 있었다. 이상하게도 내가 서 있던 복도는 1분 전에 봤던 것과 전혀 다른 모습을 하고 있었다. 상상할 수 있을까? 수키나가 내게 무슨 일이 있어도 당구실엔 발을 들이지 말라고 경고하기 전까진 난 수상쩍게 느껴지는 것들에 대해 별 관심을 보이지 않았다. 처음엔 그저 존이 그곳에서 시가와 브랜디와 함께 보내는 여가시간을 방해받고 싶지 않기 때문인 줄로만 알았다. 그녀에게 손님 몇몇이 저택을 둘러보던 중 홀연히 사라졌다는 얘기를 들려주기 전까진 우린 당구실에 관한 이야기를 입에 담지 않았다.

"당구실에 있을 거예요."

그녀가 말했다.

"글쎄…… 모르겠어."

내가 그녀에게 말했다.

"미스 엘렌, 확실하다니까요. 문제는 바로 그 당구실이에요. 거기서 뭔가를 봤어요. 이상한 기운도 느꼈고요."

그녀가 자신의 가슴을 움켜쥐었다. 뭔가 심상치 않음을 얘기할 때마다 나오는 그녀만의 특별한 제스처였다. (내가 유산으로 침울해 있을 때도 그녀는 내 손을 움켜쥐고 자신의 가슴으로 가져갔었다.)

"무슨 기운을 느꼈단 말이야?"

더 이상 얘기하고 싶지 않은지 그녀가 손을 내저었다.

"뭐냐니까?"

내가 필사적으로 다그쳐 물었다.

"무엇이 아니에요, 미스 엘렌. 누구인가가 문제지. 그들을 분명히 느꼈어요. 우릴 데려가려는 이들 말이에요. 나의 부모님. 그리고 내 조카."

내 몸이 부들부들 떨리기 시작했다. 수키나의 부모와 조카는 죽었다. 그것만큼은 확실히 알고 있다.

"인디언들……"

내가 속삭였다. 수키나가 날 쳐다보며 고개를 끄덕였다.

"이 저택엔 우리 말고도 다른 이들이 살고 있어요, 미스 엘렌."

파티가 벌어졌던 날, 샴페인에 금세 취해버린 난 꼭두새벽이 되어선 아예 몸조차 가눌 수 없을 정도가 되어 있었다. 남편은 그런 날 삼킬 듯 덮쳤고, 우린 광란적인 사랑을 나누었다. 존은 속옷도 벗지 않은 내 위로 자신의 몸을 포갰다. 이런 순간에 그의 애정을 거스른다는 건 거의 불가능한 일이다. 그의 힘, 그의 격렬함. 와인을 마시지 않았더라면 나도 그에 대항해 어느 정도 힘을 쓸 수 있었을 것이다. 하지만 그때만큼은 그에게 순순히 굴복하는 수밖에 없었다. 그리고 난 그가 이끄는 대로 따르기 시작했다. 하지만 머지않아 터져 나온 내 불만에 그가 격분했다. 원하는 것을 얻어내기 위해선 그 타이밍을 잘 맞추는 것이 중요하다. 우린 내 화장실 바닥을 뒹굴며 격렬하게 사랑을 나누었다. 배에선 꼬르륵 하는 소리가 났고, 실크 속옷도 마구 찢어져버렸다. (나중에 대대적인 수선이 필요하겠어!) 혹시나 내 비명소리를 하인들이 듣지는 않았을까 걱정이 된다. 어쩌면 저택 곳곳으로 쩌렁쩌렁 울려퍼졌을는지도 모르는데.

다음날 아침, 수키나가 날 이상한 눈으로 쳐다보았다. 적어도 그녀만큼은 들었다는 뜻이었다. 그녀가 날 침실로 데려가 골반 밑에 베개를 깔고 눕도록 했다. 내 엉덩이는 허공 위로 붕 떠 있었다. 무려 3시간 동안. 그녀의 눈이 번쩍번쩍 빛나고 있었다.

"아이를 갖게 해줄게요, 미스 엘렌."

수키나는 내가 아이를 얼마나 갈망하고 있는지 잘 알고 있다. 그리고 유산을 얼마나 두려워하고 있는지도. 그녀의 말에 난 다시 흥분하기 시작했다. 존은 날이 밝기가 무섭게 태평양 협회와의 새로운 계약서를 훑기 위해 서재로 들어가 버렸다. (오, 머리가 얼마나 욱신거릴까?) 그가 사라지기 전 내 침실로 들어와 베개 위에 빨간 장미를 올려놓았다. 가시는 작은 주머니칼로 깔끔하게 제거되어 있었다. 그것으로부터 풍겨 나오는 감미로운 향기가 내 마음에 평온을 가져다주었다. 수키나가 물었다.

"오늘은 무슨 색이었죠, 미스 엘렌?"

"빨간색. 로즈 레드."

나는 분명하게 들을 수 있도록 반복해서 말했다. 언젠가 들어본 것 같은데…… 확실하게 기억나지는 않지만. 그리고 이내 난 깨달았다: 그것은 바로 남편과 내가 대저택에 붙인 이름이었다.

1909년, 3월 13일 — 로즈 레드

　오늘 오후에 있었던 사건을 떠올리며 초조함을 억누르지 못한 채 몇 자 적으려 하지만 그게 잘 될지 모르겠다. 지금 일기를 써 나가는 동안에도 경찰은 저택 곳곳을 수색하고 있다. 왠지 이런 것까지 일기장에 기록하는 것이 그것에 힘을 북돋아 주는 것 같은 느낌을 떨쳐버릴 수 없다. 물론 그러고 싶은 마음은 추호도 없다. 그 힘에 대한 두려움은 (만약 그런 힘이 실제로 존재한다면) 실로 대단한 것이다. 하지만 일기장이 아니면 어디에 내 감정을 드러내보일 수 있겠어? 보나마나 존은 들으려 하지도 않을 텐데. 동생처럼 믿고 사랑하는 수키나에게 털어놓자니 완벽하지 못한 그녀의 영어실력이 걸리고. 생활의 평범한 역학이라든지 여자 몸의 기능 따위와 같은 얘기들을 그녀와 나누기에는 조금 무리가 있다.

　난 지금 임신 2개월째에 접어들었다. 이제껏 지금처럼 행복한 나날을 보낸 적은 없었다. 소식을 들은 존은 공작처럼 우쭐대며 저택 안을 신나게 행진하고 다녔다. 하인들에게도 앞으로 날 더욱 각별히 모시라는 지시를 내려놓았다. 밤이면 그는 저택을 떠나지 않고, 응접실에서 (오늘 불행한 사건이 있었던 바로 그곳) 내게 책을 읽어주었다. 밤이 깊어지면 존이 내 침실로 들어와 잠옷을 허리 위로 살짝 들추고는 내 배를 살살 문질러댔다. 가끔 로션을 사용하기도 했다. 그는 내 배에 자신의 머리를 가져다 대고 뱃속 아기에게 속삭이곤 한다. 그런 그의 부드러운 모습은 예전엔 단 한번도 볼 수 없었던 것이었다. 그에게 느끼는 내 친밀감 역시 최고조에 이르고 있다.

내 임신 소식은 너무나도 빨리 퍼져나갔다. 그 소문을 듣고 친구 멜리사 레이와 그녀의 친구 코니 폭스맨투어가 찾아왔다. 개인적으로 폭스맨투어 부인을 잘 알지는 못하지만 그녀의 남편이 재벌 목재상이라는 것과 그들이 도시의 갖가지 자선사업에 열심이라는 사실은 알고 있었다. 그녀는 나보다 대여섯 살 정도 나이가 많다. 멜리사와는 달리 학창시절 그녀를 봤던 기억은 없다.

우리는 1년에 걸친 존과 나의 신혼여행에 대해 얘기를 나누었다. 난 무척 이상적인 신혼여행이었다는 인상을 심어주기 위해 많은 과장을 섞어 얘기를 이어나갔다. 아이에 관한 이야기를 나눌 땐 분위기까지 고조되었고, 덕분에 우리 세 사람은 유쾌한 오후를 보낼 수 있었다.

현관으로 들어서자마자 바로 왼쪽으로 보이는 응접실은 정말 화려한 공간이다. 호두나무 목재를 사용해 만들어졌고, 동양의 양탄자와 유럽 여행중 독일에서 구입한 파이프 오르간으로 꾸며져 있다. 프랑스의 풍경화와 존이 영국에서 특별히 주문해 그린 자신의 초상화를 비롯해 갖가지 보물들이 자리하고 있다. 중국산 도자기와 사격의 명수만이 사용하는 독일제 권총 따위가 진열되어 있다. 중앙 도서관에게는 미안한 얘기지만 응접실 책꽂이에는 자필서명이 있는 디킨즈의 작품 다섯 권과 루드야드 키플링의 작품 여섯 권이 꽂혀 있다. 키플링. 주로 인도를 배경으로 한 작품에 몰두한 그는 무척 똑똑했으며 국내외적으로 인기가 높다. 영국의 옥스포드에서 구입한 가죽을 씌운 지구본은 한쪽 코너에 서서 중앙 홀로 통하는 문을 지키고 있다.

폭스맨투어 부인이 잠시 지구본을 바라보고 있었다. 멜리사와 난 아편 중독에서 헤어나오지 못하고 있다는 티나 콜맨의 오빠에 대해 수다를 떨었다. 그런 와중에도 난 틈틈이 폭스맨투어 부인을 곁눈질로 지켜보았다. 수키나가 지구본을 전경기(轉經器, 회전하는 원통형의 경전통 ─ 옮긴이 주)로 사용한다고 귀띔해주고 싶은 충동이 솟구쳐 올랐다. 수키나에 의하면 지구본은 로즈 레드의 영혼으로 통하는 입구를 열 수 있는 능력을 가진 비상한 기운을 품고 있다고 한다. (수키나는 저택이 살아 있다고 믿고 있다. 몸으로 느낄 수 있다나. 그녀가 그런 얘기를 할 때마다 우린 얼굴을 붉히며 열띤 논쟁을 벌이곤 한다.) 또한 수키나는 저택 곳곳에 어딘가로 통하는

입구가 여러 개 나 있으며 주의하지 않으면 큰 화를 입게 될 수도 있다고 한다. 물론 그 화가 어떤 것인지에 대해선 한 마디의 설명도 해주지 않는다. 우리 두 사람 사이엔 약간의 의사소통 문제가 있었기에 그녀의 말을 완전히 이해했다고는 장담할 수 없다. 하지만 한 가지 분명한 사실은 수키나가 로즈 레드를 상당히 두려워하고 있다는 것이다. 아니, 상당히 조심스러워 하고 있다는 것이 더 적절한 표현일 것이다.

폭스맨투어 부인이 응접실의 한쪽 코너로 다가가 장갑을 낀 손으로 지구본을 살살 돌려보고 있었다. 순간 멜리사와 난 그녀의 입에서 흘러나온 뜻밖의 언어를 엿들을 수 있었다. 꼭 기도문을 외우는 것처럼 들렸지만 그것은 내가 지금까지 한 번도 들어보지 못했던 아주 이상한 언어였다. (지난 1년 동안 세계 각국을 돌며 수많은 언어를 들어보았지만 그런 것은 처음이었다.) 지구본이 점점 빨리 돌기 시작했다. 하지만 신기하게도 폭스맨투어 부인은 이미 지구본에서 손을 뗀 후였다.

"코니?"

멜리사가 당혹스러운 목소리로 그녀를 불렀다.

"폭스맨투어 부인?"

친구 멜리사 레이보다 지구본에 관해 잘 알고 있던 나도 걱정스러운 음성으로 그녀를 불렀다.

"지구본에 손을 대면 안 돼요."

맹세하건대, 우리의 부름에 그녀의 고개가 저절로 돌아왔다. 마치 머리가 몸에서 떨어져나간 듯. 그녀의 얼굴이 우릴 향해 빙 돌려지더니, 미친 듯한 그녀의 시선이 우리를 노려보았다. 눈은 빨갛게 충혈되어 있었고, 입술은 심하게 비틀려 있었다. 하지만 우릴 더욱 놀라게 한 것은 백지장처럼 하얗게 질려버린 그녀의 안색이었다. 폭스맨투어 부인이 저택에 들어섰을 때만 해도 그녀의 얼굴은 짙은 화장으로 지나치다 싶을 정도의 홍조를 띠고 있었다. 그녀가 우릴 돌아보았을 때 그녀의 얼굴에선 약간의 화장기도 보이지 않았다. 피부도 투명하게 변해 바느질용 털실 같은 푸른 혈관이 훤히 들여다보일 정도였다. 그녀의 입술 역시 하얗게 질린 채 쩍쩍 갈라져 있었다.

"거기서 떨어져요!"

내가 소리쳤다.

코니 폭스맨투어가 지구본으로부터 한걸음 물러섰다. 그러자 지구본의 빠른 회전도 천천히 느려지기 시작했다. 그때 이상한 소리가 들려왔다. 처음 듣는 것이었는데, 마치 아동 합창단이 높은 음으로 노래를 부르는 소리와 흡사했다. 그 소리가 응접실을 빠져나갈 때까지 난 그것을 알아차리지 못했다. 폭스맨투어 부인이 그 소리를 따라 응접실을 나가버렸다. 중앙 홀을 향해. (내 추측엔) 화장실을 찾는 것 같아 내가 안내해주겠다고 나섰다. 그러자 멜리사가 벌떡 일어나 날 말렸다. (임신 사실이 알려진 후부터는 모두들 내 컨디션에 필요 이상의 신경을 쏟았다.) 친구의 투명한 유령을 본 멜리사 역시 얼떨떨한 표정을 지우지 못하고 있었다. 침착하고 품위 있는 그녀가 폭스맨투어 부인이 방금 사라진 문을 향해 후다닥 달려나갔다.

어디선가 씁쓸한 냄새가 풍기기 시작했다. 그것은 주랑(柱廊) 현관으로 통하는 문 틈으로 새어 들어오고 있었다. 무슨 냄새인지 몰라도 그것은 내 목덜미에 소름을 돋게 만들었다. 오션 스타 호 선상에서도 맡아본 적이 있는 냄새였다. 객실 안으로 거센 바람이 휘몰아쳐 들어왔을 때. 나도 몸을 일으켜 멜리사의 뒤를 쫓아나가기 시작했다.

"코니?"

친구를 부르는 멜리사의 음성이 들려왔다.

잠시 후, 난 중앙 홀에 멜리사와 나란히 서게 되었다.

웅장한 홀엔 유화, 벚나무와 단풍나무 가지들, 그리고 로마에서 구입한 대리석 조각상들로 꾸며져 있었다. 폭스맨투어 부인은 멜리사가 홀에 닿기도 전에 복도 끝으로 사라져버린 후였다.

"폭스맨투어 부인!"

내가 목청을 높여 불렀다.

"제가 안내해드릴게요."

화장실은 그 쪽이 아닌데. 그곳에서 가장 가까운 화장실은 연회장을 지나 커다란 계단으로 통하는 좁은 복도를 따라나가야 찾을 수 있었다. 중앙 홀의 끝은 현관과 연결되어 있었고, 아무리 뛰어봤자 같은 곳만 계속 맴돌게 될 뿐이었다. 만약 곳곳에 숨겨져 있는 창고나 중앙 홀과 주방 사이의 비밀 통로로 접어들지 않는다면. 특히 그런 조명 밑에선 더욱 조심해야 한다. 자칫하다간 그런 복잡한 구조 속 어디론가로 증발해버릴 수도 있으니까.

"코니!"

멜리사가 좀더 걱정스러운 목소리로 친구를 불렀다.

"현관을 찾아봐야겠어요."

복도 끝에 나 있는 문을 가리키며 내가 그녀에게 말했다. 그와 동시에 난 홀의 벽에 붙은 줄을 당겨 그 시간에 대기하고 있던 하인을 불렀다. 그러면서도 나는 연회장으로 통하는 문에서 시선을 떼지 않았다. 응접실과 가장 가까운 곳에 위치하고 있었기 때문에 폭스맨투어 부인의 갑작스러운 증발을 설명해줄 수 있을 거라고 믿었기 때문이었다.

연회장으로 통하는 문을 열자마자 집사 브라이언과 마주쳤다. 내가 울린 벨 소리를 듣고 온 것이었다. 하지만 너무나 갑작스러운 그의 출현에 난 외마디 비명을 지르며 뒤로 물러섰다. 내 비명 소리에 온 저택이 술렁거렸다. 연회장에 들어서니 아무도 보이지 않았다. 하인들 몇몇이 달려와 폭스맨투어 부인을 찾아 헤매는 날 돕기 시작했다. 욜란다와 프레드릭은 2층에서 인기척이 났다며 계단을 향해 달려갔다.

우리의 목소리가 높아질수록 메아리 소리도 더욱 커져만 갔다. 폭스맨투어 부인은 그 어디에도 보이지 않았다. 성신이 혼미해졌고, 난 의자를 붙잡고 비틀거렸다. 브라이언이 잽싸게 다가와 날 부축해주었다. 니들포인트(즈크천에 바늘로 수놓은 레이스 — 옮긴이 주)와 오크 재목으로 만들어진 의자에 앉기가 무섭게 연회장 문이 스르르 열렸다. 그 틈으로 중앙 홀과 응접실로 통하는 문이 눈에 들어왔다.

그곳엔 수키나가 초조한 얼굴로 서 있었다. 그녀의 얼굴엔 공포가 잔뜩 드리워져 있었고, 그녀 옆에선 지구본이 아직까지 천천히 회전하고 있었다. 그녀는 언제나 그렇듯 흰 앞치마가 둘러진 긴 파란색 작업 드레스에 빨간색 손수건을 스카프처럼 머리에 덮어쓰고 있었다. 그녀의 검푸른 피부가 가스 불빛에 빛을 발하고 있었다.

그녀가 고개를 천천히 가로 저었다. 그녀는 울고 있었다.

이 저택은 또 하나의 영혼을 삼켜버렸고, 수키나는 코니 폭스맨 투어가 다시는 돌아오지 않을 거라는 걸 누구보다 잘 알고 있었다.

1909년, 3월 14일 - 로즈 레드

경찰은 저택의 규모에 놀라 당황해하기까지 했다. 그 동안 무성한 소문으로만 들었던 곳을 직접 눈으로 보게 되었기 때문이 아니었을까. (소문에 의하면 시애틀의 시민들은 이 저택을 "궁전" 혹은 "주의회 의사당"이라고 부른단다.) 존은 성공하기 위해 태어났다. 그 스스로가 그렇게 시인했다. 그는 성공이 품성이 아닌 재력의 문제라고 믿고 있다.

"실종사건에 대해 어떻게 생각해요?"

5코스 점심식사중 내가 물었다. (경찰들에게도 함께 식사할 것을 권했지만 그들은 정중히 거절했다. 그래서 우리끼리만 연회장에서 점심을 먹었다. 존이 왜 그리 고집을 피웠는지는 알 수 없다. 보통 식사는 일광욕실이나 작은 식당에서 하게 되어 있는데.) 4명의 하인들이 우리와 함께 식사를 했다. (물론 모두 흰 장갑은 낀 채로)

"난 믿지 않소."

존 림바우어가 대답했다.

"하지만, 존……!"

"아니, 아니오, 엘렌. 곧이곧대로 믿을 문제가 아니란 말이오. 폭스맨투어 부인은 우리에게 억울한 누명만을 씌운 채 집과 남편과 아이들을 두고 떠나버린 거란 말이오. 그것도 세 아이까지 둔 어머니란 사람이. 상상할 수 있겠소? 왜 우리가 그녀 때문에 피해를 입어야 하는 거지? 어쨌거나 그녀가 잡히는 대로 정식으로 고소할 생각이니 그리 아시오. 그녀는 분명히 잡히고 말 테니 두고 봐요."

"아니에요. 그녀는 잡히지 않을 거예요, 존. 아마 찾아내지도 못할걸요. 만약 찾는다 해도 보나마나 이 저택 안에서일 거예요. 내추측이 틀리지 않다면 그들은 그녀의 시체만을 찾게 될 거예요."

"세상에, 맙소사! 지금 무슨 소릴 하고 있는 거요?"

"로즈 레드. 이 집이 우리를 전부 미치게 만들고 있어요."

"집? 정말 그렇게 생각하고 있는 거요? 임신까지 한 몸이니 불경한 생각 따위 하지 않는 게 좋소. 솔직히 난 그 폭스맨투어 부인 때문에 매우 화가 나오. 말로 다 표현할 수 없을 만큼 말이오! 지금까지 잘 견뎌왔잖소. 제발, 엘렌. 이런 일들에 더 이상 신경 쓰지 말도록 해요. 알겠소?"

"다른 건 몰라도 이 아이만큼은 무사해야 돼요."

"물론이오. 나 역시 같은 생각을 하고 있소. 그게 가장 중요한 일이니까."

"하지만 내 말 믿어요. 그녀는 이 집에서 한 발짝도 나가지 않았어요. 파티 때 왔던 손님들, 기억해요? 로즈 레드 안에서 길을 잃을 뻔했다는 사람들 말이에요. 그건 어떻게 설명할 수 있죠? 한번 말해봐요."

"그게 폭스맨투어 부인과 관련이 있다고 생각하는 거요?"

"바로 그거예요."

"난 아무 관련도 없다고 생각하는데. 그 사람들에겐 아무 일도 없었다는 걸 알잖소."

"그냥 조용히 넘기려 하지 말아요."

"그러려는 게 아니오."

"내 핑계를 대가면서."

"절대 그렇지 않소. 날 믿어요. 그건 내 의도가 아니란 말이오."

"손님들이 저택 안에서 길을 잃을 뻔했다고 불평들이고, 2개월이 지난 후, 이 집에서 한 사람이 사라져 버렸어요. 이걸 어떻게 우연의 일치라고 볼 수 있죠?"

"당신이 무슨 얘길 하는지 알고 있소. 하지만 이까짓 일로 당신이 신경 쓰는 것을 난 원치 않소. 그녀는 그저 자신이 세워둔 계획에 따라 우리 집을 선택해 그대로 실천에 옮겼을 뿐이오. 뱃속 아이를 생각해요. 제발…… 이번 일엔 신경 끄고."

"아이에겐 아무 문제도 없어요."

"하지만 지난번엔……."

"그땐 빡빡한 일정과 불행한 질병 때문에 그랬던 거라구요."

난 그쯤에서 그만두었다. 좀더 격해셨다간 빵칼을 집어 들고 그를 푹푹 찔러댔을지도 모른다. 난 내가 왜 그 얘길 다시 꺼냈는지 이해할 수 없다. 한동안 잊고 지내왔으면서.

존이 냅킨으로 턱을 닦고 자리에서 일어났다. 그가 하인들을 전부 물러가도록 했다. 나는 괜한 소리를 꺼낸 것을 후회했다. 잠든 사자의 코털을 건드리다니. 그의 두 눈에서는 혐오의 불길이 활활 타오르고 있었다. 우린 지금껏 한 번도 진지하게 이 문제에 대해 얘기를 나눠본 적이 없었다.

"나는 열여덟 살 때 군대에 들어가 6년 동안 복무했소. 세상의 모든 젊은 남자들이 그렇듯 나도 자유를 맘껏 누리며 방탕한 생활을 했지. 하지만 그때 일로 오늘 이 순간까지 괴로움을 당하고 있소.

젊은 날을 그렇게 허비해버린 것이 뼈저리게 후회가 되오. 그저 당신이 과거에 있었던 내 잘못을 너그럽게 용서해주기만을 바랄 뿐이오. 하지만 앞으로는 이런 식으로 내게 말을 꺼내지 마시오. 절대로. 내게 정식으로 사과할 준비가 되기 전까진 날 볼 생각일랑 마시오. 식사를 할 때나 다른 모임이 있을 때도 말이오."

그의 변명을 전부 믿지는 않았지만 난 그가 시야에서 사라지기 전에 재빨리 사과했다. 그리고 그의 뒤를 졸졸 따라가기 시작했다. 난 그에게 폭스맨투어 부인의 실종으로 심기가 편치 않다고 설명하고, 식사중의 실언에 대해 사과했다. 저택 곳곳을 수색하고 있는 경찰들도 나의 뛰는 가슴을 진정시키지 못했다.

"그럼 내가 저들을 쫓아내버릴까?"

존이 말했다.

"아니에요."

"아니오. 아무래도 그러는 게 낫겠소. 지금 중요한 건 저들이 아니라 당신의 건강이오!"

아프리카에서 확실히 깨달은 사실: 존에겐 세상의 그 무엇도 자신의 상속자만큼 절실하지 않다.

그가 연회장을 성큼 나선 후 눈에 들어오는 하인과 경찰에게 버럭버럭 소리를 지르기 시작했다. (아직 공사가 끝나지 않아 저택에는 많은 인부들이 작업에 열중하고 있었다. 바깥세상 사람들은 공사가 영원히 끝나지 않는 림바우어 대저택을 몹시도 신기해했다.) 10분 후, 존은 두 명을 제외한 나머지 경찰들을 로즈 레드로부터 몰아내버렸다. 달랑 남게 된 두 명의 경찰은 사라진 폭스맨투어 부인을 찾아 수색을 계속했다. 솔직히 말해 나조차도 희망을 잃어버

린 후였다. (물론 단 1분이라도 존의 논리를 믿지는 않았지만! 문제
는 존과 내가 서로의 위치를 쉽게 이해하지 못하고 있다는 것이었
다. 결혼의 참화라고나 할까. 어쩌면 이 문제는 영원히 풀리지 않
을 수도 있다. 상반된 의견은 스스로 알아서 해결되지 않으니까.
그것들을 관대히 봐주거나 묵인해줄 수는 없는 일이다. 가끔 존중
은 해줄 수 있겠지만 만약 자신의 의견과 완전히 다른 것이라면 중
립적인 의견조차 인정을 해줄 수 없다.)

난 티나 콜맨에게 전화를 걸어 폭스맨투어 부인의 증발에 대해
털어놓았다. 웬일인지 얘기를 하는중에 자꾸 눈물이 흘러내렸다.
티나는 경찰들이 폭스맨투어 부인을 찾지 못하면 '점쟁이' 와 상담
해보라고 조언했다. 더 이상 듣고 있다간 기분만 상하게 될 것 같
아 난 곧장 전화를 끊어버렸다. 그것도 그렇지만 무엇보다 교환수
가 엿듣고 있으면 어쩌나 하는 걱정이 컸기 때문이었다. 요즘엔 그
런 일이 횡행한나는 소문을 들은 적 있다. 결혼 전까진 이런 문제
가 없었지만 대부호인 존 림바우어의 아내가 된 후부터는 사생활
을 침해받는 일이 번번히 일어났다. 꼭 누군가가 항상 날 지켜보고
있는 것 같은 느낌이다. 하인이든, 하녀이든, 운전사이든, 담 밖의
사람들이든. 사람들은 저녁식사나 공연 관람을 위해 자동차에서
내리는 존과 날 손가락으로 가리킨다. 그들은 몸을 숨기지 않은 채
로 서로에게 속닥거린다. 마치 돋보기 밑에서 사는 것 같다. 낮이
나 밤이나. 이 모든 것들에 심신이 피곤해짐을 느낀다.

이런 것들에 너무나도 익숙해져 있는 존은 아예 느끼지 못하거
나 전혀 상관하지 않는 것 같다. 그는 언제나 그런 식이다. 집 안에
서나 집 밖에서나 한결같이. 조금 노골적이긴 하지만 매력적이고,

부드럽지만 쉽게 꺾일 것 같은 그는 언제나 모든 상황을 지휘하고 통제하기를 좋아한다. 가까운 친구들과 파티를 열 때도 마찬가지다! 그가 만만치 않은 사업가로 정평이 나게 된 것도 다 그런 그의 성격 때문이다. 그의 매력과 유혹에 빠지는 건 비단 여자들뿐만이 아니다. 모두 각기 다른 이유로 그에게 접근한다. 존 림바우어는 상대를 압도하는 것으로 즐거움을 선사한다. 아무도 그를 거역하거나 이의를 제기하지 않는다.

그런 이유로 그는 어쩌면 나와의 결혼생활을 무척이나 짜증스럽게 여기고 있는지도 모른다.

티나는 내게 영매를 찾아가라는 조언을 해주었다.

경찰은 저택 밖에 모여 보도진을 해산시키고 있었다. 난 그녀의 조언을 심각하게 고려해보았다. 영매의 도움이 필요하면 그냥 불러들이면 될 것을. 무엇이 지금껏 나를 주저하게 만들고 있었던 것일까?

1909년, 3월 16일 — 시애틀

이걸 털어놓아야 하나? (수키나를 시켜 일기장을 없애버리라고 해야겠다. 만약 아이를 낳던 중 내게 무슨 일이라도 생기게 된다면. 일기장에 빽빽이 채워놓은 비밀들은 절대로 다른 이의 눈에 띄어선 안 된다.) 오늘 난 처음으로 남편에게 거짓말을 했다. (물론 그 동안 선의의 거짓말은 많이 늘어놓았었다. 그가 늦게 귀가하는 걸 그리 못마땅하게 생각하지 않는다고. 그가 내 침실에 불쑥불쑥 나타나 불쾌할 때도 은근히 즐기는 척해주고, 분명 잘못하고 있는 걸 알면서도 잘 한다고 추켜세워주고. 하지만 오늘 내가 한 거짓말은 이깃들과는 도저히 상대가 되지 않을 만큼 큰 것이었다!)

오늘 오후, 난 그에게 티나와 함께 유아용품을 쇼핑하러 갈 계획이라고 말했다. 수키나는 나와 동행할 것이고, 차 마시는 시간이 지나서야 돌아오게 될 거라고. 어쩌면 은행에 들러 아버지를 뵙고 올지도 모른다고 덧붙였다. 가뜩이나 저택 공사로 정신이 나가 있던 존은 내 말을 듣는 둥 마는 둥 건성으로 잘 다녀오라고 했다. 로즈 레드 중앙에 탑을 세우는 게 어떻겠느냐고 제안해 보았지만 존은 단번에 거절해버렸다. 언젠간 반드시 내 뜻대로 탑을 세우고 말 것이다. (런던에 있을 때 한 장인(匠人)에게 주문해두었던 멋진 스테인드글라스를 그곳에 붙일 생각이다. 이번 주 초에 받은 전보에 의하면 이미 그것을 뉴욕으로 보냈다고 한다. 이제 존을 설득하는 일밖에 남지 않았다!)

물론 오늘 쇼핑을 갈 계획은 없었다. 유아용품 따위는 아예 신경조차 쓰고 있지 않았다. 사실 오늘 난 티나가 귀띔해준 루-아 부인을 만나게 되어 있었다. 중국인인 그녀에게는 아주 신비한 힘이 있다고 한다. 오, 정말 기대가 된다!

티나는 1시가 조금 넘어 자신의 마차를 보내왔다. 마부는 루 부인이 살고 있는 도시의 암흑가를 잘 알고 있다고 했다. 어느새 몸에는 소름이 잔뜩 돋아 있었다! 중국 거리에선 아편이 횡행한다던데. 1페니 몇 개로 어린 아가씨와 재미를 볼 수 있고, 곳곳에 질병과 가난이 널려 있는 곳. 한꺼번에 시애틀로 들어온 수만 명의 중국인들은 마땅한 일자리를 찾지 못한 채 이곳에 진을 치고 살아가고 있다. 우리의 남편 중 몇몇도 이곳에서 노름을 하고, 여자들과 시시덕거렸을 게 분명하다. 어떤 이들은 아편도 했을 것이고, 어린 사내들과 뜨거운 밤을 보내기도 했을 것이다. 하지만 백인 여자가 중국 거리를 휘젓고 다닐 수 있으리라고는 상상도 할 수 없었다. 특히 고상하기로 유명한 티나 콜맨 같은 여자는 더욱.

수키나와 날 태운 마차는 콜맨의 집으로 향했고, 우린 그곳에서 잠시 쉬었다가 다시 마차에 올랐다. (티나는 그웬이라는 젊고 아름다운 스웨덴인 하녀를 데려왔다.) 마차는 도시의 남부를 향해 달려가기 시작했다.

도로에 덮여 있는 마른 흙은 우리가 눈에 익은 지역을 벗어남과 동시에 걸쭉한 진흙으로 바뀌었다. 도시 중앙의 석조 건물 대신 일렬로 늘어선 통나무집이 눈에 들어오기 시작했다. 진흙, 나무상자, 그리고 쓰레기 더미들. 통나무집 사이로 좁고 음침한 골목이 하나씩 나 있었고, 벌거벗은 아이들이 차가운 빗속에서 뛰놀고 있었다.
공과 막대기를 가지고 놀고 있는 노란 피부의 아이들은 오랜 굶주
림으로 몹시 허약해 보였다. 비를 막기 위해 방수시트나 대나무를
엮은 지붕을 얹어놓은 난로 굴뚝에선 검은 연기가 모락모락 피어
오르고 있었다. 난 지금껏 이런 세상은 존과 함께 둘러보았던 이집
트나 인도의 빈민가에나 존재하는 것이라고 생각해왔다.

  마차가 중국 거리 깊숙이 자리한 2층짜리 목조 건물 앞에 멈춰섰
을 때 내 심장은 어느새 목까지 올라와 있었다. 당장이라도 어두운
그림자 속에서 우락부락한 중국인 남자가 끝이 구부러진 양날 칼
을 들고 튀어나올 것 같은 기분이 들었다. (키플링의 소설에 나오
는 캐릭터처럼) 언제 손가방을 빼앗기고, 강간을 당하게 될지 모르
는 일이었다. 하지만 놀랍게도 우리에겐 아무 일도 일어나지 않았
다. 마부가 우리를 판자 길 위로 내려주었고, 우린 그 길을 따라 문
제의 건물 안으로 들어섰다.

  실내에선 백단 향기가 은은히 풍기고 있었다. 갑자기 바깥세상
에서 보낸 1년간의 신혼여행이 떠올랐다. 첫번째 방은 가스등이
아닌 촛불이 켜진 어둑한 곳이었다. 이 지역엔 아직 가스선이 들어
오지 않은 모양이었다. 그다지 튼튼해 보이는 건축물은 아니었다.
작은 틈새로 바람이 횡횡 새어 들어오고 있었고, 심하게 흔들리는
촛불은 벽에 요동치는 그림자를 드리우고 있었다. 참으로 으스스
하고, 불안한 분위기였다. 수키나가 내 팔을 살짝 잡아당기며 자신
의 푸르스름한 얼굴을 설레설레 가로 저었다. 뭔가 심상치 않은 기
운이 느껴진다는 뜻이었다. 이런 일에는 수키나의 육감을 100퍼센
트 신뢰해야 했다. 그녀에겐 뭔가 예측 불허한 것들을 예상하는 신

비한 능력이 있었다. 이곳에서 그녀는 뭔가 심상치 않은 기운을 느끼는 모양이었다. 그것도 아주 섬뜩한. 나조차도 그걸 느낄 수 있을 정도였으니. 어둡고, 불길한 존재. 사악하고, 무자비한.

"정말 괜찮겠어요?"

티나가 물었다.

"좀 섬뜩하죠? 하지만 걱정 말아요, 엘렌. 루 부인은 이 방이나 이 건물처럼 음산한 사람이 전혀 아니니까요. 아마도 상술일 거예요. 그녀를 찾는 단골 고객들의 대부분은 중국인들이거든요. 아무래도 그들의 취향에 맞추려다 보니…… 어쩔 수 없었겠죠. 중국인들은 내세의 분위기를 좋아하고, 루 부인은 그런 그들의 욕구를 만족시키려 하는 것 같아요. 거듭 말하지만 그녀는 절대 이런 분위기와는 달라요. 만나보면 그녀가 얼마나 고상하고, 한없이 끈기 있고, 마음씨 좋은지 금세 알게 될 거예요. 그웬도 처음 이곳으로 데려왔을 때 잔뜩 겁을 집어먹었었죠."

티나의 말에 얼굴이 창백한 어린 하녀가 고개를 끄덕였다. 그녀와 수키나는 너무나도 다른 모습을 하고 있었다. 그웬이 창백하고 투명한 반면, 수키나는 검고 불투명했다. 이 아리따운 하녀를 고용하려 했던 건 과연 티나의 아이디어였을까, 아니면 그녀 남편의 아이디어였을까? 이 도시의 많은 가정부는 사생아를 가지고 있다.

"하지만 이제 그웬도 나만큼이나 이런 환경에 익숙해졌어요. 그녀도 빼어난 루 부인을 만나본 적이 있고, 아무것도 걱정할 게 없다는 걸 잘 알게 됐죠. 점쟁이라고 절대 깔보면 안 돼요. 루 부인은 사기를 치거나 하지 않아요. 그건 내가 보장할 수 있어요. 하지만 그녀도 수많은 사이비 점쟁이들에 맞서 경쟁을 해야 하고, 그런 이유로 분위기에도 이렇게 세심한 신경을 써야 하는 거죠."

하지만 왠지 난 그녀의 말에 100퍼센트 수긍이 가지 않는다. (수키나는 처음부터 루 부인의 능력을 의심하고 있었다.) 내 몸을 휘감싼 이상한 향기 때문인지, 아니면 벽 위에서 어지럽게 흔들거리는 그림자 때문인지, 방에는 긴장감이 감돌았다. 어쨌든 난 흥분된 가슴을 애써 진정시키며 조심스레 걸음을 옮겼다. 여긴 여자가 올 곳이 못 된다. 단지 그 이유 하나만으로 말로 다 표현할 수 없는 스릴이 느껴졌다. (부인들 사이에서는 조만간 여자들의 세상이 올 거라는 얘기가 조용히 돌고 있다. 지금 난 이곳에서 생전 처음으로 머지 않은 미래에 그 경계가 무너져버릴 거라는 걸 분명히 느꼈다. 솔직히 말하면 이곳에 발을 들여놓는 순간부터 꼭 선구자가 된 느낌이 들었다.)

우린 삐걱거리는 계단을 올라 비좁은 나무 통로로 들어섰다. 칠흑 같은 어둠이 펼쳐졌다. 한쪽 구석 등의자에 앉아 있는 루 부인의 모습이 어렴풋이 눈에 들어왔다. 꼭 손에 끼는 장갑처럼 그녀의 몸은 의자를 꽉 채우고 있었다. 그녀는 보통 여자의 서너 배에 달하는 거대한 체구의 소유자였다. 육중한 몸을 감싸고 있는 실크와 땅에 닿을 듯 긴 검은 머리를 묶은 새까만 헤어핀 두 개. 빨간색 실크 가운의 이음매 위로 겹겹이 접힌 턱이 얹혀 있었다. 포동포동한 손은 구부러질 것 같아 보이지 않았고, 음성은 남자처럼 굵고 낭랑했다. 마치 입 안에 액체를 물고 있는 듯 말을 할 때마다 목에서 끓는 소리가 들려왔다.

"앉아요."

그녀가 거적이 갈린 바닥을 가리켰다.

난 깜짝 놀라 티나를 돌아보았다. 그녀가 살짝 미소를 지어보이고는 하녀의 도움을 받아 다리를 접고 바닥에 앉았다. (어쩐지……내게 수키나를 데려오라고 성화를 피웠던 것도 다 이유가 있었군!) 수키나도 내가 바닥에 앉을 수 있도록 부축해주었다. 솔직히 말해 이렇게 바닥에 앉아보는 것은 어릴 적 이후 처음이었다! 그리고 우리의 두 하녀가 루 부인의 두 문지기 옆으로 다가가 나란히 섰다. 문지기들은 어린 소녀였다.

"또 오셨군요, 미스 티나. 이번엔 친구분까지 데리고 오셨네요."

"사실 오늘은 이 친구 때문에 온 거예요, 부인."

"아, 그런가요?"

그녀의 반짝반짝 빛나는 검은 눈이 잠시 내 몸 구석구석을 훑었고, 내 몸은 이내 뜨겁게 달아올랐다. 마치 그녀의 두툼한 손이 내 몸에 닿기라도 한 듯. 벌써부터 그녀가 내 비밀을 하나씩 빼내어 가고 있는 것 같았다. 마치 내 일기장을 들춰 줄줄이 읽어 내려가기라도 하는 듯.

루 부인은 뭔가 위협적인 존재를 끌어 모으고 있었다. 실내의 향 냄새에 현기증이 나기 시작했다. 내가 '주문(呪文)'에 취해 있는 동안 그녀가 오래된 양철 상자를 열고 상아색 뼈 한 움큼을 꺼내 들었다. 수천 번 매만졌을 작은 뼈들은 모두 반질거리며 빛나고 있었다.

"무엇이 알고 싶으신 거죠?"

내 남편과 같은 굵은 목소리로 그녀가 물었다.

"질문은 몇 개나 할 수 있죠?"

커다란 여자가 눈을 굴리다가 티나를 향해 오만한 눈길을 보냈다. 티나가 몸을 구부리며 내게 속삭였다. 루 부인은 협상을 하지 않고 그저 대답이 끝날 때마다 돈을 청구할 뿐이라고. 아무 질문이나 마음껏 물을 수 있고, 질문에 대한 답을 들을 때마다 50센트씩 돈을 내야 한다고 했다. 난 그것을 고리(高利)로 꾸어주는 정도의 액수로 여겼지만 그러겠다고 흔쾌히 수락했다.

"좋아요."

하지만 바닥에 이렇게 앉아 있는 내 모습이 점점 모욕적으로 느껴졌다. 내 첫 질문은 이랬다.

"폭스맨투어 부인은 아직 살아 있나요?"

루 부인이 한동안 날 쳐다보다가 앞에 놓인 검은 에나멜 테이블을 살살 매만지기 시작했다. 그리고 손에 쥐고 있던 뼈 한 움큼을 테이블 위로 휙 던졌다. 뼈끼리 부딪치는 소리가 꼭 돌멩이 부딪치는 소리처럼 들렸다. 개가 알 수 없는 무언가를 유심히 살피듯 그녀가 마구 흐트러진 뼈들을 묵묵히 내려다보았다. 그녀의 고개는 오른쪽으로 살짝 기울어져 있었다. 그녀가 주문을 중얼거리며 고개를 끄덕였다. 그녀의 낮은 음성이 실내에 은은히 울려퍼졌다.

"생명에는 많은 형태가 있죠. 그렇죠? 그 부인의 영혼은 아직 살아 있어요. 난 그걸 알 수 있어요. 하지만 그녀의 몸은…… 부인이 생각하는 것과는 다른 형태로 살아 있어요."

그 말에 몸이 부들부들 떨렸다. 살아 있지만 살아 있지 않다고? 그게 가능한가? 독실한 크리스천인 내게 이런 이교도적인 사상과 사악한 대화는…… 하지만 난 이미 오래 전에 그 선을 넘고 말았는걸. 내 기도 속에서. 이제야 내 주위의 세상이 나를 따라잡은 것뿐이지.

루 부인이 큼직한 손으로 테이블 위의 뼈들을 모아 쥐고 다시 양철 상자 안에 집어넣었다. 그녀의 한쪽 눈은 경계하듯 날 주시하고 있었다. 다음 질문을 기다리고 있는 것이었다. 난 그녀가 먼저 입을 열기만을 기다렸다.

"또 다른 질문이 있나요?"

난 티나를 흘끔 돌아봤다. 로즈 레드에 대한 질문을 하고 싶었지만 그녀가 듣는 것은 원치 않았다. 그녀를 신뢰할 수 있을까? 난 대담하게 묻기로 결심했다.

"우리 집, 우리 저택, 로즈 레드 말이에요. 혹시 악령에 들려 있지는 않나요?"

내 질문에 티나가 상당한 흥미를 보였다. 그녀가 날 바라보고 있었지만 난 그녀와 눈을 맞추지 않았다.

의식의 집행은 아까 같은 방법으로 진행되었다. 그녀의 두툼한 손, 두꺼운 손가락이 흐리터분한 회색 상자 안으로 파고들고, 뼈 한 움큼을 다시 광택을 띠고 있는 에나멜 테이블 위로 휙 던졌다. 그녀의 검지가 흐트러진 뼈를 잠시 훑어나갔다. 수키나가 긴 한숨을 내쉬었다. 이 모든 게 부질없는 짓이라는 뜻이었다.

루 부인이 말했다.

"저택에 당신 혼자만 있는 것은 아니에요."

"영혼이 함께 하고 있다는 얘긴가요?"

갑자기 부르르 떨리는 몸을 애써 가누며 내가 물었다. 어쩌면 난 진실을 두려워하고 있는지도 몰랐다. 아직 준비가 되어 있지 않았으니까.

"뭔가가 있는 건 틀림없어요. 거기까진 확실히 이야기해줄 수 있어요."

더 이상 듣고 싶지도 않았다. 뭔가가 있다니. 어째서 그녀의 한 마디에 내가 이토록 심각해 하는 걸까? 뼛속까지 싸늘한 한기가 느껴지는 건 왜일까? 수키나는 한술 더 떠 루 부인의 말에 동의한다는 듯 고개를 끄덕이고 있었다. 저택에 뭔가가……

난 밖으로 나가고 싶어졌다. 서둘러 집에 돌아가고 싶었다. 하지만 내가 그토록 그리워하는 집은 다름아닌 로즈 레드였다.

누군가가 존과 나에게 못된 장난을 치고 있다. 아무리 오늘이 만우절이라지만 몹시 화가 나고, 걱정으로 의식까지 혼미하다.

또다른 여자가 저택에서 흔적도 없이 사라졌다.

이번에 사라진 건 '로라' 라는 이름을 가진 하녀였다. 무척이나 매력적인 외모의 소유자였던 그녀는 우리의 사실(私室)을 드나들며 침대보를 갈거나 화장실 청소 등을 도맡아 해왔다. 흑인이었지만 엷고 빛나는 피부색을 가지고 있었다. 그녀는 수키나가 친동생처럼 각별히 아끼던 하녀였다.

지배인 토마스가 존에게 이 사실을 알렸을 때 존은 하마터면 정신을 잃고 쓰러질 뻔했다. 아무리 강인한 그라도 연이어 터진 기이한 일에 당혹스러움을 감추진 못했다.

"저…… 로라가……"

존과 함께 차를 마시고 있을 때 토마스가 들어와 입을 열었다. (지난번 폭스맨투어 부인이 사라졌던 것도 비슷한 시간이었다.)

"로라?"

흥분한 존이 말했다.

"우리 하녀 말이에요."

내가 가쁜 숨을 몰아쉬며 귀띔해주었다. 그러자 존이 달려들 듯 큰소리로 대꾸했다.

"로라가 누구인지는 나도 알고 있소, 엘렌. 가만히 좀 있어요!"

얼굴이 화끈 달아오른 나도 그에게 한 마디 쏘아주고 싶었지만 꾹 참았다. 물론 그도 로라가 누구인지 잘 알고 있겠지. 하인을 고용하는 건 전적으로 존의 권한이다. 물론 집안 일에 대해서는 모든 걸 내게 일임한다고 했지만 그저 말뿐이다.

그가 입술을 잘근잘근 깨물기 시작했다. 뭔가 사악한 생각에 푹 잠겨 있는 것 같았다. 그 순간, 왠지 이 모든 게 내가 아닌, 존의 소행이 아닐까 하는 의심이 들기 시작했다. 어쩌면 그의 은밀한 기도 때문인지도 몰랐다. 그럼 어두운 그 무언가에 기도를 올릴 때마다 들려오던 그 목소리도 존의 것이었단 말인가? 만약 그렇다면 그는 과연 누구에게 기도를 올린 것일까? 적어도 내게 해가 될 일 따위는 빌지 않았을 것이다. 자신의 후계자가 탄생하기 전까지 그럴 걱정은 없었다. 그럼 대체 무슨 기도를? 궁금해 미치겠다. 내 이론을 뒷받침해주는 증거가 하나씩 착착 드러나고 있었지만 아직까지 난 해답을 찾아 헤매고 있을 뿐이다. 이번 실종 사건은 남편을 무척 난처하게 만들었다. 폭스맨투어 부인이 사라졌을 때보다 더욱.

그 소식이 전해지자마자 존과 토마스는 33명의 하인을 모두 모아 대무도장을 샅샅이 뒤지도록 지시했다. (사라진 로라는 34번째 하인이었다!) 저택 내에서는 특히 소문이 빨리 퍼지기 때문에 그들에게 단단히 입 단속을 시켜야 했다. (이제 내 인생에 사생활이란 남아 있지 않았다. 세상이 모르는 내 일은 아무것도 없다.) 지배인과 수키나는 모여든 하인들의 맨 앞에 서 있었다. 존은 힘차고 섬뜩한 저음의 목소리로 그들에게 지시를 내렸다.

"무슨 일이 있어도 와트슨 부인의 하녀 로라 허트슨의 행방을 알

아내야 해. 누구든 허트슨 양에 대해 아는 사람 있으면 앞으로 나
와 봐.”

　토마스는 커다란 체구를 가지고 있고, 목소리도 그에 걸맞게 우
렁찼다. 몇몇 하녀들은 벌써부터 울음을 터뜨리고 있었다. 애써 참
아보려 노력은 하고 있었지만 마음처럼 잘 되지 않는 모양이었다.
놀랍게도 18세 정도로 보이는 ‘로드니’라는 하인이 앞으로 한 발
짝 걸어 나와 유순한 목소리로 말했다.

　“저…… 제가……”

　“로드니?”

　하인의 이름을 전부 기억하고 있는 존의 기억력에 난 또 한번 놀
라고 말았다. 그는 그들의 이름과 뒷배경까지 줄줄이 꿰고 있는 것
같았다. 나도 많은 하인들을 알고 있긴 하지만 그들 전부를 안다는
건 불가능이었다.

　“오늘 아침에 일광욕실에서 로라를 봤어요. 정확히는 모르지만
그녀가 차고로 향하는 것 같았어요.”

　존이 입을 오므리고 차고를 관리하는 다니엘을 돌아보았다. 두
사람은 한동안 강렬한 시선을 주고받았다. 순간적으로 실내에 한
줄기 바람이 쓸고 지나가는 듯한 느낌이 들었다.

　“정말인가, 다니엘?”

　“전 그녀를 보지 못했어요. 여기 모이기 전까지 오전 내내 차고
를 떠나지 않았어요.”

　다니엘은 무려 20년간 존의 말들을 관리해왔다. 존이 다니엘의
의견을 전적으로 신뢰하는 것은 물어보나마나였다.

　“일광욕실이라고 했나?”

존이 로드니에게 물었다.

"네. 이런 말씀을 드려도 되는지 모르겠지만, 그곳에서 그녀는…… 그녀는 약간…… 수상쩍어 보였어요. 날 보더니 깜짝 놀라더라고요. 처음엔 누군지 몰랐지만 이내 로라를 알아볼 수 있었죠. 턱을 살살 흔들어대기 좋아하는 게 그녀 아닌가요?"

그의 진지한 설명에 다른 하인들이 킥킥거리며 웃기 시작했다. 존이 그들을 쏘아보며 주의를 주었다.

"또 다른 사람 없나?"

아무도 앞으로 나서지 않았다.

이번엔 내가 입을 열었다.

"이건 중요한 일이에요. 제발…… 그녀를 본 사람이 있으면 숨기지 말고 얘기해줘요."

댄비 부인의 시중을 드는 린다의 표정이 심상치 않았다. 린다는 로라와 한방을 쓰고 지내던 사이였다. 그들을 잘 알지는 못했지만 왠지 두 사람은 무척 가까운 사이였을 것 같은 생각이 들었다. 그녀의 눈이 휘둥그레졌다. 그녀의 손이 약간 들어올려졌다.

"린다?"

내가 그녀를 불렀다.

"네?"

그녀의 목소리에서 팽팽한 긴장감이 느껴졌다.

"뭔가 할 얘기가 있는 것 같은데……"

그녀가 나와 존을 번갈아 쳐다보았다.

"아니에요."

"방금 뭔가 할 얘기가 있는 것처럼 보였는데, 아닌가요?"

"그런 거 없어요."

존의 매서운 시선에 난 입을 닫아버렸다. 자신이 모이도록 한 하인들 앞에 내가 나서는 것이 마음에 들지 않았던 모양이었다. 그가 하인들을 나누어 저택 수색을 지시했다. 자신의 계산에 의하면 33명의 하인들이 저택의 모든 벽장, 식기장, 창고, 여행용 트렁크를 샅샅이 뒤지는 데 한 시간에서 한 시간 반 정도의 시간이 소요될 거라고 했다. 아무리 오래 걸려도 두 시간은 넘지 않을 거라며. (이 많은 사람이 두 시간에 걸쳐 수색을 해야 하다니…… 그것만으로도 아직 공사중인 이 저택의 어마어마한 크기를 짐작할 수 있다. 나와 가정부장(家政婦長)조차도 아직 저택 내 지리를 잘 알지 못한다. 실제로 3주 전에 공사가 끝났다고 하는 3층 날개부분은 지금껏 한번도 가보지 못했다.)

하인들이 흩어지고, 수색이 시작되자 존의 얼굴이 백지장처럼 창백해졌다. 그런 모습은 처음이었다. 난 수키나를 찾아 그녀에게 린다를 내 방으로 데려오라고 시켰다.

"하지만 수색은 어떻게 하고요?"

불안함에 눈이 휘둥그레진 수키나가 억양 없는 케냐 액센트로 말했다. 가끔 그녀는 딱딱한 영국 액센트를 구사하곤 했다.

"주인님께서……"

"존은 신경 쓰지 마. 지금 당장 린다를 내게 데려와. 할 말이 있으니까."

"알겠습니다."

언제나 고분고분한 수키나가 대답했다. 수키나의 많은 장점 중 하나는 언제나 차분하고 당황하지 않는 모습을 보여주는 능력을 가지고 있다는 것이다. 세대는 달라도 아프리카인들은 한결같이 과거를 돌아보지 않는 특성이 있다. 논쟁이나 의견차나 다른 어려움들도 조금의 미련도 없이 시간 속에 묻어버린다. 마치 아예 일어나지도 않았던 일처럼. (링컨 대통령의 노력에도 불구하고 무시무시한 남북전쟁을 겪은 우리 부모님 세대는 어떨지 몰라도 난 노예제도는 폐지되어야 한다고 믿고 있다. 모든 아프리카인들에겐 우리처럼 사회에 진출해 평등하게 살아갈 권리가 있다. 그런 링컨 대통령의 노력을 역사는 순수한 박애주의가 아닌 그저 정치적 도구라 기록할 것이 틀림없다. 자유인이 되었다고 모든 게 해결되는 건 아니다. 그들에게는 일자리나 땅이 주어지지도 않고, 백인들로부터 철저히 격리된 채 살아가야 한다. 여성 참정권을 주장하는 이 도시의 여자들 사이에서는 흑인들도 미국 여성들만큼이나 자신들의 권리를 주장해야 한다는 동정론이 일고 있다.) 내 지시를 받은 수키나가 서둘러 사라졌다. 그 후로 10분도 채 지나지 않은 시간, 저택의 서쪽 날개에 자리한 내 방으로 돌아와 보니 수키나와 린다가 벌써부터 날 기다리고 있었다. 난 몸을 떨고 있는 린다에게 앉을 것을 권했고, 수키나가 나가려고 하자 그녀에게 같이 있어달라고 부탁했다. 언제나 나서지 않는 것. 그것 역시 수키나가 가지고 있는 장점 중 하나이다. 난 린다 앞에 놓인 의자에 앉아 그녀의 차가운 손을 살며시 잡아 쥐었다.

"자, 내게 무슨 얘길 하려고 했던 거지?"

"아무것도 아니에요."

"자, 자, 네가 무슨 말을 하려고 했다는 건 우리 두 사람 다 잘 알고 있잖아. 네 눈만 봐도 알 수 있다구. 로라의 행방에 대해 알고 있

다면 말을 해 봐. 나한텐 무척 중요한 일이거든. 생사가 걸린 일이
야. 폭스맨투어 부인의 운명도 아직 잘 모르고 있잖아. 안 그래?"

겁에 질린 하녀가 수키나와 날 차례로 돌아보았다. 그녀의 눈에
는 눈물이 가득 고여 있었다.

"자, 어서. 아무 일 없을 테니 말해 봐."

"아…… 아까…… 로드니가 얘기했던 대로예요."

"일광욕실?"

그녀가 고개를 끄덕였다. 입술을 가볍게 떨며 이내 고개를 푹 숙
였다.

"괜찮다니까."

"아니에요."

그녀가 속삭였다.

난 차분한 모습으로 서 있는 수키나를 돌아보았다. 한동안 하녀
를 뜯어보던 수키나가 입을 열었다.

"로라 양을 일광욕실에서 봤나요?"

린다가 고개를 저었다.

"아뇨."

"그럼 저택 밖에서?"

수키나가 물었다. 물론 수키나는 폭스맨투어 부인이 저택에서
벗어나 있다고 믿지 않았다. 아직까지 경찰이 주장하는 것처럼.

린다가 기운 빠진 모습으로 고개를 끄덕였고 수키나는 다시 물
었다.

"그녀가 무슨 옷을 입고 있던가요?"

하녀가 축축이 젖은 눈으로 날 돌아보자 이번에는 내가 질문을

했다.

"외출용 겉옷을 입고 있었어? 밖으로 나갈 채비를 하고 있었느냐고?"

요즘 들어 날씨가 많이 쌀쌀해졌다. 북쪽에서부터 몰려오는 폭풍 때문이었다. 뭐 그렇다고 이맘때쯤 보기 드문 날씨는 아니었다.

하녀가 고개를 가로저었다.

"마차 차고로 갔어요."

등골이 오싹해졌다. 남편이 다니엘에게 나지막이 묻던 모습이 떠올랐다. 그들은 뭘 숨기고 있는 것일까?

린다의 눈이 더욱 커졌다. 그녀가 입술을 물며 의자에서 일어났다. 그리고 무언가에 쫓기듯 방을 횅하니 나가버렸다.

"오, 이런……"

내가 더듬거리며 말했다.

"분명 그가 꾸민 일일 거예요."

"다니엘 말이야?"

그녀가 누굴 얘기하고 있는지 알고 있었지만 난 이렇게 물었다.

"아뇨."

수키나가 대답했다. 그녀는 까만 눈으로 날 꿰뚫어보며 거듭 말했다.

"바로 그."

로즈 레드를 샅샅이 수색했다. 지하실부터 다락까지. 이쪽 날개에서 저쪽 날개까지. 바닥 널부터 굴뚝까지. 수색이 계속될수록 존의 절망도 점점 커져만 갔다. 그는 유난히 로라의 실종에 지대한 관심을 가지고 있었다. 폭스맨투어 부인이 사라졌을 때와는 비교도 되지 않을 만큼. 어쩌면 연이어 이어지는 사건에 짜증이 나 있는 것인지도 모른다. (제발 다른 이유가 아닌 그것 때문이었으면!) 그녀를 찾는 데에만 혈안이 된 남편은 지배인에게 하인들을 모아 다시 수색에 들어가라고 지시했다. 같은 시간, 그는 자신의 사냥개들을 풀어 저택 주변 숲을 샅샅이 뒤졌다. 수색이 시작된 지도 벌써 6시간째에 접어들고 있었다. 하지만 불쌍한 로라의 흔적은 그 어디에서도 발견되지 않았다.

더 이해할 수 없는 건 존의 결정이었다. 방금 전, 그는 이 사건을 경찰에 알리지 않기로 결심했다. 충혈된 눈과 회색 피부, 그리고 으스스한 낮은 목소리로 남편이 말했다.

"원래 야반도주하는 하인들이 많지 않소?"

"이 저택에선 그런 일이 없었잖아요. 여태까지 단 한 명도 저택을 뜨지 않았다고요. 도시 전체에서 이곳처럼 대우가 좋은 곳도 없고요, 존."

"그럼 그녀가 첫 케이스인 모양이군."

"그럼 그녀의 짐은 어떻게 설명할 수 있죠? 그녀의 옷들. 아무것도 없어지지 않았잖아요. 어디 한 군데 흐트러진 곳도 없고요. 세상에 이렇게 떠나는 사람이 어디 있어요?"

"저택 내 다른 남자 때문일 수도 있소. 요즘 젊은 애들이 어떤지는 당신도 잘 알고 있지 않소?"

"로라는 어린 아이가 아니에요, 존. 나보다 겨우 세 살 적을 뿐이었다고요."

"또래 남자, 로맨스, 실연의 아픔…… 내기를 해도 좋소."

"하지만 경찰엔 신고해야죠."

"우리 입장도 생각해야 하오. 사회에서 우리의 위치 말이오. 1년에 경찰을 두 번씩이나 불러들일 순 없소. 나중에 그 스캔들을 어떻게 감당하려고……"

"지금 로라의 행방을 찾는 게 중요하지 그깟 사람들의 입에 오르내리는 것이 뭐 그리 대수인가요? 그들의 입은 내가 틀어막을 수 있어요. 우리 불행에 좋아서 시시덕거릴 사람들이 아니에요."

"그걸 어떻게 확신할 수 있소? 우리의 나이차가 크다는 것만으로도 그들의 입에 자주 오르내린다는 걸 모른단 말이오?"

"지금껏 우리는 잘 견뎌왔잖아요. 우린 괜찮을 거에요. 설령 로라를 영원히 찾지 못한다 해도."

내가 좀더 힘을 주어 말했다.

"그런 소리 마시오!"

그가 버럭 화를 냈다.

"존?"

"이 집이 대체 어쨌다고 그러는 거요?"

"저택 때문이 아니에요. 그저 우연의 일치일 뿐이라고요."

내가 대답했다. 하지만 나조차도 내 설명에 자신이 없었다. 난 아직까지 모든 게 남편의 책임이라 믿고 있었다. 두 건의 실종사건이 내가 자궁 속에 품고 있는 아이와 무관하지 않다는 것도. 극도의 공포심은 나로 하여금 남편을 의심하지 못하도록 만들고 있었다. 그래서 난 두번째 가능성에 초점을 맞추기로 했다. 제물. 어두운 면을 향한 내 기도가 현실로 나타난 것이다. 하지만 난 아직까지 내게 들려오는 언어를 제대로 알아들을 수 없다. 루 부인을 다시 찾아가볼까? 아니면 지난번에 그녀를 만나고 온 것을 어둠 속의 그가 알고 있는 것일까? 한 가지 확실한 건 기도가 강력한 무기라는 것이다. 그렇기 때문에 남편의 불행을 빌 때도 각별한 주의를 기울여야 한다.

"우연의 일치?"

그가 비웃으며 말했다. 투덜거리는 그의 입에서 침이 튀었다.

"그녀는 바로 이곳에 있었소. 그리고 눈 깜짝할 사이에 사라져버렸고."

난 전에 없던 차분함으로 그에게 나긋나긋한 음성으로 말했다.

"어디 있었다고요, 존? 오늘 그녀를 직접 봤어요?"

내 질문에 그가 당황스러워하기 시작했다.

"뭐요!"

그가 빽 소리를 쳤다. 꼭 그가 아끼는 사냥개가 짖는 것 같았다.

"지금 날 의심하고 있는 거요?"

"아니에요. 그냥 보고 들은 대로만 이야기하고 있는 거라고요. 나는 단지 오늘 당신이 그 불쌍한 아이를 보았는지 궁금했을 뿐이에요."

"만약 보았다면?"

그가 씩씩거리며 물었다.

"그냥 질문일 뿐이라니까요."

"그럼 그렇게 태연하고 차분한 모습을 하고 있는 당신은 어떻소, 엘렌? 당신은 오늘 로라를 보지 못했소?"

그의 커다란 머리가 좌우로 까딱거렸다. 잘못하면 머리가 몸에서 떨어져나갈 것처럼 보였다.

"그녀는 바로 이쪽 날개에서 일을 했소. 우리의 개인방이 있는 곳에서 말이오. 그녀는 이곳에서 밤낮 가릴 것 없이 온갖 잡일을 도맡아 해왔소. 당신과 날 똑같이 섬겨왔단 말이오."

오, 나의 일기장, 그때 그의 표정을 봐야 했어! 공포에 사로잡힌 그의 얼굴. 자책감. 여자는 그것을 단번에 알아차릴 수 있다. 게다가 난 아내이니.

"밤낮 가릴 것 없이?"

사실 난 지금껏 단 한 번도 그녀를 불러 잡일을 시킨 적이 없었다. 그런 일은 수키나가 도맡아 해왔으니까. 하지만 로라는…… 솔직히 난 그녀의 존재조차도 거의 모른 채 지내왔다. 가끔 그녀의 독특한 미모, 투명한 피부, 곧은 코가 눈에 띈 적은 있었지만. 보나마나 남편도 그녀의 미모를 그냥 지나쳤을 리 없었을 것이다.

"아주 매력적인 아이였죠. 안 그래요, 존?"

"과거 얘기를 하고 있는 거요?"

"난 지금 그녀의 미모를 얘기하고 있는 거예요. 너무 청순하고, 또 어리고, 매력적이고…… 아니, 그다지 청순하지 않았을 수도 있죠. 겉보기와는 다르게."

남편의 눈은 공황으로 가득 차 있었다. 그리고 의심은 그렇게 진실로 확인되었다. 이젠 발뺌 못 하겠지.

또다시 '사고'를 겪게 될지도 모른다는 생각이 들었다. 수키나를 불러 약초를 구해오라고 시켜야겠다. 뱃속에 웅크리고 있는 남편의 상속인을 아예 지워버릴 수 있도록. 이건 내가 그에게 가할 수 있는 유일한 응징이다. 사고였을 수도 있지만 로라의 실종에는 뭔가 구린 면이 있다. 어쩌면 남편 말대로 로라가 제 발로 로즈 레드를 걸어나갔을 가능성도 있다. 어쩌면 진실을 알게 된 후 심한 타격을 받게 될 내가 걱정이 되어 수키나가 쫓아낸 것일 수도 있고. 수키나 정도라면 충분히 그러고도 남았다. 그녀에겐 탁월한 통찰력과 약초를 다루는 기술 외에도 다른 능력이 많이 있다. 통찰력과 직관력은 물론 독심술까지 구사할 수 있는 능력이 있다. 하지만 난 그녀에게 묻지 않는다. 만약 청순한 로라가 그다지 청순하지 않은 아이라면 그녀의 실종은 오히려 내게 반가운 소식이 아닐 수 없다. 언젠가 이런 기도를 올린 적이 있었다. "내게서 남편을 앗아가는 이에게 저주가 있기를." 오늘 밤, 침실로 돌아가 같은 기도를 올릴 것이다. 매일 습관적으로 그러듯이. 어쩌면 수키나가 내 기도를 몰래 엿들어왔는지도 모른다. 그녀에겐 충분히 그럴만한 신통력이 있으니 의심할 여지는 없다. 그럼 그녀가 지금까지 내 운명을 지배해왔다는 말인가? 날 보호하기 위해서? 만약 그렇다면 내가 불평할 것은 아무것도 없지 않은가. 굳이 그녀에게 물어볼 필요도 없고. 로라는 이제 우릴 떠났으니. 경찰조차도 모르는 일이니 소문이 날 걱정도 없다. 오늘 밤, 저택의 모든 빗장은 단단히 걸리게 될 것이다. 풀리지 않는 많은 질문을 안고.

1909년, 9월 9일 – 로즈 레드

  손에 힘이 하나도 없지만 내 짧은 생애에 가장 중요한 날을 기록해두기 위해선 어쩔 수 없다. 지금으로부터 11시간 전, 꼭두새벽에 난 아들을 낳았다. 난 그 아이를 아담이라 부르기로 했다. 내겐 첫 아이였으니까. 그 자리를 지키고 있던 하녀들은 입을 모아 '순산'이었다고 했다. 3시간의 진통, 그리고 빠른 분만. 하지만 만약 그것이 순산이었다면 난 다른 방법은 절대 체험하고 싶지 않다! 태어나서 그런 고통은 처음 느껴보는 것이었다. 여자의 은밀한 부위가 그렇게 바뀔 수도 있다는 건 정말 놀라운 일이었다. 근육의 경련과 수축. 의식을 잃었다, 되찾았나…… 비명과 통증, 그리고 기쁨의 흐느낌. 축축한 핑크색 피조물이 내 가슴에 안겨졌다. 아이는 어느새 내 가슴을 향해 슬금슬금 올라오고 있었다. 원시적 본능이 탯줄도 끊어지지 않은 아이를 압도하는 모양이었다. 지금 아이는 최고급 면담요에 싸인 채 내 침대 옆 요람에 누워 있다. 아이는 파란 눈을 감고 평화롭게 잠들어 있다. 두 주먹을 불끈 쥔 채. 마치 깊은 생각에 잠겨 있기라도 한 듯. 오, 나의 보배! 이 환희!

  로즈 레드는 기쁨에 들썩이고 있다. 하인들은 싱글벙글 미소를 띠고 있고, 남편도 콧노래를 흥얼거렸다고 한다. 그는 벌써 두 번씩이나 샴페인을 주문해 마셨단다. 아들! 아담이 세상에 나왔을 때 아이 아버지는 내게 전에 없던 부드러운 키스를 해주었다. 눈물을 글썽이며 내게 고맙다는 인사를 반복했고, 앞으로 우리 세 식구가 영원히 행복하게 살 수 있도록 최선을 다하겠다고 약속했다. "우리 가족이 말이오!" 그가 큰소리로 외쳤다. 앞으로는 고통도, 상실과 슬픔도 없을 거라고 했다. (술에 많이 취한 상태였지만, 어쨌든 난 그의 말에 감격의 눈물을 흘렸다.)

수키나는 내 곁에 바짝 붙어 있으면서 산파의 역할을 충실히 수행했다. 그녀가 '경고'라고 부르던 경련이 일어나고 수 시간에 걸쳐 통증에 시달리는 동안에도 그녀는 내 곁을 떠나지 않고 날 보살폈다. 아이가 나오기 직전 난 그녀의 손을 꼬옥 잡고 안식을 찾을 수 있었다. 9개월 간의 긴 여정은 그렇게 끝났다. 그 사실만으로 난 축하받을 자격이 있었다.

이제 난 가슴에 끓어오르는 젖과 다리 사이의 배출과 씨름을 해야 한다. 수키나는 모든 게 정상이라며 날 안심시킨다. 비정상적으로 튀어나온 뱃살도 걱정이다. 배가 고프진 않지만 아사 직전에 놓여 있긴 하다. 난 하녀가 가져오는 냉수만 들이킨다. 그것도 불가능이라고 여겨질 만큼의 어마어마한 양을. 수 시간에 걸쳐 잠에 빠져 있으면서도 깨어나면 꼭 몇 분밖에 눈을 붙이지 못한 기분이 든다. 이 모든 건 내게 너무 생소한 일들이다. 감당하기 힘들 정도의 기적. 아이의 평화로운 얼굴을 들여다보면서도 어떻게 내가 이런 아이를 낳을 수 있었는지 스스로 믿겨지지 않는다. 하루 전만 해도 아이는 공기도 없는 뱃속에서 꿈틀대고 있었다는 사실. 이 자그마한 아이가. 이 숨쉬는 피조물이. 이 림바우어가.

하인들의 숙소에서 음악소리가 들려왔다. 수키나가 들어와 파티가 벌어지고 있다고 알렸다. 음식과 흥겨운 춤. 존이 그들에게 와

인까지 제공했다고 한다. 내 순산을 축하하기 위한 파티였다. (이러다가 내일 로즈 레드가 정상적으로 움직이지 않으면 어쩌지? 오늘 그들의 상태를 보면 분명 그렇게 될 것 같은데. 하지만 뭐 그런 건 상관 없다.) 소문은 역시 빠른 속도로 도시에 퍼져나갔다. 티나 콜맨이 방문해도 괜찮은지 마차편을 통해 카드를 보내왔다. 벌써부터 그녀의 호기심 어린 피곤한 질문 공세를 받게 될까 두려웠다. 난 수키나에게 목욕 준비를 해달라고 부탁했다. 그리고 머리를 감겨줄 하녀들도 불러오라고 했다. 하지만 그녀는 목욕을 하기엔 너무 이르다고 경고했다. 스펀지로 몸을 닦는 것 외엔 안된다나. 대신 머리는 수조에서 감아도 좋다고 했다.

자그마한 아담은 너무 사랑스럽다. 아이가 내 젖을 빨 때면 그렇게 기분이 좋을 수 없다. 기쁨을 가눌 수 없을 정도이다. 아무 이유도 없이 그냥 마구 웃고만 싶어진다. 아이의 허기짐은 젖으로 가득 넘치는 내 가슴에 크나큰 안심을 준다.

우린 이미 자고, 먹고, 또다시 자는 리듬을 찾았다. 아이는 아직 실례를 하지 않았다. 수키나는 내가 분만할 때 그랬던 것처럼, 아이의 젖은 옷을 갈아 입힐 그 순간만을 초조하게 기다리고 있다. 그녀는 벌써 이틀째 눈도 붙이지 못하고 있다. 내가 깨어 있을 때마다 그녀는 곁에 서서 내 손을 잡아준다. 내가 다시 잠에 빠져들 때까지. 그녀 없이는 하루도 살 수 없을 것 같다. 내 안에 직접 손을 넣어 완벽한 분만을 도왔던 그녀. 온화하고, 부드러운 손길. 조심스럽게, 그리고 내 고통을 직접 느끼며. 나중에 그녀에게 분만하는 순간을 자세히 물어볼 작정이다. 하지만 지금은 그렇게 하고 싶은 생각이 없다. 지금 난 눈을 붙였다 떼었다를 반복하고 있다.

아담도 요람과 내 가슴을 열심히 오가고 있다. 수키나의 검푸른 얼굴이 가스 불빛에 빛을 발하고 있다. 그녀의 눈에서 사랑이 보인다. 난 그녀의 사랑을 느낄 수 있다. 희망과 후덕함이 보인다. 난 영원히 이날을 잊지 않을 것이다. 한 생명으로부터 또다른 생명이 태어나던 날. 남편은 다시 내 침실 밖, 홀에 와 있다. 그가 버럭 소리친다.

"아들이야! 아들이라구!"

비로소 저택이 기쁨으로 가득 찼다. 부디 그것이 영원히 지속되기만을 바랄 뿐이다.

1909년, 9월 23일 − 로즈 레드

맙소사. 저택은 분명 살아 있다. 너무 두렵다.

지난 2주 동안 아담과 수키나와 함께 대저택의 홀 여기저기를 쑤시고 돌아다녔다. 오늘 난 동쪽 날개를 다시 찾았다. 이곳은 아직까지 내게 많이 생소하다. 지난 겨울 파티가 벌어졌을 때 이후로 사용된 적 없는 대무도장도 바로 이곳에 자리하고 있다. 하인들은 대무도장을 먼지 하나 찾아볼 수 없을 만큼 깔끔하게 청소해두었다. 아직까지 춤추는 커플들과 오케스트라의 음악소리가 생생하다. (다행히도 당시의 술 냄새는 나지 않았다. 아담을 출산한 후로 내 감각은 몰라보게 예민해져 있다. 지금 서 있는 곳으로부터 멀리 떨어져 있는 로즈 레드의 한쪽 구석에서 남편이 뻐끔거리는 시가 냄새까지 맡을 수 있을 정도이다.) 기세 좋게 무도장을 누비고 다니던 밴드 리더의 모습도 눈에 선하다. 번쩍거리는 그녀의 야회복도. 수키나가 아담을 안고 있는 동안 난 무도장을 슬슬 거닐었다. 앞으로 몇 달만 더 있으면 이곳에서 다시 화려한 파티가 열리게 될 것이다. 준비는 약 2주 후부터 시작될 것이고. 나도 하인들을 모아 무도장의 장식과 여흥, 특별요리, 초청장 등의 문제를 논의할 것이다. 사실 그 일 때문에 오늘 무도장을 찾은 것이다. 다시 무도장의 분위기를 느껴보기 위해. 무도장으로 향하는 호두나무 패널 복도, 존과 함께 파리와 런던에서 구입한 커다란 초상화와 산수화들. 지

중해 단지엔 싱싱한 꽃을 꽂아두고 싶다. 물론 그러기 위해선 정원
사들이 지금부터 이 일에 매달려 있어야 한다. 적어도 수백 송이는
필요하게 될 테니. (이 지역의 기후는 특히 꽃을 가꾸기에 좋다. 머
지 않은 미래엔 많은 농부들이 꽃으로 관심을 돌리게 될 것이다.
나 역시 꽃을 가꾸고 싶어서 존에게 도시 북부의 땅을 사달라고 조
르기도 했다. 그는 지금 판재(板材) 재벌로부터 땅을 사기 위해 협
상을 벌이고 있는 중이다. 나무가 베어진 땅은 그들에게는 무용지
물이니 조만간 좋은 소식이 있을 것 같다.)

무도장을 몇 바퀴 돈 후 아담에게 술은 어디에 놓을 것인지, 좌석
배치와 여흥은 어떻게 준비할 것인지 주절주절 설명해주었다. 그
리고 수키나와 난 (수키나에게 안긴 아담도 물론) 대무도장을 나와
동쪽 날개의 웅장한 홀로 다시 갔다.

갑자기 아찔해진 난 바닥에 주저앉았고, 수키나도 외마디 비명
을 질렀다. 다행히 수키나가 안고 있는 아담은 무사했다. 만약 내
가 안고 있었더라면 나와 같이 바닥에 내동댕이쳐졌을 것이다.

홀의 맨 끝, 계단의 윗부분에 서 있는 사라진 하녀, 아름다운 로
라의 모습이 눈에 들어왔다. 사라진 지 수개월이 지나서야 나타나
다니! 그녀의 블라우스 앞은 풀어헤쳐진 채, 짙은 색 피부와 가슴
이 살짝 드러나 있었다. 스커트는 아예 걸치지도 않고 있었다. 주
름진 속옷의 끈도 풀려 있었고, 다리 관절과 은밀한 부위까지 드러
나 있었다. 꼭 길거리 창녀의 모습을 보는 것 같았다. 그녀는 무척
슬퍼보였다. 방금 전 누군가로부터 강간이라도 당한 듯 머리는 헝
클어졌고, 피부는 얼룩져 있었다. 그녀의 목소리는 들리지 않았지
만 그녀의 입술은 계속 움직이고 있었다. 그럼에도 불구하고 그녀

가 무슨 말을 하고 있는지는 분명히 알 수 있었다. "내 스커트……" 날 바라보며, 그리고 자기 자신의 모습을 내려다보며 그녀가 말했다. 그녀의 손은 풀어진 속옷의 끈을 다시 묶어보려 허둥대고 있었다. 너무 측은해 보였다. 소름도 끼치고!

바로 그 순간 난 의식을 잃고 바닥에 쓰러져 버렸다. 그리고 수키나가 날카로운 비명을 질렀다. 공포에 질려 지른 것이라기보단 쓰러진 날 돕기 위해 도움을 요청하는 비명이었다. 내가 다시 의식을 되찾았을 때, 로라는 이미 사라진 후였다. 또다시 저택이 삼켜버린 것이었다. 과거에도 그랬듯.

어린 아담을 하녀에게 맡겨두고 방을 나온 난 바깥 바람을 쐬기 위해 로즈 레드를 나왔다. 아담을 낳고 나서 처음으로 해보는 바깥 나들이였다. 존은 '사업'을 핑계로 상업지구에 나가 있었다. 포커 게임을 하거나 사업 얘기를 나누며 저녁식사를 하고 있을 게 틀림없었다. 아니면 상상조차 하기도 싫은 곳에서 이상한 짓을 하고 있는지도. 난 수키나와 함께 진실을 찾아 나서기로 했다. 눈에 쉽게 들어오는 논리의 열차를 따라: 만약 로라가 마차 차고에서 목격되었다면, 그리고 만약 그녀가 스커트까지 잃은 채로 다시 나타났다면 수키나와 내가 그 측은한 피조물을 도울 수 있는 중요한 증거를 찾을 수 있는 가능성은 얼마나 될까? 어쩌면 그 스커트 때문에 그녀가 지금까지 지하세계에 발이 묶여 있었던 것인지도 몰랐다. 우리가 그녀를 목격했던 바로 그곳에서. (난 확신할 수 있다. 홀의 맨 끝에 서 있던 건 분명 유령이었다. 살과 피로 된 인간이 아닌. 어떻게 그런 생각을 하게 되었는지는 나 자신도 알 수 없다. 하지만 이건 누구도 부인할 수 없는, 너무나도 명백한 사실이다!)

꼭 십대 소녀가 된 기분이다. 수키나와 함께 들키지 않도록 발소리를 죽이며 서쪽 날개의 좁은 하인용 계단을 내려가는 동안 심장은 터질 듯 요동쳤다. 계단은 우리를 응접실과 서쪽의 중앙홀 사이로 이끌어 나갔다. 그곳에서 수키나에게 망을 보게 한 후 우린 총기실을 지나 옥외홀로 갔다. 태피스트리(여러가지 색깔의 실로 그림을 짜넣은 직물 — 옮긴이 주)로 장식된 회랑(回廊)과 남쪽 구조 벽 사이로 난 긴 돌 복도를 따라나간 다음 존의 개인방이 있는 서쪽 날개의 서쪽 끝으로 연결된 나선계단을 내려갔다. (그는 나 몰래 이 비밀스러운 계단을 오르내리며 저택을 출입한다.) 우린 볼링장을 지나 수영장으로 들어섰다. 그리고 그곳에 난 동쪽 문을 열고 로즈 레드의 뒷정원으로 나왔다. 수키나는 소리없이 움직일 수 있는 능력을 가지고 있다. 내 아프리카인 친구는 공중에 붕 뜬 채로 움직이는 것 같아 보였다. 코너를 돌 땐 물 흐르듯 유동적으로 움직였고, 그 누구의 눈에도 띄지 않을 것 같은, 거의 투명인간에 가까운 모습을 하고 있었다. 정원에 나와 걸음을 멈추고 잠시 숨을 돌렸다. (수키나는 별로 숨이 찬 것 같지 않았다.) 그리고 눈이 어둠에 적응되기만을 기다렸다. 오, 하지만 잔뜩 긴장된 가슴에선 날카로운 통증이 느껴졌다! 우리의 귀는 분수대의 물 떨어지는 소리로 가득 차 있었다. 마차 차고는 이제 몇 미터도 남지 않은 곳에 우뚝 서 있었다. 우린 수영장 건물의 그림자에 묻힌 채 돌이 반듯하게 깔린 완곡한 길 위에 서서 차고를 물끄러미 바라보았다. 길 양쪽으로 꽃과 관목 등 갖가지 식물들이 길에 늘어져 있었다.

"나중에 할 거야!"

누구의 것인지 알 수 없는 남자의 목소리가 들려왔다. 차고에서 일하는 하인의 것이 틀림없었다. 맥주를 한잔 걸치러 가는 길이거나 우리가 제공하는 기숙사로 향하려는 것이었다.

차고 하인들은 마지막 마차가 돌아온 후 한 시간쯤 뒤에 기숙사로 돌아가기 때문에 수키나와 난 적절한 시간까지 기다려야 했다. 존은 자동차를 몰고 나갔으니 차고는 내일 아침까지 조용할 것이었다. (존이 마차 차고 한쪽을 변형시켜 그곳에 차를 주차해놓는다는 사실이 조금 마음에 걸리긴 했지만.) 남편이 돌아오면 차고 책임자 다니엘도 쪼르르 달려 나올 테고. 하지만 수키나는 다니엘이 곧 주사위 게임이 벌어지고 있는 지하실의 스키트 사격실로 향하게 될 거라는 정보를 내게 흘려주었다. 그곳은 북쪽 지하의 로지아(한쪽이 트인 주랑(柱廊) — 옮긴이 주)에서 클레이 피전(트랩 사격, 스키트 사격에 쓰이는, 점토를 구워 만든 표적 — 옮긴이 주)을 발사하도록 설계되어 있는데, 당구실 바로 옆에 자리하고 있다. 어쩌면 다니엘은 남편의 이른 귀가를 염려해 어린 누군가를 남겨두고 갈지도 몰랐다. 그의 성격을 감안한다면 그럴 가능성이 다분히 있었다. 아마도 하인의 아들 중 한 명을 세워놓겠지. 대가로 소시지 하나나 동전 몇 개 쥐어주고. 수키나와 난 바로 그 아이에게 들키지 않으려 각별한 신경을 쏟아야 했다.

우리는 정원의 북서쪽 코너에 잘 가꾸어진 진달래 그늘에 숨어 때를 기다렸다. 분수대와 몸을 숨기고 있는 곳 사이에는 작은 장미 정원이 자리하고 있다. 우리의 맞은편에 우뚝 서 있는 어둡고 희미한 마차 차고는 조용했다. (수영장, 저택의 서쪽 벽, 마차 차고가 합쳐져 거대한 안마당을 형성하고 있다. 도망칠 곳은 지금 우리가 몸을 숨기고 있는 서쪽 구석뿐이다.) 그리고 영원처럼 느껴지는 기다림이 시작되었다. 출산 후유증으로 온몸이 뻐근해져 왔다. 수키나는 검은 돌처럼 묵묵히 제자리를 지키고 있었다. 인기척이 들리지 않자 우리는 잘 깎인 잔디밭을 뛰어 차고의 서쪽 문으로 살며시 들어선다. 만약 누구와 마주치게 된다면 분명 차고 안에 남아 있는 사람이었을 것이다. (난 이미 수키나와 내가 이 시간에 차고를 불쑥 찾아야 했던 그럴듯한 핑곗거리를 여러 개 생각해두었다. 하지만 다행히도 그것들을 써먹을 기회는 오지 않았다. 적어도 지금까지는……)

수키나가 차고 건물의 그림자가 드리워진 열린 공간으로 날 이끌어나갔다. 몸을 숙이고 정원을 지나 깨진 돌을 쫙 깔아둔 사유(私有) 차도를 가로질러 나갔다. 우리는 부르르 떨리는 몸을 건물의 차가운 벽에 바짝 밀착시키고 숨을 돌렸다. 수키나를 돌아본 난 하마터면 웃음을 터뜨릴 뻔했다. 너무 긴장한 탓이겠지. 수키나는 너무나 태연하고 침착한 모습이었다. 아무리 봐도 그녀의 속내를 읽을 수 없다. 나의 반만큼이라도 이 순간을 즐기고 있을까? 어쩌면 집에서 쫓겨나게 될지도 모른다는 걱정에 잠겨 있을지도. 그제서야 난 그녀에게 못할 짓을 시키고 있다는 사실을 깨달을 수 있었다. 하지만 그녀는 내 말이라면 목숨까지도 기꺼이 바치고도 남을 만큼 충성심이 강했다. 그것을 잘 알고 있던 난 미안한 일인 줄은 알지만 그녀로 하여금 날 사자의 입 속으로 이끌어주길 부탁했다. (물론 내가 차고에 가면 안될 이유는 없었다. 하지만 그렇다고 잃어버린 옷을 찾으러 왔다는 어리석은 핑계 따위를 써먹을 수는 없는 일이었다.)

다시 용기를 재충전시킨 후 수키나와 난 침착하게 마차 차고의 거대한 서쪽 문 안으로 들어섰다. 마치 세상에 걱정할 일이 아무것도 없다는 듯이. 문은 열려 있었다. 나중에 돌아올 존을 위해서겠지. 우린 밀짚이 깔린 넓은 삼나무 판자를 내딛으며 걸어나갔다. 침침한 전깃불이 켜져 있는 차고 안에는 그 누구의 그림자도 보이지 않았다. 난 언제나 말 냄새를 좋아했다. 차고 안에서 풍겨오는 향기에 문득 유년시절의 추억이 떠오를 것 같았다. 마구간 문은 삼나무와 연철로 만들어졌는데, 건드려도 소리가 나지 않는다. (많은 이들이 다니엘을 최고의 차고 관리자로 꼽는 데 주저하지 않는 것엔 다 그럴 만한 이유가 있다.) 차고는 2층으로 되어 있었고, 아래층엔 말과 사륜마차가 들어갈 공간을 비롯해서 작은 식료품 창고, 안장 보관실, 그리고 다니엘의 사무실이 자리하고 있었다. 2층은 밀짚과 건초 저장 공간으로 쓰이고 있었고, 서늘한 창고도 마련되어 있었다. 아마도 대부분의 저장 공간은 텅 비어 있을 것이었다. 우리가 로즈 레드로 들어온 지 고작 1년도 채 되지 않았으니. 이곳은 저택 내 저장 공간이 꽉 차 있을 때 사용할 목적으로 지어진 것이었다. (어떻게 로즈 레드의 저장 공간이 꽉 찰 수 있을지도 의문이다. 웬만한 학교 운동장 규모이니.)

수키나와 난 부스럭거리는 소리가 들릴 때마다 걸음을 멈춰 섰다. 사람의 기척인지 아니면 말의 것인지 확실히 구분하기 위해서였다. 다행히 그것은 사람의 소리가 아니었고, 우린 용기를 내어 좀더 깊숙이 들어갔다. 솔직히 말해 난 최악의 경우를 항상 떠올려 보고 있었다. 만약 로라가 스커트를 잃었다면 분명 그것은 남자의 책임일 것이다. 그 이상 더 말할 필요가 있을까? 다니엘도 그 일에 관련이 있을까? 남편에 대한 그의 충성은 실로 대단한 것이었다.

다니엘이 모든 이가 지켜보는 가운데 로라에 대해 말하던 모습을 난 아직 생생히 기억하고 있다. 그는 로라를 보지 못한 것이 틀림없다. 자신이 강력하게 주장했듯이.

우리는 이 지역에서 가장 훌륭한 말들이 들어서 있는 마구간을 지나쳐 갔다. 섬머타임과 렉스는 내가 가장 좋아하는 말들이다. 남편을 졸라 산 것들인 만큼 애착도 많이 갔다. 하지만 그외의 말들도 모두 훌륭한 혈통을 가진 좋은 것들이었다. 존은 확실히 말을 보는 안목이 있다.

차고 중앙에 이르러서야 식료품 창고와 안장 보관실의 문이 단단히 잠겨 있다는 사실을 알 수 있었다. 실망스러움을 뒤로 한 채 우리는 계속 걸어나갔다. 다니엘의 사무실 역시 자물쇠가 걸려 있었다. 우리는 소리 없이 중앙홀로 다가갔다. 수키나는 몇 초 간격으로 뒤를 돌아보며 주위를 살피는 데 여념이 없었다. 활짝 열린 서쪽 문으로 누군가가 불쑥 들어와 뭘 하고 있느냐고 다그쳐 묻는다면 낭패일 것이다. 차고의 한쪽 끝에 자리한 칸은 반대편에 비해 큰 편이었고, 마차를 여섯 대 정도 들여놓을 수 있도록 커다란 미닫이 문을 달아두었다. 그 중 두 대는 장식용 마차였다. 한 마리의 말이 끄는 작은 것도 하나 있었고. 나머지 것들은 모두 두 마리의 말이 끄는 것들이었다. 연철 문 틈으로 안을 들여다보았다. 조랑말용 작은 마차와 썰매도 한쪽에 자리하고 있었다. 건초를 싣는 짐마차도 두 대씩이나 되었고, 소방용 펌프가 실린 것도 하나 있었다.

수키나가 왜 끝에서 두번째 창고 문 앞에서 멈춰 섰는지 알 수 없었다. 우리 같은 보통 사람이 볼 수 없는 것까지 훤히 꿰뚫어볼 수 있는 그녀의 신통한 능력이 뭔가를 감지한 것이 틀림없었다. 마치 보이지 않는 벽에 다다른 듯 그녀가 멈춰 서서 야릇한 동작으로 고개를 갸우뚱거렸다. 그녀의 눈은 문 뒤로 깔린 어둠을 노려보고 있었다.

"여기예요."

그녀가 신경에 거슬리는 낮은 음성으로 속삭였다. 그 목소리만으로 등골이 오싹해졌다.

"수키나?"

"여기를 살펴봐야 할 것 같아요, 바로 여기."

"그래."

난 그녀를 도와 거대한 문을 밀었다. 이곳 동쪽의 마구간은 서쪽의 것들보다 규모가 컸다. 이곳에선 말의 사육을 겸하고 있기 때문이었다. 난 그녀의 본능을 의심하지 않는다. 문이 스르르 열렸고 우리 앞에 눈에 익은 건초 마차가 그 모습을 드러냈다. 그것은 존에게는 추억이 깃는 것으로 그의 가족이 오래 전부터 사용해왔던 것이다. 또한 현장 감독을 총으로 쏴 살해했던 코빈 씨가 몰았던 바로 그 짐마차이기도 했다. 그날 있었던 참혹한 사건을 증명이라도 하듯 아직까지 혈흔이 분명하게 남아 있었다.

내가 몸을 부르르 떨고 있는 동안 수키나가 문을 닫았다. 연철 빗장이 쳐진 작은 창문 밖으로 마구간의 중앙 복도가 보였다. 난 서둘러 그곳을 빠져나오고 싶었다. 최대한 빨리 그곳에서부터 벗어나고 싶었다. 존은 이 짐마차에 대해 자주 얘기하곤 했다. 그것엔 많은 유년시절 추억이 담겨 있다고 했다. 이웃의 쓰레기를 치우는 일로 생전 처음 돈을 벌기도 했단다. (존은 손님들에게 자신이 쓰레기 치우는 소년에서 석유왕으로 성장할 수 있었던 눈물겨운 과정을 즐겨 들려주곤 한다!)

수키나가 무엇인가에 홀린 듯 짐마차 앞으로 다가갔다. 그녀가 눈을 감은 채로 마차에 손을 얹었다. 그녀 팔뚝의 털이 곤두서 있었다. 마치 한겨울 창밖으로 내밀어지기라도 한 듯. 그녀가 눈을 뜨고 날 돌아보았다. 순간 형언할 수 없는 공포가 온몸으로 번져나갔다.

"왜 그래?"

내가 깜짝 놀라며 입을 열었다.

"이곳이 틀림없어요, 미스 엘렌."

그녀의 설명은 그뿐이었다. 그녀가 마차를 돌아 짐을 싣고 내리는 평평한 짐칸 앞에 섰다. 그녀의 넓고 검은 손이 차곡차곡 쌓인 두꺼운 판재에 얹어지자 짐마차 전체가 흔들거리기 시작했다. 식은땀이 흐르는 그녀의 얼굴이 공포에 휩싸였다. 마치 그녀는 뜨거운 고열에 괴로워하고 있는 것 같았다. 그녀의 입이 쩍 벌어졌다. 그녀의 입에서 고통스러운 신음소리가 새어 나왔다. 분명히 말하건대, 그것은 수키나의 음성이 아닌 전혀 다른 여자의 것이었다. 난 귀를 틀어막고 고개를 돌렸다. 그것은 여자가 절대 들어서는 안 될 불경스러운 소리였다. 수키나, 아니, 그녀의 몸을 차지하고 앉은 누군가가 갑자기 목을 홱 꺾었다. 올빼미가 아니고선 도저히 불가능한 동작이었다. 그녀의 고개는 이미 등뒤로 완전히 돌아가 있었다.

뒷벽의 견고한 고리에는 두꺼운 말 덮개가 걸려 있었다. 어쩌면 그것은 짐칸의 물건을 갈라놓는데 쓰는 담요였는지도 몰랐다. 진한 초록색 담요에는 짙은 얼룩이 묻어 있었다. 수키나가 마치 최면에 걸린 듯한 모습으로 그것을 향해 다가갔다. 그리고 두 손으로 잡아 쥔 채 그것을 벽에서 떼어냈다. 순간 마차의 짐칸이 다시 덜 컹거리기 시작했다. 위로 아래로. 위로 아래로.

바로 그곳, 담요 밑에 여자의 스커트가 덜렁덜렁 매달려 있었다.

짐마차의 삐걱거리는 소리에 우리는 동시에 몸을 틀었다. 공포에 질린 내 몸은 뜻대로 잘 움직여지지 않았다. 마차의 나무 짐칸에 유령처럼 누워 있는 어린 로라의 모습이 눈에 들어왔다. 그녀의 블라우스는 마구 뜯겨져 있고, 그 사이로 가슴이 훤히 드러나보였다. 두 팔은 등뒤로 꺾여져 있었으며 두 다리는 넓게 벌어져 있었다. 그녀의 허리는 보기 흉한 동작으로 연신 오르락내리락하고 있었다. 그녀는 누군가에게 강간을 당하고 있는 것이었다. 하지만 그녀의 상대는 그 어디에도 보이지 않았다.

현명한 수키나가 고리에서 검은 스커트를 벗겨와 유령의 모습을 한 피조물 앞으로 휙 던졌다. 소녀의 얼굴엔 기괴한 표정이 떠올랐다. 마치 불에라도 데인 듯 그녀가 스커트를 손으로 걷어냈다. 스커트가 바닥에 닿는 순간 그것과 소녀, 짐마차의 모습이 우리의 시야에서 사라져버렸다. 분명 내 두 눈으로 똑똑히 볼 수 있었는데! 잠시 후 밖에서 남자의 굵은 목소리가 들려왔다. 불길한 예감. 내가 정신을 잃은 것은 바로 그때였다. 먼발치에서 자동차의 엔진소리가 아련히 들려오고 있었다.

수키나가 날 흔들어 깨웠다. 내가 바닥에 심하게 넘어지지 않았던 것도 다 그녀가 잽싸게 달려들어 날 붙잡아주었기 때문이었다. 그녀가 손으로 내 입을 살며시 막았다. 다니엘과 다른 차고 관리인

하나가 차를 몰고 돌아오는 존을 발견하고 바쁘게 움직이기 시작
했다. 모든 건 거의 동시에 벌어졌다. 주사위 게임에 격분한 두 사
내의 거칠고 열띤 언쟁, 그리고 로즈 레드를 지나 긴 사유도로를
달려오는 존의 자동차 엔진 소리. 차고 안으로 들어선 차에서 매캐
한 배기가스가 내뿜어졌다. 그리고 이내 정적이 찾아들었다.

"다니엘."

"예상보다 빨리 귀가하셨군요."

"부두만 잠깐 살펴본 후 브랜디를 한잔 하고 왔지. 다니엘, 석유
배럴이 차곡차곡 짐칸에 쌓여 태평양으로 향하는 걸 보는 것만큼
기분 좋은 일은 또 없는 것 같아. 그걸로 벌어들이는 돈은 전부 우
리 아담의 차지가 될 거라고. 은행에 잠겨 있는 돈처럼 확실한 건
없지."

"그럼요."

"누구 기다리는 사람 있나, 다니엘?"

"식료품 창고에 가보시면 볼 만한 게 기다리고 있을 겁니다. 제
가 보장하죠."

"누군데 그래?"

"금발입니다. 새로 온 아이예요. 주방일을 하고 있죠. 덜 익은 초
록색 사과처럼 싱싱합니다. 진한 아일랜드산 위스키로 유혹해뒀
죠. 곧 이리로 데려올 겁니다."

"좋아."

두 사람의 대화를 엿듣고 나니 짐마차 뒤에 로라를 올려둔 것도
바로 다니엘이었다는 것이 분명해졌다. 어쩌면 남편도 한쪽에서
묵묵히 지켜보고 있었는지도 모른다. 그에겐 원래 관음증이 있었

으니까. (수키나가 여자 기숙사와 욕실이 훤히 들여다보이는 위치에 두 개의 거울이 교묘히 감춰진 채 붙어 있는 것을 찾아냈다. 그 감춰진 방들은 신혼여행중 남편과 함께 들여다보았던 도면엔 나와 있지 않았었다!) 지금까지 존이 아닌 다니엘만을 의심했었는데. 어쨌든 이곳은 다니엘의 주 활동공간이었으니. 정말 남편도 알고 있었던 것일까? 그리고 자신에게 충성하는 피고용인을 위해 그냥 눈 감아주려 했던 건 아닐까?

수키나가 날 짐마차의 뒷부분으로 이끌어 갔다. 그들의 목소리가 조금 더 선명하게 들려왔다. 존과 다니엘이 우리가 숨어 있는 방 앞에서 멈춰 섰다. 우리 앞 어둑한 조명 아래에 로라의 유령이 다시 나타났다. 그녀는 다시 옷을 걸치고 있었다. 물론 여전히 갈기갈기 찢긴 채였지만. 그녀는 마부가 타는 의자에 서서 두 남자를 손가락으로 가리켰다. 마치 그들을 고발이라도 하듯. 그녀는 우리를 볼 수 있나 봐! 그녀는 우리의 도움을 필요로 하고 있어!

존이 뭔가를 느꼈는지 위를 올려다보았다. 맹세하건대, 분명 그의 눈은 나와 완전히 마주쳤다. 단명한 그 소녀를 통해. 그는 날 똑똑히 보고 있었다. 하지만 그곳에서 날 볼 수 있으리라 예상을 하지 않아서인지 그는 알아보지 못했다. 만약 그가 날 보았다고 하더라도 그는 실제 내가 아닌 환영(幻影)을 보았다고 믿었을 것이다.

분노로 몸이 뜨거워지는 것을 느꼈다. 떠돌이 소녀에게 그들이 가한 짓들, 그리고 그것을 은폐하기 위한 거짓말들. 무시무시한 짐마차 짐칸의 희미한 이미지들이 날 괴롭혔다. 어쩌면 그는 모든 일이 끝난 후 대가로 몇 푼 쥐어줘 보낼 생각이었는지도 모른다. 아니면 승진을 약속했든지. 그런 건 아무래도 상관 없었다. 그녀는 이미 사라져버렸으니까. 로즈 레드가 삼켜버린 것이다. 폭스맨투어 부인의 경우와 마찬가지로. 바로 그 순간, 나는 처음으로 아주 중요한 것을 깨달을 수 있었다. 로즈 레드는 바로 내 편이었던 것이다.

로즈 레드는 내 친구였다.

1909년, 9월 24일 – 로즈 레드

아담의 천진난만함에 난 위안을 얻는다. 세상에 나와 존재하기 시작한 지 며칠 되지 않는 이 아이는 얼마나 행복할까? 새출발을 할 수 있으니. 난 지칠 때까지 폭스맨투어 부인과 로라 생각을 하고 있다. 그리고 코빈 씨의 광기. 대체 여긴 어떤 곳이지? 로즈 레드는 여자를 훔치고 남자를 버린다. 수키나와 난 요즘 들어 저택에 대한 이야기를 자주 나눈다. 그녀는 언제나 내 걱정으로 침울해 한다. (신경쇠약 증세로 손까지 심하게 떨린다. 오늘 저녁에 나온 수프도 그냥 돌려보내야 했다. 별로 생각이 없다는 핑계를 대고. 사실은 스푼을 제대로 들고 있을 자신이 없었기 때문이다. 존은 그 사실을 눈치채지 못했지만 수키나는 이미 날 꿰뚫어보고 있었다.)

수키나와 난 머리를 맞대고 온갖 상상을 하기 시작했다. 왜, 그리고 어떻게 대저택이 그런 선택을 하는 것인지. 어째서 수키나와 내겐 아직까지 아무 일도 일어나지 않은 것인지. 어째서 저택의 모든 하녀들을 한꺼번에 삼켜버리지 않는 것인지. 스무 명도 넘는 아이들이 있는데. 어째서 정원사나 마부는 '우발적으로' 죽이지 않는 것인지. 공사현장 감독이나 인부들은? 기대하는 대답은 그 어디에서도 들려오지 않았다. 대신 수키나가 자신의 믿음을 또박또박 들려주었다.

로즈 레드. 오늘 아침, 수키나가 들려준 말은 이렇다.

저택은 공사로 무덤이 훼손된 인디언들의 영혼에 사로잡혀 있는 것이 틀림없단다. 현장 감독과 다른 인부들이 그 잔학무도한 행위의 책임을 져야 하겠지만 저택이 준공된 지금, 이 거대함에 묻혀 사는 거주자들 모두가 그 대가를 치러야 할 것이라고 한다. 그것도 아주 큰 대가를. 그럼에도 나와 수키나에게만 유독 너그러운 것은 바로 우리 역시 로즈 레드를 지은 남자들로부터 적지않은 괴로움을 받은 피해자이기 때문이라고. 폭스맨투어 부인에 관한 진실에 대해선 아직 명확하지 않다. 하지만 로즈 레드가 로라를 택한 이유는 그녀가 다니엘이나 내 남편과 불의를 저질렀기 때문이라고 수키나는 믿고 있었다. 로즈 레드는 오래된 부부싸움의 한쪽 편을 들고 나선 것이었다. 그러나 존을 함부로 죽일 마음은 없었다. 로즈 레드가 점점 더 크고 강하게 성장해 나가고 있는 것이 바로 그의 덕분이기 때문이었다.

로즈 레드가 날 내버려두는 것도 남편의 공사를 강력히 지원하고 있는 장본인이기 때문일 것이다. 인생에서의 단 한 번의 기회, 즉 공사를 계속 확장하는 일은 바로 존과 내가 하기에 달려 있단다. 수키나에 의하면 죽은 인디언들의 영혼은 병사들의 접근을 두려워하고 있다고 한다. 부족 추장의 눈에는 모든 남자들이 병사로 보인다나. 하지만 여자들에게선 별 위협을 느끼지 않는다. 부족의 역사에 대해 알고 있는 여자가 많지 않다는 것에 토를 달 사람은 별로 없다. 그런 이유로 그들은 병사들보다 훨씬 오랫동안 생존할 수 있는 것이다.

수키나는 로즈 레드가 존과 그의 정부들을 응징하는 것으로 그치지 않고 여자들을 붙잡아 소식통으로 이용하려 한다고 설명했다. 그녀에 의하면 공사가 계속되는 동안, 그리고 존과 내가 한 지붕 밑에 사는 동안, 로즈 레드는 점점 더 큰 힘을 키워나갈 것이고, 또 그만큼 많은 생명이 희생될 거라고 한다. 죽는 남자들, 실종되는 여자들. 그녀는 내게 남편을 구슬려 공사를 멈추고 저택을 팔아버릴 것을 조언했다.

"이곳에선 절대 좋은 일을 기대할 수 없어요, 미스 엘렌. 아이를 키우기엔 정말 최악의 장소입니다."

지난 2년간 수키나와 나는 단 한 번도 언쟁을 벌여본 적이 없었다. 언제나 의견 차이가 있을 때는 언쟁 대신 친밀감 있는 논의로 발전시켜 나갔다. 언성도 높이지 않고, 인상도 찡그리지 않았다. 하지만 오늘 아침, 그녀가 로즈 레드에 대한 자신의 논리를 펼쳤을 때 나는 크게 화를 냈다. (물론 지금은 후회하고 있지만!) 난 그녀에게 더 이상 참견하지 말라는 말을 남기고 응접실을 나왔다. 그 후로 수키나가 보이지 않았다.

어쩌면 이렇게 미련할 수가 있지? 그녀는 세상에서 유일하게 날 이해해주던 친구였는데. 사실 수키나에게 화를 냈던 것은 그녀의 입에서 쏟아져 나오는 진실에 두려움을 느꼈기 때문이었다. 그녀의 설명이 이어지는 동안 난 쿵쾅거리는 가슴을 졸이고 있어야 했다. 그녀의 설명은 너무나도 논리적인 것이었다. 벽돌과 돌과 나무와 유리로 만들어진 건축물이 영혼에 의해 지배될 수 있다니! 살아있는 집이라고? 이 정도 규모로, 그리고 신성한 무덤 위에 지어졌다고 해서 무조건 영적인 영역 내에 존재한다고 믿어야 한단 말인가? 그렇지 않을 수도 있을 텐데. 마음은 이미 걷잡을 수 없는 상태에 빠져 있었다. 한 가지 생각에 오랫동안 집중을 할 수가 없다. 모성 때문일까? 아니면 벌써부터 로즈 레드에 단단히 홀려 있는 것일까? 나도 모르는 새.

티나 콜맨에게 전화를 걸어 루 부인을 다시 만나게 해달라고 부탁하고 싶어진다. 지금처럼 그녀의 의견과 안내가 절실히 필요한 적은 없었다. 오직 '다른 쪽'과 접촉할 수 있는 루 부인만이 수키나의 논리가 정말로 타당한지를 밝혀줄 수 있다. (물론 수키나에 대한 이야기는 꺼내지 않을 생각이다. 중국인들은 아프리카인들을 곱게 보지 않으니까.)

어쩌면 수키나에게는 루 부인조차 감히 대적할 수 없는 신기한 능력이 있는지도 모른다. 수키나는 내 검은 천사이다. 그녀는 아프리카의 관목 숲에서 병마와 싸우던 날 죽음으로부터 구해주었고, 그때부터 나의 일부, 친구, 그리고 여동생이 되어 주었다. 고백하건대, 가끔 난 그녀의 등이나 허리 곡선을 몰래 훔쳐보곤 했다. 예전에 인도네시아인 객실 담당 직원에게서 느껴졌던 바로 그 감정. 언젠가 그녀가 오일을 바른 손으로 내 배를 살살 문질러준 적이 있었다. 출산 전의 몸매로 돌려주겠다는 것이었다. 난 다시 그녀의 손길이 그리워진다. (남편과 난 벌써 수개월째 잠자리를 같이 하지 않고 있다. 아담을 낳은 후엔 오히려 내가 그와의 동침을 꺼리게 되었다.) 너무나도 사악한 생각이므로 일기장에 적어 내려가는 것조차 마음이 편치 않다. 하지만 여기에 적어두지 않는다면 계속해서 내 머리 속에 남아 날 괴롭혀댈 것만 같다. 그럼 큰 문제이지. (일기장아, 네가 내게 얼마나 큰 위안을 주는지 아마 넌 모를 거야. 모든 생각들이 네게 담겨지면 난 비로소 새로운 출발을 할 수 있단다. 나 자신을 정화하는 것과 같아. 오늘밤, 널 덮은 후 수키나를

불러들일 거야. 그녀가 들어오면 그 동안의 응어리는 눈 녹듯 사라
져버릴 것이고. 요즘 프로이트와 인간 상태에 대한 그의 비상한 통
찰력이 뜨거운 화두로 떠오르고 있지만 내 고민만큼은 네가 아닌
남에게 털어놓고 싶지 않아. 넌 내 말에 귀를 기울여주는 것으로
날 구하고 있는 거야!) 이제 이 저택과 이곳에 살고 있는 이들에 대
한 미스터리를 파헤쳐나갈 수 있는 건 수키나와 나뿐이다.

　수키나와 화기애애한 시간을 보낸 후 다시 일기장을 연다.
　루 부인을 다시 찾아가야겠다는 내 제안에 그녀는 묵묵히 그러
자고 동의해주었다. 그뿐 아니라 자신이 직접 만남을 주선해보겠
다고 나서기까지 했다. 이미 그녀는 티나의 하녀와 돈독한 친분을
쌓고 있는 중이었다. 전에 한 번 본 적 있던 바로 그 그웬이라고 부
르는 여자.

1909년, 9월 27일 — 루 부인의 집

상속인에 대한 존의 관심이 점점 줄어들고 있다. 아이의 냄새, 울음소리, 침 흘리는 것, 하다못해 젖을 먹이는 것까지 화를 내기 시작했다. (유모를 둘씩이나 두고 있음에도) 아담이 사냥과 낚시를 할 수 있는 나이가 되면 아들에 대한 남편의 애정도 다시 불붙게 될 것이다. 하지만 그 전까지 그의 관심은 전혀 다른 곳으로 가 있을 것이 분명하다. 임신중 내게 쏟았던 그의 뒤늦은 관심 역시 이젠 지나간 과거일 뿐이다. 난 그의 상속인을 잉태하고 있었다. 그의 첫아이는 아들이었다. 이로써 내 존재 이유가 달성되었다. 이것이 정녕 내 운명인 줄 알았다면 이 결혼생활의 절정을 위해 이토록 서두르지는 않았을 것이었다. 하지만 지금 와서 후회한들 무슨 소용이랴. 어떻게 해서든 좀더 유리한 곳에 서기 위해 온 힘을 쏟아야 한다. 조만간 그와의 긴 전쟁이 시작될 것 같으니까.

출산으로 망가진 몸이 예전처럼 돌아오기가 무섭게 남편에게 내 침대를 파고들 수 있도록 승낙할 것이다. 내 삶의 기쁨과 행복은 모두 아이들로부터 나오게 될 것이다. (아담은 내게 실로 커다란 기쁨을 안겨주었다. 그 아이는 그야말로 기적이나 다름없다. 이젠 내게 세상을 살아야 할 분명한 이유가 생겼다. 사랑을 해야 할 명분!) 내가 이 저택에서 평생 아이만 낳아야 할 운명이라면 그것에 순순히 따를 수밖에. 비록 남편을 사랑하고 경멸하는 것을 반복해야 할지라도. 내 가슴엔 오직 아담 림바우어만이 들어올 수 있다. 이런 기쁨이 네 배, 다섯 배로 증폭될 수 있다면! 그때까지 기다릴 수 없을 것 같다. 여러 아이들이 저택을 맘껏 뛰노는 그날이 벌써부터 눈앞에 선하다! 빌어먹을 존 림바우어. 이제부터는 여색에 빠진 그가 아닌, 나 자신을 위해 아이를 만들 것이다.

처음과는 다른 기분으로 루 부인의 집에 도착했다. 물론 중국인 거리가 이제 친숙하게 느껴진다는 말은 아니다. 하지만 불안함만큼은 처음 이곳을 찾았을 때보다 현저히 줄어 있었다. 루 부인은 지난번과 마찬가지로 친절하게 우리를 맞아주었다. 이번에도 역시 티나 콜맨과 함께였고, 그녀는 열심히 재잘대며 분위기를 띄웠다. (중국인들은 중대한 비즈니스를 논하기 전에 항상 가벼운 담소 나누기를 좋아한단다.) 루 부인이 날 돌아보며 입을 열었다.

"날 다시 찾아오고 싶으셨다고요?"

"네, 부인." (난 가능한 한 티나의 리드를 따르는 데 충실할 뿐이다.)

그녀가 날 똑바로 내려다보았다.

"근심이 많아 보이는군요."

"우리 집…… 집 문제예요."

그녀가 고개를 끄덕였다. 그녀의 거대한 머리가 돌처럼 앞으로 푹 꺾였다. 긴 머리를 뒤통수에 틀어올리고 있었는데 몇 가닥 삐져나온 머리카락이 60센티미터는 족히 되는 것 같았다. 아마 전부 풀어헤쳐 본다면 150센티미터, 아니, 그 이상도 충분히 될 수 있을 것이다. 어쩌면 그녀의 키보다 더 길지도 모른다.

"난 사람들만 접촉을 시도할 수 있어요. 집은 안 되는군요."

"여자 두 명이 집에서 사라졌어요. 하나는 하녀인데 아주 어린 소녀예요. 그녀는 아직 집에 남아 있긴 하지만 살아 있지는 않아요. 내 눈으로 그녀를 똑똑히 봤어요. 내 하녀도 같이 봤고요."

내가 수키나를 가리키며 말했다. 하지만 루 부인은 수키나의 존재엔 별 관심을 보이지 않았다.

티나 콜맨이 깜짝 놀랐다. 그녀는 내가 결혼이나 출산 문제로 이곳을 찾는 줄 알았던 모양이었다. 아니면 폭스맨투어 부인의 실종 때문에. 두번째 실종사건과 (그녀에겐 금시초문이었다.) 유령의 목격담에 그녀는 당황스러워했다. 그녀가 부채를 꺼내 들고 세차게 부쳐대기 시작했다. 그 힘이 어찌나 세던지 그녀의 머리 몇 가닥은 허공을 향해 꼿꼿이 서 있었다.

커다란 여자가 말했다.

"여기선 별 도움이 못 될 것 같네요. 집에 들어가 사라진 여자들과 접촉을 해야겠어요."

"교령회(交靈會) 말이에요?"

"집에 가야 해요. 하지만 난 안 돼요. 나는 이곳을 벗어나면 위험해요."

"제가 마차를 보내드릴게요."

내가 재빨리 말했다.

티나가 가까이 다가와 속삭였다. 루 부인은 절대로 집 밖으로 나갈 수 없단다. 그녀와 같은 신통한 능력을 가진 중국인이 영지(靈地)를 떴다간 경찰의 추격을 받을 수도 있다고 한다. 루 부인은 범법행위는 하지 않는단다. 들리는 소문에 의하면 도시의 정치 구조엔 이미 부패가 유행처럼 번지고 있으며 친족 등용과 뇌물로 골머리를 썩고 있다고 한다. 실업가들에겐 그야말로 천국과도 같은 곳이었다. 그리고 그 누구도 감히 그들에게 도전을 하지 못했다. 내가 듣고 싶은 건 그런 얘기가 아니라 로즈 레드에서 벌어지고 있는 일들에 대한 명쾌한 설명이었다.

티나가 루 부인에게 누가 교령회에서 접촉을 시도하게 될 것인지를 물었다.

"아는 사람이 있어요."

루 부인이 말했다.

"스트라빈스키 부인. 오직 그녀만이 할 수 있어요. 그녀는 시애틀에 자주 들르지 않아요. 편지를 보낸 후 기다려보기로 하죠."

"정말 고마워요." 내가 말했다.

"남편을 의심하고 있군요."

그녀가 무뚝뚝하게 말했다.

순간 숨이 목에서 턱 막혔다.

"왜 그런지 말해봐요."

루 부인이 말했다.

난 수키나를 돌아보았다. 그녀도 나만큼이나 깜짝 놀란 것 같았다. 티나는 애써 내 눈길을 피하고 있었다. 그녀 앞에서 편히 모든 것을 털어놓을 수 있을지 의문이었다. 하지만 다른 방법이 없었다. 난 루 부인에게 얼마 전, 차고에서 있었던 일과 옷을 벗은 채 다리를 쩍 벌린 흉한 모습으로 짐마차의 짐칸에 누워 있던 어린 로라에 대해 모두 털어놓았다. 수키나가 스커트를 던졌던 일도. 로라가 남편과 그의 차고 관리인을 손으로 가리켰던 일도.

루 부인의 얼굴엔 변화가 없었다. 그녀가 냉담한 얼굴로 물었다.

"혹시 집에서 댄스나 축하 파티가 열린 적 있나요?"

"남편은 그런 것을 즐기는 편이에요. 주말마다 하인들의 숙소에선 음악이 흘러나오곤 하죠."

"그 소녀가 춤을 추고 있는 걸 남편이나 차고 관리인이 훔쳐볼 수 있는 곳이었나요?"

"하인들은 신나게 노는 걸 좋아했어요. 가끔 노는 데 정신이 팔려 밤을 새우기도 한다네요."

난 다시 수키나를 돌아보며 확인했다. 루 부인은 여전히 수키나의 존재조차 인정하고 있지 않았다. 목이 칼칼해져 왔다.

"또 다른 여자 한 명도 사라졌다고 했죠? 그녀가 남편이나 차고 관리인과 알고 지냈나요?"

"폭스맨투어 부인 말인가요? 전혀 모르는 사이였어요. 그녀는 멜리사 레이의 친구였거든요."

내가 왼쪽에 있는 친구를 가리키며 말했다.

"그냥 차를 한잔 같이 나눴을 뿐이에요."

티나 콜맨이 멍한 표정으로 날 돌아보았다. 그녀의 얼굴은 창백하게 질려 있었다. 입술은 노란색을 띠고 있었고.

"괜찮아요?"

내가 물었다.

"내 생각은 좀 달라요, 엘렌."

"티나?"

"당신 남편 존과 내 친구 멜리사 레이의 관계……"

"그들이 서로 알고 지냈단 말인가요?"

그녀는 얼굴을 붉혔다.

"존은…… 그는 사업 문제로 자주 우리집에 들르곤 했어요. 우리 남편이 존의 투자자였다는 사실, 알고 있었어요?"

머리가 핑핑 돌기 시작했다.

"그…… 그냥……"

나는 얼버무렸다. 알고 있었던 것 같기도 했지만 그들의 관계가 이번 일과 어떤 연관이 있는지 잘 이해가 되지 않았다.

"그들은 몇 번 만난 적이 있어요. 레이 부인과 미망인 폭스맨투어 부인, 그리고 당신 남편 말이에요."

"미망인?"

내가 흥분하며 물었다.

"그들은 친하게 지냈어요."

마치 티나의 생각을 읽듯 루 부인이 말했다.

"남편은 이해심이 많은 남자예요. 아닌가요? 남편을 잃은 여자에게 연민을 느꼈던 것이죠. 그렇게 친해진 것이고요."

티나가 고백했다.

"같이 저녁을 몇 번 먹기도 했어요. 당신이 임신중일 때, 그리고 몸이 별로 좋지 않을 때…… 존이 당신을 남겨두고 참석했던 저녁 파티들에서 말이에요."

루 부인이 눈을 지긋이 감고 덧붙였다.

"남편이 마차를 보냈군요."

"멜리사가 우리집을 찾았을 때 말이에요?"

내가 물었다. 순간 온몸이 마비되는 기분이 들었다.

"같이 차를 나눴던 날…… 그녀를 데려온 건 바로 이 친구였어요. 어서 그렇다고 말해 봐요."

티나의 입술이 부르르 떨렸다. 그녀의 시선은 바닥에서 떨어지지 않고 있었다.

"사실은 코니 폭스맨투어가 멜리사에게 부탁해 약속을 잡았던 거예요. 존이 코니가 보낸 편지에 답장을 하지 않았던 모양이고, 멜리사는 그걸 몹시 못마땅해하고 있었죠. 그녀가 존과의 관계를 내게 다 털어놓았어요."

"내 남편과 폭스맨투어 부인이?"

너무나도 충격적인 얘기였다.

"지금 그들이 불륜을 저지르고 있었단 말을 하고 있는 건가요?"

티나는 눈물을 흘리고 있었다. 루 부인이 쪼아 만든 돌을 묵묵히 내려다보았다. 그녀가 다시 입을 열었다.

"보기 싫은 것은 일부러 찾을 필요가 없어요."

꼭 누군가의 말을 인용하고 있는 것 같았다. 그것은 그녀의 입에서 나온 첫번째 완벽한 문장이었다.

"난…… 진실을 알고 싶어요."

내 목소리는 실내에 쩌렁쩌렁 메아리쳤다.

"스트라빈스키 부인은 지금…… 유럽에 있어요. 내가 편지를 보낼게요. 연락을 해보죠."

루 부인이 머뭇거림 없이 말했다.

"몇 주 정도 걸릴까요? 혹시 몇 개월씩 걸리는 건 아니겠죠?"

내가 물었다.

"몇 년이 걸릴 수도 있어요. 차분하게 기다려요, 부인. 영혼에게 시간은 그리 중요하지 않으니까."

1910년, 1월 16일 – 로즈 레드

　로즈 레드에선 또 한 차례의 엄청난 축하파티가 벌어졌다. 우리가 이 저택에 입주한 지 2주년이 되는 날이었다. 대저택은 아직도 공사중이다. 저택의 외관은 1년 전과 다르지 않고, 참석한 손님들도 작년에 왔던 이들 그대로이다. 하지만 사실 변한 게 너무 많다. 난 3층 왼쪽 날개를 완전히 고치도록 지시했다. 6천 평방피트에 달하는 그곳은 이제 '아담의 날개'로 불리게 되었다. 공사가 끝이 나면 2천여 권의 책으로 꾸며진 아이 전용 도서관과 놀이방, 기차방 (이것은 존의 아이디어였다), 작은 체육관, 그리고 교실이 차례로 그 모습을 드러낼 짓이다.

　난 지난해 입었던 드레스를 그대로 꺼내 입었다. 수선을 해 새것처럼 보이는 이 드레스를 이제부터 전통으로 만들 생각이다. (아담을 낳고 난 후 예전의 몸매로 돌아왔다는 것을 다른 여자들 앞에서 당당히 드러내보이고 싶었다! 어떤 이들은 아예 꿈도 못 꿀 일이다!) 아름다운 가운들이 많지만 그 중에서도 단연 파란색 벨벳 드레스가 마음에 든다. 지난해에 비해 75쌍이나 많은 커플이 참석했다. 이 파티의 인기가 높아지면서 초대할 이들의 명단 역시 길어졌다. 다행스럽게도 올해엔 아무도 사라지지 않았다. 그렇지 않아도 그것 때문에 걱정이었는데! 홀을 거닐며, 또 손님들을 안내하는 저녁 내내 근심을 떨쳐낼 수 없었다. 로즈 레드가 언제 심술을 부려 파티를 망쳐놓을지 모르니. 손님들은 모두 흥겨워했고, 나는 샴페인 세 잔을 마시고 나서야 비로소 안정을 찾을 수 있었다. 아, 대저택은 우리로 하여금 그것의 존재를 즐기도록 내버려두었다. (저택도 모든 손님들의 존재를 느끼고 있을까? 저택도 우리와 함께 축하하고 있을까?)

별로 특별한 일은 없었다. 그저 정부들과의 간통에 대한 소문만이 조용히 오고 갔다. 꼬리에 꼬리를 물고 이어지는 사회악!

오늘 아침, 우리의 수석 하녀 와트슨 부인이 다가와 동쪽 날개의 한 손님 방에서 여자의 속옷 세트가 침대 밑으로 쑤셔 넣어진 채로 발견되었다고 알렸다. (그녀는 가운 밑으로 아무것도 걸치지 않은 채로 파티를 떠났던 것이다!) 훌륭한 파티에선 종종 이런 일들이 벌어지곤 한다. 존은 그날 거의 내 곁에 붙어 있었다. 그는 자신의 파티에서 그런 일을 벌일 정도로 나쁜 인간은 아니었다. 그가 연루되어 있지 않다는 사실에 난 안도했다.

사실, 모든 손님들이 돌아간 후 (새벽 4시가 다 되어서) 잔뜩 취한 남편이 내 침실로 들어와 동이 틀 때까지 내 곁에 있었다. 그는 실로 훌륭한 파트너이다. 내 남편. 우린 오랜만에 남편과 아내의 자리로 돌아와 뜨거운 새벽을 보냈다. 출산으로 고통받은 내 은밀한 부위를 의식해 예전에 비해 한층 더 부드러운 손길을 기대했지만 그놈의 브랜디 탓인지 그는 인정사정 봐주지 않았다. 하지만 오히려 거친 그의 손길에 난 최고의 만족을 얻을 수 있었다. 그것을 맛보기 위해 또다시 4개월이란 긴 시간을 기다리지 않아도 되길 간절히 바랄 뿐이었다. 고백하건대 난 지금 이 순간, 그를 받아들일 준비가 완벽히 되어 있다. 존을 떠올리니 다시 몸이 뜨겁게 달아올랐다. (그에게 늘 제압당해 살아가는 나 자신이 미워진다. 그로 인해 그토록 시달림을 받았음에도 난 떨리는 몸을 주체하지 못하고 그가 돌아와주기만을 기다리고 있다! 어쩜 여자가 되어서 그런 불건전한 생각을 할 수 있지? 친구들 앞에서 이런 얘길 꺼낼 엄두는 아예 내지도 못한다. 물론 티나에게만은 괜찮겠지만. 이미 너무 많은 것을 알고 있으니!)

파티는 완벽하게 지나갔다. 그 후 내 침실에서 남편과 함께 했던 시간도 완벽했고. 이제야 모든 게 제 위치로 돌아오는 것 같다. 지금껏 비극만을 안겨주던 보이지 않는 힘도 사라져 버린 것 같다. 어쩌면 로즈 레드는 그저 집, 건물에 지나지 않을지도 모른다. 그 이상도, 그 이하도 아닌.

두려워할 건 없어. 기도할 때도 같은 말을 되풀이해 되뇌었지만 사실 그 말은 믿을 수 없었다. 아직까지 내 머리 속엔 로라의 유령이 꽉 박혀있다.

그 말을 절실히 믿고 싶다 : 두려워할 건 없어. 제발 그렇게만 될 수 있다면!

1910년, 7월 10일 – 로즈 레드

　존의 오미크론 석유 파트너, 더글라스 포시와 그의 아내 필리스는 오늘 저녁 우리와 함께 식사를 했다. 여섯 명의 다른 손님들도 자리를 같이 했지만 그들의 이야기는 별로 중요하지 않았다. 여성 참정권에 대한 헌법의 개정을 축하하기 위해 초대된 손님들이었다. 이번 주, 워싱턴 주는 미국에서 여성의 선거권을 인정해주는 첫번째 주가 된 것이다. 그 동안 헌법의 개정을 위해 병원 위원회의 내 동료들은 너무나도 힘든 싸움을 벌여왔다. 존의 도움도 큰 힘이 되어 주었다. 우린 성조기를 테이블 위에 씌우고 극동지역에서 구입했던 빨간색 접시에 음식을 담아 먹었다. 파란색 린넨을 받침으로 쓰고, 흰색 냅킨을 꽂아 놓았다. 정말 환상적인 축제 분위기였다!

　포시 부부가 도착하는 순간부터 난 존과 더글라스 사이의 보이지 않는 팽팽한 긴장을 느낄 수 있었다. (최근 더글라스는 최신형 자동차를 구입해 존의 부러움을 받아왔다.) 존은 더글라스의 팔뚝을 거칠게 움켜쥐고 중앙홀에 자리한 총기실로 끌고 가버렸다. 나를 비롯한 모든 손님들은 이내 두 사람의 언성이 높아진 것을 들을 수 있었다. 총기실은 작고 남성적인 공간이었고, 유리로 된 진열대에는 그 동안 존이 모은 라이플총이 놓여 있었다. 시작은 총기실이었지만 오래 가지 않아 그들의 격한 음성은 흡연실에서 흘러나왔다. 아마도 그들은 계단을 타고 총기실에서 흡연실로 갔던 모양이었다. 그렇지 않았다면 필리스와 내 눈에 응접실을 지나쳐가는 그들의 모습이 보였을 테니. 태피스트리 진열실로 안내된 손님들에게 훈제 연어와 위스콘신(미국 중북부의 주 – 옮긴이 주)산 치즈, 그리고 음료수가 대접되었다. 존이 파트너에게 긴히 할 얘기가 있었듯 필리스 역시 내게 들려주고픈 얘기가 있었다.

내 추측엔 더글라스와 존 사이의 갈등은 존이 인가했지만 더글라스가 법정 교섭에 묶어 둔 유럽 시장 계약 때문에 불거져 나온 것 같았다. 아마도 스페인 건이 문제였던 것 같다. 계약 이행이 지연되면서 또 다른 회사, 스탠다드 석유가 (하고 많은 회사 중 하필!) 끼어 들어 독립 계약을 체결했고, 오미크론의 시장 점유율은 순식간에 80퍼센트에서 5퍼센트로 뚝 떨어지고 말았다. 그것으로 인해 존과 그의 회사는 1년에 수만 달러의 손해를 입어야 했다. 그토록 확실하던 일이 한순간에 정반대의 결과를 낳을 수도 있다는 재미있는 교훈을 남긴 사건이었다. 하지만 놀랍게도 그들의 언쟁은 결코 그 일 때문이 아니었다. 맞아. 더글라스 포시는 계약을 지연시켰어. 맞아, 그것 때문에 존은 막대한 손해를 입었고. 하지만 두 사람이 벌인 말다툼의 원인은 더글라스의 당황한 아내, 필리스로부터 들을 수 있었다.

그녀는 호칭만 아내일 뿐 사실 남편보다 15살이나 많다. (어떻게 보면 그들은 우리 부부랑 전혀 반대이다. 필리스에게 사업에 관한 놀라운 통찰력이 있다면 더글라스는 사교계의 명사이다. 필리스는 전남편과의 사이에 장성한 다섯 명의 자식을 두었고, 세상 돌아가는 이치를 정확히 꿰뚫어보는 능력을 가졌다. 거기에 반해 더글라스에겐 남편과 아버지의 신분이 처음이다. 나와 마찬가지로. 그들의 비교는 바로 거기까지이다.)

필리스는 매력이라곤 티끌만큼도 찾아볼 수 없는 여자이다. 굵은 허리와 거친 목소리도 한몫 한다. 그녀의 검은 드레스는 나와 같은 사이즈의 사람이 두 명이나 들어갈 정도로 큰 것이다. 그녀는 상대가 말을 할 때 왼쪽 귀에 손을 갖다대는 습관을 가지고 있다. 어린 시절 남자아이들과 눈싸움을 하고 놀다 눈보다 얼음이 더 많이 들어간 눈덩이를 맞고 생긴 병 때문이라고 한다. 그녀에게서는 과하다 싶을 정도의 진한 향수 냄새가 나서, 가끔 그것 때문에 불쾌감이 느껴지기도 한다. 그 냄새는 주변 사람들의 목구멍 뒷편을 강하게 자극한다. (그것만 아니었더라면 모두들 그녀의 접근을 기피하진 않을 텐데.)

"신경질이 나서 죽겠어요."

그녀가 거센 입김을 뿜으며 큰소리로 말했다.

"당신 말고는 고민을 털어놓을 만한 상대가 없어요. 우린 격의 없는 좋은 친구잖아요."

사실 난 그녀를 개인적으로 잘 알지 못한다. 그녀의 부족한 사교 능력은 그렇게 드러나버리고 말았다. 부드러운 입담을 가진 그녀의 남편과는 완전 딴판이다. 오히려 그녀가 존의 사업 파트너가 되었어야 하는데. 만약 사회가 그것을 인정해준다면 존은 그 가능성에 대해 심각하게 고려해보았을 것이 틀림 없다.

"무슨 일이죠?"

손님들이 모여 있는 태피스트리 진열실로 돌아갔으면 하는 갈망을 누르며 내가 물었다.

"혹시 존이 얘기하지 않았나요? 오, 이런…… 그가 아무 말도 안한 모양이군요."

흥분한 그녀의 모습에 겁이 덜컥 났다. 아마 그녀의 육중한 몸 때문이겠지.

"존…… 아니, 더글라스 때문이에요. 어쩌면 내 잘못인지도 모르고요. 속으로 깊이 파고 들어가다 보면……"

그녀가 잠시 날 쳐다보다가 얼굴을 붉히며 고개를 돌렸다.

"오, 어쩌면 좋지."

서둘러 다른 손님들에게 돌아가고 싶은 마음에 내가 딱 잘라 말했다.

"하실 말씀이 없으시다면……"

"오, 아니에요. 있어요!"

그녀가 소매에서 손수건을 꺼내 들었다. 그녀는 눈물도 묻지 않은 눈가를 그것으로 토닥거렸다. 그녀가 계속 이어나갔다.

"보나마나 우리의 나이 차이 때문일 거예요."

"당신은 아직 젊어요, 필리스."

내가 최대한 다정하게 말했다. 그녀는 아까보다 더 소박해보이는 표정을 짓고 있었다.

"아마 기숙학교 때부터였을 거예요."

"네? 뭐가요?"

"더글라스…… 그는 언제나 여자 탈의실보다 남자 탈의실을 기웃거리길 좋아했어요. 내 말 이해하겠어요?"

물론 그녀가 하고 싶은 말은 이해할 수 있었다. 내 얼굴이 너무

빨갛게 변하지나 않았는지 걱정이었다. 그것에 대한 소문은 이미 오래 전부터 나돌고 있었다. 하지만 필리스의 입에서 이 얘기가 나온 것은 이번이 처음이었다.

그녀가 말했다.

"회사에 젊은 사원이 하나 있어요."

존, 더글라스, 그리고 오미크론의 모든 관계자들은 항상 '회사'라는 단어를 사용하길 좋아한다.

"회계사, 회계 장부 기입자."

그녀가 목소리를 낮췄다. 가까이 있는 나조차도 들릴까말까한 작은 목소리였다.

"존이 그들을 목격했던 모양이에요. 무척 당황스러웠겠죠. 다른 곳도 아닌 하필이면 더글라스의 사무실에서였으니……"

그녀가 마음의 평정을 잃지 않으려 애쓰며 말을 이어나갔다.

"난 그 사실을 그와 결혼하기 전부터 알고 있었어요. 그도 그걸 숨기려 하지 않았고요. 당신 남편의 파트너로서 사교계에 들어가기 위해선 아내가 필요했던 거죠. 그리고 그 적임자로 내가 뽑히게 된 거예요. 나이 차이가 좀 있었지만. 난 그에게 많은 것을 집요하게 묻지 않았어요. 나도 가끔 젊은 남자들과 즐기곤 하니까요."

그녀가 살짝 윙크를 했고, 그 모습에 난 하마터면 웃음을 터뜨릴 뻔했다. 다른 남자와 시시덕거리는 그녀의 모습을 떠올리자 어찌나 우습던지.

"경험 있는 여자는 상대의 위치를 보고 결혼을 하죠. 육체적인 욕망은 언제나 밖에서 충족시킬 수 있으니까요."

내 남편도 과연 그녀와 같은 생각을 가지고 있을까? 우리의 결혼도 그저 상황에 맞추기 위한 눈가림에 지나지 않았을까? 그녀의 말에 그리 수긍이 가지는 않았지만 난 묵묵히 계속 들어보기로 했다.

"계속 해봐요."

"뭐 그뿐이에요. 그가 존에게 들켜버렸다는 것. 바로 오늘 말이에요."

그제야 어째서 존이 그토록 격노하고 있었는지 알 수 있었다. 평소 저녁 파티를 앞두고 있을 때 그는 유쾌하고 즐거운 분위기를 만드는 데 온 힘을 쏟는 편이다. 하지만 오늘밤, 그는 위협적이고 퉁명스러웠다.

"그는 더글라스를 나무라려고 단단히 벼르고 있었을 거예요."

그녀가 말했다. 그녀의 턱밑 살이 바르르 떨리고 있었다.

"내가 하고 싶은 말은…… 당신이 어떻게 좀 설명을 해주었으면…… 더글라스가 너무 난처하게 됐어요. 나와 정원사도 사실 그렇고 그런 사이인데."

그녀가 눈에 거슬리는 윙크를 다시 한번 해보이며 말했다.

"존이 더글라스를 너무 심하게 몰아부치지 않았으면 좋겠어요. 특히 사업에 관해서요, 엘렌. 더글라스는 그 동안 회사를 위해 몸과 마음을 다 바쳤다고요."

"그를 내쫓을지도 모른다는 거예요?"

내가 불쑥 물었다.

"그들은 파트너예요. 그는 더글라스를 내쫓을 수 없어요! 고작 그까짓 일로."

그녀가 소리쳤다.

내 어머니와 친구분들은 절대 이런 얘길 꺼내지 않는데. 절대로.

아무리 사촌지간이라도 함부로 꺼낼 수 없는 얘기이다. 남자가 소년에게 추근거리는 건 별로 대수롭지 않은 이야기이다. 하지만 그 당사자가 내 집 현관으로 들어섰을 때는 상황이 달라진다. 그냥 들리는 소문일 뿐이다. 친구들은 절대 그런 짓거리를 하지 않는다. 하지만 나 자신도 한때 짙은 색 피부를 가진 객실 담당 여직원을 보며 사악한 충동에 사로잡혀 있었지 않은가. 그런 정욕은 분명 존재한다. 오직 열의 있는 기도만이 구해줄 해답이다. (솔직히 말하면 난 아직도 가끔 남자들에게나 어울리는 야릇한 시선으로 수키나를 몰래 훔쳐보곤 한다.)

자신의 농담에 킥킥대며 웃는 필리스의 모습이 그렇게 불쌍해보일 수 없었다. 난 손을 내밀어 그녀의 손을 잡았다. 그리고 존에게 잘 얘기해보겠다고 약속했다.

"정말 고마워요."

"하지만 알아둬요. 존을 설득하는 것이 그리 쉬운 일이 아니란 걸 말이에요."

물론 그런 것쯤은 필리스 포시도 알고 있을 터였다.

"특히 사업에 관해서는 더욱 힘들죠. 그리고 그 문제에 대해선…… 회계사 일 말이에요. 존은 자기 회사 직원이 연루되었다는 데에 더욱 분해할 거예요. 그것도…… 사무실에서 그 광경을 목격했으니…… 제 말, 이해할 수 있죠?"

그 광경은 차마 상상할 수도 없었다.

"아마 다른 것보다 그 점을 제일 못마땅해할 거예요."

"하지만 더글라스를 나무랄 수만은 없어요. 그는 어릴 적부터 그래왔는걸요. 그는 수영과 다이빙을 즐겼어요. 물론 수영복에 끌려서였기 때문이었겠죠. 이해가 돼요?"

그것이 무슨 설명이라도 되는 듯 그녀가 말했다. 난 그것을 떠올려보고 싶지 않았다.

"여기저기 보이는 벗은 몸들……"

그녀의 이런 관심은 아마도 수북이 쌓인 고민으로부터 오는 게 아닌가 싶었다. 이런 화제를 건드리는 데에서 오는 걱정들로부터.

대화는 더글라스 포시보다 오히려 나 자신의 상황을 훤히 들여다보는 결과를 낳고 있었다. 이런 문제로 존을 설득할 수는 없다. 또 그러고 싶은 마음도 없고. 존은 동성애자들에 관해 기탄없이, 그리고 자주 자신의 의견을 말해왔다. 그는 여자들끼리의 사랑에 대해선 관대한 입장이었지만 남자들끼리의 사랑에 대해선 상당히 부정적인 견해를 가지고 있었다. 그는 공공연히 "한 남자가 다른 남자를 친밀하게 만지는 것은 상스러운 짓"이라고 말해왔다. 정작 자신은 여자 하인늘의 숙소에 몰래 붙여둔 거울로 그들을 훔쳐보고 있었으면서. 서로의 등에 비누칠을 해주는 하녀들을 음탕한 눈으로 지켜보는 그의 모습이 머리에 생생히 떠오르는 것 같다!

하지만 필리스가 자신의 편의를 위한 결혼에 대해 설명하는 동안 내 마음도 편치 않았다. 나 역시 한 남자의 아내라기보단 그저 아이를 생산해내는 기계로밖에 볼 수 없으니까. 혹시 존도 우리의 결혼을 서로의 편의를 위한 위장으로 여기고 자신의 부정함을 정당화시키고 있는 건 아닐까? 화목한 가정, 훌륭한 가계. 내겐 아이를 낳고 기르는 일에만 전념케 하고, 자신은 거리를 어슬렁거리며 욕정을 채웠는지도 모른다. 가슴엔 메스꺼움이 분출하고 있었고, 목 뒷편으로는 쓴맛이 느껴졌다.

난 저녁식사 내내 우아한 여주인으로 남아 있지 못했다. 내가 봐도 과하다 싶을 정도의 와인을 마셨다.

존과 더글라스가 흡연실에서 불편한 표정을 애써 감추며 나왔다. 저녁식사를 하는 동안 그들은 서로에게 단 한 마디도 건네지 않았다. 헤어질 때도 악수를 하지 않았고. 난 수키나가 정리해놓은 침실로 돌아가 아담을 품에 안았다. (아담은 당장이라도 걸음마를 시작할 수 있을 만큼 컸다! 비록 지금은 기어다니고 있지만 그 속도는 번개보다도 빨랐다. 아담은 가끔 힘겹게 몸을 일으켜 사랑스러운 얼굴로 날 올려다본다. 마치 "엄마, 나 걸어봐도 돼요?" 하고 묻는 듯. 수키나와 난 그럴 수 있도록 최대한의 용기를 불어넣어주었다. 만약 림바우어에게 단 한 가지가 필요하다면 그것은 자립심과 용기일 것이다!)

바람은 불지 않았고, 밤은 후텁지근했다. 난 벌거벗은 채로 침대에 누워 이 숨막힐 듯한 밤에 나이트 가운을 걸쳐야 할지 말아야 할지 고민에 잠겨 있었다. (유모가 아담을 도로 데려다 놓았다.) 수키나는 내가 벗어놓은 속옷과 저녁파티 때 신었던 검은색 하이힐 구두를 갖다두기 위해 나갔다. 과하게 마셨던 와인이 몸 속을 뜨겁게 달구고 있었다.

존이 노크를 했고, 내가 응답을 하기도 전에 문이 열렸다. 그는 벌거벗은 채로 침대에 누워 있는 날 뚫어져라 쳐다보았다. 가끔 내 벗은 몸을 봐왔던 그였지만 이상하게도 야릇한 기분이 들었다. 그가 내 침실을 찾았던 밤에는 이미 불이 꺼져 있던 경우가 대부분이었다. 신혼여행중에 그는 내게 최대한 사생활을 인정해주었다. 내가 그 누구보다 정숙하다고 믿고 있었기 때문이었을 것이다. (처음

으로 남편과 함께 침대를 뒹굴었을 땐 정말 얼굴이 화끈거려 죽을
지경이었다.) 하지만 어젯밤, 그가 문을 벌컥 열어젖히고 나체로
누워 있는 날 들여다보는 순간, 그는 이상한 감정에 사로잡혔다.
그는 자신의 감정을 좀처럼 드러내지 않는 타입이었다. 그가 문을
닫고 다가오기 시작했다. 침대 앞에 다다랐을 때 그는 벌써 입고
있던 옷을 거의 벗어던진 후였다. 입을 열어 어느 순간에 수키나가
들어올지 모른다고 경고하고 싶었지만 어느새 그의 입은 내 것에
포개어져 있었다. 존이 그토록 흥분하는 건 처음이었다!

사실 내 정신은 남편이 아닌, 전혀 다른 곳에 가 있었다. 옷 정리
중인 수키나가 갑자기 불쑥 들어설지도 모르는 일이었고, 전기불
도 환히 켜져 있었다! 수키나가 내 침실에서 빠져나갈 수 있는 다
른 길은 없었다. 내가 남편과 엉겨붙어 있는 동안에는 아무리 절실
히 원한다 하더라도 쉽게 빠져나갈 수 없을 것이다. (분명 그녀도
내 침실에서 벗어나보려 머리를 열심히 굴려대고 있겠지만!) 존은
계속해서 전에 없던 열정을 내게 쏟아내는 데 여념이 없었다. 목격
자가 한쪽에서 지켜보고 있다는 사실을 아는지 모르는지. 동성애
자인 더글라스 포시에 대한 생각을 머리 속에서 지워내려는 것일
까? 아니면 알몸의 여자를 보고 그냥 지나칠 수 없을 만큼 술에 취
해 있는 것일까? (설령 그녀가 자신의 아내일지라도!) 난 비명을 질
러 도시 전체를 뒤흔들어놓기 전에 손목을 깨물었고, 그것으로 부
족하다 싶어 베개의 한쪽 귀퉁이를 입 안으로 쑤셔 넣어버렸다. 극
도의 흥분 상태에 잠겨 있는 와중에도 난 존의 어깨 너머를 슬쩍
올려다보았다. 아니나다를까, 문 앞에 서 있는 수키나의 검은 얼굴
이 눈에 확 들어왔다. 나와 눈이 마주쳐버린 그녀가 쑥스러운 듯

미소를 지어보였다. 설명할 수는 없지만, 그녀가 우릴 쭉 지켜보고 있었다는 생각에 열정은 두 배로 커졌다. 침대 머리판을 꼬옥 붙잡고 있는 난 땀을 비오듯 쏟아내며 연신 숨을 헐떡거렸다. 가슴과 무릎 사이의 몸은 새빨갛게 달아올라 있었다.

아무 말 없이 존이 옷을 챙겨 입었다. 그리고 내 이마에 살짝 입을 맞추고는 밖으로 나가버렸다.

잠시 후, 어둠 속에 숨어 있던 수키나가 슬그머니 일어나 문으로 다가갔다.

"가지 마."

내가 그녀를 불러 세웠다.

"미안해요, 미스 엘렌."

"아니야. 괜찮아."

"훔쳐보는 게 아니었는데……"

"괜찮다니까."

그녀가 날 겁먹은 듯한 눈으로 쳐다보았다.

"정말 미안해요."

그녀가 같은 말을 반복했다.

"늘 이렇지는 않아."

"열기 때문에 그럴 거예요, 미스 엘렌. 열기는 항상 남자들로 하여금 이상한 상태에 빠져들게 만들죠."

그녀가 조심스럽게 침대 앞으로 다가왔다. 내 벗은 몸을 수도 없이 봐왔던 그녀였지만 단 한 번도 이런 상태에선 아니었다.

"베개요, 미스 엘렌……" 그녀가 내 엉덩이를 가리키며 말했다.

"베개를 사용해요. 또 아이를 갖고 싶다면요."

아이라…… 가슴이 다시 두근거리기 시작했다. 아이를 갖고 싶다면 베개를 사용하라…… 난 두 개의 베개를 골반 아래 받쳐 놓았다. 물론 단 한 개의 베개도 필요하지 않았지만. 남편의 그런 모습은 이번이 처음이었다.

하지만 분명한 점은 내가 옳다는 것이다. 나는 또 다른 아이를 잉태하고 있는 것이다. 그리고 내 추측이 옳다면 그 아이는 봄에 태어나게 될 것이다.

1911년, 4월 9일 – 로즈 레드

우린 이 아이를 에이프릴이라고 부를 생각이다. 태어난 달을 따서. 출산을 도운 건 악마였고, 그런 이유로 이 아이는 악마의 딸이나 다름없었다. 이번엔 정말 난산이었다. 의사가 무려 7시간이나 내 곁을 떠나지 않고 나와 내 아이의 생명을 구해주었다. 아이의 팔이 기형적으로 구부러져 있어 하는 수 없이 의사는 제왕절개 수술을 감행해야 했다. 꼭 목장에서나 볼 수 있는 듯한 광경이었다. 하지만 다행하게도 의사는 순한 양들을 키우는 목장에서 성장했다고 한다.

그렇게 에이프릴은 세상에 태어났다. 반짝이는 파란 눈과 존의 강건함을 지닌 아이였다. 이 아이를 끝으로 난 더 이상 임신을 할 수 없다고 의사가 말했다. 견딜 수 없는 비통함에 몸까지 아파왔다. 그는 내 생명을 살렸지만 내 성(性)은 살리지 못했다. 더 이상 여자만의 특권을 누릴 수 없다는 건 정말로 참담한 일이 아닐 수 없다. 불임. 그 생각을 할 때마다 침대를 벗어나기가 싫어진다. 벌써 일주일째 침대에 같은 자세로 누워 있다. (에이프릴은 4월의 첫날에 태어났다. 공교롭게도 그날은 로라가 실종된 지 꼭 2년째 되는 날이기도 했다!) 물론 의사가 일어나지 말라고 경고하긴 했지만 설령 그렇지 않았더라도 난 침대를 벗어날 생각조차 하지 않았을 게 틀림없다. 더 이상 아이를 낳을 수 없다니. 그렇다면 더 이상 이 집에 머무를 이유도 없어진 것이다.

수키나는 아프리카에서 내가 앓았던 병 때문에 에이프릴이 기형아로 태어났다고 설명해주었다. 난 남편을 증오한다. 내 인생도 마찬가지이고. 특히 우리 모두를 죄수처럼 가둬두고 있는 이 저택을 증오한다. 이젠 일기도 쓰고 싶지 않다. 일기장, 너마저도 증오하니까. 지난 일기를 들춰보며 내 인생에 선택이 존재했던 시절을 되돌아보기 싫다. 내가 대체 무슨 짓을 한 거지? 난 대체 어떤 괴물과 결혼을 한 것일까? 뱃속의 아이들까지 해치려 하다니. 의도적이든 아니든. 대체 어떤 창녀들이 그에게 독을 뿜어 우리 집안 가계도의 뿌리를 더럽히려 하는 것일까? 난 모든 걸 증오한다. 일기장도, 그들도, 모두.

1911년, 5월 21일 — 로즈 레드

지난 몇 주간 푹 가라앉아 있던 내 기분은 차차 나아졌다. 한동안 일기장을 들여다보지도 못할 만큼 언짢은 기분이었다. 내 인생의 몰락과 결혼생활의 비극을 되돌아보고 싶지 않았다.

오늘, 새들의 지저귐과 활짝 핀 봄꽃들에 둘러싸인 채 정원에 앉아 유모와 놀고 있는 아담을 지켜보았다. 에이프릴을 품에 안고, 일기장을 무릎 위에 펼쳐놓고, 손에는 펜을 쥐고.

또 다른 하녀가 사라졌다는 반가운 소식이 들려왔다. 잔뜩 들뜨기까지 했다. 수키나에 의하면, 에이프릴을 임신했던 무더운 7월의 어느날 밤 이전까지 존과 친밀한 관계로 지내온 하인이란다. 난 그녀를 해고시키고 싶었지만 수키나의 만류로 그냥 두고 보기로 했었다. 그리고 난 그녀의 깊은 속을 이해할 수 있었다. 그때부터 난 그녀를 저주하는 기도를 올리기 시작했다. 내 기도는 보이지 않는 힘 앞으로 고스란히 전해졌다. 난 그녀를 죽여달라고 애원했다. 에이프릴의 기형적으로 굽은 팔을 악(惡)의 표본으로 제시했다. 난 무슨 응답이라도 들려오길 끈기 있게 기다렸다. 수키나가 인형을 만들어 검은 종이로 돌돌 말아 싼 후 서랍 깊숙이 넣어 두었다.

오늘, 고대하던 응답이 들려왔다. 존과 다른 하인들이 저택을 돌며 초조하게 어린 떠돌이를 찾아 수색을 하고 있는 동안 난 햇볕이 쨍쨍한 정원에 거만한 자세로 앉아 있었다. 입가엔 쓴웃음이 피어

오르고 있다. 경찰을 부르라지. 개들도 풀어놓고. 아무리 그런다 해도 그녀를 찾아내지는 못할 것이다. 아무리 질문 공세를 퍼부어도 진실은 밝혀지지 않을 것이다. 경찰은 이 저택을 휘감고 있는 영혼에 대해 알 길이 없을 것이다. 만약 알게 된다면 그들은 지체 없이 마치 마녀를 화형시키듯 저택에 불을 질러 버릴 것이다.

로즈 레드는 또다시 불충한 하녀 하나를 삼켜버렸다. 그녀로 인해 저택이 살찌워진 것이다! 저택은 오늘따라 유난히 커보인다. 정말로! 그 어느 때보다 훌륭해 보인다. 어쩌면 그저 내 착각일지도 모르지.

너무나도 화창한 날이다. 훗날 에이프릴이 똑똑히 읽을 수 있도록 난 일기장에 꼼꼼히 적어 내려간다. 에이프릴의 팔에 대한 복수. 비록 부분적이긴 하지만.

아직 내 기도는 끝나지 않았다.

난 쏟아지는 햇볕을 맞으며 큰소리로 웃어젖힌다. 조그만 아담이 날 올려다보며 따라 웃기 시작한다. 그런 우리를 유모가 의아한 눈으로 바라본다. 실종 사건으로 가뜩이나 분위기가 무거운데 이런 경솔함이 이해될 리 없을 것이다. 하지만 난 전혀 개의치 않고 계속 웃어댄다. 날 미쳤다고 손가락질한다 해도 상관없다. 난 이미 로즈 레드와 결합되어 있으니.

난 서서히 저택을 이해해 나가고 있는 것이다.

1912년, 6월 23일― 로즈 레드

에이프릴이 벌써 한 살이 되었고, 아담도 잡초처럼 쑥쑥 커나가고 있다. 난 지난 한 해 동안 우리 가족이 어떻게 로즈 레드에 적응하고 살아왔는지 되돌아본다. 존은 거의 4개월에 걸쳐 유럽과 극동지역을 돌며 사업을 확장시켰다. (그가 신뢰하는 지질학자는 하고 많은 곳 중에서 사우디아라비아의 사막 아래에 석유가 묻혀 있다고 믿고 있었다! 그리고 존의 오미크론 석유는 그곳을 비롯한 이웃 나라들과 계약을 맺고 본격적으로 석유 탐사에 착수했다.) 존이 집을 비운 동안 저택도 깊은 휴식을 취하고 있는 것 같았다. 로즈 레드가 살아 있다는 내 의심도 점점 줄어들어갔다.

오늘 난 참으로 끔찍한 꿈을 꾸었다. 그것이 로즈 레드에 살고 있는 우리에게 어떤 영향을 미치게 될 것인지 전혀 알 수 없다. 꿈속에서 다리가 무너져 내렸다. 아주 높은 다리였는데 나이애가라 폭포와 같은 격류에 너무도 무력하게 휩쓸려 내려갔다. 그 다리에 깔린 많은 사람들이 비명을 지르며 죽어갔고, 그들의 절규는 높은 물살에 묻혀버리고 말았다. 그런 꿈을 꾼 것은 처음이 아니었다. 보나마나 마지막도 아닐 것이다.

사실 그 엉큼한 매춘부를 저주하는 기도를 올린 후로 늘 마음이 편치 못했다. 수키나는 그 어린 암여우, 델로라(그 소녀의 이름)에 대한 진실을 철저히 파헤쳤고, 그것은 내 예상과 너무나도 다른 것이었다. (내 사악한 기도에 대한 막심한 후회가 물밀듯 몰려오고 있다!)

'캐티'라는 이름을 가진 한 동양인 하녀에 의하면, 델로라 화이트가 자신에게 마차 차고 관리인과의 불편한 관계를 털어놓으며 어떻게 처신해야 할지 모르겠다는 말을 했다고 한다. 어린 로라와 마찬가지로 그녀 역시 일주일에 한 번, 어쩔 땐 일주일에 두 번씩 차고를 들락거려 왔던 것이었다. 다니엘이 그녀에게 여러가지 질문을 하기 시작한 것도 바로 이곳에서였다. 주로 남편이 자동차나 말을 타고 돌아오거나 집을 나설 때. 대부분의 질문은 델로라의 개인적 신상에 관한 것이었다. 얼마나 자주 바깥 출입을 하는지, 하인들 중 남자친구가 있는지, 어디 출신인지, 가족과 얼마나 자주 연락하는지. 하지만 가장 곤란한 질문들은 '가족'에 대한 그녀의 충성심을 묻는 것이었다. 림바우어 가족에 대한, 존과 나에 대한, 존에 대한 충성심. 그녀는 우리 가족에게 큰 빚을 시고 있으며 우리를 위해서라면 무엇이든 하겠다고 대답했다고 한다.

수키나가 알아낸 것은 그게 전부였다. 내 애꿎은 기도로 그녀가 실종되는 결과만을 낳게 되어 마음이 무겁다. 분명한 건 다니엘, 아니면 존까지도 지금껏 몰래 어린 하녀들을 상대로 그들의 충성심을 시험해 왔다는 것이다. 얼마나 노골적으로? 그건 알 수 없다. 하지만 다니엘이 델로라와 같은 어린 소녀들에게 어떤 노골적인 질문을 늘어놓았는지는 대략 감을 잡을 수 있다. 남자들이 원하는 것이라면 뻔하니까. 절도? 이 집에 돈은 더 필요없다. 눈속임? 말도 안돼. 아니야. 다니엘이 그녀에게 무엇을 집요하게 물었는지 확실하게 알 수 있을 것 같다.

신기한 것은 지금까지 내가 기도로 인해 델로라가 실종되었다고 잘못 믿고 있었다는 것이다. 전혀 아닐 수도 있는데. 어쩌면 난 내가 생각하는 것만큼 이 저택을 잘 알지 못할 수도 있다. 어쩌면 로즈 레드도 이 모든 걸 유감스럽게 여기고 있는지도 모른다. 주인의 고약한 횡포에 상처 받은 소녀들을 고스란히 품에 안은 채로. 어쩌면 연이어 벌어진 실종 사건들은 책망이 아닌 연민의 임무였는지도 모른다! 만약 저택이 그들을 보호하려는 것이라면? 만약 이 집에 대한 그들의 눈먼 충성심이 나중에 저택으로 하여금 심한 가책을 남기게 만든다면? 로즈 레드에겐 다른 도리가 없었을 것이다. 그들을 자신들로부터 보호해주는 것 외엔. 그리고 그들에게 저택의 가장 안전한 곳에서 영원한 안식을 찾을 수 있도록 해주려는 것이 아닐까? 어째서 남자들은 죽고, 여자들은 실종되는지도 그렇게 설명될 수 있을 것 같고.

난 그 어느 때보다 로즈 레드와 진지한 대화를 나누고 싶다. 그 안으로 빨려들어가 그 동안 품고 있었던 궁금증을 전부 해결하고 싶다. 언젠가 루 부인이 스트라빈스키 부인을 소개해줄 수도 있다고 했었다. 난 그때 좀더 적극적으로 부탁하지 못했던 것을 깊이 후회하고 있다. 한 달 후이든 1년 후이든 교령회(交靈會)가 반드시 필요하다는 생각에는 변함이 없다. 이곳에. 바로 이 땅에. 남편이 지켜보는 가운데. (존이 더글라스 포시와 함께 참석하고 싶다며 흥미를 보였다. 그는 공공연하게 자신이 가지고 있는 궁금증을 털어놓았다.) 어쩌면 로라와의 접촉도 가능할지 모른다. 델로라도? 어쩌면 저택 스스로가 자신의 출생과 성장에 책임이 있는 우리와 접촉을 하고 싶어 할는지도.

그런 생각들로 가득 찬 머리가 지끈거려온다! 교령회라. 이 거대한 건축물의 벽 뒤에 숨어 있던 음성을 들을 수 있는 기회. 로즈 레드의 음성을. 바로 이곳에서. 몸소.

난 그날이 오기 전까지 다시 일기장을 열지 않을 것이다!

1912년, 6월 24일 – 로즈 레드

지난 일기를 읽어보니 내가 거짓말을 해버렸다는 것을 깨달을 수 있다! (이렇게 다시 일기장을 열었으니! 하지만 도저히 참을 수 없었어!)

오, 나의 일기장. 이게 꿈이라고 말해줘! 어제 다리가 무너지는 꿈을 꾸었는데 오늘 신문에 나이애가라 폭포 위로 걸쳐져 있던 다리가 무너져내렸다는 기사가 실려 있다. 다리 위를 건너던 47명의 무고한 생명이 목숨을 잃었다고 한다. 내가 그것을 어떻게 알았을까? 내가 어떻게 그걸 꿈 속에서 볼 수 있었지? 내게도 그런 신기한 능력이 있었나? 대체 내게 무슨 일이 일어나고 있는 거지?

나는 답을 알고 있다. 로즈 레드가 내 꿈 속으로 들어와 버린 것이다. 내 영혼 속으로. 그리고 난 그것을 막을 힘이 전혀 없다.

1912년, 7월 23일 - 로즈 레드

　전쟁이 벌어질지도 모른다는 소식에 존은 벌써부터 잔뜩 들떠 있다. 남자들은 정말 이해할 수 없다. 존은 전쟁으로 인해 자신의 석유 사업이 눈부시게 성장할 수 있다며 흥분하고 있다. 큰 돈을 벌 수 있는 기회를 존 림바우어가 그냥 지나칠 리 없다. 오늘 영국 해군이 북해로 이동해 독일군과 맞서게 될 거라는 소식이 들려왔다. 그리고 독일군이 영국군을 코너에 몰아넣고 상호 중립 선언에 서명하려 했다는 소식도 있었다. 하지만 영국군은 그렇게 호락호락하지 않았다. 존은 서둘러 유럽 출장을 준비했다. 어쩌면 6개월 이상 그곳에서 머물러야 할지도 모른다며 나와 아이들에게 동행해 줄 것을 부탁했다! 로즈 레드로부터 벗어날 수 있는 절호의 기회! 난 조금의 머뭇거림 없이 그의 부탁을 받아들였다. 하지만 그는 유모들이 따라가기 때문에 수키나까지 데려갈 수는 없다고 했다.

　난 그것을 어떻게 해석해야 할지 몰랐다. 그가 수키나와 그녀의 통찰력을 두려워하고 있는 것일까? 혹시 델로라의 실종으로 그녀가 하녀들을 불러다놓고 나름대로 수사를 하고 다녔다는 것을 알고 있는 건 아닌지. 날 그녀로부터 떼어놓아 그녀에게만 해가 돌아가도록 만들려는 속셈인지도 몰랐다. 어쩌면 내가 모르는 사이 아이들의 유모와 부정한 관계를 유지해오고 있는지도. 난 곧바로 생각을 바꿔 그의 부탁을 거절해버렸다. 하지만 존은 자신의 뜻을 굽

히지 않았다 : 유럽 출장은 당장 떠나야 하고, 수키나는 집에 남아
야 한단다.

난 좀더 생각할 시간을 달라고 요청했다. 한 이틀 정도. 그 동안
난 수키나를 바쁘게 만들어야 한다. 무엇인가 심상치 않은 기분이
느껴진다.

1912년, 11월 10일 ─ 로즈 레드

　내 무릎 위에 앉아 잠을 자려는 아담을 품에 안고 일기장을 펼쳤다. 아이의 자그마한 얼굴이 따뜻하다. 작은 고사리 손은 연신 움직이고 있다. 마치 잠을 자야 할지, 아니면 다시 일어나 방을 휘젓고 돌아다녀야 할지 갈피를 잡지 못하고 있는 듯. 난 아담과 단둘이만 남고 싶어 유모, 수잔 맥코넬을 돌려보냈다. 로즈 레드의 상속인. 오, 어떻게 사랑하지 않을 수 있으랴. 안도와 만족의 노래가 흐르는 내 안에서 편히 쉬는 아이들. 인생이 이토록 만족스럽고 건전한 것이란 사실을 진작에 알았다면…… 내가 잘못된 이유로 결혼을 한 것이 아닐끼? 상류사회와 부를 위해서. 오직 가족과 사랑을 위해 결혼을 해야 하는 게 마땅한데도.

　존이 유럽에 가 있어서 그런지 난 요즘 부쩍 이런 생각들에 사로잡혀 지낸다. 아이들을 데리고 그와 함께 떠날까도 생각해보았지만 결국 유행성 독감을 핑계로 집을 떠나지 않기로 했다. (수키나를 데려갈 수 없다는 그의 말에 대한 항의의 표시였다.) 하지만 난 남편의 건강을 위해 기도한다. 그 동안 몇 통의 편지를 받았다. 그는 주로 사업 얘기나 전쟁이 커질 것 같다는 얘기 따위를 편지에 담아 보냈다. 그는 전쟁이 확산되면 이득을 보는 많지 않은 사람 중 하나이다. 가끔 친구들과 저녁을 먹는 정도의 사교활동 외엔 별다른 보고가 없었다. 하지만 난 벌써부터 최악의 상황을 떠올리며 두려워하고 있다. 그가 어떤 남자인지 너무나 잘 알기에. 다섯 개의 방이 딸린 근사한 호텔 객실이나 고용 운전사가 모는 자동차 안에서 무슨 일이 벌어지고 있는지 상상조차 잘 되지 않는다.

다시 로즈 레드로 돌아와서, 아쉽게도 우리의 마차 차고 관리자 다니엘이 숨을 거두었다. 남편이 가장 아끼던 관리인. 난 이 소식을 편지에 담아 존에게 띄웠다. (물론 그는 비탄에 잠기게 될 것이다!) 하지만 그 편지가 그에게 닿기까진 적어도 수 주일의 시간이 걸릴 것이고, 그때쯤이면 다니엘은 땅 속에 묻혀 모든 이의 기억에서 사라져버릴 것이다.

무척 흔해빠진 일이었지만 다니엘을 따르던 하인들의 가벼운 입 때문에 이 저택은 또 한 차례의 스캔들에 시달려야 했다. 하지만 기억해야 할 것은 그의 끔찍한 죽음이 결코 사고가 아니었다는 것이다! 로즈 레드가 다시 손을 뻗어 또 다른 사내의 명줄을 끊어버린 것이 틀림없다. 저택으로 들어온 후 2년이 조금 지났을 뿐인데 벌써 네번째 희생자가 '사고'로 세상을 떠나게 되었다.

경찰은 그가 짓밟혀 죽었다고 공식적으로 발표했다. 그는 귀리만 먹으면 사납게 날뛰는 어린 종마(種馬)가 들어 있던 칸에서 발견되었다. 아직 경험이 부족한 어린 하인 하나가 귀리를 잔뜩 먹인게 화근이었다. 사실 다니엘은 수키나와 내가 로라의 유령을 보았던 바로 그 짐마차 밑에 쓰러져 있었다. 다니엘이 숨진 채 발견되었던 칸에는 말이 들어 있지 않았다. 앞서 말한 것은 진실이 아니었다. 영리한 소년 마부가 다니엘의 시체를 블랙 썬더의 칸에 옮겨놓고 짐마차 칸에 남아 있는 혈흔을 감추기 위해 짚을 덮어두었다. 그 덕분에 우린 경찰과 사회로부터 불필요한 눈총을 받지 않을 수 있었다.

이 저택과 이곳의 하인들은 그 동안 많은 기괴한 일들을 목격했기에 언제부터인가 서로를 보호하려는 움직임이 생겨나기 시작했다. '더크'라 불리는 현명한 소년 마부에겐 클라레(프랑스 보르도 산의 적포도주 — 옮긴이 주) 몇 병이 상으로 내려졌다. 참혹한 사고 현장을 목격한 어린 소년은 그때의 충격에서 헤어나오기 위해 의식을 잃을 때까지 그것을 혼자 마셔버렸다. (그것 역시 수키나의 아이디어였다. 그럴듯한 계획을 짜내는 동안 소년의 입을 막아놓으려는 작전이었다. 존이 없을 땐 모든 것은 내가 결정하게 되어 있다. 날이 밝으면 소년에게 한 달치 월급에 차고 관리인으로 승진까지 시켜줄 생각이다.)

한때 모든 불운은 세 개씩 짝을 이루어 찾아온다고 믿었다. 하지만 지금, 난 모든 불운은 시도 때도 없이 불쑥 찾아든다고 믿고 있다. 어떤 이는 잽싸게 상황을 벗어나는 지혜를 보인다. 하지만 다니엘은 자신이 불러들인 불운에 희생되어 버리고 만 것이다. 유죄이든 아니든 (모든 증거가 그의 유죄를 부르짖고 있지만) 남편은 로즈 레드에게 있어 무척 중요한 인물이기에 희생이 될 일은 없을 것이다. 남들이 뭐라 하든 난 이 모든 걸 로즈 레드의 소행이라고 굳게 믿고 있다 : 그녀는 남자들을 하나씩 해치우고, 여자들을 삼켜버린다. 그녀 스스로 심판하고, 판결을 내리고, 형을 선고한다. (들리는 말에 의하면 다니엘이 어찌나 참혹하게 짓밟혔는지 그의 벨트와 부츠만이 그의 신원을 확인해주었다고 한다. 그는 살해된 것이 아니라 처형당한 것이었다.)

또 하나의 생명이 로즈 레드에서 꺼져버렸다. 또 하나의 생명이 불러들여진 것이다. 죄를 지은 자들은 지옥에 떨어지게 된다는 성경 구절은 너무나도 정확한 것이다. 못 믿겠다면 다니엘에게 한번 물어봐. 어째서 이번 사건이 날 기분 좋게 만드는지 나조차도 알수 없다. 물론 약간의 가책이 느껴지기도 한다. 폭스맨투어 부인과 다른 이들의 영혼을 삼켜버리고 네 명의 (다섯 명, 감옥에서 썩어갈 불쌍한 코빈 씨까지 합하면!) 남자들의 생명을 차례로 앗아간 로즈 레드.

그녀는 우리 모두를 지켜보고 있다. 아무리 존이 그녀의 소유권을 주장한다 해도 실질적인 저택의 주인은 따로 있다. 여주인. 바로 저택, 그 자체이다. 그녀는 모든 것을 통치하고 있다. 아무도 그녀의 허락 없이 저택을 떠날 수 없다.

1914년, 9월 4일 — 로즈 레드

　지난 몇 해 동안 벌어졌던 사건들은 그 수가 너무 많아 일일이 기억할 수 없을 정도이다. 어쩌면 일기장에 모든 걸 기록한 내가 로즈 레드에서 일어나는 실종사건과 의문사를 부추기고 있는지도 모른다. 너무 오랫동안 일기장을 펴지 못했다.

　그 동안 두 명의 여자가 더 실종되었다. 하나는 정원사였고, 또 하나는 어떻게 저택에 들어오게 되었는지 정확히 알 수 없는 '집시' 소녀였다. 실종 사건은 다시 경찰을 저택으로 불러들이게 되었다. 그것은 존이 결정한 것이었다. 누군가가 전날 밤, 그와 그녀가 함께 있는 것을 부둣가에서 보았다는 제보를 했고, 존은 자신의 결백을 증명하기 위해 경찰을 불러들인 것이었다. (다행스럽게도 이 소문은 얼마 가지 않아 잠잠해졌다!) 그날 밤, 존은 부둣가 근처에도 얼씬하지 않았었다. 사실 그는 나와 함께 병원 위원회에서 주최한 저녁 파티에 참석했다. 그리고 자정이 훨씬 넘어서야 자동차를 타고 저택으로 돌아왔다.

　유럽에선 전쟁이 한창이고, 존은 집에 있는 시간보다 밖에서 지내는 시간이 더 많았다. 실종된 모든 여자들이 대무도장에서 춤을 추고 있는 것을 몇 차례 목격했다는 수키나의 주장을 듣고 난 다시 일기장을 펼 결심을 하게 되었다. 일기장, 넌 아무런 책임이 없어. 그렇게 생각했던 내가 바보였지. 난 다시 가장 개인적인 생각을 담아 놓는다. 나 이외엔 그 누구도 절대로 들여다볼 수 없다. (그것을 어기는 자들에겐 화가 있을진저! 저주가 그대를 가만히 두지 않으리라. 누구든 이것을 읽는다면 이 일기장은 오직 나 혼자만을 위해 존재한다는 것을 알 수 있을 것이다.)

어제 로마에선 새로운 교황이 선출되었다. 베네딕토 15세. 존과 난 신교도이다. 하지만 난 교황이 우리 저택을 방문해 누구의 영혼이 이곳에 깃들여져 있는지 명쾌하게 설명해주면 좋겠다. 인디언들? 그들의 영혼일까봐 솔직히 두렵다. 그들에겐 채워넣어야 할 무덤이 생겼다. 우리가 파놓은 무덤들. 대리인들을 시키면 좋을 텐데. "한 줄로 서세요." 꼭 극장의 매표소에 온 듯.

수키나에 의하면, 하인들은 날 미쳤다고 생각한단다. 정신이 나갔다고. (우린 한참을 킬킬거리며 웃었다.) 나는 주로 방에서만 지낸다. 아프리카에서 앓았던 열병이 다시 찾아왔고, 며칠, 몇 주씩 날 괴롭히다 사라졌다. 나머지 시간은 주로 정원에서 또는 아이들과 함께 보낸다. 존과 함께 저녁식사를 하거나 집 안을 어슬렁거리며 돌아다니는 경우는 거의 없다. 아이들과 보내는 시간만큼은 그렇게 좋을 수 없다. 하인들이 뒤에서 뭐라고 수군거리든 난 상관하지 않는다. 가끔 찾아와 괴롭히는 열병은 정말로 고약한 것이다. 심한 병을 앓고 있는 에이프릴이 남편의 불결한 독을 견뎌내지 못하고 죽게 될까봐 겁이 난다. 약 이외에 다른 신통한 방법을 빨리 찾지 못한다면 분명 그렇게 될 것이 뻔하다.

언제나 수시간에 걸쳐 내 불평, 불만을 들어주는 수키나는 내게 동생이나 다름없는 존재이다. 두 사람이 이렇게 가까운 사이로 발전할 수 있다는 건 미처 알지 못했다. 그녀는 내가 떠올리기도 전에 내 생각을 미리 알아차린다. 그리고 내가 입을 열기 전에 내가 필요한 것을 알아서 챙겨 온다. 그녀는 내 마음을 마치 제 것처럼 읽고 있다.

내가 다시 펜을 집어 든 이유는 바로 이것이다 : 3년 간의 기다림 끝에 드디어 내 소망이 이루어진 것이다. 스트라빈스키 부인이 오늘 저녁, 이 저택에서 교령회를 갖기로 했다. 벌써부터 흥분과 기대감으로 가슴이 뛴다! 우린 포시 부부를 비롯해 모두 여덟 명의 손님을 초대했다. 존도 순순히 참석하기로 했다. (그는 궁금한 건 절대 참지 못하는 성격이다.) 존과 더글라스를 빼면 초대된 손님들은 모두 여자였다. 스트라빈스키 부인이 다른 쪽과의 접촉을 성공하면 난 주위 사람들의 믿음에 내 것을 대볼 참이었다. 수키나는 스트라빈스키 부인과 루 부인에 대한 자신의 적개심을 숨기지 않았다. 수키나의 그런 점 때문에 난 믿고 의지할 수 있는 친한 친구들을 부르기로 했다. 그들이 초사연적인 현상을 믿는, 믿지 않는. 우리가 오늘 일을 어떻게 평가하게 될지는 오직 시간만이 알고 있다. 실내는 흥분으로 가득 차 있다. 네 명을 제외한 모든 하인들에겐 숙소 밖으로 나오지 말라는 지시가 떨어졌다. (스트라빈스키 부인은 자신이 접촉을 시도할 때 신경에 거슬리는 일이 없도록 해달라고 단단히 주의를 주었다.)

난 에이프릴과 아담이 크리스마스 트리 밑에 있는 선물을 기다리는 심정으로 오늘 저녁을 기다렸다.

1914년, 9월 4일 ─ 로즈 레드, 저녁…

  머리에 떠올린 생각이 흩어지기 전에 난 서둘러 계단을 뛰어올라와 일기장을 연다. 교령회는 조만간 중앙 계단의 북쪽에 있는 여성 전용 도서관에서 시작될 예정이다. 바로 옆엔 당구실이 자리하고 있다. (여성만을 위한 공간을 너무나도 남성적인 공간과 나란히 붙여 설계했다는 것은 도저히 납득할 수 없다.) 수키나와 난 스트라빈스키 부인을 유심히 살펴보았다. 그녀는 힘 없는 늙은 여자로 화려한 색의 비단옷과 숄을 걸치고 있었다. 그녀가 손목을 움직일 때마다 주렁주렁 걸려 있는 장신구들이 부딪치며 짤랑거렸다. 그녀는 교령회가 시작되기 전에 혼자 준비할 시간을 달라고 요청했다. (수키나는 그녀가 무슨 속임수를 준비하려는 것일지도 모른다고 내게 귀띔해주었다.) 그녀가 어떻게 하고 있는지 다시 들어가보려는 순간 더글라스 포시에게 불평을 늘어놓는 남편의 목소리가 들려왔다. 그 목소리는 당구실에서 도서관의 책장을 타고 들려오는 것이었다. 존은 포시에게 그들의 '관심'은 더 이상 예전같지 않으며 전쟁이 더할 나위 없이 좋은 기회를 제공해주고 있다는 자신의 생각을 분명히 밝히고 있었다.

  "전쟁은 우리에게 큰 수익이나 큰 손실을 안겨줄 수 있는 중요한 일이라구."

  그가 큰소리로 말했다.

"경제적으로나 인류 역사를 위해서나. 수익, 아니면 손실! 자넨 우리가 어느 쪽을 얻길 원하나? 맞아. 지금 우린 경쟁사들을 교살하고 있는 거야. 그래, 우린 유럽인들과 거래를 하려는 거라구. 하지만 독일인들과는 아니야, 더글라스. 적어도 우린 배신자가 아니니까! 우린 실업가야. 공급량을 억제하면서 수익을 최대한 올리는 게 현명한 일이라구."

"그것 때문에 우리편 군대를 궁지에 몰 수는 없잖은가."

포시가 볼멘 소리로 대꾸했다.

"자유시장을 무시한 채 큰 수익을 올리거나 시장을 우리에게만 유리하게 조정하면서 정부의 전쟁 지원금을 챙기는 짓 따위는 할 수 없네. 절대로 그렇게는 못 한다구!"

"그냥 사업일 뿐이라니까! 수익과 손실. 석유 회사는 돈을 벌기 위해 존재하는 걸세."

"난 그만두고 싶어. 내 소유의 수식을 모두 팔아버리겠어."

"안돼."

"내겐 그럴 권리가 충분히 있어. 가서 공동 경영 계약서를 읽어보게."

"자네가 주식을 팔면 사람들이 회사의 안정성을 의심하게 될 거야. 보나마나 뻔하다고. 안돼, 더글라스. 그러면 안 되네."

"자네는 날 막지 못해."

"그럼 내가 그걸 전부 사겠네."

"뭐라고?"

포시가 믿기지 않는다는 듯 말했다.

"공동 경영 계약서에도 그런 조항이 있으니 말이야."

"도대체 무슨 돈으로 그러겠다는 말이지? 우린 가지고 있는 모든 걸 텍사스의 송유관에 쏟아부었잖아."

"그건 자네가 걱정할 일이 아니야."

남편이 말했다. 모르긴 해도 그는 큰 실수를 하고 있는 것 같았다. 더글라스 포시가 소유하고 있는 주식은 수백만 달러어치는 족히 될 텐데. 존은 자신이 알고 있는 은행가를 전부 찾아 다녀야 할 것이다. 어쩌면 이대로 파산선고를 받게 될지도 모르는 일이고.

"현금으로 사지. 조정자에게 보고는 해야겠지만 언론엔 발표하지 않기로 하지. 나도, 그리고 자네도 그 정도는 이해하겠지, 더글라스. 오미크론이 아니었다면 자넨 별볼일 없었을 걸세."

"오히려 지금보다는 많이 행복했을 거야. 난 자네에게 빚진 것 없어."

"자네의 주식을 빚졌잖은가."

남편이 무시무시한 목소리로 말했다. 만약 그들이 당구실이 아닌 총기실에 있었다면 지금쯤 두 사람 모두 바닥에 뻗어 있을 게 분명했다.

"좋아. 자네 마음대로 해."

더글라스 포시가 말했다.

남편과 파트너가 당구실에서 나오기 전에 수키나와 난 서둘러 중앙홀로 향했다. 우리 뒤로 딸깍 문 열리는 소리가 들려왔다. 우린 그들의 눈을 피해 긴 복도 끝에 있는 대무도장 안으로 몸을 숨겼다. 누군가가 대화를 엿듣고 있었다는 사실을 알게 된다면 존은 불같이 화를 낼 것이다. 특히 사업 얘기 중엔 더욱 신경을 곤두세운다. 그가 지금까지 승승장구해올 수 있었던 것도 다 그런 성격 때문이었다.

수키나와 난 숨을 할딱거리며 대무도장 벽에 걸린 유화에 등을 대고 서 있었다. 오른쪽 통로로 빠져 현관으로 갔다. 교령회의 시작을 기다리는 손님들이 모여 있는 응접실은 바로 건너편에 자리하고 있었다.

지금 난 화장을 고치고 오겠다는 핑계로 빠져나와 일기장을 펴고 몇 자 적어 내려가고 있다. 이젠 여성 전용 도서관으로 돌아가야 한다. 앞으로 무슨 일이 더 벌어질지 모르지만 아무튼 다사다난한 저녁임엔 틀림없다. 교령회는 아직 공식적으로 시작되지도 않았는데!

1914년, 9월 5일 – 로즈 레드

빨리 날이 밝아 오늘 저녁에 있었던 일들을 세세히 기록해두고 싶어 미칠 지경이었다! 두려움 반, 기쁨 반으로 몸이 부르르 떨린다. 오늘 몸소 체험했던 일들을 처음부터 끝까지 상세하게 일기장에 기록해둘 생각이다.

나와 손님들이 여성 전용 도서관에 들어섰을 때 스트라빈스키 부인은 자리에 앉아 우리를 기다리고 있었다. 얼굴에 주름이 많은 그녀는 불안감과 들뜬 마음으로 주춤거리는 우리에게 앉을 자리를 손수 배정해주며 아무 말도 하지 말 것을 지시했다. 오직 수키나만이 그녀의 지시를 무시한 채 뻣뻣한 자세로 서 있었다. (주빈이 앉은 바로 뒷자리에) 두 사람이 잠시 심상치 않은 시선을 주고받았다. 수키나의 완벽한 승리였다. 그러자 남편도 자리에서 일어나 천천히 실내를 왔다갔다하며 걸어다니기 시작했다. 누구의 주머니에서 적지 않은 돈이 나오게 될지 잘 알고 있던 스트라빈스키 부인은 감히 존에게 도전을 할 엄두도 내지 못했다. 그건 정말 다행스러운 일이었다. 다혈질적이고 언제나 불평이 심한 그를 섣불리 건드려놓았다간…… 테이블에 앉아 있는 남자는 더글라스 포시뿐이었다. 난 그녀의 맞은편 자리에 앉았다. 우리 사이에 놓인 커다란 타원형 테이블 위엔 그녀의 크리스털 구(球)가 놓여 있었다. 유리로 만들어진 그것은 보통 사람의 머리 크기 정도였다. 영매의 손 앞에 놓인 구슬 밑엔 금으로 장식한 받침이 깔려 있었다.

그녀는 저택에 도착하자마자 촛불을 켜고 저택 내 모든 전깃불을 끌 것을 지시했다. 저택을 칠흑 같은 어둠 속에 잠기도록 만들려면 적어도 서너 명의 하인들이 40분에 걸쳐 바쁘게 움직여야만 했다. 이곳의 전기 램프를 끄고 촛불을 밝히는 데만도 몇 분의 시간이 족히 든다. 그녀가 모두에게 아무 소리도 내지 말 것을 당부했다. 이제 실내엔 우리의 호흡소리와 존의 짜증스러운 발소리만 들리고 있었다.

그런 다음, 스트라빈스키 부인이 모두에게 서로의 손을 잡으라고 지시했다. 오직 수키나만이 그녀의 지시를 따르지 않았다. 존조차도 나와 티나 사이를 비집고 들어와 손을 잡았다. 한 손으론 내 것을 잡고, 다른 손으론 티나의 손가락을 살며시 걸치고 있었다. (티나에게서 처음으로 질투심이 느껴졌던 순간이었다. 내 가장 진한 친구와 남편 사이에서 느껴지는 이 묘한 기분. 어쩜 그런 오해를 할 수 있지? 의심을 해야 옳을까, 아니면 보이는 것 전부가 속임수인 것일까?)

모두가 손을 잡고 있고, 희미한 촛불이 만들어놓은 그림자는 책이 빽빽이 들어찬 벽에 드리워져 있었다. 눈을 지긋이 감은 스트라빈스키 부인이 우리에게 고개를 숙이라고 했다. 그녀가 차갑고 단조로운 목소리로 말했다.

"대저택이 우리를 감싸고 있어요. 앞에 보이는 문을 열고 찾아온 손님을 맞으세요."

그녀는 러시아어나 독일어로 말하고 있었다. 남편은 그 두 가지 언어를 조금씩 구사할 수 있다. 어쩌면 그는 그녀의 중얼거림을 완벽하게 이해하고 있는지도 몰랐다.

약간의 외경심이 느껴졌다. 그냥 내 몸 상태 때문인지, 아니면 스트라빈스키 부인이 예언한 현상 때문인지 확실히 알 수는 없었지만 맹세하건대, 실내 온도가 갑자기 떨어졌다. 그리고 마치 문이라도 세차게 열어 젖혀진 듯 촛불이 심하게 흔들렸다.

스트라빈스키 부인은 최면 상태에 들어가 있었다. 눈을 감고 있던 그녀는 머리를 앞으로 약간 숙였다. 나는 테이블 맞은편에 앉아 있는 손님들, 내 친구들을 쳐다보았다. 그들은 넋이 반쯤 나간 상태였다. 그들은 방금 목격한 그런 신기한 현상이 아닌 그저 가벼운 장난을 예상하고 왔을 테지.

영매의 중얼거림이 점점 크고 또렷하게 들려왔다. 그녀의 입에선 음절과 반쯤 만들어진 문장이 폭포수 떨어지듯 빠른 속도로 쏟아져 나왔다. 그녀는 '대저택'에게 자신을 문 안으로, 그리고 벽 사이로 들어설 수 있도록 요청하고 있었다. 그녀가 단조로운 목소리로 연신 중얼거리며 눈을 살짝 뜨고 앞에 놓인 투명한 유리 구에 손을 얹었다. 그녀는 완전히 다른 사람처럼 보였다. 나이보다 훨씬 어려보이는 것 같기도 했다. 시간 속에 얼어버린 듯한 모습. 또다시 차가운 한기가 실내를 감돌았고, 내 다리를 타고 천천히 올라왔다. 유리 구가 서서히 빛을 발하기 시작했다. 정말로! 찐득찐득한 빛의 덩굴 손이 유리 구를 빠져나와 천장을 향해 솟아오르고 있었다. 갑자기 촛불이 바람에 픽 꺼져버렸다. 이제 실내를 비추고 있는 유일한 조명은 그녀의 손에 쥐어져 있는 유리 구에서 뿜어 나오는 청록색 불빛뿐이었다. 난 신체 장애를 안고 태어난 불쌍한 내 딸 에이프릴을 떠올렸다. 아동 병원의 건립을 위해 열심히 기도하며 지냈을 때 만약 내 아이가 장애아라면 난 어떤 심정일까, 하며 궁금해 한 적이 있었다. 혹시 그것 때문에 에이프릴의 장애가 생긴 건 아닐까? 아니면 내게 아프리카의 저주를 뿌린 남편 때문에? 어떻게 하면 아이를 구할 수 있을까? 남편은 언제쯤 자신의 죄값을 치르게 될까? 머릿속에선 질문이 꼬리에 꼬리를 물고 이어졌다. 난 몹시 불안해 하는 손님들을 돌아보며 반듯한 자세로 앉아 있었다. 별다른 동요 없이 묵묵히 앉아 있는 건 오직 스트라빈스키 부인, 수키나, 그리고 나뿐이었다. 존조차도 신경질을 부리며 내 손을 놓고 자리에서 벌떡 일어났다.

그가 일어섬과 동시에 실내는 대혼란 속에 빠져버렸다. 책장이 들썩거리기 시작했고, 책들이 하나 둘씩 떨어졌다. 그리고 더 많은 책들이 우르르 쏟아져 나와 허공에 붕 떠다니기 시작했다. 그것들이 존을 향해 몰려들어 커다란 벽을 만들고 그를 막아 섰다.

"앉아."

분명 내 입에서 나온 말이었지만 그것은 내가 한 말이 아니었다. 그 어둡고 애매한 목소리는 내게서 스트라빈스키 부인에게로 옮겨 갔다. 그리고 다시 내게로 돌아왔다.

"죄악으로 시작해 죄악으로 끝나게 될 것이다. 날 천국으로 만들어주지 않으면 다음 사람이 죽게 될 것이다."

이 섬뜩한 목소리는 내 입에서 스트라빈스키 부인의 입으로 옮겨져 내뱉어졌고, 이내 테이블에 앉아 있는 모든 이가 이구동성으로 같은 말을 중얼거리기 시작했다. 다시 되돌아와 의자에 앉은 남편은 사시나무처럼 떨고 있었다. 이번엔 더글라스 포시가 일어나

밖으로 나가려 했다. 그러자 기다렸다는 듯 허공을 떠다니던 책들이 한꺼번에 날아들어 문을 굳게 닫아버렸다. 맹세코 이 모든 건 실제로 일어났던 일들이다. 내가 두 눈으로 직접 목격한 실화.

실내의 쌍둥이 전기 램프가 흔들리기 시작했다. 처음엔 아주 천천히. 그러다가 점점 커다란 곡선을 그리며 흔들렸다. 좌에서 우로. 좌에서 우로. 그리고 다시 한번 거센 바람이 불어닥쳤다.

"날 천국으로 만들어주지 않으면 다음 사람이 죽게 될 것이다."

우린 이제 큰소리로 외치고 있었다. 존까지도 우리와 함께 입을 맞춰 외쳐대고 있었다. 그의 입은 자신의 뜻과는 상관없이 움직이고 있는 것 같았다.

아무런 경고도 없이 스트라빈스키 부인이 몸에서 어두운 그림자를 벗어내기 시작했다. 꼭 허물을 벗는 뱀과 같은 모습이었다. 그녀의 몸을 벗어난 어둠이 허공을 향해 떠올랐다. 그것은 유령 반(마치 마차 차고에서 봤던 것 같은) 인간 반의 모습을 하고 있었다. 그것은 테이블 위로 붕 떠올랐고, 우린 계속해서 한 입으로 같은 문장을 되풀이해서 내뱉었다. 솟아오른 어둠이 우릴 내려다보고 있었다. 당장이라도 우리 중 누군가를 덮칠 듯이.

"내게로 와……"

어둠이 깊고 쉰 목소리로 말했다.

수키나가 앞으로 불쑥 다가가 스트라빈스키 부인의 유리 구슬을 빼앗아 들었다. 갑자기 유리 구에선 눈부신 빛이 터져 나왔고, 그것은 이내 그녀를 휘감싸버렸다. 유리 구를 테이블에서 떼어놓으려는 수키나는 희미한 그림자로밖에 보이지 않았다.

수키나의 몸이 허공으로 떠올랐다가 바닥에 내동댕이쳐졌다. 아까 책장에서 떨어져 나온 책들처럼. 그녀는 굳게 닫힌 문에 부딪친 후 바닥을 나뒹굴었다. 그녀는 숨을 헐떡거리며 넋이 나간 표정을 짓고 있었다. 난 잽싸게 일어나 허공에 떠 있는 책들을 피해 몸을 숙였다. 하지만 예상과는 달리 그것들은 내게 날아들지 않았다.

내가 수키나를 향해 달려나감과 동시에 실내를 감돌고 있던 거센 바람과 소음이 단번에 멎어버렸다. 그리고 놀랍게도 꺼졌던 촛불이 저절로 다시 켜졌다. 어색한 정적이 사뿐히 내려앉았다. 영매 위를 떠다니던 어둠도 이미 사라져버린 지 오래였다. 스트라빈스키 부인은 의식을 되찾고 있었다. 그녀가 눈을 뜨고 존 림바우어를 매섭게 노려보기 시작했다.

"왜 그럽니까?"

남편이 큰소리로 물었다. 그의 귀는 아직까지 차가운 바람에 단단히 얼어 있는 듯했다. 영매는 계속해서 그를 노려보았다.

"왜 그러냐니까요?"

그녀에게선 아무런 대꾸가 없었다.

존이 밖으로 나가버렸다. 더글라스 포시도 자리에서 벌떡 일어났다. "시시해." 포시가 설득력 없는 목소리로 말했다. 그의 눈은 다른 이들과 마찬가지로 휘둥그레져 있었다.

수키나의 머리에 난 혹을 매만지며 내가 소리쳤다.

"맙소사! 도대체 그녀에게 무슨 짓을 한 거예요?"

"모두들 나가요!"

스트라빈스키 부인이 소리쳤다.

"당신들 둘만 남고."

그녀가 수키나와 날 가리키며 덧붙였다.

"문……"

실내가 텅 비자 그녀가 말했다. (다른 사람들은 오히려 그곳에서 벗어나게 된 것을 다행으로 여겼다.)

"수키나를 다치게 만들었어요!"

내가 불만을 터뜨렸다.

"그녀가 먼저 훼방을 놓았어요. 하지만 중요한 건 내가 메시지를 받았다는 거예요."

"메시지라니요?"

"당신을 위한 메시지 말이에요. 로즈 레드가 전하는 메시지."

난 난장판이 된 실내를 찬찬히 돌아보았다. 바닥은 수많은 책들로 어지럽게 덮여 있었다. 바람 때문에 촛농은 모두 책장 위로 떨어졌다. 몸이 부들부들 떨렸다.

"어떤 메시지죠?"

내가 차분히 가라앉은 목소리로 물었다.

"당신을 지켜주겠다는 약속을 했어요. 영원히. 죽음의 공포가 없는 영원한 생명. 질병의 공포가 없는 영원한 생명. 열병은 두 번 다시 당신을 괴롭히지 않을 거예요. 당신이 저택의 공사를 멈추지 않는 한 당신은 죽지 않을 거예요. 이건 바로 당신이 올렸던 간절한 기도의 응답이에요. 당신의 기도가 응답을 받아낸 거라구요. 죽음 없는 삶. 공포…… 없는…… 영원한 삶."

영매가 의자에 앉은 채로 푹 쓰러졌다. 축 늘어진 두 팔은 테이블과 의자에 반반씩 걸쳐져 있었다. 그녀는 의식을 잃은 것 같아 보였다.

"믿지 말아요, 미스 엘렌." 수키나가 중얼거렸다. "악마의 말을 믿으면 안돼요."

"공포 없는 삶…… 죽음 없는 삶……"

내가 속삭였다. 나는 다시 엉망이 되어버린 실내를 멍하니 돌아보았다. 수키나를 품에 꼬옥 안은 채.

"로즈 레드가 내 기도를 들어주었어!"

1914년, 10월 10일 — 로즈 레드

오늘, 스미스-코로나 타자기로 유명한 라이맨 C. 스미스가 시애틀에서 가장 높은 사무실 빌딩을 스미스 타워라 부르기로 했다는 소식이 들려왔다. 그에 발맞춰 우리 대저택의 새로운 날개의 공사도 시작되었다. (난 가끔 라이맨을 비롯한 다른 이들이 존을 질투하거나 부러워하고 있다고 생각한다.) 지금 저택에선 말이 끄는 쟁기로 땅을 일구는 작업이 한창이다. 많은 중국인들이 맹렬히 삽을 놀리고 있다. 마치 교령회 이후 한 번도 앓아본 적 없는 열병이 공사 현장으로 옮겨간 것 같았다. 지난 한 달 동안은 로즈 레드의 공사 계획에만 매달려 지내느라 잠을 제대로 이룬 날이 별로 없었다.

아이들을 너무 오랫동안 가정교사에게 맡겨두는 것 같아 걱정이다. 에이프릴은 로즈 레드의 모형을 앞에 놓고 몇 시간 동안 자신만이 알아들을 수 있는 말을 중얼거리길 좋아한단다. 그들은 아이가 최면에 걸린 것이라고 했지만 난 그 말을 믿을 수 없다. 모든 아이들이 원래 그런 환상 속 세계에서 시간을 보내길 좋아하니까. 다른 아이들보다 에이프릴이 조금 더 심할 뿐. 이 아인 약간 유별나다. 물론 그것이 잘못되었다는 말이 아니다. 중요한 건 내가 아이들을 위해, 아이들이 험난한 세상을 슬기롭게 헤쳐나갈 수 있도록 돕기 위해 살아가고 있으며, 로즈 레드의 약속을 굳게 믿고 있다는 것이다. (수키나는 여전히 내가 교령회와 스트라빈스키 부인의

'의식'을 곧이곧대로 믿고 있다는 것에 대해 몹시 분개하고 있다. 사실 교령회에 대한 이야기는 벌써 수 주일째 많은 이들의 입에 오르내리고 있다!)

창 밖의 인부들은 누가 보든 안 보든 맡은 일에 최선을 다하고 있다. 새로운 날개는 실내 수영장과 볼링장 뒷부분으로 뻗어나갈 것이다. 정면에서 보더라도 대저택의 연속성을 그대로 느낄 수 있도록 하기 위함이다. 이제 곧 2층으로 이루어진 1만2천 평방피트의 새 공간이 저택에 더해지게 될 것이다. 이건 그저 맛보기에 지나지 않는다! 우린 세 개의 손님용 특별실을 만들 계획이고, 개인 주방을 비롯해 방 네 개가 딸린 수키나의 거처도 마련해줄 생각이다. 그뿐 아니라 새들의 박제와 지도를 모아놓은 전시장과 아이들을 위한 학습 공간도 만들어질 것이다. 또한 집에서 편안히 영화를 관람할 수 있도록 영사실도 만들 계획이다. 유럽에서 들여온 소금을 탄 뜨거운 물을 담아둘 작은 수영장도 만들 생각이다. 영혼을 깨끗이 씻어낼 수 있으며 특히 관절염 치료에 특효라고 한다. 그렇지 않아도 두번째 아이를 낳은 후부터 지독한 관절염에 시달려오던 중이었다. 난 친한 친구들을 초대해 그곳에서 즐겁게 수다를 떨 계획이다. 여자들만의 공간! 도시생활로 지친 몸에 새로운 활력을 불어넣어줄 수 있는 공간이 될 것이라고 난 믿는다.

보나마나 존은 이 여성 전용 수영장을 몰래 들여다볼 수 있는 비밀 공간을 이미 만들어 두었을 것이 틀림없다. 물론 불만스럽긴 하지만 나로서는 그를 막을 도리가 없다. 현장 감독은 철저히 존의 지시에 따라서만 움직이고 있으니. (그 점에 대해서만큼은 남편과 교섭할 수 없다.) 그 공간은 분명 비밀리에 만들어질 것이고, 난 영원히 그것의 위치를 찾을 수 없을 것이다. 그곳에 숨어 실오라기 하나 걸치지 않은 내 친구들을 (소금이 직물을 상하게 만들 수 있으니) 숨 죽인 채 지켜보는 남편의 모습을 떠올려 본다. 음흉한 곁눈질. 그는 내가 자신의 행각을 전혀 모르고 있다고 안심할 것이다. (가능하다면 난 그를 깜짝 놀라게 만들 한두 가지의 장난을 꾸며볼 생각이다. 내게도 그 정도의 유머 감각은 있으니까.) 그를 탓할 생각은 없다. 한동안 난 그에게 내 침실로 들어오지 못하게 하는 것으로 그를 응징해왔다.

하지만 이제 불화의 나날은 지났다. 에이프릴의 불행한 출생이 있은 후론 아예 그에게 신경을 쏟을 여유가 없어졌다. 이제 그는 다른 곳에서 만족을 찾아야 할 것이다. (물론 그에겐 큰 문제가 아니겠지만!) 난 두 아이를 키우며 충분한 만족을 느끼고 있다. 더 이상의 욕심은 없다. 그것은 남자가 내게 채워줄 수 있는 그 이상의 만족을 안겨준다. 그 어떤 남자도 내게 안겨줄 수 없는 만족을.

새 날개는 지금 인부들이 열심히 파내고 있는 구멍 위로 우뚝 서게 될 것이다. 그리고 그것은 내게 삶의 새로운 즐거움을 안겨줄 것이다. 로즈 레드가 내게 약속한 것처럼. 난 가끔 그녀의 목소리를 듣곤 한다. 그냥 삐걱거림이 아닌 저택의 음성을. 낮고 불길한 여자의 음성. 내 입을 통해 주절주절 흘러나오는 음성. 저택의 모형을 가지고 노는 나의 사랑스러운 에이프릴에게도 들릴지 모르는 음성.

하루종일 로즈 레드의 모형만 들여다보고 있는 딸이 걱정되어 모처럼 2층 옥외 테라스에서 차를 마시기로 했다. 난 에이프릴에게 함께 차를 마시자고 제안했다. 물론 모형도 같이. 그것을 만지작거리며 노는 딸의 모습을 보고 싶었다. 대체 무엇 때문에 가정교사가 그토록 염려를 하는 것인지 알고 싶었다.

딸과 어머니는 가을의 햇볕을 받으며 즐거운 시간을 보냈다. 따뜻한 햇살이 피부에 닿는 기분이 아주 좋았다. 난 차에 스콘(둥글넓적한 과자 − 옮긴이 주)을 곁들여 먹었고, 에이프릴은 스콘만 몇 개 집어 먹었다. 원래 무엇이든 잘 먹지 않는 아이였기에 그 모습이 그렇게 좋아보일 수 없었다. 아이는 커다란 모형을 들여다보는 데만

열중했고, 난 고리버들 의자에 앉아 새 날개의 공사현장이 어렴풋이 보이는 서쪽을 멍하니 바라보았다. 난 한 시간에 걸쳐 아이에게 잔디가 있던 자리에 새로운 날개가 들어서게 될 것이라고 설명했다. 그곳은 우리의 꿈과 사랑으로 가득 차게 될 거라고.

날이 서늘해졌고, 다시 몸에 열이 생기기 시작했다. 늦은 오후만 되면 늘 이런 식이었다. 난 몸을 틀고 아이에게 그만 안으로 들어가자고 했다. 아이를 부축해 일으키려고 손을 앞으로 내미는 순간 나오려던 말이 목에서 걸려버렸다.

이층 테라스의 빨간 이탈리아풍 타일 위에 놓인 에이프릴의 모형을 물끄러미 내려다보았다. 그리고 아이의 성한 쪽 손을 꼬옥 잡았다. 아이가 악마 같은 미소를 지으며 가리키고 있는 손가락 밑을 들여다보는 순간 숨이 탁 막혀버렸다.

로즈 레드의 모형엔 어느샌가 새로운 증축부분이 생겨나 있었다. 그것도 아주 완벽한 모습으로. 모든 창문, 모든 굴뚝도 제자리에 붙어 있었다. 새 날개. 그것은 그 동안 내가 상상해왔던 모습 그대로였다.

차를 마시기 전까지만 하더라도 그 날개는 존재하지 않았다. 딸의 감독하에 모형 스스로가 자라난 것이었다. 로즈 레드의 모형은 살아 있었다. 대저택도 마찬가지였고.

1914년, 10월 12일 — 로즈 레드

가장 최근에 일어났던 비극에 대해 적어 내려가는 마음이 무겁다. 아내로서, 또 두 아이의 어머니로서, 난 존 림바우어의 비즈니스에 대한 탁월한 통찰력과 그가 꾸준히 모아가는 부에 무척 감사하고 있다. 그리고 최대한 그 문제에 관해선 어떠한 조언도 하지 않으려 애를 쓰고 있다; 원래 그에 대한 애정은 별로 없었으니까.

하지만 난 오늘, 전 파트너 더글라스 포시를 대하는 그의 태도에 극심한 공포를 느꼈다. 아직까지 남들은 그가 존의 파트너라고 믿고 있다. 두 사람 사이에 있었던 비밀스러운 교섭을 그들이 알 리가 없으니. 그 교섭으로 더글라스는 피고용자로 전락하게 뇌었나. (그것도 아주 재력 있는!) 남편이 더글라스의 사업 자금이 아닌, 그의 개인적인 선택에 불만을 가지고 그를 그렇게 대했다는 데에 난 더할 수 없는 공포심을 느낀다. 오, 단지가 주전자에게 검다고 투덜거리는 것과 무엇이 다르랴! 존 자신도 부둣가 창녀들의 스커트를 들추고 다니면서, 미약한 어린 남자들과 시시덕거린 더글라스를 나무라다니.

오늘 아침, 더글라스가 로즈 레드의 현관 앞에 불쑥 나타났다. 집사 하나가 존을 찾기 위해 온 집안을 쑤시고 다녔다. 그는 자신의 침실 밖에 위치한 커다란 서재에 처박혀 있었다. 그는 대부분의 시간을 그곳에서 보낸다. 존은 일부러 늑장을 부리며 천천히 계단을 내려왔다. 물론 더글라스가 자신을 기다리는 시간을 최대한 늘려보려는 목적이었을 것이다.

난 평소에 자주 드나들지 않는 주방으로 들어갔다. 여성들의 오찬에 (아동 병원 위원회의 오찬이 있는 날이다) 내놓을 수프를 시식하기 위해서이기도 했지만 무엇보다 로즈 레드의 주인이 손님과 나누게 될 대화를 몰래 엿듣고 싶어서였다.

"무슨 일인가, 포시?"

계단 중앙에서 존 림바우어가 물었다. 아프리카에서 잡은 수렵 기념품들이 늘어서 있는 현관 입구는 무척 남자답고 불온한 공간이다. 유리알 같은 눈들은 전부 한 곳만을 매섭게 쏘아보고 있다. 포식 동물들의 죽은 머리들. 죽은 영혼들. 특히 밤엔 더욱 섬뜩하게 느껴진다. 이빨까지 번쩍여대며. 설계자의 로즈 레드 모형은 에이프릴의 요청에 따라 현관문 옆 구석 테이블에 놓여져 있다. 아이는 매일 집사들과 함께 모형 주위를 맴돌며 즐거운 시간을 보낸다. 우린 현관에 있는 작은 선반 위 이집트제 단지에 꽃다발을 꽂아둔다(그것도 1백 송이씩이나!). 그것은 사흘에 한 번씩 새것으로 갈아주는데 숨막히는 현관 홀을 화사하게 바꿔주는 일등공신 노릇을 톡톡히 해주고 있다. 그 단지는 시장에서 강도들에게 큰 봉변을 당할 뻔했던 날 구입한 것이다. 수키나가 극심한 복통을 안겨주는 것으로 그들을 응징했던 날. 아직까지도 단지를 볼 때마다 수키나가 지니고 있는 신비한 힘에 새삼 놀라곤 한다. 세상엔 눈에 보이는 것을 그대로 믿어선 안될 경우가 있다. 우리의 아프리카인 하녀는 마법사이다. 이 저택은 살아 있고. 이 집의 여주인은 반쯤, 아니 그보다 조금 더 미쳐 있다. 날에 따라 달라지지만.

남편이 홀 중앙에 멈춰 서서 머리 위에 걸린 짐승들의 눈처럼 멍한 시선으로 더글라스를 쳐다보았다.

"하인들의 출입구는 뒷편에 있네."

"내가 잘못 생각했어, 존."

그가 떨리는 목소리로 말했다.

"다시 예전처럼 돌아가고 싶다는 얘길 하러 왔어."

"그건 안돼. 난 할 일이 많다네. 바빠서 안 되겠어."

"자넨 내게 사기를 쳤어!"

"말도 안돼!"

"자네가 내 주식을 모두 팔아버리도록 날 설득했잖아. 하지만 지금, 고작 6개월 만에……"

"오히려 자네가 가지고 있는 모든 주식을 팔아버리겠다고 날 협박했지 않나, 더글라스. 기억 못하겠어? 그래서 내가 자네의 주식을 사겠다고 제안했잖아. 그것도 시세보다 비싸게 져서. 기억을 더듬어봐. 그 주식들이 시장에 한꺼번에 터져 나와 혼란을 일으키는 것을 막기 위해 내가 얼마나 신경 썼는지 말이야. 자넨 오히려 신이 나서 팔아치웠잖아. 우리 주식이 지난 6개월 동안 두 배로 뛰게 된 건 순전히 좋은 제품을 내놓기 위한 내 노력과 안정된 경영 덕분일세. 더 이상 자네가 왈가왈부할 수 있는 일이 아니야. 이게 다 자네의 천박한 행동 때문이라는 걸 잊지 말게. 약속을 어긴 것도 바로 자네였고. 거기에 대해선 더 이상 할 말이 없네. 월터!"

존이 문지기를 부르자 그가 대무도장 문을 열고 모습을 드러냈다.

"이 손님을 모시고 나가게."

월터가 지시대로 문을 열었다. 올 10월은 유난히 춥다. 지금까지 이렇게 추웠던 10월은 없었던 것 같다.

더글라스는 움직이지 않았다.

"시장에서 도박을 조금 했네, 존. 자네 도움이 필요해."

"어서 돌아가게."

"제발."

"당장!"

존이 날카롭게 말했다.

"지옥에나 떨어져라."

더글라스 포시가 중얼거렸다. 그저 그 말이 진심이 아니었기만 을 바랄 뿐이다.

1914년, 추수 감사절 – 로즈 레드

어린 아담은 다섯 살, 에이프릴은 세 살이 되었다. 두 아이는 처음으로 추수 감사절의 의미를 이해하고 있었다.

존은 아이들과 함께 마냥 즐거워하며 최초의 이주자들과 첫번째 추수 감사절에 대한 이야기를 들려주고 있었다. 화사한 가을날의 햇빛이 우리를 축복해주었다. 요즘 들어 꽤 쌀쌀해졌지만 다행히 오늘만큼은 달랐다.

50명에 달하는 하인들은 자기들끼리 마차 차고에 모여 추수 감사절 파티를 즐기고 있었다. 존은 그들에게 신선한 칠면조 일곱 마리와 고구마, 당근, 완두콩 등을 제공해주었다. 그리고 와인 한 케이스도. 오늘 같은 날이면 이 저택은 한없이 평화로운 곳으로 변한다. 중요한 건 마음의 평정을 찾는 일이다. 어쩌면 존이 더글라스 포시와 갈라서게 된 것이 차라리 잘된 일인지도 모른다. 지난 몇 주 동안 그는 몰라보게 차분해졌고, 짜증을 내는 일도 많이 줄었다. 그는 가끔 아담과 놀아주기도 한다. 수 개월 만에 처음 있는 일이었다. (그는 아이들의 놀이터가 있는 날개에 커다란 장난감 기차를 만들어주겠노라고 약속했다. 산도 만들고, 숲도 만들고, 다리와 역도 만들어 주겠다고 했다. 시애틀시와 똑같은 모형을 만들겠다는 것이었다. 300미터에 달하는 장난감 철로도 물론이고. 다리 하나를 만드는 데에만 모형용 점토 4분의 1톤, 페인트 45리터, 이쑤

시개 6천 개가 필요하다. 아담에겐 생애 최고의 크리스마스가 될 것이다!)

오, 일기장. 평화로운 시간에 감사해. 내게 수키나, 아이들, 그리고 행복을 가져다줘서. 이 저택이 삼켜버린 이들에게도 축복이 내려지길. 영원한 안식을 누릴 수 있도록.

한동안 이 저택에선 비극이 일어나지 않았다. 그저 앞으로도 계속 이 평화로움이 지속되기만을 바랄 뿐이다. 어쩌면 스트라빈스키 부인이 우릴 구해주었는지도 모른다. 저택의 공사는 계속 진행되고 있다. 이 저택은 하루가 다르게 자라나고 있다.

1915년, 2월 20일 – 로즈 레드

　주인의 죄악으로 우리 가족은 계속해서 대가를 치르고 있다. 아이들이 조금 전에 있었던 사고로부터 회복될 수 있을지 걱정이다. 이미 벌어진 일이니 지금 와서 후회를 해도 소용 없는 노릇이다. 그때 일을 직접 목격하진 못했다. 하지만 어린 아담에게 들은 대로 수키나가 보고한 것이니 의심의 여지가 없다. (아이는 오직 수키나에게만 말을 한다.)

　오늘 오후, 더글라스 포시가 찾아왔다. 그는 문지기의 안내 없이 현관으로 들어서 있었다. 오늘 있었던 일을 설명하는 데 있어 알아둬야 할 것이 있다. 그의 신발엔 톱밥이 묻어 있었다. 너글라스는 서쪽의 공사현장을 가로질러 저택으로 들어선 모양이었다. 그의 자동차는 대로변 나무 사이에 주차되어 있었다. 그는 그곳에서 언덕을 넘어 공사현장에 다다랐고, 그렇게 남의 눈에 띄지 않은 채로 로즈 레드에 들어설 수 있었다. 그가 다음에 보인 행동은 정말 이해하기 힘든 것이었다. 난 아이들을 위해 두 명의 가정교사를 고용했다. 크렌쇼 양과 던 양. 그리고 세 명의 유모도 두었다. 에이프릴의 유모, 헴스 양을 포함해서. 그녀들의 유일한 책임은 아이들을 위험으로부터 보호하는 것이다. 그럼에도 불구하고 오늘 아이들은 유모나 가정교사의 감시 없이 아이들끼리였다. 그 이유를 당장 알 수는 없었지만.

어쨌든 더글라스는 새 공사현장에서 수영장과 볼링장을 지나 남쪽으로 나 있는 계단에 다다라 있었다. 계단을 내려가면 존이 사슴과 말코손바닥사슴을 도살해 벽에 걸어놓은 수렵 기념물 전시실로 통하게 된다. 같은 계단을 오르면 우리의 개인방이 자리한 서쪽 날개가 나온다. 존은 개인 서재를 비롯해 모두 다섯 개의 개인방을 가지고 있고, 난 화장실과 가봉실을 비롯해 일곱 개의 개인방을 가지고 있다. 옷감들을 정리하는 하녀들과 벽난로와 굴뚝의 청소를 담당하는 집사들 외엔 드나드는 사람이 없어 그곳은 늘 비어 있는 공간이다. 요즘 들어 몸이 약해진 내가 자주 머무르긴 하지만, 어쨌든 그곳으로의 진입을 시도한 더글라스 포시는 무척 교활했다. 마침 건강이 괜찮았던 나는 그곳에 있지 않았다.

더 짜증나는 일은 하인들 중 아무도 포시 씨를 보지 못했다는 사실이었다. 존은 저택의 경비에 대해선 무척 깐깐한 편이다. 저택에서 사업 관련 비밀 미팅이 자주 열리기 때문이다. (적어도 그의 해명에 의하면!) 그는 비밀이 새어나가지 않도록 보안 유지에 많은 신경을 쏟았다. (그가 현재 친한 친구 빌 보잉과 함께 항공사에 투자를 하려 한다는 소문이 들려온다. 내 생각에는 부질 없는 짓 같지만 존은 앞으로 비행기가 군대에 무척 중요하게 쓰일 것이라고 호언장담했다.) 아무튼 집 안으로 들어서는 더글라스를 목격한 이가 있는지에 대해선 정확하지 않다. 하지만 그가 저택을 떠나는 것은 모든 이들이 지켜볼 수 있었다.

그 누구의 눈에도 띄지 않고 응접실로 들어서는 건 그리 쉬운 일이 아니다. 특히 더글라스 포시가 몰래 진입을 시도한 곳에선 더욱. 그는 저택 내부를 너무나도 훤히 알고 있었다. 응접실의 창문은 자갈이 깔린 U자형 사유 차도와 분수가 있는 정원을 향해 나 있다. 언제나 바삐 움직이는 하인들의 정성으로 분수는 1년 내내 다양한 색깔의 물줄기를 선사한다. 존과 함께 비밀 사업 미팅을 자주 가졌던 그는 저택의 2층도 자기 손바닥 들여다보듯 잘 알고 있었다. 심지어는 몇몇 하인들의 이름까지 기억하는 그였다. 더글라스 포시가 어떻게 그런 결심을 내리게 되었는지 알 순 없지만 그 동안 난 존 림바우어와 함께 살아오면서 인간 상태를 예상하기란 불가능하다는 것을 깨닫게 되었다. 프로이트라는 사람이 뭐라고 떠들어대든. (그는 거의 모든 혐오증과 공포는 남자와 여자 사이의 친밀적 행위, 즉 섹스에 기인한 것이라고 주장하고 있다! 생계수단, 생존, 그리고 권력을 위한 몸부림은 철저히 무시한 채) 언젠가 그의 모든 주장의 오류가 입증될 것이라 난 굳게 믿는다. 내 남편에 대해선 정확하게 짚은 부분이 꽤 있는 편이긴 하지만. 이해되시 않는 건 어째서 더글라스가 다른 곳도 아닌 응접실을 선택했을까 하는 것이다. 아담이 그곳에서 놀기 좋아한다는 사실을 잘 알고 있었을 텐데. 그는 평소에 아이들과 어울리길 무척 좋아했다. 어쩌면 그곳 벽난로 위에 존의 초상화가 걸려있다는 사실을 깜빡 잊었던 것인지도 몰랐다. 내 초상화는 존의 수렵 기념물과 함께 현관 홀에 걸려 있다. 우리가 처한 상황의 유사점은 여전히 날 내버려두지 않고 있다. 그 초상화들은 우리가 신혼여행중에 주문한 것으로 내가 봐도 실물과 너무 똑같아 보인다. 초상화 속의 존은 엄숙한 눈으로 응접실 전체와 맞은 편 창밖의 사유 차도를 내려다보고 있다. 마치 자신의 소유지를 둘러보고, 지배권을 휘두르듯.

가까스로 기운을 내어 적어 내려가 보지만 생각처럼 쉽지가 않다. 하지만 무슨 일이 있어도 오늘 일어났던 일에 대해선 반드시 밝히고 넘어가야 한다.

처음으로 응접실에 들어선 것은 아담이었다. 아이는 사냥놀이중이었고, 동생 에이프릴에게 앞서서 식량을 찾아보라고 시켰다. 그리고 아담은 복도를 샅샅이 뒤지며 앞서 출발한 동생을 사냥 동물로 삼아 찾아 헤매기 시작했다. (철없는 아담은 아직 수키나와 내가 그런 놀이에 대해 불편한 심기를 가지고 있다는 것을 전혀 이해하지 못한다. 아버지가 그러듯 어린 소녀를 몰래 추적하는 것에나 재미를 느끼고 있다니! 아마 아이는 어째서 우리가 그런 놀이를 못하게 하는지 몹시 궁금할 것이다.) 아담은 흡연실로 몰래 기어들어 간 에이프릴을 찾지 못했다. 그곳은 아이들에겐 출입금지 지역이다. 하지만 어린 아이들이 그런 것에 신경 쓸 리가 없다. 아담이 어깨 높이로 장난감 총을 겨누고 문을 세차게 열어 젖혔다. 그리고 총을 발사하려는 아이의 눈에 들어온 건 작은 나무 접사다리에 반쯤 올라가 있는 더글라스 포시의 모습이었다. 접사다리는 초상화 따위를 걸어둘 때 사용하는 것으로 화랑의 벽장 안에 넣어두었던 것이다. 그의 목엔 삼으로 만든 로프가 올가미처럼 걸려 있었다. 그가 어린 아담을 물끄러미 내려다보았다. 아이는 아버지와 너무 닮아 있었다.

잠시 후, 구부러진 팔을 몸에 착 붙인 채로 에이프릴이 달려와 오빠의 뒤에 섰다. 오빠를 깜짝 놀라게 만들어 놀이를 자신의 승리로 끝내려는 생각에서였다. 에이프릴의 눈에도 사다리에 올라가 있는 존의 전 파트너의 모습이 들어왔다.

더글라스 포시가 아담을 향해 모자를 휙 벗어 던졌다. (그는 머리부터 발끝까지 완벽한 카우보이 차림을 하고 있었다.) 그리고 그가 에이프릴을 향해 긴 줄기를 가진 빨간 장미를 떨어뜨렸다. (더글라스는 우리 저택의 별칭에 대해서도 잘 알고 있었다.) 에이프릴이 정상적인 한 손을 뻗어 떨어지는 장미를 허공에서 낚아채듯 잡아 들었다. 손이 가시에 찔리자 아이가 외마디 비명을 질렀다.

더글라스 포시가 사다리에서 뛰어내렸다. 그의 몸이 허공에서 한번 튀어 올랐다. 빨갛게 달아오른 얼굴 밖으로 튀어나올 것 같은 그의 눈은 에이프릴에게서 떨어지지 않고 있었다. 이내 그의 얼굴이 파랗게 질려버렸다. 아담이 뭔가 부러지는 소리를 들었다고 주장했다. 큰 나뭇가지가 북서풍을 견디지 못해 부러지는 듯한 소리. 아담이 허공을 향해 장난감 총의 방아쇠를 당겼고, 코르크 총알이 튀어나가 더글라스의 가슴에 철썩 달라붙어버렸다. 아버지를 닮아 아담도 사격의 명수였다. 아담의 표현을 빌리자면, 더글라스는 마치 "춤을 추는 것 같았고," 그의 다리는 "파티에서 흑인들이 탭 댄스를 추듯" 움직였다고 한다. 그리고 아이들이 요란하게 비명을 지르기 시작했다.

계속해서 장미를 꼬옥 움켜쥐고 있는 에이프릴의 손에선 피가 조금 배어나와 있었다. 아이의 눈은 허공에 매달려 있는 시체로부터 떨어지지 않았다. 난 더글라스의 가슴에 붙은 코르크 총알을 떼어내려 바둥거리는 아담을 나무랐다. 아이는 더글라스가 자신의 총에 맞아 죽은 것으로 알고 누가 보기 전에 증거를 없애려 애쓰는 중이었다.

밖으로 튀어나온 더글라스의 두 눈알은 실물 크기로 그려진 전

파트너, 내 남편의 초상화를 노려보고 있었다. 바로 그때, 존이 탄 자동차가 사유 차도로 들어서고 있었다.

존이 자동차에 앉은 채로 응접실 창문 안에서 살랑살랑 흔들리고 있는 더글라스 포시를 빤히 들여다보았다. 더글라스는 존에게 오직 자신의 뒷모습만을 보이고 있었다. 그의 바지는 배설물로 얼룩져 있었다.

그날, 저택 안에 있던 모든 하인들은 에이프릴의 비명소리를 들을 수 있었다.

그 후로 아이는 단 한 마디도 하지 않았다.

1915년, 2월 26일 — 로즈 레드

지난 일주일 간 난 깨어 있는 모든 시간을 아이들을 위해 바쳤다. 아담보다 에이프릴에게 특별히 더 많은 시간을 할애했다. 남자들이 전부 그런지는 모르겠지만 아담의 심리적 회복은 무척 빨랐다. 나중에 후유증이 나타나게 될지도 모르지만 솔직히 말해 더글라스 포시의 죽음이 아이의 머리 속에 오랫동안 남아 있으면 어쩌나 하는 두려움이 아직 가시지 않고 있다.

어린 에이프릴의 경우는 무척 심각하다. 존이나 나나, 가정교사나 수키나까지도 그 아이가 입을 여는 모습을 아직 보지 못하고 있다. 에이프릴은 몇 시간 동안 같은 자세로 앉아 로즈 레드의 모형만을 빤히 바라볼 뿐이다. 아이는 그것을 응접실의 벽난로 앞으로 끌어가 그곳에 멍하니 앉아 있는 것으로 하루를 보낸다. 누군가가 다가와 모형이나 자신의 몸에 손을 대려 하면 거칠게 비명을 질러댄다. 하인들에겐 무조건 아이를 내버려두라는 지시가 내려졌다. 오직 나만이 그녀의 곁에 다가갈 수 있다. 그렇게 모녀는 장작이 타고 있는 응접실에 들어와 있다. 이런 정신으로는 도저히 책을 읽을 수 없어 난 뜨개질로 눈을 돌렸다. 솔직히 말해 뜨개질보다 딸의 뒷모습을 하염없이 지켜보고 있는 것으로 대부분의 시간을 보내고 있다. 어서 아이가 정상으로 돌아오길 간절히 바라며. 벌써 두 번씩이나 아이에게 짜증을 낸 적이 있다. 물론 요 며칠간은 뜸

했지만, 아무튼 딸의 침묵은 무척이나 오만하게 느껴졌고, 가끔 날 좌절에 빠뜨리곤 했다. 어떨 땐 아이가 불쌍한 그의 죽음을 이용하여 날 자신의 그물에 붙잡아두고 있는지도 모른다는 생각도 들었다. 꼭 에이프릴의 포로가 되어버린 기분. 내가 지난 일주일간 딸과 함께 보낸 시간은, 모르긴 해도 지난 6개월간 아이와 보낸 시간을 다 합친 것보다 훨씬 많을 것이다. (내가 그 동안 아이들에게 너무 소홀했다고 넘겨짚을 수도 있을 것이다. 하지만 나 역시 그 동안 병마에 시달리느라 다른 일에 신경 쓸 겨를이 없었다.)

난 아이들의 유모 아비게일에게 매일밤, 잠자리에 들기 전 로즈 레드 모형의 사진을 찍어두라고 비밀리에 지시해두었다. 아주 미묘하게 변하는 그것의 외관이 마음에 걸렸기 때문이었다. 맹세하건대, 그것의 날개는 매일 나타났다, 사라졌다를 반복하고 있다. 그리고 그것의 변화 정도는 에이프릴이 그것을 매섭게 쏘아보는 시간에 따라 바뀌어졌다. (아이는 모형을 '쏘아보는' 것에서 멈추지 않고, 그것, 로즈 레드와 모든 것을 '공유하는' 경지에까지 다다라 있는 것 같아 솔직히 두려운 마음이 생긴다. 말도 안 되는 소리처럼 들리겠지만 사실이다. 아이는 모형을 앞에 둔 채로 최면 상태에 빠져든다. 벽난로의 장작이 모두 타버리고 실내가 싸늘히 식을 때까지.)

그래서 난 다시 일기장을 열게 되었다. 며칠밤을 참고 견뎠지만 더 이상은 나도 어쩔 수 없었다. 이런 일들을 나 혼자만 알고 있기에는 너무 불안하다.

며칠 전, 수키나가 겁에 잔뜩 질린 얼굴로 날 찾아왔다. 무슨 일이냐고 급히 다그쳐 물었지만 그녀는 내 침실의 문에 자물쇠를 단단히 건 후에야 입을 열었다.

그때 나눈 우리의 대화는 다음과 같다.

"수키나! 무슨 일이야?"

"그녀 때문이에요, 미스 엘렌."

"에이프릴 말이야?"

"이 집 말이에요. 그녀! 로즈 레드!"

난 그녀의 설명이 이어지기만을 기다렸다. 그녀가 쉽사리 입을
열려 하지 않자 내가 계속 다그쳤다. 그녀의 얼굴은 섬뜩함으로 가
득 차 있었다. 그밖엔 달리 표현할 방법이 없다.

"제발 무슨 일인지 말해봐."

나는 명쾌한 대답을 요구했다.

"인디언들이 아닌 것 같아요."

"뭐가 인디언들이 아니란 말이야?"

"그 농안 많은 생각을 해봤어요. 그리고 그 동안 쭉 들어왔고요.
에이프릴이 하는 소리를 말이에요, 미스."

"하지만 에이프릴은 벌써 일주일째 한 마디도 하지 않았는걸."

"우리에게 말고요."

"수키나?"

"꼭 바람 같은 것이에요, 미스. 그 아이 주위엔 바람이 감돌고 있
어요. 꼭 누군가의 음성 같은…… 아주 많은 음성들 말이에요. 아
이가 그 장난감을 가지고 놀 때마다…… 그 로즈 레드 모형을. 그
래서 내가 가까이 가는 걸 아이가 싫어했던 거에요. 내가 그 음성
을 들을 수 있다는 걸 아이도 알고 있거든요."

"그게 도대체 무슨 소리야?"

내가 분개하며 물었다.

"내 딸이…… 내 딸이 어쨌다고? 이 집과 대화를 한다고?"

"저택이 아이에게 말을 하고 있어요. 내 생각엔 인디언들이 아닌 것 같아요."

"지금 실종된 사람들을 말하는 거야?"

그녀가 고개를 끄덕였다. 아직까지 두려움을 떨쳐내지 못하고 있는 것 같았다. 그녀가 그토록 겁에 질린 모습은 처음 보는 것이었다.

"만약…… 만약 그것을 불이라고 생각하면…… 불 말이에요, 미스. 우리 안에 있는 불, 미스 엘렌. 바로 그거예요."

"생명?"

내가 깜짝 놀라 숨을 헐떡이며 물었다.

"생명의 근원이에요. 맞아요. 불. 만약…… 만약 저택이 살아 숨 쉬기 위해 불을 필요로 한다면……? 우리 인간에게 음식이 필요한 것처럼 말이에요. 바로 그렇게. 불. 바로 그렇게."

"인디언들이 아니고?"

"아니에요."

"매장지도?"

"인디언들의 영혼이 이곳에 없다는 얘기가 아니에요. 가끔 이곳이 많은 이들로 붐비는 듯한 느낌이 들곤 해요."

그건 나도 알고 있다. 우리 모두 같이 느낀 것이니. 하인들까지도. 이 저택엔 우리만 살고 있는 것이 아니다. 가끔 설명할 수 없는 인디언의 인공물들이 발견되곤 하는 것으로 봐서 공허한 그것들의 존재는 의심할 여지가 없다.

“무슨 얘기를 하고 싶은 거야?”

나는 초조한 듯 야릇한 미소를 지어보였다. 마음이 편치 않았다. 그녀 앞에서 내 심정을 드러내고 싶지 않았다. 하지만 수키나와 나 사이엔 그 어떤 벽도 존재하지 않았다.

“혹시 실종된 사람들이……?”

그녀가 고개를 끄덕였다. 내가 무슨 얘기를 하려는지 이미 알아차린 듯했다.

“로즈 레드가 그 실종된 사람들을 먹고 산다는 말이야?”

“그들에게서 불을 빨아먹고 있는 거예요.”

그녀가 진지한 표정을 지으며 고개를 끄덕였다.

난 불편한 심기를 그대로 드러내며 허탈한 미소를 지어보였다.

그녀가 불길한 목소리로 말했다.

“내 생각엔 마님 때문인 것 같아요. 거기에 대해선 의심의 여지가 없어요. 이 저택은 마님을 사랑하고 있어요. 하지만 그녀는 불을 먹기 위해 다른 이들을 하나씩 집어 삼키고 있는 거예요. 이 집이 불을 먹고 산다니까요, 미스 엘렌. 그리고 그녀가 점점 자라갈수록 더 많은 불을 먹어야 생명을 유지해나갈 수 있어요.”

나는 몸을 부르르 떨었다.

“하지만 우린 그녀를 더 크게 짓고 있잖아.”

난 그녀에게 스트라빈스키 부인의 제안을 다시 일깨워주었다.

“어쩌면 그녀도……”

수키나가 말했다. 물론 스트라빈스키 부인을 뜻하는 것이었다.

“이 저택에 홀려버린 것이었는지도 몰라요. 우리가 들었던 것도 그녀의 것이 아닌 저택의 음성이었는지도 모르고요.”

"믿을 수 없어."

내가 속삭였다.

저택의 공사는 이미 수년 전부터 계획된 것이었다.

"그럼 우리가 저택의 공사를 계속 지속시켜 나가는 한……"

난 더 이상 말을 하지 않았다. 하지만 대신 머릿속으로 계속 되뇌어 나갔다. 난 영원한 생명을 누리게 될 거야!

"난 스트라빈스키 부인을 믿어. 그리고 그녀가 로즈 레드에 대해 했던 말도 믿고. 내 열병도 말끔히 사라져버렸잖아."

날 너무나 잘 알고 있는 수키나는 묵묵히 입을 닫고 있을 뿐이었다. 수키나가 지금처럼 날 쏘아보는 일은 흔치 않다. 휘둥그레 뜨고 날 흘겨보는 그녀의 눈에는 분노가 가득 차 있었다.

"그러니까 이 저택이 사라진 여자들의 생명을 먹고 살아간다는 말이지?"

하지만 그녀는 내 질문에 대답하지 않았다.

"그럼 이곳에서 죽은 남자들은 어떻게 된 거지?"

"그건 마님과 저택만이 알고 있겠죠."

"나와 저택……"

나는 그녀의 말을 되풀이했다. 갑자기 한기가 느껴지기 시작했다. 갑자기 창문이 열려 있는지 궁금해졌다.

"저택은 마님을 보호하고 있어요."

"하지만 코빈 씨는 나와 아무 상관도 없었잖아. 우리는 한번도 만난 적이 없는걸."

"그는 공사의 총책임자를 살해했어요, 미스 엘렌. 코빈…… 그는 이 저택의 공사를 막기 위해 신이 내려보낸 사람이었다고요. 아예 애초부터 로즈 레드 그녀가 존재할 수 없도록 말이에요. 그는 최선을 다했어요."

그건 사실이었다. 코빈이 윌리엄슨을 쏜 날은 다름아닌 첫번째 돌이 내려놓여진 날이었다. 그저 우연의 일치였을까? 수키나의 이론이 척척 맞아들어가고 있었다.

"어쩌면 인디언들의 영혼이 진노했던 것일 수도 있잖아."

내가 말했다. 물론 수키나가 절대 수긍하지 않을 것이란 걸 잘 알고 있었다.

그녀는 별로 만족스러워하는 것 같지 않았다.

"젊은 여자들에게서 불을 빨아먹고 있어요. 그녀가 커질수록…… 점점 더 많은 여자들이 사라지게 될 거예요. 수키나는 그걸 잘 알고 있어요. 바로 여기에 그게 느껴져요."

그녀가 널찍한 손을 자신의 가슴에 가져갔다.

다시 한번 서늘한 외풍이 느껴졌다. 수키나가 그런 제스처를 보이는 경우는 극히 드물다. 내가 임신을 했을 때 그랬던 적이 있었다. 그리고 어린 로라를 영원히 찾지 못할 거라고 확신했던 때에도. 그리고 지금.

내가 그런 것들에 너무 쉽게 흔들리는 건 아닌지 은근히 걱정이 된다. 19세 소녀가 저택이 살아 있다는 얘기를 이렇게 진지하게 할 수 있을까? 자신의 가장 친한 친구가 진실을 예언할 수 있는 아프리카인 제사장(祭司長)이라고 상상하는 건 아닐까? 두 아이의 어머니 : 한 아이는 벙어리에 성장이 멎은 손을 가지고 있고, 또 한 아이는 사악한 아버지를 너무 닮아가고 있어 걱정인? 지난 7년간 내 인생은 격렬한 변화를 거쳐야 했고, 이젠 나조차도 제대로 알아보지 못할 지경이 되어버렸다. 어머니에게 내 사정을 속시원히 털어놓을 수도 없다. 그랬다간 괜한 오해만 사게 될지 모르니까. 자칫했다간 무절제한 폭음을 한다느니, 아니면 경솔하다는 말도 안 되는 잔소리만 들을 수도 있다. 내겐 오직 '다른 쪽'과 접촉할 수 있는 신비한 능력이 있는 수키나밖에 없다. 그리고 그 사실은 내게 더 많은 갈망을 남겨준다.

난 예전의 에이프릴을 되찾고 싶다. 그 아이의 팔이 정상적이길 원한다. 더글라스 포시가 다른 곳에서 숨을 거두어주길 바란다. 제발 우릴 가만히 내버려뒀으면 좋겠다.

만약 로즈 레드의 모형이 실제로 자라고 있다면? 만약 내 딸이 그것의 심술로 목소리를 잃게 된 것이라면? 만약 에이프릴의 반이 우리를 감싸고 있는 이 벽들 속에 갇혀 있다면? 그럼 뭘 어떻게 해야 하는 거지? 에이프릴을 어떻게 아이의 어머니에게, 또 가족의 품으로 되돌려 놓을 수 있을까?

불쌍한 아이에게 좀더 많은 사랑과 관심을 쏟아야겠다는 생각이 든다. 난 아이가 앞으로 내 침대에서 같이 잘 수 있도록 조치해놓았다. 난 아이가 어머니의 온정을 온몸으로 느낄 수 있도록 해주고 싶다. 아이가 잠에서 깰 때 어머니의 음성을 들을 수 있도록. 아이를 위해서라면 목숨을 걸고 싸울 각오가 되어 있다. (지금 이 글을 읽고 있다면, 로즈 레드, 내 말을 그냥 흘려버리지 마!)

이곳을 뜨고 싶지만 그럴 수 없다는 것을 잘 알고 있다. 네가 영원히 날 이곳에 가둬둘 테니까. 우리 가족 전부를. 우린 너의 포로나 다름없어. 영원한 포로. 하지만 포로면 다 같은 포로이지 어떻게 특별할 수 있겠어? 그럼 이제 어떻게 되는 거지? 대체 얼마나 더 오랫동안 존 림바우어와 함께 같은 지붕 아래 살아야 하느냐고? 그의 어마어마한 부와 권력. 하지만 더 이상 그의 사랑은 느껴지지 않는다.

　아담도 더 이상 엄마를 따르지 않고. 그는 아담에게 집중적인 선물공세를 퍼붓고 있다. 아담의 기차가 들어갈 공간을 만들어주고, 출장을 떠날 때도 아이를 꼭 데려간다. (가장 반반한 얼굴을 가진 유모도 함께! 아무리 주의를 한다 해도 내 눈을 피할 순 없다!) 내겐 유죄선고가 내려졌다. 내가 로즈 레드를 지배하는 것이 아니라 로즈 레드가 날 지배하고 있는 것이다. 이곳에서 난 포로에 지나지 않는다. 무슨 일이 있어도 에이프릴만큼은 이곳에서 탈출시켜야 한다. 조부모에게…… 아, 왜 진작 그 생각을 하지 못했을까?

　대체 뭘 기다리느라고…….

1915년, 3월 13일 ― 로즈 레드

결혼의 잔인함! 남편에게 어떻게든 에이프릴을 이 저택에서 내보내 안전한 곳으로 보내야 한다는 얘길 꺼낸 지도 벌써 몇 주일이 지나버렸다. 오늘 아침, 못 보던 우편 집배원이 가져온 편지를 내가 중간에서 가로챘다. 180센티미터가 훨씬 넘는 큰 키의 그는 한쪽 다리를 절고 있었고, 두꺼운 안경을 걸치고 있었다! 그가 현관 앞으로 다가서며 이탈리아의 한 도시에 대해 중얼거렸다. 플로렌스(이탈리아 중부의 도시 ― 옮긴이 주)였던가? 아니, 피사였다. 맞아! 그는 "피사에서 림바우어에게"라고 말했던 것 같다. 도대체 어느 우체국에서 그런 집배원을 고용했는지 모르겠다! (원래의 집배원, 플로이드가 다시 우리의 우편물을 배달해주었으면 좋겠다.) 편지는 오리건 주(미국 서북부, 태평양 연안의 주 ― 옮긴이 주) 포틀랜드의 체서 사립 중학교에서 사흘 전에 부친 것이었다. 난 받아 들기가 무섭게 겉봉을 열었다. (증기를 사용해서 교묘하게. 그래야 나중에 감쪽같이 다시 붙여놓을 수 있을 테니까.) 아담에게 온 입학 허가서였다. 존이 자신의 핏줄에 쏟는 정성은 오히려 나를 능가하는 것 같다. 하지만 그런 정성을 비정상적인 팔과 침묵만을 지키고 있는 혀를 가진 딸에겐 조금도 나누어주지 않고 있다. (존은 에이프릴이 말을 잃어버린 것이 다름아닌 아이의 나쁜 머리 때문이라고 말버릇처럼 얘기해 왔다. 사실 존은 세상의 모든 여자들은 아이를 낳고 남자들에게 말로 표현할 수 없는 만족을 제공하기 위해서만 존재한다고 믿고 있다. 그 이상도, 그 이하도 아니라고.) 난 내 불평을 한귀로 듣고 한귀로 흘려버리는 그의 태도에 분개하고, 또 비탄에 잠겨 있다. 에이프릴은 꼼짝없이 저택에 남아 있어야 한다. 아담은 이곳을 떠나 학교로 들어가버릴 것이고. 에이프릴은 우리와 함께 이곳에 갇혀 살아야 한다. 아담은 구제를 받았고.

난 소중한 내 딸을 보호할 만반의 준비를 하고 있다. 하지만 논쟁으로는 남편을 절대 꺾을 수 없다는 사실을 잘 알고 있다. 그럼에도 난 포기하지 않고 그에 맞설 것이다. 언젠가 그가 욕정을 품고 내 침실을 찾아온다면 시트 밑에서 내가 아닌 어린 에이프릴을 발견하도록 만들어 줄 생각이다. 그렇게 해서라도 그의 마음을 돌릴 수만 있다면.

게임은 둘이서 하는 것이다. 셋, 만약 로즈 레드까지 친다면. 그녀를 무시하는 남편에게 화가 있을진저!

1915년, 9월 9일 – 로즈 레드

오늘, 아버지와 함께 체서 중학교로 떠나는 아담과 무거운 마음으로 작별인사를 나누었다. 아이를 타지에 떠나보내는 어머니의 마음은 누구나 마찬가지일 것이다. 하지만 거의 혼수 상태에 빠져 있는 딸까지 두고있는 내게 그 슬픔은 그 누구에게도 비할 수 없는 것이었다.

매일 밤 로즈 레드 모형의 사진을 찍어두려는 우리의 시도는 실패로 돌아가고 말았다. 현상된 사진에는 모형 대신 눈부신 흰 빛이 담겨 있었다. 마치 모형이 어떤 에너지, 어떤 빛을 발산하는 것 같았고, 그것 때문에 사진이 망쳐진 것이었다. (에이프릴이 포착된 한 사진도 그와 같은 흰 빛으로 덮여 있었다. 그것은 아이의 손에서 뿜어져 나와 아이의 머리를 휘감싸고 있었다. 만약 현상하는 과정에서 무슨 트릭을 쓴 것이라면 절대 웃을 일이 아니다. 난 그들이 당장 이런 장난을 그만두도록 기도한다. 존은 그것이 현상소 직원들의 장난일 뿐이라고 넘겨짚었다. 우리 에이프릴의 '상태'에 대해선 이미 도시 전체가 알고 있다.)

모두들 유럽에서 한창 벌어지고 있는 전쟁에 대해 떠들고 다녔다. 존도 끊임없이 출장을 떠났다. 덴버, 포틀랜드, 샌프란시스코, 클리블랜드와 뉴욕까지…… 수출량도 그것에 맞춰 엄청난 속도로 늘어갔다. 그가 밖으로 나돌아다닐수록 로즈 레드는 그만큼 더 평화로웠다. (존의 존재만으로 집 안엔 긴장이 흐르고, 하인들 모두 그를 두려워한다.)

신문의 1면엔 커다란 세상일들이 빽빽하게 실려 있다. 독일이 원양 기선을 침몰시키지 않겠다는 뜻을 표명했다. 루시타니아 호(아일랜드의 해안에서 독일군에 의해 격침된 영국의 정기 여객선 — 옮긴이 주)는 이미 바닷속으로 가라앉아버린 후이지만; 폴란드의 또 다른 도시가 오스트리아-독일 군대에 의해 점령당했다. 아이티 공화국은 폭동으로 시끄럽다. 유럽의 사회주의자들이 스위스에서 모임을 가졌다. 전쟁은 사방에서 벌어지고 있다. 독일군 잠수함은 매주 열 척 이상의 적군 전함을 격침시킨다. 윌슨 대통령은 지원군을 파병할 것인지를 놓고 골머리를 썩고 있고. 이 모든 것이 어떤 결말을 낳게 될지 난 너무 궁금하다. 하지만 해피 엔딩을 기대하지 않는다.

우리 저택에서도 사교 모임의 횟수가 눈에 띄게 줄었다. 친구들의 남편들 모두 이놈의 전쟁 때문에 초과 노동에 시달리고 있다. 집사장과 연례 대무도회의 준비에 대한 첫 미팅을 가졌지만 예전과 같은 흥분은 찾아볼 수 없었다. 초대할 손님의 목록은 오히려 작년에 비해 늘었다. 존이 12명의 새로운 거래처 사람들을 목록에 올렸기 때문이었다. 난 마스터슨 씨와의 친분을 이용해 유명한 오페라 가수, 페이지 양과 대스타 찰리 채플린을 초청했다. 아주 흥미로운 밤이 될 것이다. 어쩌면 윌리엄 랜돌프 허스트(William Randolph Hearst: 미국의 신문 경영자, 미국 17개 도시에서 일간지를 인수, 창간하였고 INS 통신사, 출판사, 3개의 방송국 등을 자신의 지배하에 둠으로써 거대한 허스트 신문제국을 형성하였음 — 옮긴이 주)도 참석할지 모른다고 존이 말한다. 하지만 무엇보다 그는 초청할 계획에 있는 한 장성에 대해 더 들떠 있다. (그 장성은 보잉 씨와 업무 관계에 있는 사람으로, 보잉에 막대한 투자를 아끼지 않고 있는 존은 두 사람을 좀더 친밀한 관계로 만들어주기 위해 노력중이다.)

내가 걱정하는 것은 로즈 레드, 바로 그녀이다. 그녀는 벌써 수개월간 침묵중이었다. 자신의 모든 에너지를 공사에 쏟아넣겠다는 각오인 것 같다. (내 말을 좀 들어봐! 얼마나 바보처럼 들리는지!) 공사의 진행 속도는 서서히 줄어들고 있다. 겨울이 다가오고 있기 때문이다. 물론 공사가 완전히 멈춰질 가능성은 전혀 없다. 존은 이번 겨울이 특히 혹독할 것이라고 예상하면서 (그는 천문력을 즐겨 읽고, 그것을 굳게 믿는 습관을 가지고 있다.) 일부러 겨울의 심기를 건드려 변을 당할 필요가 없다고 입버릇처럼 말한다. 그것으로 로즈 레드에 어떤 변화가 생길지는 나도 모른다. 하지만 관심을 원하는 여자는 어떤 방법으로든 그 관심을 끌어낸다는 사실만큼은 본능적으로 알고 있다. 자신을 떠나는 인부들과 자신을 버리는 남자들을 결코 가만히 내버려두는 일은 없을 것이다.

그녀의 기분이 우리의 대무도회에 어떤 영향을 끼치게 될까? 우릴 그냥 묵묵히 지켜볼 것인가? 아니면 우리의 관심을 끌기 위해 또 무슨 일을 꾸밀 것인가? 존이 잦은 출장으로 집을 비우는 날이 많은 요즘, 어쩌면 그녀는 더 이상 싸울 이유를 찾지 못하고 있는지도 모른다. 그녀가 수면 상태에 빠져 있는 것도 존으로부터 날 보호할 필요가 없어졌기 때문인지도 모르고. 하지만 만약 수키나가 옳다면 — 어떻게 그녀를 믿지 않을 수 있겠어? — 저택은 지금 자신의 존재의 이유를 필요로 하고 있는 것인지도 모른다. 정지된 공사는 더 이상 그녀의 관심을 끌지 못하고 있는 것 같다. 만약 그렇다면 이제 그녀는 누구에게로 눈을 돌리게 될까? 그리고 언제? 난 저택으로 누군가를 초대하는 것이 두렵다. 또 손님들 중 누군가가 사라지면 어쩌나 하는 걱정으로 아예 파티를 취소해버릴까 하는 생각까지 해보았다. 하지만 넌 걱정할 필요 없어, 내 일기장. 내 관심, 내 에너지는 모두 내 사랑스러운 딸, 에이프릴에게 쏠려 있으니까. 더글라스 포시의 죽음을 목격한 이후로 변해버린 아이를 다시 예전처럼 돌려놓기 위해서.

뭘 해야 할지 깨닫는 데 왜 이리 많은 시간을 허비한 것일까? 어떻게 이토록 눈멀어 지내왔을 수 있지? 일기장에 모든 것을 구구절절 쏟아낸 후에야 비로소 깨달음을 얻게 되다니. 보나마나 수키나는 동의하지 않겠지만…… 진작 떠올렸어야 하는 건데. 당장 티나에게 연락을 해야겠다! 침묵의 노예가 되어버린 내 딸을 구해내는 방법을 알았으니: 루 부인! 루 부인! 이 미스터리의 진실을 밝힐 수 있는 건 오직 그녀뿐이다.

지금 당장 그녀를 찾아가야 한다!

1915년, 9월 12일 – 로즈 레드

　존은 아담이 체서에 자리를 잡는 동안 포틀랜드에 머물러 있기
로 했고, 난 모처럼의 자유를 만끽할 수 있었다. 하인들에게 교회
에 다녀온다고 얘기하고 저택을 빠져나왔다. 수키나는 저택 뒤쪽
의 숲으로 몰래 빠져나와 두 마리 말이 끄는 마차에 올랐다. 우린
그렇게 중국인 거리로 향했다. 수키나는 며칠 전 나를 대신해서 루
부인에게 편지를 부쳐주었다. 오늘 아침, 우리가 편한 시간에 아무
때나 방문해도 좋다는 반가운 답장을 받아볼 수 있었다. 편지에 적
힌 영어는 완벽한 것이었다. 보나마나 누군가가 그녀가 불러주는
것을 번역해 옮긴 거겠지. (그녀에겐 영어에 능숙한 어리고 나긋나
긋한 수행원 하나가 있다. 아마 그녀가 대필해준 편지인 것 같다.
지금까지 그녀가 보는 앞에서 티나와 내가 나눈 대화도 고스란히
루 부인의 귀로 새어 들어갔을지 모른다. 난 이제부터 그녀 앞에선
수키나에게도 함부로 입을 열지 말아야겠다고 다짐한다.)

　공포는 '얼만큼 아느냐' 와 밀접한 관련이 있다. 처음 루 부인을
찾아갔을 때는 난 극도로 긴장하여 사시나무처럼 몸을 떨었었다.
눈에 들어오는 환경도 그렇고, 소름 돋는 두려움 때문이기도 했다.
하지만 세번째 방문에서는 그런 두려움 따위는 전혀 느껴지 않았
다. 오히려 루 부인과의 대면이 기대되고, 그곳의 분위기에 매료되
기까지 했다. 이제야 같이 갔던 티나가 어떻게 그토록 편해보일 수

있었는지 이해할 수 있었다.

에이프릴은 바뀐 환경에 전혀 반응하지 않았다. (부디 그래 주길 간절히 바라고 있었는데!) 중국인 거리를 내다보는 아이의 표정에서는 아주 조금의 변화도 찾아볼 수 없었다. 수키나, 에이프릴, 그리고 나는 (손에 손을 잡은 채로) 은은한 향, 생강, 차 냄새를 따라 어두운 계단을 올라갔다. 루 부인은 자신의 왕좌에 절대적 지배자의 모습으로 앉아 짚으로 만든 거적에 올라와 앉을 것을 권했다. 전과 마찬가지로 수키나는 꼿꼿한 자세로 서 있었다. 그녀와 루 부인 사이에는, 겉으로 보이지는 않지만, 서로에 대한 존대(尊待)가 자라나 있었다.

"바로 이 아인가요?"

루 부인이 물었다.

"에이프릴이에요."

내가 말했다.

"예쁜 이름이네요. 아이도 예쁘고."

"우린…… 저……"

그녀가 내 말을 잘랐다.

"이리 와 보렴. 나랑 같이 앉자꾸나."

그녀가 관 모양 풍선처럼 생긴 경직된 팔을 앞으로 내밀었다. 그녀의 손은 땅딸막하고 두툼했다. 놀랍게도 딸이 몸을 일으키고 루 부인 앞으로 걸어가 그녀의 커다란 무릎 위에 앉았다. 순간 아이가 루 부인의 가운 안으로 사라져버렸는 줄 알았다. 마치 커다란 커튼 뒤로 들어가버린 듯. 나는 아이에게 환한 미소를 지어보였다. 심장이 멎는 것 같았다. 딸도 내게 화사한 미소를 지어보이고 있었다.

더글라스 포시의 자살이 있은 후로 아이가 처음 보여준 감정 표현
이었다. 눈물까지 찔끔 새어 나왔다. (난 세상에서 가장 단순한 선
물에 감동하고 있다!)

루 부인의 자세엔 경이로움이 배어 있었다. 갑자기 그녀가 실내
를 가득 채우고 있는 것 같은 느낌이 들었다. 초의 불꽃들이 (맹세
코 정말 그랬다!) 일제히 그녀의 옻칠된 왕좌 쪽을 향해 휘어지고
있었다. 마치 물에라도 휩쓸리듯. 실내가 갑자기 밝아졌고, 내 가
슴이 쿵쾅대기 시작했다. 당장이라도 실신해버릴 것 같았다. 그녀
가 말했다.

"스스로 목숨을 끊는 사람을 직접 보았다고 하던데, 정말 그랬
니?"

더글라스의 비극에 대해 처음으로 솔직하고 공개적인 대화가 시
작되고 있었다. 난 그것의 반향이 두려웠다. 더욱 놀라운 것은 에
이프릴이 고개를 끄덕이는 것으로 반응을 보였다는 사실이다.

"아줌마는 네가 그 동안 말을 한 마디도 하지 않고 지내왔다는
걸 알고 있단다. 입을 꼬옥 닫고 지내왔다는 걸 말이다. 아줌마가
보기엔 참으로 똑똑한 아이 같아 보이는데. 착한 아이, 에이프릴."

에이프릴이 고개를 젖히고 루 부인의 두툼한 볼과 가느다랗고
반짝거리는 눈을 올려다보았다.

"아직 풀리지 않는 질문이 있어서 말을 하지 않는 거지? 안 그러
니?"

루 부인과 함께 고개를 끄덕이고 있는 딸을 보며 내가 흐느껴 울
기 시작했다. 이건 기적, 그 자체였다.

루 부인이 말했다.

"여기서 널 위해 그 질문의 답을 들려줄 사람은 아무도 없어, 그렇지?"

에이프릴이 수키나와 날 돌아보고는 그녀의 말에 수긍했다.

"그 질문이 풀릴 때까지…… 그 사람처럼 위험을 무릅쓰고 목숨을 내버릴 필요는 없단다. 알아듣겠니?"

에이프릴이 힘차게 고개를 끄덕이자 루 부인이 말했다.

"오, 그래. 그렇지."

초의 불꽃들이 다시 수직으로 벌떡 일어섰다. 은근히 새어 들어오던 바람도 단번에 멎어버렸다. 혹시 루 부인이 타이밍을 놓쳐버린 것이 아닌가 하는 걱정이 들었다. 그리고 그 걱정으로 가슴이 철렁 내려앉았다. 그녀가 의자에 앉은 채로 무언가를 중얼거리기 시작했다. 그녀의 얼굴에는 나로 하여금 재고하게 만드는 표정이 떠올라 있었다. 그리고 난 그녀가 내 안에 들어와 있다는 사실을 깨달을 수 있었다. 그녀는 내 생각을 읽고 있는 것이었다. 난 애써 어색한 미소를 지었다.

"그게 어떤 질문인지 알아요, 엄마?"

내가 고개를 가로저었다.

"검둥이 너는?"

수키나는 냉담함을 잃지 않고 있었다. 수키나의 얼도 반쯤 나가 있었다. 어쩌면 그녀도 내 안에 들어와 내 생각을 읽고 있는 중인지도 몰랐다. 어쩌면 날 보호하고 있는지도. 내 문을 지키는 파수꾼. 나는 의식을 잃지 않으려 애쓰고 있었다.

루 부인이 에이프릴에게 말했다.

"그가 어디로 갔는지가 궁금했던 거지? 안 그러니?"

에이프릴이 움찔 놀랐다. 내가 날카로운 비명을 지르자 루 부인이 다시 날 무서운 눈으로 쏘아보았다.

"그가 죽은 후에 어디로 갔는지 궁금한 거지? 만약 아직 이곳에 있다면, 왜 말을 하지 않는지도 알고 싶은 거고."

그녀가 나지막한 음성으로 말했다.

"그래서 너도 말을 안 하는 거지?"

"그가 어디로 간 거죠?"

에이프릴이 물었다. 비극을 목격한 후 처음으로 아이가 내뱉은 말이었다. 기쁨의 눈물이 절로 났다.

"다른 쪽으로 갔단다."

루 부인이 여전히 차분한 음성으로 말했다.

"그곳에서 그를 본 적 있지, 응? 대화도 나눴고 말야. 너랑 그. 물론 입을 열고 하는 대화가 아니었겠지. 아무에게도 입을 열지 말라고 지시한 것도 바로 그였지, 맞지?"

"아무도 이해하지 못할 거라고 했어요."

"오오……"

나는 손수건에 얼굴을 묻고 심하게 흐느꼈다. 기쁨과 비통함이 교차하고 있었고, 그 바람에 두 사람이 나눈 대화를 끝까지 듣지 못했다. 귀를 기울였을 땐 대화는 이미 끝이 나버린 후였다. 루 부인이 씨익 웃고 있었다. 앞니 여러 개가 빠져 있었다. 에이프릴이 그녀의 무릎에서 사뿐히 내려와 내게로 후다닥 달려왔다. 우린 서로를 힘껏 부둥켜안았다. 아이는 내가 그곳에 있는 것을 보고 무척 어리둥절해 했다.

나는 수키나에게 손짓해 루 부인과 나머지 볼일을 마무리하라고 지시했다. 그녀가 원하는 것이라면 뭐든지 주고 싶었다. 수키나가 가서 그렇게 전하겠다고 약속했다. 에이프릴과 난 어두운 계단을 내려갔고, 아이는 내게 사다리에서 뛰어내린 무시무시한 사내에 대해 들려주기 시작했다. 오늘에야 아이의 뜻을 이해할 수 있었다. 오늘, 난 그렇게 새로 태어날 수 있었다.

1917년, 2월 17일 — 로즈 레드

  지난 18개월 동안 이 저택의 이상하고 골치 아픈 사건들을 겪으면서 난 다시 일기장의 역할에 대해 의심이 들기 시작했다. 그래서 오랫동안 은밀한 생각과 고민들을 일기장에 적어두지 않고 나 혼자만 품고 지내왔다. 물론 일기장을 꺼내들고 싶다는 충동이 자주 생겼지만. 일기장에 아무것도 적지 않으면 유령이 어깨 너머로 몰래 엿보는 일도 없을 것 같아 내린 결단이었다. 하지만 그렇게 해서 얻어진 결과는 내가 기대하던 것과 거리가 멀었다. 그렇게 난 다시 부랴부랴 일기장을 열고 자포자기의 심정으로 펜을 들었다. (이건 에드거 앨런 포의 잔학한 소설이 아니다: 학교에 불을 지르는 소녀도 아니고, 무엇엔가 홀린 듯 보이는 개도 아니고, 대형 진자(振子)가 반으로 쩍 갈라진 채로 흔들리지도 않았다!) 만약 누군가의 생령(生靈), 유형의 영혼이 이 방에 존재한다면, 만약 그나 그녀가 양피지에 일기를 적어 내려가는 내 생각을 줄줄이 읽어낼 수 있다면, 그리고 만약 그것에 약간의 동정심이라도 있다면 어머니의 눈물에 관심을 기울여야 할 것이다 : 내 사랑스러운 딸이 실종되었다. 제발 나 좀 도와줘!

  만약 도와주기만 한다면 어떤 식으로든 보답을 할 것이다. 돈? 내 영혼? 내 목숨? 아니면 남편의 것? "뭐라고?" 내가 묻는다. 내 질문에 대한 답인가? 바람? (그제야 난 동쪽으로 난 창문이 열려 있다는 걸 깨달을 수 있었다. 저택을 에워싼 숲에서 들려오는 음산한 여자의 음성이 그저 자연의 장난이기만을 바랄 뿐이었다.) 난 창문을 닫고 돌아와 계속 일기장에 말을 건다. "나한테 한 말이야? 누구지?"

다시 부르르 떨리는 내 다리 밑으로 덜거덕 소리가 들려왔다. 그리고 그 소리는 내 몸을 타고 올라와 귀에 속삭였다. "누구죠?" 내가 물었다.

또 다른 창문이 열렸다! 이번엔 내 침실 옆에 자리한 개인 독서실이었다. 난 그 아늑한 공간에서 틈나는 대로 명상에 잠겨 있곤 한다. 난 서둘러 독서실로 들어가 비바람이 소용돌이치며 불어닥치는 창문을 닫았다. 로즈가 내게 말을 하고 있는 것일지도 모른다. 아니면 그저 어머니의 히스테릭한 고뇌일 뿐인지도. 난 스스로에게 묻는다. 이 억측에 무슨 이유라도 있는 걸까? 네 '음성'이 점점 강렬해질수록 뒤에 놓인 침대에 에이프릴이 누워 있는 모습이 너무나도 생생하게 떠오른다. 곱슬곱슬한 금발머리를 베개에 뉘인 아이의 높은 목소리가 속삭였다. "고래는 코가 없어." 정말로 네가 맞는 건지. "듣고 있는 거야?" 내 침실을 향해 소리친다. "내 말 듣고 있는 거야, 로즈?" 아무런 응답도 없다. 아무런 신호도 없고. 훔쳐간 게 아니라 그저 내 딸을 잠시 빌려간 것뿐이라는 어떤 암시도 없다.

내 몸이 다시 떨리기 시작한다. 맹세하건대, 분명히 나는 들을 수 있었다: "과…… 부…… 산……" 도무지 이해할 수 없는 단어였지만 그것이 바람소리가 아닌 치찰음이었다는 사실이 오히려 다행스럽게 느껴진다.

"과부산(寡婦産, 과부가 죽은 남편으로부터 물려받은 부동산 — 옮긴이 주)?" 나는 고개를 갸우뚱거린다. "귀족 미망인이라고?"

"제발 날 좀 도와줘."

난 다시 텅 빈 독서실로 돌아온다. 실내를 쭉 둘러보는 내 머리가 핑핑 돈다. 바닥부터 천장까지 빽빽이 꽂혀 있는 가죽 커버 책들, 베니스 여행중 구입한 스테인드글라스 램프, 콘스탄티노플(동로마 제국의 수도, 이스탄불의 옛이름 — 옮긴이 주)에서 구입한 양탄자. 딸이 무사하다는 아주 자그마한 신호라도 받을 수 있다면 이 모든 걸 잃는다 해도 상관 없다. 딸을 되찾을 수만 있다면 내 목숨을 내주어도 아깝지 않다. 지금 당장이라도 그럴 수 있었으면! 제발 무슨 신호라도 달라구!

자리에서 벌떡 일어나 창문을 벌컥 열어젖힌다. 밖에선 폭풍이 몰아치고 있다. 그럴 수만 있다면 당장 창 밖으로 몸을 던져 나 자신을 희생하고 싶다. 난 그저 딸이 무사하다는 신호를 아주 미미한 것이라도 받아보고 싶을 뿐이다. 날 바칠 테니 제발 신호라도 줘! 순간 번쩍 하며 번개가 내리친다. 숲속 어디에선가 울음소리가 들려온다.

요동치는 경찰의 회중전등 불빛이 눈에 들어온다. 저택 주위를 순찰하고 있는 것이다. 무슨 신호라도 발견되길 간절히 바란다. 그때 우레 같은 남편의 목소리가 들려온다. 아주 먼 곳에서. 아래층의 현관 홀에서 들려오는 것이다.

"어서 찾아내! 내 딸을 찾으라고!"

그는 불처럼 격노하며 하인들과 경찰에게 명령하고 있다. (에이프릴을 찾기 위해 무려 50명의 경찰이 동원되었다.) 혹시 존도 나처럼 네 영혼에게 사악한 기도를 올려왔을까 두려워, 로즈. 그가 또 무슨 거래를 제안했는지.

수색의 초점은 에이프릴이 마지막으로 목격되었던 주방에 맞춰졌다. 아이는 거대한 대저택의 모형을 올려다보며 소꿉장난을 하고 있었다. 수키나는 아이가 혼자서 흥얼거리며 재미있게 놀고 있었다고 귀띔했다. (존이 자신의 두려움을 수키나에게 돌린 건 아닌지 겁이 난다. 밀리센트에 의하면 수키나가 하인 전용 주방에 고립된 채 경찰의 취조를 받았다고 한다. 그런 불공평한 상황에 처해 있는 수키나를 돕기 위해 뭔가를 해야 하긴 하는데. 하지만 이를 미리 눈치챈 존은 날 내 침실로 보내버렸다. 이번만큼은 남편의 뜻을 거스를 엄두를 내지 못한다. 그가 평소보다 훨씬 공격적이기 때문이다.) 수키나는 식기실을 정리하는 잠시 동안 에이프릴에게서 시선을 떼었다. (그녀는 식기실 역시 저택의 다른 쪽으로 통하는 비밀 통로라 믿고 있다.) 잠시 후 수키나가 주방으로 돌아왔을 때 에이프릴은 이미 어디론가로 사라지고 난 후였다. 그리고 세상은 그렇게 발칵 뒤집혀졌다! (이렇게 로즈 레드의 지대한 영향을 순순히 인정하는 것은 지금이 처음이다. 무슨 일이 있어도 수키나의 증언을 의심하진 않을 것이다. 그녀를 전적으로 신뢰하는 내 마음엔 변화가 없다.) 그녀는 에이프릴이 주방을 나가는 소리나 누군가가 아이를 부르는 소리는 듣지 못했다고 증언했다. 그 어떤 기척도 없었고, 또 평소와 달라 보이는 점도 찾아 볼 수 없었다고 한다. 그녀가 다시 주방으로 나와 소꿉놀이 세트와 모형을 물끄러미 내려다보았다. 대저택의 그로테스크한 모형은 주방 테이블 중앙에 떡하니 놓여 있었고, 그것의 날개는 종양이 퍼지듯 빠른 속도로 자라나고 있었다. 머리카락 한 가닥, 옷에서 나온 섬유 한 올 남기지 않고 아이는 사라져버렸다. 그저 텅 빈 공간과 수키나뿐.

잠시 후 비명소리가 들려왔다. 존은 수키나의 소행일 거라고 한다. 하지만 수키나는 저택이 삼켜 버렸다고 믿고 있다.

난 창가에 서서 속으로 슬픔을 삭이고 있다. 내 가슴이 이런 고문을 견뎌낼 수 있을 줄은 상상도 못했다. 아이를 향한 내 사랑의 깊이도 미처 깨닫지 못하고 있었다. 얼마나 순수하고 완전한 것인지. 여기 이런 얘기를 적어도 될지 모르겠다. 가끔 아이들이 내 인생에서 사라져주었으면 하고 생각했던 적이 있었다. 그냥 수수했던 오션 스타 호 객실에서의 남편과 아내 사이로 돌아갔으면 하는 생각도 가끔 들었다. 사치스러운 음식, 최고의 와인, 그리고 육체적 발견에 대한 호기심만이 일상이었던 때가 그립기도 했다. 하지만 지금! 어떻게 내가 그런 생각을 떠올릴 수 있었는지 나 자신이 혐오스럽기까지 했다!

루이 14세풍 긴 의자를 창가로 끌어온다. 그리고 신발을 벗은 후 핑크색과 초록색의 실크 덮개 위로 올라간다. 드레스 자락을 허벅지 위로 붙잡아 올리고 창틀 안으로 몸을 쑤셔넣는다. 두 발 사이로 어렴풋한 어둠이 눈에 들어온다. 난 그렇게 건들거리며 서 있다. 몸의 반은 밖에, 나머지 반은 안에 걸려 있다. 귀에선 피의 두드림이 들리고, 난 기도문을 반복해서 중얼거리며 읊어댄다. 한때 심장이 뛰던 내 가슴 속은 사랑스러운 에이프릴의 모습으로 가득 차 있다. 오, 바람이여, 내게 말을 해봐. 날 불러달라구! 한 마디만 해줘. 뛰…어…내…려. 그럼 날 영원히 갖게 될 거야. 수영장의 슬레이트 지붕 너머로 솟구쳐 오르는 저택의 날개를 바라본다. 스트라빈스키 부인의 충고를 듣고 내가 지시한 공사이다. 내 딸이 무사하다고 확인되는 즉시 전부 허물어버릴 것이다.

약속된 영원한 생명이 내가 사랑하는 이들, 내 아이들에겐 적용되지 않으면 어쩌나 하는 생각에 몸서리가 쳐진다. 수키나와 내 부모님. 함께 할 가족이 없다면 영원한 생명이 주어진들 무슨 소용이랴? 만약 로즈가 내 아이를 데려간 것이 확실하다면 그건 분명 내가 공사에 충분한 신경을 쏟지 않아서일 것이다. 아니면 아예 공사에 착수하지도 않았기 때문일 수도 있고. 지난 3년간 딸과 함께 한 침대를 사용한 것이나 남편이 아들을 데리고 저택을 떠나도록 내버려두었기 때문일 수도 있다. 도대체 내겐 어느 정도의 권한이 주어졌는지 알고 싶다.

회중전등 불빛이 번쩍거리고 있는 숲을 내려다보며 내 죄악을 고백한다. "그는 부정한 사람이야!" 내가 창틀에 서서 외친다. "나도 부정하긴 마찬가지이고!" 내가 멈칫한다. 누군가의 음성이 들린다. 로즈 레드? 내가 계속 외쳐댄다. "난 정욕에 눈이 멀었고, 같은 여자의 부드럽고, 애정 넘치는 감촉에 흔들렸어." 수키나가 이 외침을 들었으면 좋겠다. 그리고 그녀가 이런 날 이해해주었으면 좋겠다. 더 이상의 가책은 견딜 수 없을 것 같다. 로즈 레드는 그 동안 우리 모두가 비밀리에 자행해온 것들에 대해 철저한 응징을 해왔다. 그녀는 내 아이를 데려가는 것으로 악의에 찬 자신의 참 모습을 보여주고 있는 것이다. 그 너무나도 달콤한 악의! 내가 그 동안 미처 깨닫지 못했던 사랑. 남편이 내 외침을 들었으면 좋겠다. 오래 전 그가 내 가슴을 꿰찔렀듯 나도 그의 가슴을 꿰찌르고 싶다.

일광욕실의 유리 지붕 안으로 수키나의 모습이 보인다. 경찰로부터 벗어난 그녀가 고통에 찬 표정으로 날 올려다본다. "안 돼요!" 그녀의 표정이 소리친다. "뛰지 말아요!"

제복을 입은 경찰 하나가 일광욕실로 들어가 그녀에게 다가간다. 그는 날 보지 못했지만 난 그를 계속 지켜보고 있다. 수키나도 그가 자신에게 다가오고 있다는 사실을 눈치챈 듯하다. 그녀가 지휘자처럼 두 손을 번쩍 들어올리고 고개를 뒤로 젖힌다. 자신이 지니고 있는 조용한 힘을 보여주기 위함이다. 그가 헛구역질을 시작한다. 갑자기 극심한 복통을 느끼는지 배를 손으로 잡아 쥐며 괴로워한다. 수년 전 카이로의 시장에서 있었던 일이 다시 떠오른다. 난 가시투성인 덩굴이 뒤엉켜 있는 수키나의 진기한 실내 정원에서 눈을 떼지 못하고 있다. 1년에 걸친 신혼여행중에 구해온 무성한 아프리카의 덩굴식물들과 이국적인 식물들이 놀라운 속도로 꿈틀거리고 있다. 무성한 푸른 잎들이 1천 마리의 뱀처럼 유리 지붕을 향해 기어오르고 있다. 땅에선 마력에 홀린 싹들이 솟구쳐 오른다. 제자리에 멈춰선 경찰이 몸을 비비꼬며 다가온 정글에 순식간에 파묻혀버리고 만다. 소멸. 수키나가 유혹적인 제스처로 손을 흔들어댄다. 점점 더 무성하게 자라는 덩굴들은 그렇게 내 시야를 막아버린다.

경찰의 모습은 더 이상 찾아볼 수가 없다. 내 하녀의 가냘픈 손이 몸 옆으로 축 늘어진다. 놀랍게도 빠른 속도로 우거져 나왔던 덩굴들이 땅 속으로 기어들어가기 시작한다. 부겐빌레아(남미 원산 분꽃과의 덩굴성 관목 – 옮긴이 주), 난초, 그리고 빨간 장미들도 함께 움츠러든다. 지금까지 그렇게 많은 빨간 장미를 한꺼번에 본 적이 없다.

무성했던 덩굴들로부터 유리 지붕이 걷혀지자 수키나가 다시 날 올려다본다. 무척 멀리 떨어져 있지만 그녀의 따뜻한, 흙내 나는 숨결이 느껴지는 것 같다. 그녀가 고개를 절레절레 가로젓는다. 그녀는 내가 여기서 뛰어내리도록 내버려두지 않을 것이다. 에이프릴과 아담이 어머니를 잃도록, 그리고 오직 괴물 같은 남편이 그녀의 운명을 좌지우지하도록 놔두지는 않을 것이다. 난 내 사랑에 의해 운명지어지고 있는 것이다. 푸른 피부를 가진 그녀도. 내 불가사의한 아들도. 한때 날 임신시키고, 내 수정 능력까지 손상시켜버린 지독한 남편도. 정말 바보 같아. 창문을 열어 젖히고 나 자신을 이렇게 드러내고 있다니. 내 미친 듯한 외침을 듣고 회중전등을 손에 든 경찰들이 숲을 벗어나 다가오고 있다.

그리고 그의 모습도 눈에 들어온다. 존. 그는 바로 내 밑, 정원으로 향하는 문 앞에 서 있다. 수키나도 그를 보고 있다. 하지만 존은 그것을 눈치채지 못한다. 우리 세 사람. 절벽에 서 있는 나. 술에 취한 채 우리가 집이라 부르는 이 무덤에 딸을 잃어버린 충격으로 주정을 해대는 존. 그리고 살인적인 1천 개의 빨간 꽃들에 휩싸여 있는 수키나.

나는 미친 듯이 웃어젖히기 시작한다. 신경질적으로. 광적으로. 난 경찰들이 똑똑히 들을 수 있도록 큰 소리로 웃는다. 남편이 날 혐오하도록. 달과 구름을 올려다보며 껄껄 웃는다. 로즈 레드의 음성이 바람에 실려와 내 귀를 간지럽힌다.

"아이는 살아 있어."

바람이 말한다.

"아이는 과부산에……"

그제서야 귀가 날 용서해준다. 그제서야 투명함과 민활함이 그 음성을 잘 걸러주기 시작한다. '과부산(dower)'이 아니다. 내가 처음에 생각했던 것처럼. 로즈 레드는 '탑(tower)'이라는 단어를 속삭이고 있는 것이다. 바로 그곳에 내 딸의 미래가 걸려 있다. 지금 내 딸이 끌려가 있는 바로 그곳.

탑.

하지만 탑은 아직 지어지지도 않았는걸.

새벽 3시 – 로즈 레드 (수키나의 침실)

　지난 몇 시간 동안 벌어졌던 사건들을 떠올리니 다시 몸서리가
쳐진다.

　일광욕실에서 있었던 진기한 일을 목격하고 난 후, 그리고 남편
과의 짧은 마주침이 있은 후 얼마 지나지 않아 난 극도의 공포감에
휩싸였다. 몇 시간 전, 사랑하는 딸이 사라졌다는 말을 처음 들었
을 때의 충격, 그 이상이었다. 순간적으로 난 그 공포심이 수키나
와 관련이 있음을 눈치챌 수 있었다. 그녀는 내 도움을 절실히 필
요로 하고 있었다. 나는 지난 수년간 병마에 시달려 오면서 걸음을
걸을 때도 다른 병자들처럼 중심을 잃지 않으려 특히 더 주의를 해
왔다.

　오늘밤, 난 서쪽 날개의 2층 홀을 지나 거대한 계단을 달려 내려
오며 하인들의 눈썹을 치켜올리게 만들었다. 난 뭔가 과감한 행동
을 취할 필요가 있었다. 그것엔 의심의 여지가 없었다. 내 반응은
아무런 생각 없이 즉흥적으로 튀어나오는 것이었고 그런 이유로
난 그것을 신뢰했다. 아무런 의문도 없이 그저 본능에 따라 움직일
뿐이었다.

　"안돼, 존!"

　내 귀에도 낯선 음성으로 내가 소리쳤다. 아내가 남편에게 절대
사용해선 안 되는 목소리로. 특히 남들 앞에서. (그건 내 목소리가

아니었다. 누군가가 내게 준 것이었다. 누군가가 내게 지금과 같은 빠른 걸음걸이를 준 것처럼. 교령회 때 내 목소리가 바뀌었던 것처럼. 만약 이것이 내 음성이 아니라면, 만약 이것이 로즈 레드의 음성이라면, 어째서 날 통해 말을 하며 수키나를 구하려는 것일까? 이젠 저택이 내 하녀의 말에 귀를 기울이려 하는 걸까? 그녀에게 무엇인가 얘기를 하려고? 혹시 그들은 나 몰래 긴밀한 관계를 유지해왔던 건 아닐까?)

"그녀를 놔줘!"

내가 다른 이의 음성으로 소리쳤다.

존은 그 음성을 알고 있었다. 그는 다른 남자들보다 똑똑하다. 현명하고 노련하다. 그는 듣자마자 그것이 대저택의 음성임을 알아차렸다. 멍한 얼굴로 그가 일어났다. 난 계속해서 그를 향해 달려나갔다. 드레스 자락은 내 뒤로 그림자처럼 날리고 있었다. 경찰 두 명이 수키나의 팔뚝을 잡아 끌며 열린 문으로 끌고 가고 있었다. 문 밖엔 차가 대기하고 있었다. 이 도시의 경찰은 부패의 표본이었다. (벌써 3기째 봉직중인 길 시장은 매음굴과 술집의 문을 모두 닫아버리는 것으로 도시의 이미지를 바꾸려고 했다. 하지만 그는 감히 경찰에 칼을 댈 엄두조차 내지 못하고 있었다. 경찰은 도시를 완전히 장악해버렸다. 심지어 시장의 활동까지!) 만약 수키나가 차에 태워진다면 난 영원히 그녀를 다시 보지 못하게 될 것이다. 남편을 향해 빠른 속도로 달려가는 동안 갑자기 이런 의문이 들기 시작했다. 만약 에이프릴이 실종된 게 아니라면? 만약 남편이 하인을 시켜 아이를 잠시 다른 곳에 숨겨 놓으라고 지시한 거라면? 만약 오늘 밤의 불안이 능숙하게 꾸민 속임수에 지나지 않는다면?

수키나를 모함해 그녀를 강제로 쫓아내려고. 만약 감옥에 갇힌 그녀가 그곳의 많은 죄수들처럼 발진 등의 질병에 걸려 목숨이라도 잃게 된다면? 에이프릴의 실종으로 존은 다시 날 짓누를 수 있으며 저택에서 자신보다 더 큰 힘을 지니고 있던 사람을 제거하게 된다. (물론 저택 그 자체는 제외하고!) 오직 그것을 위해 남편이 날 속이고, 우리 모두를 속이고, 경찰까지 (엄청난 액수의 돈을 뿌려서) 감쪽같이 속인 것일까?

내달려오는 나를 존이 깜짝 놀라며 돌아본다. 그리고 손을 쭉 뻗어 날 넘어뜨렸다. 잘 닦인 바닥에 미끄러진 난 내 초상화가 걸려 있는 벽 밑까지 데굴데굴 굴렀다.

"그녀가…… 아이의…… 비명소리를…… 들었어!"

그가 큰 소리로 소리쳤다.

"아이의 음성을 들은 건 오직 그녀뿐이야!"

"그녀가 들은 건 저택의 비명소리였어요."

수키나의 진술에 한치의 의심도 없는 내가 말했다.

그가 비웃듯 코방귀를 뀌었다.

"우리 딸의 비명소리였소, 엘렌. 우리 딸이 마지막으로 만들어낸 소리였단 말이오. 그녀는 분명 우리가 모르는 것을 알고 있소."

"우리가 모르는 것을 알고 있다고요? 그녀가요? 실종 사건들의 책임이 그녀에게 있단 말이에요? 그리고 당신 파트너의 자살도?"

난 그에게 과감히 저항했다.

"이건…… 바로…… 이 집이 벌이고 있는 짓이라고요. 당신도 잘 알잖아요!"

"난 아무것도 모르오."

경찰 하나가 열어 젖혀진 문 앞에 멈춰 서 있었다. 그의 어깨 너머로 경찰차에 강제적으로 태워지고 있는 수키나의 모습이 눈에 들어왔다. 그녀의 머리가 차 문에 부딪치고 있었다. 그녀가 고개를 돌려 날 바라보았다. 그리고 그 후로 난 그녀를 보지 못했다. 존이 경찰에게 고개를 끄덕여보였다. 뭔가 숨겨진 음모가 있다는 의심 은 점점 커져만 갔다. 내가 생각하는 것보다 존은 훨씬 더 깊이 개 입해 있는 것이다. 그가 나가는 경찰 뒤로 문을 닫았다.

"안 돼요!"

내가 소리쳤다.

"경찰이 실종되었소, 엘렌."

남편이 말했다.

"숲속에⋯⋯"

일광욕실에서 일어났던 일은 속에 담아둔 채로 내가 말했다.

"숲속에 열 명도 넘게 있던데요. 겨우 한 사람 없어진 걸 가지고 그래요?"

"그들이 벨트를 찾았소. 실종된 경찰의 것 말이오. 일광욕실 바닥에 떨어져 있었다고 했소. 그리고 같은 시간, 수키나도 그곳에 있었소. 이젠 당신도 진실을 받아들일 때가 되지 않았소? 도대체 그녀가 당신에게 뭐길래⋯⋯ 친구라도 된단 말이오? 당신이 딸과 함께 많은 시간을 보내는 것을 질투해 이런 짓을 벌였던 거요. 그래서 우리 딸을 납치한 것이고."

"미쳤군, 존 림바우어."

그가 몸을 숙이고 내 뺨을 세차게 올려부쳤다. 내 눈에선 오렌지 조각에서 주스가 흘러나오듯 눈물이 흘렀다.

"미안하오⋯⋯"

그가 우물거리며 말했다. 지난 10년간 같이 살아오면서 남편은 단 한번도 내게 손찌검을 한 적이 없었다.

충격이었다. 내게 이런 식으로 분풀이를 하다니. 어쩌면 바로 그 순간이 내가 진실을 꿰뚫어봐야 할 완벽한 순간이었는지도 모른다. 내게 그의 손찌검은 돋보기를 통해 한 곳으로 모아진 햇빛을 받는 기분이었다. 계획된, 적의 있는, 그리고 맹렬한. 너무 눈이 부셔 눈이 멀 지경의 빛.

놀랍게도 남편은 진실의 반을 정확하게 꿰뚫어보고 있었다. 질투. 너무나도 명확하게! 귀에선 성가대의 합창소리가 들리는 것 같았다. 질투. 하지만 그가 파헤쳐낸 건 진실의 절반뿐이었다. 그는 질투의 근원이 어디인지에 대해선 전혀 알지 못하고 있었다. 난 지난 2년간 오직 에이프릴에게만 관심과 정성을 쏟았다. 수키나는 이번 일과 아무런 관련이 없다. 범인은 바로 로즈 레드였다.

그녀의 질투는 눈덩이 불어나듯 커져 버렸다. 그녀는 자신의 수명을 늘려볼 생각으로 내 딸을 빼앗아 갔고, 또 내게 맹렬히 덤벼들고 있었다. 한번에 두 마리의 토끼를 잡겠다는 생각이겠지. 로즈 레드는 에이프릴을 데려가 버렸다. 그리고 이젠 수키나까지.

이제 그녀에게 남겨진 건 나 한 사람뿐이다. 그리고 난 그 의미에 몸서리를 친다.

1917년, 2월 20일 – 로즈 레드

공포 중의 공포. 지난 사흘 동안 일어났던 일들을 어떻게 설명할 수 있을까? 그것들 중 얼만큼이 남편의 지시, 그의 결의로 일어나게 됐는지, 그리고 얼만큼이 타락하고 편협한 경찰의 음모로 일어났는지, 난 알 수 없다. 개인적으로는 당연히 후자 쪽을 믿고 싶다. 무슨 일이 있어도 난 거짓 투성이의 결혼 생활을 계속해나가야 한다. 어쨌거나 이 모든 건 전부 내 탓으로 돌려질 게 뻔하니까.

난 그날 밤, 수키나를 구해내기 위해 무얼 할 수 있었을까 곰곰이 생각해보았다. 두려움이 아니었다면, 사랑스러운 에이프릴을 잃은 것에 대한 슬픔이 아니었다면 모든 것의 결정권을 쥐고 있는 남편에게 도전이라도 해볼 수 있었을 텐데.

경찰서로 끌려간 수키나는 돌아오지 않고 있다. 어쩌면 그녀는 경찰서가 아닌 다른 곳으로 끌려 갔는지도 모른다. 에이프릴이 실종된 지도 벌써 3일이 지났다. 쥐를 쫓는 고양이처럼 저택을 들쑤시고 다니는 남편과 비바람이 몰아치던 그날 밤, 경찰에게 끌려나갔던 수키나의 모습에 사로잡혀 있는 난 자살을 감행하기 직전의 상태이다.

드디어 1시간 전, 난 소식 하나를 전해들을 수 있었다. (하인 중 친한 친구의 동생이 경찰서에서 근무하는 이가 있어 운 좋게 들을 수 있었다.) 내가 들은 소식은 다음과 같다. 수키나는 지난 사흘 동안 시청의 지하실에 갇혀 지냈다고 한다. 그녀는 제공되는 음식을 거부하고, 잠도 자지 않으며 화장실도 사용하지 않고 있단다. 그녀는 구타와 협박과 수치를 당하며 자백을 강요받고 있다. 하지만 그녀의 확고부동한 의지는 꺾이지 않았고, 그들은 자신들이 원하는 소설을 그녀로부터 얻어내지 못했다. 다시 열병이 찾아 들었고, 난 침대에 꼼짝없이 누워 간신히 일기장에 몇자 적어 내려가고 있다. 수키나가 받고 있는 대우, 그녀가 빠져 있는 곤경에 대해 듣고 난 직후, 난 곧장 한 통의 편지를 써 절대적으로 신뢰하고 있는 이본을 시켜 남편에게 전하도록 지시했다. 그 내용은 다음과 같다:

〈 당신 보세요.

경찰이나 경찰을 가장한 이들이 내 친구, 아프리카인 하녀를 혹사시키며 있지도 않은 거짓을 자백받으려 하고 있다는 소식을 들었어요. 당신이 계속해서 저택에서 일어나는 기괴한 일들이 전부 수키나의 탓이라고 넘겨짚고 있다는 거 알아요. 그리고 억지를 부려 그녀를 모함하고 있다는 것도 알고요. 이젠 아예 우리 사랑하는 딸 에이프릴의 실종까지 그녀의 소행이라고 믿고 있잖아요. 제발 부탁이에요. 좀더 냉정한 시선으로 지금까지 일어났던 사건들을 되돌아보길 바래요.

코빈 씨 사건은 수키나를 알기 1년 전에 일어났었죠. 그뿐 아니라 스트라빈스키 부인과 함께 교령회에 임했을 때도 오직 수키나만이 로즈 레드와의 접촉을 막으려 했었잖아요. 절대 그녀의 말을 듣지 말라고 당부했었고요. 에이프릴이 사라진 날 밤, 저택의 비명소리를 들은 것도 오직 그녀뿐이었어요.

당신의 의심은 잘못된 것이고, 근거가 없어요. 제발 그들을 구슬려 수키나를 돌려보내줘요. 경찰, 정치인들, 아니면 수키나를 유괴해간 이들을 설득해봐요. 만약 그녀에게 더 이상의 해가 돌아갔다간 나도 당신을 가만두지 않을 거예요, 존. 당신에게 그녀를 이 집에서 끌어낸 책임을 꼭 묻고 말 거라고요.

당신의 아내. 〉

그리고 난 맨 밑에 "엘렌 림바우어"라 서명했다. 의도적으로 정식 이름을 사용하는 것이 내 확고한 태도를 분명히 하는 데 도움이 될 거라는 생각에서였다. 존과 교섭을 할 때 이보다 더 성공적인 방법은 없다. 침을 묻혀 봉투를 봉하고 앞면에 그의 이름을 적었다. 미스터 존 림바우어. 약식은 쓰고 싶지 않았다.

그 후로 난 현실 도피를 위해 다시 일기장을 열었다. 수키나가 아직까지 곤경에 처해 있다는 생각에 견딜 수 없었다. 이렇게 해서라도 어머니의 슬픔을 조금이나마 잊을 수 있다면. 가만히 앉아 있는데 먼발치에서 존의 자동차가 저택을 떠나는 소리가 들려왔다. 어쩌면 수키나가 다시 집으로 돌아올지 모른다는 기대에 가슴이 잔뜩 부풀었다! 하지만 그것에 이어 두번째 소음이 들려왔다. 그것은 벽 안에서부터 들려오는 것이었다. 나무를 톱질하는 소리와 비슷하게 들렸다. 어쩌면 그것은 벽 안이 아니라 천장에서 들려오는 것인지도 몰랐다. 내 침실 바로 위엔 손님을 위한 침실이 자리하고 있다. 그리고 그 위엔 다락방이 있다. 그 기묘한 소리의 조사를 위해 잠시 일기장을 덮어야겠다. 어쩌면 그곳에서 에이프릴을 찾을

수 있을지도 모르는 일이니. 희망은 모든 가지에 착착 들러붙어 있
다. 바람을 맞으며 난 몸을 부르르 떤다. 바지와 스웨터를 찾아 입
고 본격적인 로즈 레드의 탐험에 착수해야지. 이 망할 놈의 저택!

새벽 4시.

언제나 가슴을 졸이며 일기장을 펼치지만 지금처럼 이 어둠 속
에서 은밀하게 펼쳐본 적은 없었다. 나는 서쪽 날개 내 침실 위층
을 주의 깊게 살펴보았다. 나무를 톱질하는 것 같은 기계 소음을
찾아서. 내 침실 바로 위의 손님용 침실은 예상대로 비어 있었다.
날카로운 눈으로 복도를 훑어보던 난 두 손으로 살짝 밀면 사람이
들어갈 수 있을 정도의 틈이 벌어지는 패널 벽을 발견할 수 있었
다. 그 안으로 몸을 밀어넣고 안에서도 열리는지 확인해보았다. 그
리고 안에서도 충분히 열 수 있다는 확신이 서자 틈새를 닫고 어두
컴컴하고 좁은 복도를 걸어 들어가기 시작했다. 왜소한 체구의 내
가 간신히 드나들 수 있을 정도의 넓이밖에 되지 않았다.

코너를 돌자 뿌연 유리가 눈에 들어왔다. 맞아, 유리. 크고 견고
해 보이는. 그것은 손님용 침실의 화장실을 향해 나 있었다. 그제
서야 난 그것이 화장실 거울이라는 사실을 깨달을 수 있었다. 난
바로 거울의 뒷면에 서 있는 것이었다.

난 계속해서 좁은 복도를 걸어나갔다. 두번째 코너를 돌자 떨어
져 나간 패널 벽이 나왔다. 나는 한 계단 올라서서 위에 보이는 작
은 나무 상자 안으로 머리를 불쑥 들이밀었다. 눈앞에 손님용 침실
의 침대가 나타났다! 나는 벽에 걸린 존의 수렵 기념물의 쩍 벌어

진 입을 통해 실내를 훤히 들여다볼 수 있었다. 복도를 더 내려가 보니 또 다른 거울의 뒷면이 나왔다. 이번엔 세면대 싱크와 변기, 그리고 욕조가 훤히 들여다보였다. 남편의 사악한 취미는 다름아 닌 옷을 벗고 입는 여자들과 손님들이 침실에서 은밀한 정을 나누 는 모습을 몰래 엿보는 것이었다. 아무것도 알 리 없는 무고한 피 해자를 생각하니 속이 뒤집어졌다.

존이 하인들의 숙소에도 이런 비밀 감시방을 만들어 놓고 자신 만의 은밀한 취미를 즐겨왔다는 건 이미 알고 있는 사실이었다. 지 금까진 그것을 증명할 만한 증거가 없었기 때문에 항의를 하지 않은 것뿐이었다. 하지만 이런 발칙한 감시방을 죽은 짐승의 입에 만들어두었다는 것과 화장실에서 볼일을 보는 여자들을 몰래 지켜봐 왔다는 사실에 분노가 치밀었다.

문제는 이 환희의 홀이 거기서 끝나지 않는다는 것이다. 난 로즈의 벽을 따라 더 깊이 파고 들어갔다. 좌측으로 두 번 꺾어 들어가니 작은 구멍을 통해 가느다란 빛이 새어 나오고 있는 게 보였다. 물론 같은 목적으로 존이 뚫어놓은 것이겠지. 다음은 오른쪽으로. 발 밑에 완벽한 정사각형을 그리고 있는 흰 선 몇 개가 보였다. 빛. 무릎을 꿇고 바닥의 패널을 꾹 눌러 3센티미터 정도의 틈을 벌려보았다. 바닥에 엎드려 그 틈으로 머리를 살짝 대보았다.

내 침대가 눈에 들어왔다. 베개 옆에는 네 개의 기둥을 가진 침대를 덮은 얇은 천을 투명하게 만들 수 있을 정도로 강력한 빛을 뿜어내는 전기 램프도 보였다. 침대 옆 탁자에 놓인 성서도 분명하게 눈에 들어왔다. 나는 마치 무슨 잘못이라도 저지른 듯 허둥대기 시작했다. 처음엔 분노 때문이었지만 그것은 서서히 자책으로 바뀌어갔다. 그 침대에서 벌어졌던 모든 것이 다 결백한 행위는 아니었다. 그 위에서 보냈던 다정하고 사랑스러웠던 순간 중 남편과 함께 하지 않았던 적도 많았다. 이제야 어째서 그가 수키나를 그토록 혐오하고, 또 질투해왔는지 깨달을 수 있었다. 그 동안 그는 날, 우리를 지켜봐왔던 것이다. 우리를 몰래 훔쳐보며 흥분하고, 불쾌해했던 것이다. 그는 하인 한 명에게 딸을 잠시 숨겨놓으라는 지시를 내린 후, 수키나에게 누명을 씌웠다. 그것도 마침 경찰이 저택을 찾았을 때에 맞춰. 어쩌면 두 명 이상의 하인들이 연루되어 있는지

도 모른다. 그렇지 않아도 요즘 들어 아이들의 어린 가정교사가 수
상쩍은 행동을 많이 보여왔다. 음모는 내 방탕함과 부정함을 바꿔
놓기 위해 무척 노력하고 있었다. 그리고 나 역시 내 의혹을 남편
을 향한 분노로 바꾸어버렸다.

난 탐험을 계속 해나갔다. 얼마 가지 못해 복도가 오르막으로 바
뀌었고, 눈앞에 가파른 계단이 나타났다. 그것은 속을 채운 뚜껑문
을 향해 나 있었고, 그 문 위로는 다락방이 자리하고 있었다. 그곳
엔 신혼여행중 사 모은 수많은 물건들로 가득 차 있었다. 재봉틀
받침과 도기들 따위. 두번째 계단은 남편 탈의실에 있는 작은 옷장
으로 통하고 있었다. 몰래 엿보고 있다가 누군가에게 추격을 당하
게 되거나, 자신의 침실에서 다락방으로 이동할 때 이 계단을 사용
해온 모양이었다. 어딘가 분명 혼자 온 여자 손님들이 묵는 침실로
통하는 비밀문이 나 있을 텐데. 이내 한 오페라 스타가 머리 속에
떠오른다. 1년 전쯤 그녀는 상업지구에서 공연을 히며 한동안 우
리와 함께 지냈던 적이 있었다. 내 추측이 옳다면 그녀는 내 집 안
에서도 남편을 위한 '공연' 을 가졌을 것이 틀림 없다. (로즈 레드
가 그토록 분개했던 것도 이젠 이해할 수 있다. 우린 그 동안 그녀
를 너무 많이 괴롭혀 왔다.)

난 곧장 그곳을 빠져나오지 않았다. 마음만 먹으면 충분히 그럴
수 있었지만. 내가 기절할 만큼 놀랐던 건 존이 그 동안 바람을 피
워왔다는 사실이나 비밀 통로 때문이 아니었다. 사실 남편의 변태
적인 결함에 대해선 이미 오래 전부터 알아왔던 터였다. 아니, 내
남편 때문이 아니었다! 새 널빤지, 쇠톱, 톱 받침, 그리고 방금 전
쌓아둔 것 같은 톱밥이 눈에 들어왔기 때문이었다. 내 기억엔 없던

문. 난 그것들을 유심히 살펴보았다. 손을 대보니 톱날은 아직 따뜻했다! 톱밥에선 신선한 개이깔나무 향기가 풍겨 나왔다. 그 문은 다락방 중앙에 떡 하니 세워져 있었다. 홀로 유유히. 그 어디로도 통하지 않는 문. 위와 아래부분은 단단히 고정되어 있었다. 난 특별한 이유 없이 톱을 집어 들고 톱 자국이 난 부분에 갖다 대보았다. 잠시 후 나무의 한쪽 끝이 툭 떨어져버렸다. 난 미처 떨어지는 그것을 받아볼 생각조차 못하고 있었다.

내가 침대에서 수키나의 석방을 위해 기도하는 동안 누군가가 여기 올라와 무슨 꿍꿍이를 꾸미고 있었던 것이다. 누군가 이곳에서 몰래 로즈 레드를 지어 온 것이었다. 하지만 대체 누가 그래왔던 것일까? 하인 중 누가 이런 늦은 시간에 일을 하지? 이런 어둠 속에서 톱질을 하는 목수도 있나?

그리고 어째서 눈에 들어오는 널빤지와 작은 톱이 내겐 초대장으로 보이는 걸까? 난 저택 공사에 도움이 되어야 한다. 내 유괴된 딸이 갇혀 있고, 또 자유를 되찾게 될 탑. 아직 지어지지도 않은.

난 도와야 한다. 그것만은 확실하다. 남몰래 공사를 진행시켜 나가야 한다. 나중에 학교에서 돌아오면 아담이 날 도울 수 있을지 모른다. 아담도 나만큼이나 에이프릴을 되찾는 데 열심일 것이다.

내가 이성을 잃고 있는 것일까? 내가 사랑하는 이들을 잃은 것만큼이나 빨리?

낮 시간의 스케줄을 다시 짜 공사에 할애할 시간을 만들어야 할 것 같다. 손에 물집이 잡히도록 일할 각오를 해야 한다. 저택의 다른 공사현장에서 판재를 몰래 훔쳐 나와 아무도 보지 않는 깊은 밤에 다락방으로 옮겨놓아야 한다. 에이프릴은 아직 지어지지도 않는 문의 뒷면에 살고 있다. 엄마를 기다리며.

　시내로 나갔던 존이 돌아왔다. 나도 서둘러 내려가 그를 맞아야 했다. 난 달렸다. 맞아. 달렸다! 며칠 전 그가 날 밀쳐냈던 대계단을 달려 내려가 내 친구에 대한 새로운 소식이 있는지 물었다.
　"당신 친구?"
　그가 물었다.
　"네, 존. 그녀는 내 친구예요."
　난 그를 이끌고 응접실로 들어갔다. 우리 얘기를 엿듣는 건 갑옷 한 벌뿐이었다. 나는 문을 걸어 잠그고 그에게 간청했다.
　"제발 그녀 소식을 들려줘요."
　"날 남편이라 부르지만 당신 침실엔 발도 들여놓지 못하게 하는 이유가 뭐요? 세상의 어느 남편이 그런 대우를 받느냔 말이오."
　그가 내 침실의 출입을 간절히 원하고 있었다는 사실을 난 미처 모르고 지내왔다. 우리의 아이가 실종되었는데 어떻게 그런 불만을 내뱉을 수 있지? 지난 몇 개월간 우린 가벼운 입맞춤조차 하지 않고 지내왔다. 그 동안 다른 여자들과 바람을 피우며 다녔을 텐데도 그런 불만을 품고 있다니. 내 앞에 선 그는 예전과는 다른 비열한 남자였다. 난 깊고, 음흉한 생각을 떠올려보았다. 만약 어떤 저주가 남편에게 내려졌다면, 비비 꼬이고 이기적인 그가 순순히 괴롭힘을 당하고 있지만은 않을 것이다. 그렇게 경찰에 의해 끌려간 수키나와 실종된 딸의 경우도 자연스럽게 설명되었다. 자기 스스로 수키나에게 해를 입히지 않았던 건 어쩌면 그녀의 실재하는 힘이 두려워서였기 때문이 아닐까? 어쩌면 그는 의도적으로 딸의 실종사건을 꾸며 수키나를 제거하려 했는지도 모른다. 물론 경찰의 도움을 받아서. 혹시 그가 내 침실을 몰래 엿봐왔던 건 아닐까? 나와 수키나가 함께 있는 광경을. 이제 그는 철저히 질투에 지배당하고 있었다. 어느샌가 내게도 그를 능가하는 힘이 생긴 건 아닐까?

"내 침실을 몰래 엿봐왔다는 거 알아요, 존. 그래서 지난 몇 개월 동안 내 방을 찾지 않은 거죠?"

사랑 없는 부부 관계는 무의미하다는 것을 그가 깨달은 것일까? 만약 그가 저주에 시달려 왔다면 그것은 분명 그 스스로 자초한 것이다. 어쩌면 그는 더 이상 예전과 같은 부부 사이로 돌아가지 못하는 것에 대해 좌절하고 있는지도 모른다. 그럼 우리 에이프릴의 실종도 그것과 무관하지 않다는 것인가? 존에게 자신조차 감당할 수 없는 외부의 힘이 존재한다는 사실을 일깨워주기 위해. 그가 수키나와 연관지어 생각하는 힘. 그녀를 눈엣가시로 여기는 것도 무리는 아니었다. 다시 아이로 돌아간 그는 어쩌면 내 모성애를 간절히 원하고 있는지도 몰랐다.

내가 할 수 있는 것이라곤 침착함을 잃지 않는 것뿐이었다. 오랫동안 돌아오지 않는 수키나와 실종된 딸이 마음에 걸리긴 하지만. 난 존의 견제가 짜증나고, 너무 이기적으로 느껴졌다. 물론 이제 와서 새삼스러운 일은 아니지만.

"당신도 그 동안 다른 일에만 흥미를 느껴왔지 않소? 오로지 에이프릴과 수키나에게만 열중해왔으면서."

그런데 그들은 모두 사라졌다. 그 사실은 뇌리에서 떠날 생각도 하지 않는다. 머리부터 발끝까지 몸서리가 쳐졌다. 내가 사랑하는 이들을 하나씩 제거한 후 다시 내게만 열정을 쏟으려는 것이 과연 그의 속셈일까? 그렇다면 내가 그 동안 큰 오해를 해왔다는 얘기인데. 내가 생각하는 것보다 날 향한 그의 사랑은 훨씬 큰 것인지도 몰랐다. 난 마음의 평정을 찾기 위해 기도를 올렸다. 앞으로 몇 분 후 내 하녀의 운명이 결정될 것이라는 사실을 난 알 수 있었다. 솔직히 난 내 아이의 운명이 이미 정해져 버렸을까 두려웠다. 그리고 남편이 그것에 전혀 연루되어 있지 않을까봐. (내 머리가 어떤 기괴한 상상을 만들어 내든 상관없이!) 내가 다락방에서 발견한 것들, 그리고 바람이 전해준 탑에 대한 정보. 이제야 이 모든 것이 명확히 머리에 들어온다: 존은 질투를 한 것이고, 로즈 레드도 마찬가지였다. 나는 자존심을 억누르고 말했다.

"내 침실 문은 언제나 당신에게 열려 있어요. 내가 얼마나 자발적인 파트너인지 금세 알 수 있을 거예요."

"정말 그럴 것 같소?"

"오, 물론이죠."

난 그가 혐오스러웠다. 심하게 구타를 당한 수키나의 모습이 뇌리에 떠올랐다. 그런 와중에도 남편은 자신이 침실을 드나들 수 있는 권리를 찾는 데만 열중하고 있었다. 자신의 사악함에 날 끌어들이려 안간힘을 쓰고 있었다. 이럴 때면 그는 영락없는 장사꾼이었다. 그렇게 존 림바우어는 자신이 원하는 것을 손쉽게 거머쥐어 버렸다.

"그녀와 함께 있는 걸 봤소."

그가 말했다. 난 얼굴을 붉히며 고개를 떨구었다. 그를 똑바로 쳐다볼 수 없었다. 하지만 어째서? 그에게 날 죄의식에 빠뜨릴 수 있는 힘이라도 있는 것일까? 그런 과장이 어떻게 인정되는 거지?

나는 시인한다는 뜻으로 묵묵히 고개를 끄덕였다.

내 입술이 바르르 떨리고 있었다. 숨이 턱 막혀왔다.

"당신은 오직 내 몸뚱이만 원하고 있어요."

내가 애써 냉담하게 속삭였다.

"하지만 난 진정한 사랑을 원한다고요, 존."

"그걸 찾았다고 생각하오?"

난 아무 대꾸도 하지 않았다. 갑자기 겁이 덜컥 났다. 이 한심한 남자가 두려운 게 아니었다. 그보다 난 수키나와 에이프릴 모두를 영영 잃게 될까봐 두려웠다. 머지 않아 로즈 레드만이 유일한 친구로 남게 될까봐. 그녀의 공사를 두고 흥분하는 내 모습이 떠올랐다. 껍질이 벗겨진 손, 톱밥으로 가득찬 눈, 먼지로 더럽혀진 옷. 그녀를 더 크고, 더 강하게 지어올리기 위해 맹렬히 일하는 내 모습이 눈에 선했다. 난 미래가 두려웠다. 며칠 전 그날 밤, 기회가 있었을 때 눈을 꼬옥 감고 밖으로 뛰어내렸어야 하는 건데. 오직 죽음만이 정적을 가져다 줄 수 있다. 성역. 난 그것을 확실히 알고 있다. 내가 말했다.

"진정한 동반자를 찾았어요. 위안. 난 이제 아주 편안해요, 존."

"나 역시 그 평화를 맛보고 싶소."

그가 내 앞으로 다가서며 말했다. 그에게서 술 냄새가 풍겨 나왔다. 엄청나게 들이켜고 온 모양이었다. 다시 머릿속에 갖가지 가능성이 떠오르기 시작했다. 그는 고뇌에 시달리고 있는 것 같았다. 오랫동안 잠도 못 잔 것 같고. 난 그것을 알고 있다. 요즘 들어 그는 술에 절어 지내왔다. 어쩌면 그는 이제서야 과거의 죄악에 대한 대가를 치르고 있는 것인지도 몰랐다. 어쩌면 최후가 멀지 않았다고 느낀 존이 평화가 존재의 형태나 개념, 현실이 아닌 그저 단어에 지나지 않는 곳에 자신을 가둬두고 있는지도. 한심하게도 그는 이 평화를 교섭을 통해 손에 넣을 수 있다고 믿고 있었다. 자신이 노력해 얻을 생각보단 돈을 주고 살 궁리를 하다니.

"당신과 그녀……"

그가 말했다. 그는 절대 그녀의 이름을 입에 담지 않았다.

"곧 당신 침실로 가겠소."

그냥 술김에 내뱉는 소리인가? 나는 의아해했다. 아니면 나와 하녀 사이의 애정과 다정함, 그리고 순수한 사랑을 시기한 그가 자신도 끼워달라는 요청을 하고 있는지도 몰랐다.

두려움에 떨며 한 걸음 더 다가갔다. 이제 내 음성은 귀를 간지럽혔던 지난번의 바람과 다르지 않았다.

"당신이 원하는 거라면 뭐든 좋아요, 존."

속이 메스꺼워졌다. 하지만 난 더글라스 포시의 잘못을 되풀이하고 싶진 않았다.

"난 당신을 섬기는 데 주저하지 않을 거예요."

그가 내 어깨 위에 손을 얹었다. 그의 손가락이 더듬이처럼 내 몸을 훑어내리기 시작했다. 내 가슴, 내 허리, 그리고 내 엉덩이를 차례로 더듬어나갔다. 그가 손을 축 늘어뜨렸다. 창백해진 얼굴에 겁을 집어먹은 표정이었다. 나중에야 그것이 자신의 제안을 떠올리며 흥분하는 것이란 걸 깨달을 수 있었다. 그의 손끝에선 기분 나쁜 찌릿찌릿함이 느껴졌다. 내 혈관을 타고 독이 퍼져나가는 것 같았다.

"그녀를 돕는 데 힘써 보겠소."

그가 홱 돌아서서 밖으로 나가버렸다. 그의 자동차가 탁탁 소리
를 내며 정문을 향해 달려나가고 있었다. 난 무릎을 꿇고 앉아 헛
구역질을 시작했다.

물론 적지않은 대가를 지불해야 했지만, 어쨌든 수키나는 곧 집
으로 돌아오게 될 것이다.

1917년, 2월 22일 - 로즈 레드

존은 수키나를 석방시키기 위해 끊임없이 노력했다. 그리고 결국 그녀를 집으로 데리고 돌아왔다. 다시 그녀를 볼 수 있게 되었다는 사실에 눈물이 주르르 흘러내렸다. 다시 찾아온 열병에 견디기 힘들었지만 고통 따위는 잊은 채 그녀를 맞으러 달려나갔다.

존과 함께 병원에 들러 빠진 뼈를 끼워 맞추고 상처를 치료하고 오느라 그녀의 귀가가 이토록 늦어졌던 것이었다. 그녀의 앞니 세 개가 빠져 있었고, 왼쪽 손목이 부러져 있었으며, 코엔 붕대가 감겨져 있었다. 그녀를 침실로 데려간 후 도나와 함께 혈흔으로 얼룩진 너덜너덜한 옷을 벗기고, 잠옷으로 갈아 입혀 주었다. 그녀의 몸엔 다른 잔학 행위의 흔적들이 남아 있었다. 이 일기장에도 차마 적어 내려갈 수 없는, 여자만이 알 수 있는 잔학 행위들. 그녀의 늑골에서부터 허리까지, 가슴에서 발바닥까지, 어디 한 군데 성한 곳이 없었고, 아기를 출산하는 부분도 심하게 찢겨져 있었다.

나는 그녀의 몰골을 보며 흐느꼈다. 우릴 지키고 보호해야 하는 경찰들이 어떻게 이럴 수 있는지. 비겁한 사람들. 그들 모두 교수형에 처해져야 마땅하다. 하지만 그들은 마치 아무 일도 없었다는 듯 귀가해 아내들에게 순찰을 도느라 피곤하다는 거짓말을 뻔뻔하게 둘러댈 것이다.

수키나는 언제나처럼 낙천적이다. 한동안 자신의 몰골에 대한 우스갯소리를 해대다가 마침내 씨익 미소를 지어 보였다. 기쁨 반, 고통 반이 섞인 미소였다. 도나 뒤를 이어 캐롤이 들어와 수키나의 간호를 도왔다. 존이 고용한 캐롤은 앞으로 수키나가 회복될 때까지 몇 주 동안 간호를 맡을 간호사였다. 캐롤이 수키나의 상처에 붙은 붕대를 새 것으로 갈아준 후 연고를 바르고 약까지 먹여주었다. 수키나는 그녀의 간호를 묵묵히 허용해주었지만 앞으로는 자신이 직접 약초를 구해 먹겠다고 고집을 부렸다. 그녀는 자신의 삼나무 서랍장 안에 모아둔 밧줄 같은 잔디를 태우거나 각종 약초로 만든 차와 연고를 직접 만들게 될 것이다. 난 그녀가 하겠다는 대로 두고 보기로 했다. 난 그녀가 만든 아프리카식 연고를 온몸에 살살 발라주었다. 늑골이 부러진 건 확실하고, 내장까지 타박상을 입은 것 같았다. 심하게 부풀어 오른 그녀의 오른쪽 복부만 봐도 그 사실을 알 수 있다. 그리고 그녀는 아무것도 먹지 않겠다고 고집을 부리고 있었다.

나는 큰소리로 성서를 읽으며 그녀를 위해 기도했다. 그녀는 내 기도에 안정을 찾는 것 같았다. 우리는 이미 신앙심과 믿음을 가지고 읊는 성서 구절엔 병든 이를 낫게 하는 신비한 능력이 있다는 것을 믿고 있었다. 그렇게 아침이 밝아왔고, 또 하루가 지나가고 있었다.

1917년, 3월 13일 ─ 로즈 레드

에이프릴이 집에 돌아오지 않을 거라는 확신이 점점 굳어져만 간다. (아이의 이름, 슬픈 4월이 다가오고 있다.) 내 의심과는 달리 아이를 숨긴 건 존이 아니었다. 아이는 영영 사라져버린 것이다. 이 저택의 벽 속으로. 그런 이유로 나 역시 이곳을, 내 딸을 영원히 떠나지 못할 것이다. 오찬 모임이나 저녁 파티에 참석하기 위해 잠시 저택을 떠나 있는 경우를 제외하곤. (혹시 이것 역시 로즈가 의도적으로 조작해둔 내 운명이 아닐까? 언젠가 수키나도 딸에게만 신경을 쏟는 나를 저택이 질투하고 있다고 얘기한 적이 있었다. 어머니가 아직까지 딸을 잊지 못하고, 딸을 가둬놓고 있는 벽들이 언젠가 아이를 다시 토해낼지 모른다는 기대를 안고 살아가고 있다는 사실을 저택은 훤히 꿰뚫어보고 있다. 난 그렇게 그녀의 광기에 무릎을 꿇어버렸다: 난 영원히 이곳을 벗어나지 못해!)

수키나의 상태는 무서운 속도로 호전되어 갔다. 그것은 그녀의 약초와 내 기도 덕분이었다. 하지만 그녀의 몸 곳곳엔 약간의 멍자국이 남아있었다. 코를 비롯해 여기저기 붙어 있던 붕대도 풀었고, 이젠 혼자 힘으로 걸을 수 있을 정도까지 회복되었다. 다른 이의 도움 없이 혼자서 화장실에 다녀올 수 있을 정도로. 허리엔 아직까지 단단히 굳은 회반죽이 붙어 있다. 짧게 숨을 내쉴 때마다 통증으로 얼굴이 일그러졌다. 그녀는 아무도 알아들을 수 없는 자신만의 언어로 뭔가를 중얼거리며 잠에 빠져든다. 그녀의 몸 안에서 반향하는 그것은 마치 콧노래같이 들렸다. 난 그녀의 머리를 빗어주고, 쓰다듬어주었으며, 그녀의 다리에 감각이 없어질 때면 성심껏 주물러주기도 했다. 그녀가 미소를 띠며 힘겹게 몸을 일으켰다. 나는 얼굴을 찡그렸다. 그 동안 감금되어 있으면서 어떤 잔학 행위를 당했는지 상상조차 할 수 없다.

경찰인지 형사인지가 다시 우리 집으로 찾아왔다. 표면상으론 에이프릴의 실종을 수사하러 온 듯했다. 그를 보자마자 난 당장 저택에서 나가줄 것을 지시했다. 위엄 따윈 전혀 생각도 하지 않은 채 난 빽 소리를 질렀다. 겁에 질린 그가 모자를 손에 꼬옥 쥔 채 밖으로 줄행랑을 쳐버렸다.

앞으론 어떤 경찰도 이 집에 발을 들여놓을 수 없을 것이다. 판사로부터 받아온 정식 수색영장이 없다면. 우린 이미 그들의 '보호'를 질리도록 받았다. 만약 그들이 로즈 레드를 완전히 이해할 수 있을 거라고 생각한다면 큰 오산이다. 이곳에서 벌어지는 신기한 일들에 대한 명확한 설명을 그 어디에서도 찾아볼 수 없다. 내가 이 저택에서 몸담고 살아온지 벌써 8년째이다. 그 동안 수 차례루 부인, 그리고 스트라빈스키 부인에게 조언을 구해왔음에도 풀리지 않은 미스터리가 너무 많이 남아 있다. 실종되는 젊은 여자들, 속속 시체로 발견되는 남자들, 자살부터 살인까지. 이젠 내 사랑하는 딸까지 증발해버렸다. 늘 성적으로 만족을 못하는 남편도 정상이 아니고.

난 그 마지막 생각에 몸서리를 친다. 수키나의 석방을 조건으로 그에게 덜컥 해버린 약속이 마음에 걸린다. 언젠가 수키나에게 그

녀의 자유를 위해 우리가 치러야 하는 대가를 얘기해줘야 할 것이
다. 그 대가를 치르는 순간을 어떻게 견뎌내야 할지 벌써부터 걱정
이다. 그는 언제 내 침실을 찾아올까? 그리고 언제 그 요구가 받아
들여질까?

1917년, 4월 19일 — 로즈 레드

딸의 생일. 우린 실내의 무거운 분위기에 완전히 압도당하고 있었다. 하인들도 존과 나와 마찬가지로 비통해하고 있었다. (하녀들은 모두 오늘 하룻동안 흰색 앞치마를 입지 않기로 결정했다.) 온종일 집안이 조용했다. 크리스마스 이후 처음으로 공사도 중단되었다. 오후 1시쯤 어디선가 으르렁거리는 소리가 들려왔다. 그것의 근원지에 대해선 한치의 의심도 없었다: 바로 이 저택.

오후 1시. 예전 같았으면 점심을 먹고 나서 '휴식'을 취할 시간이지만 난 얼마 전부터 두 시간씩 할애해 다락방에서 목공일에 매달렸다. 탑으로 향하는 계단을 만들기 위해서였다. 언제나 날카로운 수키나만큼은 내 굳은살 박힌 손과 그것에 박혀 있는 나무 가시들을 눈치채고 있었다. 혹시 그녀가 날 부르고 있는 것일까? 오늘 난 다락방을 찾지 않았다. 로즈 레드는 시간과 부재를 느낄 수 있을 만큼 살아 있는 것일까? 만약 그렇다면 그녀가 내게 뭘 원하고 있는 것일까? 그리고 그녀를 달래기 위해 난 무엇을 해야 할까?

오후 4시, 난 응접실에서 차를 마시고 있었다. 갑작스러운 티나 콜맨의 출현에 피곤해졌지만 내게 얼마나 기분전환이 절실히 필요한지 깨닫고 난 후부턴 기분이 많이 풀어졌다. 티나는 오늘이 무슨 날인지 알고 있었고, 내 기분을 달래주기 위해 일부러 찾아온 것이었다. (그녀는 준비해온 술을 내 찻잔 안에 살짝 부어주었다!) 대화가 끊어지자 그녀가 응접실 한쪽 구석에 놓인 가죽 지구본을 물끄러미 바라본다. 난 그런 그녀를 보며 이 저택에서 발생했던 첫번째 실종사건을 떠올린다. 그녀의 눈에서 유혹이 보이는 듯하다. 혹시 로즈 레드가 자신도 데려갈는지 알아보기 위해 지구본을 돌려보고 싶어하는 건 아닐까? (굳이 돌려보고 싶다면 말릴 생각은 없었다. 하지만 난 이미 수년 전, 하인 하나를 시켜 지구본에 나사를 박아둘 것을 지시했다. 수키나가 저택의 다른 쪽으로 통하는 입구라고 귀띔해주는 것 모두를 닫거나 막아두었다. 예를 들면, 마차 차고의 마구간 같은 곳. 다니엘이 사고로 목숨을 잃은 직후 그 마구간은 못을 박아 아무도 출입을 할 수 없도록 만들었다.)

시간이 흐를수록 우울과 고뇌는 점점 더 심해져만 간다. 아무리 잡담으로 시간을 때워보려 해도 사라진 내 딸의 기억은 생생히 남아 있을 뿐이다. 티나가 가져온 술은 오히려 날 더욱 불안하게 만들고 있다. 그리고 티나는 그렇게 고용 운전사가 모는 자동차를 타고 집으로 돌아가버렸다.

스콘으로 배를 채운 난 저녁식사를 거르고 침실로 돌아와 다시 일기장을 열었다.

새벽 2시

오늘 밤에 있었던 일을 일기장에 적어도 될까? 실종된 딸의 생일. 만약 여기에 기록해두지 않는다면 영원히 가슴에 담아두고 끙끙거려야 할 것이다. 하지만 일기장 위에 열심히 펜을 놀리는 동안만큼은 그렇게 마음이 편할 수 없다. 하지만 오, 나의 일기장, 이건 너무 개인적이고 소름 끼치는 일이라 차마 입을 열 수가 없어. 잠도 오지 않고, 가만히 앉아 있을 수도 없다. 난 지난 한 시간 동안 침실 안을 서성이며 일기장을 열까 말까 망설였다. 그리고 결국 죄인이 고해실에 들어가는 심정으로 일기장을 열었다.

11시가 막 지난 시간이었다. 내 방들이 있는 복도의 바깥 문에 노크소리가 들렸다. 이미 하인들을 보낸 후라 내가 직접 응답을 하기 위해 밖으로 나갔다. 처음엔 그저 수키나일 거라고 생각했다. 끌려가 엄청난 시련을 당하고 돌아온 후론 그녀도 밤에 잠을 잘 이루지 못했다. 그녀일 거라는 확신에 겉옷도 걸치지 않고 잠옷 차림으로 나갔다.

놀랍게도 문 밖에 서 있던 건 남편이었다. 더욱 놀라운 건 그가 술에 전혀 취해 있지 않았다는 점이었다. 난 차를 마시기 전에 잠깐 그를 봤을 뿐이고 보나마나 또 밖에 나가 술에 절어 있을 거라고 생각했었다.

"엘렌." 그가 속삭였다. "고통이 견딜 수 없을 만큼 크오." 우린 서로를 꼬옥 부둥켜 안았다. 그런 포옹은 실로 몇 년 만에 해보는 것이었다. 눈물이 핑 돌았다. 남편은 애써 태연한 척하고 있었지만 자세히 보니 부들부들 떨고 있었다. 그가 큰 손으로 내 등을 살살 쓸어내리다가 날 더욱 힘껏 끌어안았다. 그제서야 난 그가 자신의 비통함을 욕구로 바꾸어 버렸다는 사실을 깨달을 수 있었다. 그는 육체적인 위로를 원하고 있었다.

그가 내 목에 입을 맞추었다. 난 두려움에 몸을 바르르 떨었다. 나 역시 이런 사랑의 표현을 갈망하고 있었다. 그와 마찬가지로 나도 그 동안 우울 증세에서 벗어나려 무던히 애써왔던 터였다. 그가 다시 입을 열었다. 그 한 마디에 심장이 멎어버리는 줄 알았다.

"그녀를 불러와요."

숨이 턱 막혀왔다. 남편이 누굴 얘기하는지 난 잘 알고 있었다.

"존……"

내가 애원했다. 하지만 그가 손가락을 펴 내 입술에 갖다 댄 후 다시 같은 말을 반복했다. 더 이상의 논쟁은 없었다.

난 하인을 부르러 문으로 다가갔다. 그리고 다시 몸을 돌려 그를 쳐다보았다. 다시 한번 애원해보기 위해서였다.

"존, 당신이 하라는 대로 다 할게요. 내게 옷을 입히든, 벗기든 상관 없어요. 원하는 대로 맘껏 날 부려도 좋아요. 하지만 제발 그것만은…… 아직 그녀에게…… 우리의 계약을 얘기하지 않았어요. 이런 식으로 알리는 건 안 된다구요."

그가 잠시 곰곰이 생각에 잠겼다. 그가 다시 손으로 내 몸을 훑기 시작했다. 오직 남편이 아내를 만질 수 있는 손길로. 하시만 이내 손길을 멈추고 그녀를 데리고 오라고 지시했다. 그가 같은 말을 반복했다.

"그녀를 불러와요."

어떤 방법으로도 그의 의지를 꺾을 수 없었다. 더군다나 수키나의 생명의 은인이니. "알았어요." 내가 말했다. "하지만 잠시만 나가 있어 줘요. 그녀를 설득할 시간이 필요해요. 이것만은 내가 하자는 대로 하게 해줘요. 30분 후에 오세요. 그럼 그녀와 함께 기다리고 있을 테니까."

수키나는 바로 달려왔다. 내가 부르면 언제나 지체 없이 달려오는 그녀였다. 난 그녀를 앉혀두고 그녀의 석방을 위해 애쓴 남편과의 교섭에 대해 얘기해주었다. 또한 복도 안쪽으로 위치해 있는 존의 감시방과 온갖 유리한 위치에서 여자 손님들을 몰래 훔쳐봐왔다는 사실도 들려주었다. 보나마나 그는 지난 수년간 수키나도 몰래 엿봤을 게 틀림 없었다.

"뭐든 시켜만 주세요. 다 할 테니까요."

"네가 그를 혐오한다는 것을 잘 알고 있어."

"그는 나쁜 사람이에요. 영혼이 나쁜 건 아니지만 하는 행동이 나빠요. 아이들에게나 마님에게 좋지 않아요, 미스 엘렌."

"그가 시키는 대로 해야 해. 에이프릴을 잃은 슬픔을 잊도록 우리가 도와줘야 한다구."

"시키는 건 뭐든 할게요."

난 그녀의 입술에 길고 부드럽게 키스했다.

"우리 사이에 금이 가는 일이 없길 바랐는데."

그녀가 내 눈을 빤히 들여다보고 있었다. 그녀에게서 언짢음이 느껴지는 것 같았다. 남편과 함께 침대를 뒹굴어야 할 바에야 차라리 감옥에서 죽는 편이 낫다는 생각을 하고 있는지도 몰랐다. 물론 난 그녀를 탓할 수 없었다.

"그는 오늘밤을 영원히 잊지 못할 거예요. 수키나가 반드시 그렇게 만들어 줄 거예요."

그녀가 말했다.

"우리 모두 잊지 못할 밤이 될 거야."

"오, 아니에요."

그녀가 딱 잘라 부정했다.

"제가요, 마님? 제 방으로 돌아가기 전에 다 잊어버릴 거예요."

그리고 그녀가 살짝 미소를 지어보였다.

수키나가 빠진 앞니를 드러내며 미소를 지을 때 갑자기 방 안이 환히 밝아졌다. 그녀가 겉옷과 잠옷을 벗고 벌거벗은 채로 내 앞에 섰다. 강하고 매력적인 여성의 모습으로.

"잠옷을 벗어요, 미스."

그녀가 내 앞으로 다가와 손수 잠옷을 벗겨주었다.

"그가 곧 올 거라고 하셨죠? 그럼 원 없이 실컷 볼 수 있게 해주지요 뭐."

그녀가 내 손을 잡고 침대로 이끌었다.

□ 편집자 노트

이 일기의 재결자(裁決者)로서 발행인과의 긴 논의를 거쳐, 내용을 (1917년, 4월 1일) 구체적으로 책에 담기에 너무 노골적이고 읽기 거북하다는 판단을 내리게 되었습니다. 로즈 레드의 역사에 많은 관심을 가지고 있는 독자들에게 저자의 지나치게 개인적인 행위들을 구구절절 들려주는 것이 적합하지 않다는 생각이었습니다. 그 대신 흥미 있어 할 독자들을 위해 약간의 발췌문을 다른 웹사이트에 올려놓았습니다: www.beaumontuniversity.net. 웹에 익숙한 독자들은 웹페이지에서 이 발췌문으로 들어가는 '링크' 가 없다는 것을 알 수 있을 겁니다. 발췌문을 확인하고자 하는 독자들은 URL 칸에 웹싸이트 주소를 정확히 입력해야 합니다. 그렇게 하면 엘렌의 가장 개인적인 순간들이 담긴 일기를 만날 수 있습니다. 경고: 발췌문의 몇몇 부분은 성적 묘사가 노골적으로 되어 있으며 18세 미만의 독자들은 읽을 수 없습니다.

엘렌 림바우어는 수 개월에 걸쳐 거의 매일 밤 침실에서 벌어진 일들을 너무도 상세하게 적어 두었습니다. 특히 그 행위에 점점 중독이 되어 가는 그녀의 남편에 대해선 무엇보다 상세하게 묘사하고 있습니다. 한동안 그것 외엔 다른 내용을 찾아볼 수 없을 정도입니다. (읽기에 불쾌하고 모욕적으로까지 느껴질 정도입니다.) 독자들이 존 림바우어의 방탕함의 지저분한 묘사로부터 헤어나올 수 있도록 편집자의 권한으로 1918년 초까지 건너뛸 것을 결정했습니다.

그것으로 독자들이 놓치게 되는 유일한 요소는 치욕스럽게 철저히 이용당하는 엘렌과 수키나의 깊은 좌절감뿐입니다. 그들 사이의 순수한 사랑은 더 이상 인생에서 아무런 만족도 찾지 못하는 그로 인해 더러워지고, 독이 오르게 된 것입니다. 육체적 만족조차도 그에게 승자의 기분을 안겨주지 못했습니다. 그는 비통함에 압도당하고 있었고, 스스로를 실패자라 느끼고 있었으며, 더 깊이 몰락할수록 그의 요구는 더 기괴해져 갔습니다.

그리고 두 여인은 더 깊은 절망의 늪에 빠져들게 됩니다. (헛간에서 늦은 밤을 보낸 기록까지 나와 있습니다!) 저택의 안주인과 하녀 사이에서 꾸며지는 음모의 암시와 그 계획이 점점 구체화되는 과정도 일기에 나와 있습니다. 하지만 엘렌은 그 음모에 대한 구체적인 내용을 일기에 싣지 않았습니다. 누군가가 자신의 일기장을 펼쳐보게 될 경우 낭패를 당하게 될 테니까요. 하지만 그 음모의 표적이 존림바우어이며 그를 죽음으로 몰고 가려는 계략이 이미 완벽하게 짜여져 있다는 것은 너무나도 자명하다고 볼 수 있습니다.

— 조이스 리어든

1918년, 3월 9일 — 로즈 레드

일기장을 들춰보니 그 동안 끊임없이 가져왔던 존과의 불온한 조우가 내게 별 영향을 끼치지 않았음을 분명히 알 수 있었다. 오늘 있었던 사건들도 물리적 확장에 따른 (계속되는 공사로 인한) 로즈 레드의 심술에 그 원인을 둘 수 있다. 그녀는 '연료'를 갈구하고, 영적 요구의 충족을 위해 다시 일을 꾸민 것이었다.

오늘, 그녀의 살인행각이 다시 시작되었다.

검시관은 조지 미더의 죽음을 벌침 알레르기로 기록하게 될 것이다. 그는 건강실에서 [편집자 노트: 건강실 = 일광욕실을 가리키는 엘렌만의 용어, 1917년 이후] 벌에 쏘였고, 쏘이는 순간, 실내는 갖가지 화려한 꽃들이 만발했다. 에이프릴이 실종되었던 날 밤, 수키나가 경찰과 맞서고 있을 때 그랬던 것처럼.

일주일간 우리와 함께 지냈던 철도회사 경영간부, 미더는 술을 매우 즐기고, 유난히 여자를 밝히는 사람이었다. 그는 하인들과 시시덕거리길 좋아했고, 보나마나 그 중 몇몇과 잠자리를 같이 하기도 했을 것이다. 어쩌면 그의 죽음은 그가 불쌍한 수키나에게 지나친 관심을 보였기 때문인지도 몰랐다. 그는 여러 번에 걸쳐 수키나를 구석으로 몰아갔었다. (그녀는 내게 자신에게 일어난 일을 전부 털어놓는다.) 그리고 몇 차례 그녀의 몸을 더듬기도 했다. (존이 그것과 전혀 무관하지 않다는 확신도 없다. 설마 우리 3인조의 은밀한 비밀을 남 앞에서 떠벌리고 다니진 않겠지. 그래도 알 수 없는 인간이지만.) 참다 못한 수키나는 결국 조지 미더를 건강실로 불러 내기에 이르렀다. 그들은 자정에 그곳에서 만나기로 했다.

술에 잔뜩 취한 조지가 시간에 맞춰 나타났다. 수키나의 계획을 미리 알고 있던 난 계속 건강실만을 뚫어져라 내려다보고 있었다. 그리고 복도나 주방에 불이 들어오지 않는지도 유심히 살폈다. 만약 그런 움직임이 눈에 들어오면 난 내 방의 불을 껐다 다시 켜야 한다. 건강실 안에서 내 방 창문을 올려다보고 있을 수키나에게 보낼 신호였다.

모든 건 계획대로 착착 진행되어 갔다.

조지 미더가 건강실로 들어섰고, 수키나가 이내 매우 유동적이고 자극적이며 다소 외설적인 춤을 추기 시작했다. 먼 발치에 서 있는 내게까지 그 춤의 힘이 전해져 왔다. 그런 허리의 움직임에 녹아 내려가지 않을 남자는 세상에 없었다. 그녀의 유연함은 스스로 알아서 감정 표현을 하는 듯해 보였다. 조지 미더가 옷깃으로 손을 가져가고 있었다. (건강실은 저택 실내에 비해 훨씬 더웠다. 꼭 수키나의 춤 때문이 아니더라도.) 그가 단추를 풀기 시작했다. 그리고 코트를 벗어 젖혔다. 어쩌면 수키나의 지시에 따른 것인지도 몰랐다. 그가 코트를 벗기가 무섭게 수키나가 다리를 꼬고 바닥에 풀썩 주저앉았다. 기도를 하려는 것 같았다. 갑자기 조지 미더가 자신의 팔을 찰싹 내리쳤다. 수키나가 가지고 있는 묵상의 힘으로 불러들인 벌에게 쏘인 것이었다. 조지가 무릎을 꿇고 쓰러질 때까지 수키나는 묵묵히 기다렸다. 그리고 슬며시 정원의 수영장을 지나 자신의 침실로 들어가 버렸다.

미더는 단 한 마디 비명도 없이 조용히 숨을 거두었다. 그의 죽음과 함께 사방에서 빨간 장미가 기다렸다는 듯 꽃망울을 터뜨렸다. 덩굴이 구불구불 솟구쳐 오르고 있었다. 그렇게 1분이 지나자 건강실 안이 들여다보이지 않을 정도로 덩굴이 무성하게 우거져버렸다.

그 후로 수 시간 동안 조지 미더는 그 누구의 눈에도 띄지 않았다. 발견된 것이라곤 그가 벗어놓은 코트뿐이었다. 다음날, 빽빽이 우거졌던 덩굴이 사라진 후 그의 시체가 발견되었다. (살갗은 마치 장미 화단을 뒹굴기라도 한 듯 가시에 갈기갈기 찢겨 있었다.)

존은 마구간에서 일하는 아이들을 시켜 시체를 상업지구로 가져갈 것을 지시했다. 영장 없인 내가 경찰 출입을 반대할 것이라는 사실을 그도 잘 알고 있었다.

조지 미더를 이 세상에서 사라지게 한 것은 로즈일까, 아니면 수키나일까? 누구의 짓이든 그것이 무슨 상관이랴? 나 역시 이 모든 것에 사로잡혀 반쯤 미쳐버린 것만 같았다. (하인들의 말을 믿는다면 반 이상 미쳐 있는 게 확실하다.) 그 동안 인디언들의 묘소에 대한 의심을 버려둔 채 살아왔다. 하지만 인디언들의 인공 유물들은 공사현장에서 끊임없이 발굴되었다. 그 중 흙으로 만든 벌집 모양의 도자기가 건강실에서 발견되었다!

어쩌면 이곳의 미스터리들은 영원히 풀리지 않을지도 모른다. 어쩌면 머지 않은 미래에 과학자들이 내가 풀 수 없는 미스터리를 시원하게 풀어 줄지도 모르고. 그걸 누가 알 수 있겠어? 하지만 한 가지 확실한 건, 내 목숨이 끊어질 때까지 로즈 레드를 계속 키워나갈 것이라는 사실이다. 그녀가 날 데려갈 때까지. (물론 그때까지 탑을 짓는 내 손은 멈추지 않을 것이다.) 그뿐 아니라 남편보다 더 오래 살 수 있도록 꾸준히 노력할 것이다. 그보다 더 간절한 기도는 없다. 반드시 내 아이와 재회할 수 있는 날을 맞을 것이다. (아담은 더 이상 내 인생에서 중요한 부분을 차지하지 못하고 있다. 존은 아들이 저택으로 돌아오는 일을 막기 위해 안간힘을 쓸 것이다. 해가 갈수록 아들이 띄워보내는 편지의 수가 줄어만 간다.)

또 한 사람이 생명을 잃었다. 내겐 미처 슬퍼할 겨를도 없었다. 로즈 레드는 그녀만의 요구가 있고, 수키나와 난 우리 스스로를 보호해야 한다. 손가락엔 관절염이 생겨났다. 견디기 힘든 통증이 날 괴롭혔다. 점점 일기장을 여는 횟수도 줄어가니 걱정이다.

더 이상 무슨 말이 필요하겠어? 난 감금된 사형수가 되어 살고 있는 것이다. 밤이 되면 남편의 욕구를 채워주기 위해 내가 아닌 다른 이로 돌변하고, 낮은 기도와 침묵으로 견뎌낸다. 틈틈이 다락으로 슬며시 올라가 저택의 지시대로 작업에 빠져든다. "탑……" 밤마다 아이가 속삭인다. 내 사랑하는 딸, 에이프릴.

머지않아 우린 재회할 수 있을 것이다. 난 인부에게 탑의 외부를 지을 것을 지시했다. 내가 짓고 있는 계단도 거의 완성단계에 다다라 있었다. 앞으로 1년, 아니면 2년? 플로렌스의 예술가들에게 금으로 만든 천사상을 주문해두었다. 그 천사상은 로즈 레드의 맨 꼭대기에 놓여지게 될 것이다. 어쩌면 그것은 로즈 레드 전체를 압도할지도 모른다.

계획은 그렇게 눈앞에서 이루어지고 있었다. 내 딸이 돌아오는 것이다.

일기를 보면 엘렌 림바우어가 앓고 있던 관절염에 대한 부분이 나옵니다. 사실 일기엔 당시가 그녀에게 얼마나 견디기 힘든 시기였는지를 알 수 있게 해주는 증거가 곳곳에 있습니다. 그리고 적어도 한번은 신경쇠약 상태에 빠졌었죠. 의사의 권유로 그녀는 스위스에 있는 '진료소'를 찾게 됩니다. (1921년, 11월 16일 일기 참고)

엘렌 림바우어는 로즈 레드와 수키나의 곁을 떠나지 않겠다고 고집을 피웠습니다. 최근에 되찾은 기록들에 의하면, (예를 들면, 티나 콜맨의 일기 같은) 엘렌의 '병'의 이면엔 존이 있었으며, 그가 스위스를 선택한 것은 바로 그녀를 로즈 레드로부터 영원히 떼어놓으려는 노력의 일환이었다는 것을 암시해주고 있습니다. 하지만 그 계획은 실패로 끝나고 말았습니다.

1920년, 10월 17일, 큰 화재가 발생해 로즈 레드의 한쪽 날개 전체가 날아가버리는 사건이 있었습니다. 그 화재의 원인에 대한 설명을 그 어디에서도 찾아볼 수 없습니다. 하지만 자신을 로즈 레드로부터 떼어내려는 존의 시도에 항의하는 뜻으로 엘렌 스스로가 불을 질렀을 가능성을 배제할 순 없겠죠.

청부업자의 노트와 도면을 자세히 들여다보았지만 무려 20개월에 가까운 시간 동안 계획되어온 탑의 공사에 대한 흔적은 찾아볼 수 없었습니다. 화재와 악화된 그들의 관계에 대한 다른 이론도 있습니다. 엘렌은 존이 일부러 탑의 공사를 늦춰왔다는 사실을 뒤늦게 알게 되었는지도 모릅니다. 어쨌든 본격적인 탑의 공사는 1920년 11월초에 시작되었습니다.

1918년부터 1920년까지의 기록 중 아직까지 풀리지 않은 세 가지 미스터리가 남아 있습니다: (1) 엘렌의 정신 상태, (2) 저택의 '활동 상태' (24개월간 12명에 가까운 사람들이 그곳에서 실종되었다는 기록과 같은), 그리고 (3) 점점 커져만 가는, 아내에 대한 존의 두려움, 아내의 하녀 수키나에 대한 두려움, 그리고 림바우어 가족에 의해 끊임없이 지어지고, 개조되어 가는 저택에 대한 두려움.

엘렌이 아닌, 존이 현실에 대한 감각을 잃어버렸다는 기록이 있습니다. (물론 실질적인 증거를 제시하고 있진 않지만) 당시 그는 아편에 심하게 중독되어 있었고, 거의 매일 도시의 남부에 자리한 아편굴을 드나들었다는 기록도 있습니다. 그는 자신이 그토록 두려워하는 저택의 기괴함으로부터 최대한 멀리 벗어나기 위해 발버둥치고 있었던 것이죠.

—조이스 리어든

1921년, 6월 19일 — 로즈 레드

불꽃. 창밖으로 개똥지빠귀가 보인다. 강당에서 뿜어져 나오는 연기가 매캐하다. 내가 어디에 있었지? 일기장을 들여다보며 스스로에게 묻는다. 아주 드문 경우를 빼곤 그 동안 머리 속에 담고 있던 생각들을 일기장에 적어두지 않았던 건 아닐까? 기분엔 하루도 빼놓지 않고 매일 써왔던 것 같은데. 어쩌면 그건 내 상상일지도 모른다.

한동안 규칙적으로 열병에 시달려야 했다. 남편과 함께 밤을 보낸 다음날이면 어김없이 열병이 찾아 들었다. 벌써 수년간 그는 우리의…… 잠자리에 수키나를 포함시켜 왔다. 차마 입에 담기도 싫다. 불꽃. 하인들이 밖에 나가 독립기념일 파티에 쓸 폭죽을 시험하고 있다. 난 어린 시절 즐겨 부르던 노래를 흥얼거리며 창밖을 내다본다. 어째서 유년시절이 너무 멀게만 느껴지는 거지? 그것도 내 것이 아닌 남의 것처럼. 불꽃. 펑, 펑, 펑. 만약 내게도 한때 순수함이 있었다면 그것은 이미 창밖으로 보이는 화약처럼 홀랑 타버렸을 것이다. 침실에선 순수함을 찾을 수 없다. 창밖에도 순수함은 없다. (조지 미더가 가시 덩굴에 휩싸이도록 내버려두었던 날 밤만큼은 예외였지만) 내 머리 속도 물론 그렇다.

요즘은 깨어 있는 거의 모든 시간을 날 이곳에서부터 내쫓으려는 남편의 음모를 꿰뚫어보기 위한 노력에 쏟고 있다. 다락방에 숨어 탑으로 향하는 계단을 짓는 일에도 소홀히 하고 있지 않다. 어떨 땐 며칠에 걸쳐 쉬지 않고 일에만 매달리기도 한다. 존은 집 안을 휘젓고 다니며 날 불러댄다. 어쩌면 속으로 로즈가 날 삼켜 버려 주었으면 하는 바람을 가지고 있는지도 모른다. 난 그저 묵묵히 기다릴 뿐이다. 내가 정말로 사라져 버렸다고 믿게 만든 후 혼자 실컷 좋아하는 모습을 보고 싶다. 그리고 난 경쾌하게 걸어 조반실로 향한다. 그의 얼굴이 축 늘어진다. 난 크게 미소를 띠며 그를 맞는다. 이내 그가 부글부글 끓어오른다. 분노가 폭발한 것이다. 혼자서만. 난 그런 그를 보며 만족해 한다: 혼자서 분개하는 모습. 내 모든 순수함을 앗아가 버린 그를 응징하고 싶다.

난 로즈와 공공연히 대화를 나눈다. 더 이상 두려움은 없다. 난 그녀에게 딸이 보고 싶다고 말한다. 원한다면 나 자신을 희생하겠다고. 하지만 그녀는 대답 대신 내게 이상한 주문을 한다. 우린 2층 홀을 개조해 조망 복도를 만들었다: 점점 폭이 줄어드는 게 꼭 철도를 보는 듯했다. 조지 미더와 그의 철도회사에 경의를 표하기 위함이었다. 깊숙이 들어갈수록 천장이 낮아지고, 양쪽 벽의 거리도 줄어들었다. 그것은 내 인생과도 무척 흡사한 것이었다. 세월이 흐를수록 주위환경에 점점 더 짓눌려가는. (아직 34살밖에 되지 않았지만 마치 80살 노인이 된 기분이다.) 난 조망 복도에 비밀문을 만들어놓았다. 남편이 여기저기 감시방을 만들어 둔 것과 같은 식이었다. 몇몇 비밀문은 그 어느 곳으로도 향하지 않았다. 그리고 나머지 것들은 마구 얽혀진 비밀 통로들로 연결되어 있었다. (난 한 비밀 통로의 유리 뒷면에 나체화 한 점을 걸어두었다. 남편이 들어와 길을 잃게 될 때 그걸 보면 무척 짜증을 낼 테니까. 인생은 예술을 모방한다는 말이 있지? 아니, 그 반대였던가?)

오늘은 탑이 완공되는 날이다. (친구들은 내 노력을 두고 "우둔한 짓"이라고 했다. 자기들 마음대로 생각하라지. 남들이 뭐라 하든 난 그것이 자랑스럽기만 하다.) 로즈의 날개와 소유물들, 그것을 둘러싸고 있는 숲, 그리고 도시 전체와 엘리엇만의 전경이 훤히 내려다보이는 탑의 방은 다락방과 계단으로 연결되어 있다. 대저택의 증축부분은 내가 본 것 중 가장 아름다운 것이었다. 앞으론 그곳을 제일 즐겨 찾을 것 같다. 이제 아름다운 베네치아풍 창문과 24캐럿짜리 금 천사상까지 딸린 탑이 완공되었으니 좋은 피난처가 생긴 셈이다. 숨어 있을 곳. 맘껏 기도를 할 수 있는 곳. 내 딸을 찾아 헤맬 수 있는 곳.

존은 세워진 탑을 영 못마땅해 했다. (그는 에이프릴을 찾기 위해 탑에 너무 큰 기대를 쏟아넣고 있는 날 은근히 염려스러워 했다. 내 확신은 그만큼 확고한 것이었다. 하지만 존은 탑이 실종된 에이프릴과 다시 연결해주는 매개가 될 수 있다는 생각에 무척 회의적이었다. 난 그의 잘못된 생각을 반드시 고쳐줄 것이다!)

정신이 자주 오락가락한다. 그 현상은 점점 자주 일어났고, 한번 일어나면 무척이나 오랫동안 날 괴롭혀댔다. 내 창백한 얼굴에, 그리고 휘청거리는 내 걸음걸이에 잔뜩 겁을 집어먹은 하인들이 복도에서 길을 비켜주었다. 그들이 아이를 잃은 내 슬픔을 알 리 없다. 스스로의 존재와 묵묵히 타협하는 내 심정도 알 리 없고. 아이가 사라진 저택에 머물러 있기 위해 순순히 남편을 따르고, 이루다 말할 수 없는 곤혹스러움을 감내해왔다. (존을 떠난다는 건 곧

로즈를 떠난다는 것을 의미한다. 그것은 절대 있을 수 없는 일이
다.) 난 수키나와 자정에 만나기로 약속했다. (존이 우리의 서비스
를 필요로 하지 않는다는 것을 먼저 확인해야 한다.) 그녀와 함께
탑에 올라 에이프릴을 불러볼 참이었다. 그곳에서 지난 몇 년간 내
게 속삭임을 전해주었던 바람소리에 귀를 기울여보기로 했다. 내
손은 그 동안의 목공일로 피투성이였다. 왠지 앞으로 영원히 내 다
락방 계단의 마무리 작업에 매달려 있어야 할 것 같았다. 그것은
세 번 굽어져 탑을 향해 놓여 있다. 영원히 완전해질 수 없고, 항상
누군가의 관심을 필요로 할 것이다. 하지만 그것은 내 아이도 마찬
가지이다. 이 탑은 내 아이이다. 내 아이가 바로 이 탑이듯. 단 하
루라도 그것에 소홀할 수 없다. 오, 이런. 수키나와 만나기로 한 시
간이 지나버렸어.

수키나와 난 2층 복도에서 마주친다. 우린 예전에 내가 발견했던
비밀 통로로 들어선다. 내 손엔 배터리가 든 무거운 회중전등이 들
려 있다. 우리는 손님용 침실을 지나쳐 다락방으로 올라간다. 내가
만든 계단은 허술하고, 초라해보인다. 문을 지나 시작되는 첫번째
계단은 심하게 비뚤어져 있다. 그 위로 놓인 세 개의 계단도 마찬
가지이지만 첫번째 것만큼 심하진 않다. 나무는 대충 껍질이 벗겨
진 채 그대로이고, 제대로 처리도 되지 않았다. 앞으로 할 일은 태
산같이 쌓여 있지만 그 누구도 이 계단에 손을 대지 못하도록 철저
히 감시할 것이다. 우린 천천히 계단을 오른다. 계단에선 귀에 거
슬리는 삐걱 소리가 들려온다. 난 뒤떨어져 올라오는 수키나의 앞
으로 회중전등을 비춘다. 그녀도 적잖이 두려워하는 표정이다. 난

그것을 좋은 징조라 여기고 그녀를 격려한다. 요즘 들어 부쩍 안색이 나빠진 난 누가 보더라도 유령처럼 보일 게 틀림 없다. 더군다나 이렇게 얇고 비치는 잠옷차림에 부르르 떨고 있는 회중전등까지 들고 있으니. 어쩌면 수키나는 탑보다 날 더 무서워하고 있는지도 모른다. 뭐 그건 그리 놀랄 일이 아니다. 근래에 와선 모두들 나와 내 상태에 겁을 집어먹고 있으니까.

우리는 두번째 모퉁이를 돌아나가고 있다. 드디어 내 귀에도 소중한 친구를 놀라게 만든 소리가 들린다. 내가 미처 알아채기 전에 그녀는 이미 그 소릴 듣고 있었다. 계단의 삐걱거림은 더 이상 판재끼리 부딪쳐서 생기는 소리처럼 들리지 않는다. 그것은 점점 누군가의 음성처럼 들리기 시작한다. 귀에 익은 음성. 아이의 음성. 에이프릴! 계단을 올라갈수록 더 큰 삐걱거림이 바람에 실려 흩어진다. 그리고 그 바람은 음성으로 되돌아온다: “엄마⋯⋯” 음성이 부른다.

난 더 속력을 내어 계단을 올라간다. 내가 걱정스러운 수키나도 서둘러 계단을 오른다. “미스 엘렌!” 그녀가 목청을 높여 날 부른다. 점점 커져만 가는 눈앞의 문이 어둡고 불길한 곳으로 통하는 입구이면 어쩌나 하는 두려움 때문인 것 같다. 하지만 어린 에이프릴은 분명 그곳에 갇혀 있다. 누구든 그 문을 넘어서는 순간 아이와 운명을 같이하게 될 것은 자명한 일이다.

계단의 정상에 다다른 난 문을 벌컥 열어젖히고, 상쾌한 밤의 한기 안으로 들어선다. (탑엔 난방 시설이 없다.) 내 몸이 화려한 빛에 휩싸인다. 잠시 동안 난 ‘신의 빛’ 안에 들어선 기분을 느낀다. 로즈 레드는 날 삼키려는 것이 아니라 에이프릴이 있는 곳으로 날 이끌어 가고 있는 것이다. (난 에이프릴이 아직 살아 있다고 믿고 있다. 내가 모르는 다른 곳에 — 어머니로서의 내 직감은 그 외의 다른 경우를 전혀 인정하지 않고 있다.) 탑 안을 빙빙 돌고 있는 수키나의 모습이 눈에 들어온다. 내가 쐬고 있는 화려한 빛은 스테인드글라스를 통해 새어 들어온 달빛이다.

"에이프릴." 내가 딸을 부르자 거센 바람이 계단을 타고 올라와 날 휘감싼다: "엄마, 엄마……" 어지럽다. 아이는 아주 가까운 곳에 있다. 아이의 냄새를 맡을 수 있다. 아이의 볼에 흐르는 눈물을 맛볼 수 있다. 무릎을 꿇고 몸을 바르르 떤다. 내가 손가락으로 가리킨다. 수키나는 내가 자신을 가리키고 있는 것이라고 오해하고 있다. 그녀가 천천히 몸을 돌려 뒤를 본다. 내가 손가락으로 가리키고 있는 바로 그곳.

이내 그녀도 바닥에 풀썩 주저앉는다. 그녀가 고개를 푹 숙이고 나무바닥에 입을 맞춘다. 이제 이곳은 더 이상 탑이 아닌 신전이 되어버렸다. 난 이미 10년 전 장미 그림이 그려진 스테인드글라스를 주문해두었었다. 남편과 신혼여행중일 때. 아담과 에이프릴이 태어나기도 전. 또렷또렷한 딸의 음성이 둥근 천장을 맴돌고 있다. 형형색색의 창문은 전혀 장미를 묘사하고 있지 않다. 목소리과 펼쳐지는 무늬는 희미한 빛을 받으며 허공으로 붕 떠오른다. 달이 내 눈앞에서 무슨 수작을 부리고 있는 것이다.

창문엔 장미 대신 누군가의 얼굴이 떠오른다. 마치 수년 전 예술가들에게 직접 주문이라도 해둔 듯 창문 속의 그 얼굴은 너무나도 뚜렷하고 확실한 것이다. 하지만 설마 그랬을 리가? 아이는 그때 태어나지도 않았는데. 그 아름다운 창문 위로 떠오른 형상은 장미

가 아니다. 그것은 누군가의 얼굴이다. 내 딸, 에이프릴의 얼굴. 실
종되었을 당시의 모습 그대로이다. 바람이 기분 나쁘게 내 귀를 간
지럽힌다. 아이의 입이 움직이기 시작한다. 그리고 아이가 내게 말
을 한다.

1921년, 11월 16일

　너무 오랜만에 일기장을 연다. 존의 우울 증세는 점점 심해져 간다. 그는 늘 피로에 지쳐 있다. 밤늦게 상업 지구에서 돌아오는 그의 옷엔 이상한 냄새가 배어 있다. (그것은 루 부인을 찾아갔을 때 맡았던 냄새와 똑같은 것이다.) 그의 성욕도 눈에 띄게 줄어들었다. 그는 벌써 3개월째 내 침실 출입을 하지 않고 있다. 내가 느끼는 공포를 일기장에 적어둘 수 없지만 불쌍한 존이 느끼는 공포는 아마도 훨씬 클 것이다. 그의 재산은 계속 늘어만 갔고, 파트너와의 관계도 깨끗이 정리되었지만 절친한 친구를 건강실에서 '불행한 사고'로 잃었고, 딸이 실종되었으며, 이젠 저택까지 그의 승인 없이 스스로 공사를 지속시켜 나가기 시작했다. (존과 건설업자 사이엔 냉기가 흐르고 있다. 건설업자는 존이 다른 인부들을 따로 고용해 자신 몰래 로즈 레드의 공사를 이어왔다며 분통을 터뜨렸다. 이내 건설업자는 그런 따위의 일로 존의 신경을 거슬리게 만들지 않는 이로 바뀌었다.)

　'억압 상태'에 (의사들은 그렇게 불렀다.) 빠져 있는 동안 존은 두 번씩이나 날 스위스로 보내려 했다. (지난 여름에 한 번, 그리고 9월 말에 한 번 더) 늘 열병에 시달리는 내 요양을 위해 그곳에 있는 진료소로 보내려는 것이었다. 매일밤 딸과 접촉을 가져오던 난 (난 존에게 그것에 대해 한 마디도 하지 않았다.) 단번에 그의 제안

을 거절했다. 그 무엇도 날 로즈 레드로부터 떼어내지 못한다. (수
키나도 바로 이것이 저택의 유일한 목적이었다고 굳게 믿고 있다.
약간의 질투심을 느낀 그녀는 이 저택이 나와 사랑에 빠져 있으며
혼자서만 날 차지하고 싶어한다고 확신했다.)

내가 오늘 일기장을 연 이유는 더 이상 내가 탑에 올라가는 것을
두고 보지만은 않겠다고 존이 최후 통첩을 보내왔기 때문이다. 그
는 탑으로 통하는 문에 판자를 대고 맹꽁이 자물쇠를 걸어두었다.
내가 변했다는 것을 알아차린 것일까? 그를 이해하려 무던히 노력
했지만 생각처럼 쉽지만은 않았다. 그도 탑에 올라가 아이의 얼굴
을 보고, 아이의 음성을 듣지 않았을까? 어쩌면 그것을 목격하고
나서부터 그의 우울 증세가 나타나기 시작했는지도 모른다. 어쩌
면 그곳에서 체험한 신비로움에 사로잡힌 채 내가 자신과 같은 체
험을 하지 않도록 모든 방법을 총동원해 막아보려는 것인지도. 난
절대 존 림바우어를 이해하지 못한다. 물론 지금은 더 어렵다. 난
그의 말도 안 되는 요구에 결혼 후 처음으로 그를 협박하기에 이르
렀다. 날 막으면 생명이 위태로울지도 모른다고.

음식에 독을 넣을지도 모르고, 자동차에 기계적 결함이 생길지
도 모르며, 부둣가의 매춘부가 칼을 들고 달려들지도 모른다고 했
다. 하지만 무엇보다 큰 협박은 최근 저택에 묵었던 그의 은행가
유숙객들을 다시 초대해 손님의 부인들이 옷을 벗고 변기에 앉아
있는 모습을 몰래 엿보기 위해 그가 만들어 놓은 감시방을 전부 공
개하겠다는 것이었다. (그랬다간 더 이상의 대출은 꿈도 꾸지 못하
게 될 것이다!) 잠시 곰곰이 생각에 잠겨 있던 존이 결국 내게 던졌
던 최후 통첩을 접기로 했다. 하지만 날 보는 그의 표정은 너무나

도 섬뜩한 것이었다.

　불행하게도 그나마 집에 남아 있던 실낱 같은 평화는 이제 먼 과
거의 추억이 되어버리고 말았다.

1922년, 6월 9일 – 로즈 레드

남편의 상태는 날이 갈수록 심해졌다. 폭력은 언제나 그를 그림자처럼 따라다녔다. 그는 혼자서 식사를 하고, 이른 새벽에 집을 나선다. 어쩔 땐 며칠씩 외박을 하고 들어오는 경우도 있다. 그는 도시 남부에 위치한 중국인 거리에서 도박을 하고, 그 동안 엄청난 액수를 그곳에서 날려버렸다. 자신을 절제할 줄 모르는 그는 하루에도 몇 번씩 그곳을 드나들 정도로 심각한 중독에 걸려 있었다.

오늘밤, 그는 고기 써는 칼을 들고 급사장에게 달려들었다. 식탁에 오른 쇠고기가 너무 덜 익혀졌다는 게 이유였다. (뭐가 문제인지 알 수 없었다. 요즘 들어선 아무것도 통 먹지 않는 사람이) 그가 수프 접시를 바닥에 냅다 팽개쳐버렸다. 접시는 산산조각 나버렸고 식당에서 일하는 소녀는 겁에 질려 달아나버렸다. 급사장도 일을 그만두겠다며 밖으로 나가버렸다. 내일 그를 대신할 사람을 찾아봐야 한다. 만약 존의 성미가 이미 도시 전체에 소문 나버렸다면 힘들겠지만. 태머맨 씨 같은 좋은 일꾼을 찾을 수 없게 될까 걱정이다.

로즈 레드는 많이 바뀌었다. 그녀는 점점 쇠퇴해가고 있었다. 그것은 분명 존이 대폭 줄여버린 저택의 공사비 예산 때문일 것이다. 그는 예산의 반을 삭감했다. 비록 3만5천 평방 피트의 주거 공간은 42명의 손님들을 재울 수 있고, 수백 명의 손님들을 배불리 먹일 수 있었지만 존이 예산을 줄이지만 않았더라면 지금보다 훨씬 웅장하고 으리으리해졌을 것이다.

오늘밤, 난 수키나와 그것에 대해 긴 대화를 나누었다. 그녀조차도 공사가 지연되기 시작하면서 에이프릴을 보는 횟수도 줄어들었다고 인정했다. 로즈 레드는 반드시 꾸준한 성장을 이어나가야 한다. 공사의 속도가 빨라질수록 딸과의 조우도 잦아지게 될 것이다. 하지만 이 문제에 대해서 남편과 난 판이하게 다른 의견을 가지고 있었다. 수키나가 꺼낸 제안인지, 아니면 내가 떠올린 것인지 모르지만, 아무튼 존 림바우어를 제거해버려야 한다는 아주 분명한 필요성이 언제부터인가 존재해왔다. 그는 내 길을 막고 있고, 수키나와 하인들의 길을 막고 있다. 그리고 이젠 이 저택의 길까지 막고서 있었다.

뭔가 대책이 있어야 한다. 그리고 무엇을 할 것인지의 결정은 내가 내려야 할 것이다. 갑자기 두려움이 엄습해온다.

　제 증조모의 일기는 바로 여기서 끝맺어집니다. 만약 조이스 리어든의 로즈 레드 탐사가 없었다면 일기는 바로 이것으로 영원히 끝맺어졌을지도 모릅니다. 나 역시 그 탐사에 참가했고, 운 좋게도 다락방에서 두번째 일기장을 발견할 수 있었습니다. 탑의 벽 안에 숨겨져 있었죠. 얄궂게도 그것은 벽에 걸린 변색된 빨간 장미 수채화 뒤로 만들어진 가짜 문 뒷면에 놓여 있었습니다. (아마도 증조모께서 손수 그 수채화를 그리신 것 같습니다.)

　뒤에 이어지는 기록은 무척 기괴합니다. 이것을 독자들에게 공개하는 이유는 잠시 무활동 상태에 놓인 로즈 레드라는 야수를 정신적으로나마 깨우기 위해 착수한 리어든 탐사에서 우리가 체험했던 일들을 분명하게 뒷받침해주고 있기 때문입니다. 옛 현인이 "함부로 아무 소원이나 빌지 말라"고 했죠. 우린 이 기록을 통해 그것이 그저 우스갯소리가 아님을 확인할 수 있었습니다. 이미 한 사람의 죽음이 확인되었고, 어쩌면 앞으로 많은 재난의 흔적들을 계속해서 찾아낼 수 있을 것입니다. 두번째 일기의 대부분은 "암호"로 씌어져 있습니다. 애석하게도 그것은 아직 풀리지 않은 채로 남아 있습니다. 증조모께서 무언의 재능을 가지고 계셨거나 당신 외의 어느 누구도 접근할 수 없는 곳에 연고를 두셨는지도 모릅니다. 이어지는 것은 두번째 일기장에서 발췌한 내용입니다.

워싱턴 주, 시애틀, 2000년 9월

— 스티븐 림바우어

　(조이스 리어든의 마지막 사설은 일기의 결말을 위해 정중하게 뒤로 미루어 두었음을 밝힙니다.)

1923년, 2월 19일 – 로즈 레드

오후 4시.

겨울은 너무 짜증나고 지겨웠다. 난 지금 누구에게도 밝힐 수 없는 비밀을 일기장에 털어놓으려 한다. 난 일기장의 완전한 파기를 위해 마지막 유서를 고쳐두었다. 만약 내게 무슨 일이라도 생기게 된다면.

지난 몇 개월 동안 수키나와 난 존 림바우어를 제거하는 음모를 꾸며왔다. 남편은 더 이상 예전의 그가 아니었다. 그는 아예 중국인 거리에 살다시피 했다. 그리고 모든 감각을 잃은 채로 집에 돌아와선 눈에 보이는 이들에게 마구 달려들었다. 그는 누구에게나 무척 성가신 존재였다. 지난 주, 그가 가정부 크루더스 부인의 15살짜리 딸 줄리를 심하게 손찌검한 일이 있었다. 난 더 이상 참을 수 없었다. 오늘 저녁, 수키나와 난 지금까지의 계획을 실천으로 옮기게 될 것이다.

오후 8시

수키나가 우리 계획의 첫번째 단계가 이제 시작되었다고 알려온다. 그녀는 차 마시는 시간에 맞춰 2층에 있는 남편에게 다녀왔다고 했다. 그곳에서 나눈 대화는 다음과 같다고 했다:

(일기장, 네가 상상할 수 있도록 헐렁한 흰색 이집트풍 무명 드레스 안으로 살짝 드러나는 수키나의 검은 피부가 너무 자극적이었다는 얘기를 해주는 게 나을 것 같다. 그런 이유로 남편은 한때 그녀가 그 드레스를 입지 못하도록 단단히 주의를 주었던 적이 있었다. 존은 그녀에 대해 아는 바가 전혀 없었다. 그는 심술궂은 눈초리로 흘겨볼 뿐 그녀를 알지 못했다. 이상하게 들릴지 모르지만 난 그런 태만함이 그를 정신적 불안에 빠뜨리고 결국 스스로 자멸하는 결과를 떠안게 되었다고 믿고 있다.)

"주인님."

"수키나."

그녀 말에 의하면, 그는 커다란 영국식 나무틀 책상 뒤에 앉아 있었다고 한다. 벽난로엔 장작이 타고 있었고, 그의 손엔 브랜디가 담긴 유리잔이 들려 있었단다. 짙은 청색 벨벳과 검은색 공단 스모킹 재킷. 목탄빛 회색 바지. 애스콧 타이(스카프 모양의 넥타이 — 옮긴이 주). 시가. 브랜디가 담긴 유리잔.

"뭐 필요하신 거 없나요?"

수키나는 내 하녀이지 그의 하녀가 아니다. 갑작스러운 그녀의 출현에 그가 조금 당황해 했을 것이다.

"어떤 걸 말하는 거지?"

"아무거나요."

허리를 살살 흔들며 경쾌한 목소리로 말하는 그녀의 모습이 눈에 선하게 떠오른다. 언제나처럼. 수키나가 움직일 땐 꼭 치타 같다. 존은 언제나 큰 고양이과 동물들을 무서워했다.

"뭐든 상관 없어?"

"뭐든지요." 그녀가 덧붙였다. "미스 엘렌, 마님은 주무세요. 한 시간 전에 버번 위스키에 우유를 타서 마시셨거든요."

난 술에 취하면 곧바로 잠에 빠져드는 경향이 있다. 그리고 그 점은 누구보다도 남편이 잘 알고 있다.

그가 고개를 들고 의아심 가득한 눈으로 그녀를 올려다보았다.

"궁금한 게 많아요. 주인님에 대해서 말이에요. 주인님과 저에 대해서……"

"궁금하다고?"

그가 깜짝 놀라며 말했다. 아마 그는 아편에 취해 제 정신이 아니었을 것이다. (그는 지난 수 개월간 제정신이 아니었다.) 어르고, 속이고. 그렇지 않았으면 남들이 어떻게 그로 하여금 큰 돈을 마구 뿌리도록 만들 수 있었겠어? 오직 낭비를 위해 부를 모은 사람처럼. 존에게 약간의 동정심이라도 보여주고 싶지만 이성은 그런 사치를 허락하지 않았다. 열렬한 구애작전을 펼치던 한때를 제외하곤 그는 제멋대로였다. 난 오직 그의 인생의 목적을 위해서만 봉사해왔다. 철도왕이 그의 석유 수송을 맡아준 것처럼 나도 그의 자식을 낳아 바쳤다. 하지만 그는 내 몸을 더럽혔고, 불임이라는 선물까지 덤으로 안겨주었다. 그는 여자들을 밥 먹듯 농락했다. 가끔 굶주린 사람처럼 추한 모습을 보이기도 했다. 그는 아들에겐 헌신적이었지만 유독 딸에겐 지나치다 싶을 정도로 무관심했다. 선한 외모와 사람을 끄는 미소로 많은 실업가들과 여자들로부터 그들이 가진 가장 소중한 것들을 얻어내고야 말았다. 하지만 그들은 오히려 존 림바우어가 자신들에게 호의를 베풀어준다고 믿고 있었다. 그가 두려워하는 건 오직 이 저택뿐이다. 내 사랑하는 로즈. 그래서 진정으로 도움이 필요할 때 난 로즈를 찾아갔다.

"내…… 내가 이 집에선 그 옷을 입지 말라고 했잖아! 정숙하지 못하다고."

"잠이 잘 오지 않아요. 생각이 많아서…… 제 옷이 만족스럽지 못했다면 사과할게요."

"만족?"

"네."

그가 의자에서 천천히 몸을 일으켰다. 벽난로에선 장작 타는 소리가 탁탁 들려왔다. "만족이라고?" 그가 같은 말을 반복했다.

"마님과는 이런 얘기를 나눠본 적이 없어요. 그건 주인님도 잘 아시겠죠?"

"물론."

"하지만 꼭 알아야겠어요. 알고 싶어요." 그녀가 잠시 머뭇거렸다. 그리고 문을 향해 몸을 획 돌렸다. "탑에 대해 생각해봤어요, 주인님. 탑에 누비 이불을 가져다 뒀어요. 두꺼운 것으로요. 스웨덴제 이불. 어떤 건지 아시죠? 수키나는 탑에서 자고 싶어요."

그녀가 서재를 나왔다. 아편과 브랜디와 시가와 지독한 방자함에 흠뻑 취해 있는 그가 어미를 따르는 강아지처럼 그녀를 따라나가게 될 것은 뻔한 일이었다. 그리고 예상대로 그는 곧장 수키나를 따라 나섰다.

그녀는 관능적인 동작을 취해가며 로즈 레드의 넓은 홀을 걸어나갔다. 남편은 바로 몇 미터 뒤에서 그녀를 졸졸 따라갔다. 마치 행렬을 하듯. 홀을 걸어가던 그녀가 갑자기 몸을 돌려 존의 탈의실로 들어갔다. 아마 그도 깜짝 놀랐을 것이다. 그녀가 그의 옷장 앞으로 성큼 다가가 비밀 통로로 향하는 패널 벽을 열고 그 안으로 들어섰다. 다락방으로 향하는 좁은 복도가 펼쳐져 있었다. 지금쯤 그는 그녀의 검은 마법에 빠져 아무 의식도 없이 그녀 뒤만 졸졸 따라가고 있을 것이다. 온갖 지저분한 상상에 사로잡힌 채.

모든 건 내 마음의 눈앞에 또렷이 펼쳐진다: 몇 걸음 앞장서서 걸어가는 수키나. 그리고 빠른 걸음으로 총총 따라가는 남편. 그의 가슴은 부푼 기대로 쿵쾅대고 있다. 그 동안 마음에 품어왔던 목표물이 이제 그를 유혹하고 있는 것이다. 우리가 아프리카에 머물러 있을 때 난 남편에 앞서 수키나에게 접근했다. 그것으로 남편이 얼마나 실망했을지 상상이 되지 않았다. 그의 가슴 한구석엔 언제나 수키나를 향한 갈망이 자리해왔다. 그가 고약한 병에 노출된 것도 바로 그 야영지에서였다. 만약 그 사실을 알고 있던 내가 다른 이들처럼 하느님께 모든 걸 맡겼다면 우리의 인생은 어떻게 바뀌었을까? 지금쯤 그의 축복 속에서 행복하게 살고 있신 있있을끼? 왜 난 어두운 쪽을 선택한 것일까? 왜 내가 이해하지도 못하는 어두운 힘에 모든 것을 의지해온 것일까? 물론 하느님을 모르는 것도 마찬가지이지만. 그런데 왜 그를 선택하지 않았지? 만약 그랬다면 지금보단 더 나은 현실 속에서 살고 있었을지도 모르는데. 복수 대신 용서. 모함과 고난 대신 믿음. (지금이 적절한 시간이다. 그리스도께 다가가는 데 늦었다고 문제 될 게 없다. 생각해봐: 지금껏 내가 상상해왔던 것들, 지금껏 내가 감내해왔던 것들. 그럼에도 내게 구원 받을 기회가 주어질 수 있다니!)

두 사람은 손을 맞잡고 요란하게 소리를 내는 계단을 올라갔다. 남편은 잔뜩 겁에 질려 있었다. 판재의 삐걱거림 뒤로 바람이 그들을 불러 세웠다. "아…… 빠. 아…… 빠……" 남편이 움찔했다; 그의 몸은 브랜디로 뜨겁게 달아올라 있었지만 눈은 공포로 휘둥그레져 있었다.

그가 걸음을 멈췄다. 앞장서 가던 수키나도 멈춰 섰다.

"어서 와요." 그녀가 말했다.

"안돼. 저 소리 못 들었어?"

"그냥 바람소리일 뿐이에요." 그녀가 거짓으로 둘러댔다. "바람에 겁 먹을 필요는 없어요."

"정말 그것뿐이야?"

"오, 그럼요, 주인님. 탑엔 유난히 바람이 잘 들거든요." 그녀가 다시 일깨워주었다. "누비이불을 깔아두었어요. 올라가서 누우면 바람소린 귀에 들어오지 않을 거예요." 그녀가 그의 손을 잡아 끌었다. "설마 이까짓 바람소리가 겁나시는 건 아니겠죠?"

그녀의 트릭은 성공이었다. 그녀가 그를 이끌고 다시 탑으로 향하는 보기 흉한 계단을 천천히 오르기 시작했다.

그녀가 문을 열었다.

타이밍이 중요했다. 처음 계획을 세울 때부터 그 점을 염두에 두고 있었다. 만월. 에이프릴이 찾아오는 날이었다. 특히 지평선 위로 걸린 달이 스테인드글라스를 환히 비출 때. 무슨 말이 들려올지 우린 알고 있었다. 허약한 아내가 받아온 스트레스. 딸의 갑작스러운 실종. 도박. 중국인 거리로의 잦은 출입. 엄청난 부가 가져온 사회적 압력.

수키나가 먼저 탑으로 들어섰다. 에이프릴의 음성이 또렷이 들려왔다. "아…… 빠……" 음성이 말했다. 존이 뒷걸음질치기 시작했다. 하지만 그의 뒤로 문이 살짝 닫혀 버렸다. 스테인드글라스 속의 아름다운 장미가 천천히 딸의 기형적으로 굽어진 팔로 변해가기 시작했다. 바람이 물었다. "이게 자식에게 주는 선물인가요?" 남편은 마치 구두밑창이 바닥에 못으로 단단히 고정되어 있기라도 한 듯 제자리에서 꼼짝도 못한 채 서 있었다. 창문에 떠오른 딸의 손이 그에게 손짓하며 부르기 시작했다. "아…… 빠…… 와서…… 보세요……"

오래 전 아프리카에서 누군가가 내게 영혼이 모든 소원을 성취할 수 있도록 도와줄 거라고 말해줬다면 아마 난 남편과 아내의 진정한 사랑을 상상했을지도 모른다. 세계 여행, 그리고 내게 1파운드도 늘려주지 않을 호화로운 식사. 여섯 명의 아이들과 꾸린 화목한 가정. 저녁마다 벽난로 옆에서 노래를 부르고, 친구들과 저녁식사를 마치고 휘스트 게임(2명이 1조가 되어 하는 카드놀이의 일종 — 옮긴이 주)을 즐기는 즐거운 상상. 하지만 절대 지금과 같은 현실은 꿈도 꾸지 못했을 것이다.

존이 창문 앞으로 한걸음 다가섰다. 그는 자신의 발을 내려다보았다: 깔려 있어야 할 이불이 보이지 않았다. 그가 고개를 들었다. 그리고 문 뒤에 서성이고 있던 나와 눈이 마주쳤다. 그의 뒤로 문을 닫았던 것도 바로 나였다. 내가 그의 앞으로 천천히 다가갔다.

두 여자의 힘은 만만치 않은 것이었다. 특히 수년에 걸쳐 역경과 싸워온 우리의 분노와 결의 앞에선 더욱 그러했다. 그녀가 그의 팔을 획 잡아 끌었다. 그리고 내가 있는 힘껏 그의 앞으로 달려들었다. 하지만 결국 일을 마무리 짓는 건 수키나와 내가 할 일이 아니었다. 그것은 바로 에이프릴, 이 거센 바람의 임무였다. 난 체중을 실어 존을 파고들었다. 수키나도 남은 힘을 전부 쏟아 그를 잡아 끌었다. 그의 얼굴엔 충격과 경악의 표정이 떠올랐다. 사냥꾼이 사냥을 당하는 격이었다. 남편의 발이 꼴사납게 허공에 붕 떠올랐다. 그의 눈이 스테인드글라스 창문 안, 딸의 것과 마주쳤다. 에이프릴이 눈을 깜빡이며 미소를 지어보였다. 그리고 다시 아버지를 불렀다. "아…… 빠……" (그 순간 난 이 모든 게 수키나와 내 생각이었는지, 아니면 원래부터 에이프릴의 계획이었는지 궁금해지기 시작했다.)

존 림바우어의 발이 땅에 닿았다. 그가 두꺼운 판재 위에 미끄러져 넘어졌다. 그의 발이 바닥에 끌리면서 나무 타는 냄새가 풍겨왔다. 그가 다시 허공에 붕 떠올랐다. 그리고 창문을 향해 냅다 내던져졌다. 스테인드글라스 창문이 수천 조각으로 산산조각 나버렸다. 그는 슬레이트 지붕 위로 떨어져 나동그라졌다. 무려 15미터 아래의 대리석 테라스로 떨어진 것이다. 자신이 그토록 지어야 한다고 고집을 피웠던 한없이 깊은 테라스 위로. 내가 그렇게 말렸는데도.

하지만 이젠 오히려 그것이 있어 좋기만 하다. 바로 그것이 로즈 레드이니까.

1923년, 2월 26일

　오늘 아들이 집으로 돌아왔다. 그리고 우린 함께 남편을 묻었다. 수백 명의 조문객들이 찾아왔다. 이름을 알고 싶지도 않은 여자들, 가깝게 지내던 항만 노동자들, 은행가들, 실업가들, 그리고 그의 덕으로 출세한 공무원들. 난 검은 드레스 차림으로 진짜 눈물을 쏟고 있었다. 내 손은 아들의 어깨를 꼬옥 쥐고 있었다. 무려 3년 만에 보는 아들이었다.

　느껴지는 상실에 대한 참담한 기분과 비통함을 일기장 위에 펼쳐내기란 쉬운 일이 아니다. 비록 존 림바우어가 내게 극악무도한 짓을 많이 해왔지만 난 그를 매우 존경했다. 한때 그를 사랑하기도 했고, 그의 성공에 경탄하기도 했다. 한동안 도박으로 많은 돈을 날리기도 했지만 그는 엄청난 재산을 남기고 떠났다.

　아담과 난 한때 부자끼리 다람쥐와 토끼 사냥을 즐겼던 숲을 함께 걸었다. 한동안 아버지에 대한 회상을 들려주던 아담이 지난 수년간 꺼려왔던 화젯거리를 꺼냈다.

　"영혼에 사로잡힌 건가요?"

　내가 아닌 자신의 부츠를 내려다보며 아이가 물었다.

　"그래." 내가 솔직하게 대답했다. "그렇게밖에 설명할 수 없어."

　"유령이 나온단 말씀이세요?"

　"영혼들."

우린 걸음을 멈추고 래스키 연못을 찬찬히 돌아보았다.

"에이프릴은요?"

그렇지 않아도 아들과 그 얘기가 하고 싶었는데. 보나마나 존이
아이의 의견을 왜곡시켜 놓았을 것이 틀림없다. 당시 신문은 래스
키 연못의 얼음이 깨진 채로 발견되었고, 에이프릴이 그 안에 빠져
익사했을지도 모른다는 기사를 실었었다. 물론 존의 압력이 있었
겠지만. (그럼 어째서 아이의 시체를 찾지 못했던 거지?) 대부분
사람들이 신문에 난 기사들을 곧이곧대로 믿는 것 같았다. 연못에
서의 사고. 곰이 도시로 내려왔을 수도 있고; 아니면 쿠거(아메리카
라이온 — 옮긴이 주)에 잡아 먹혔던지. 하지만 그 어느 것도 진실과는
거리가 멀었다.

"에이프릴은 집에 있어, 아담."

"말도 안 돼요, 어머니!" 아들에게서 남편의 음성이 터져 나왔
다. 순간 묘하게도 마음이 편해졌다.

"왜 네 아버지가 지금껏 널 집으로 돌아오지 못하도록 난리를 쳤
다고 생각하니? 이 숲이 무서워서? 이 연못이? 네 아버지는 저택이
두려웠던 거야."

"아버지는 그 무엇도 두려워하지 않았어요."

"사람은 누구든 두려워하는 게 있는 법이란다. 네 아버진 정말
좋은 분이셨어. 하지만 늘 진실을 두려워했지. 그는 진실과 맞서기
싫어 더글라스 포시를 해고했어. 온갖 수단을 다 동원해 널 이 저
택으로부터 떼어놓았고 말이야. 네 집에서. 진실을 두려워하지 마,
아담. 깨달음을 얻기 위해선 진실이 반드시 필요한 법이란다. 감상
적으로 들릴지도 모르지만 진실이야말로 우릴 자유롭게 만들어 줄

수 있어."

"맞아요. 너무 감상적이에요."

아이가 떨어진 낙엽을 발끝으로 툭툭 걷어찼다. 젖은 땅에 작은 구멍을 파고, 번쩍거리는 돌을 뒤집고 있었다.

"오래 머물 수 있다면 동생 음성도 들을 수 있을 거야."

"어머니……"

"뭐? 내가 미쳤다는 얘기를 하려고? 어서 말해보렴, 아담. 어서."

1923년, 3월 1일

　3일 후, 고요한 밤이었다. 난 아들과 함께 삐걱거리는 탑의 계단을 올라갔다. 아이 아버지가 최후를 맞았던 곳을 향해. 아담은 잘생기고 튼튼한 13세 소년으로 성장해 있었다. 떡 벌어진 어깨와 사려 깊은 눈. 기운이 펄펄 넘칠 나이이지만 아이는 잔뜩 긴장한 채 조심스레 걸음을 옮겼다. 주위에서 바람이 서서히 일기 시작했다. 처음엔 바람 그리고 딸의 부드러운 음성이 들려왔다.

　두 아이는 무척 우애 깊은 남매였다. 어머니인 나조차 그 사실을 까맣게 잊고 살아왔다. 그들은 그 무엇도 떼어놓을 수 없는 끈끈한 정을 나누어왔었다. 아담이 기숙사가 있는 학교로 떠나기 전까지. 그들은 마치 쌍둥이처럼 자라왔다. 아담은 언제나 몸이 불편한 동생을 헌신적으로 도왔다. 에이프릴은 오빠의 사냥 놀이에 기꺼이 사냥감이 되어주었고, 오빠 발명품의 시험 대상이 되어주었다.

　몇 년 새 청년이 되어버린 아들이 계단에 주저앉아 훌쩍거리기 시작했다. 어머니 품에 안긴 채. 아이는 이것이 트릭이 아니라는 걸 알고 있었다. 아이를 너무 일찍 데려온 것일까? 아직 어린 아이인데. 나중에도 기회는 충분히 있을 텐데. 어째서 내가 이토록 서둘렀던 것일까? 왜 이토록 아들에게 내 정신이 온전하다는 걸 증명해 보이지 못해 안달했던 거지? (그게 가능한 일인지도 모르면서.)

　어쨌든 우린 탑에 올라 나무 바닥에 앉았다. 스테인드글라스에

나 있는 커다란 구멍은 이제 널빤지로 막혀 있었다. 나중에 기회를 봐서 새 유리를 끼울 생각이다.

우리는 그렇게 앉아서 같이 울고, 또 같이 울었다. 아담은 들려오는 속삭임에 연신 대꾸를 했다. 그들의 대화를 분명히 듣진 못했지만 아이는 분명 여동생과 대화를 나누고 있었다. 아담은 그 이후로도 매일밤, 탑에 올라 몇 시간에 걸쳐 동생과 도란도란 대화를 나누었다.

아이는 다시 학교로 돌아갔다. 하지만 이제 아이는 거의 매일 내게 편지를 보낸다. 한동안 내 인생에서 빠져 있던 아들이. 이제 내 인생은 다시 완전해졌다. 여자로서. 어머니로서. 하루하루가 지날수록 존의 빈자리가 점점 덜 허전하게 느껴진다. 다시 평화가 로즈 레드로 찾아왔다. 그리고 아담은 다시 가족의 품으로 돌아왔다.

이보다 더한 행복이 또 있을까?

1928년, 2월 19일

오, 하느님! 그녀를 제게 돌려주세요!

수키나가 사라졌다! 마지막으로 그녀를 본 것은 건강실에서였다! 그녀는 흔적도 남기지 않은 채 사라져버렸다. 난 이 무덤의 끝없이 펼쳐진 복도를 헤매고 다녔다. 어째서 나와 가까운 이들이 하나씩 날 떠나는 것일까? 난 이 집을 혐오한다. 경멸한다! 앞으로 영영 아담을 이곳으로 불러들이지 않을 것이다.

하인들도 내 하녀를 찾아 헤매느라 지쳐버렸다. 벌써 며칠째 수색이 계속되고 있다! 우린 정말 할 만큼 했다. 이 저택은 너무나 방대하다. 믿을지 모르지만 우리 모두는 그녀의 물리적 변화를 똑똑히 목격해왔다. 복도의 구조가 바뀌었고, 방금 지나온 곳도 돌아보면 어느새 확 달라져있었다. 멀쩡히 있던 방이 사라진다! 대체 어떻게 된 일이지? 어떻게 이럴 수가 있느냐고? 물리적인 구조가, 건물이 어떻게 물처럼 유동적으로…… 카멜레온. 그녀는 더 이상 크게 자랄 필요가 없다. 그녀는 내적으로 스스로를 재창조해나가고 있었다. 한때 복도였던 곳이 이젠 무도회장으로 바뀌어져 있었다. 한때 지하실이었던 곳이 이젠 지하 감옥으로 바뀌어져 버렸고!

난 수키나의 식물들을 건강실에서 전부 뽑아내라고 지시했다. (그녀가 실종된 후로 그것들은 더욱 울창하게 우거져버렸다. 모든 식물이 한꺼번에 커다란 꽃을 피웠다!) 난 하인들이 내 지시에 따라 움직이는 것을 침실에 서서 묵묵히 지켜보았다. 예전에 그곳에서 일어났던 사건들을 하나씩 떠올려보며.

일곱 명의 하인들이 3시간에 걸쳐 땀을 쏟은 후에야 비로소 그곳은 맨땅으로 돌아올 수 있었다. 그들이 서쪽 끝에 이르렀을 때 동쪽에선 어느새 새싹이 땅을 뚫고 올라와 무럭무럭 자라고 있었다. 다음날 아침, 새로 올라온 식물들은 2미터 높이로 자라 있었다. 그 어느 때보다 크고 굵게. 그것은 수키나 때문이었다. 그녀의 사랑. 그녀의 에너지. 그녀의 힘.

어젯밤, 우리 모두는 로즈 레드의 웃음소리를 들었다. 날 비웃는 소리. 우릴 비웃는 소리. 그것은 지금껏 들어본 소리 중 가장 소름 끼치는 것이었다.

만약 이것이 무슨 게임이었다면 분명한 그녀의 승리였다. 그들은 모두 사라졌다. 내가 사랑하는 이들. 이제 난 외톨이가 되었다. 내 생각 속에 갇혀. 내 침묵 속에 갇혀. 이 저택에 갇혀.

저택의 모든 하인들을 해고할 것이다. (저택이 그들 모두를 삼켜버리기 전에!)

난 당분간 이곳을 뜨지 않을 것이다. 그녀가 괴로워하도록. 그녀가 쇠약해지도록. 어쩌면 그녀는 새로운 조건을 들고 교섭을 신청해 올지도 모른다. 저택과 나.

어쩌면 그녀는 내가 에이프릴과 접촉을 하듯 수키나와의 접촉도 허용해줄지 모른다. 남편이 내게 준 확실한 교훈: 모든 것은 교섭할 여지가 있다.

회계 기록은 엘렌 림바우어가 4개월에 걸쳐 34명의 하인을 해고했다는 사실을 증명하고 있습니다. 그 기간 동안 그녀는 홀로 로즈 레드에서 살았습니다. 그리고 그녀를 찾아온 이는 아무도 없었죠. 어떤 정신 상태에 있었든 그 독거 기간 동안 그녀는 몹시 지쳐 있었습니다. 그 후 2개월간, 그녀는 20명의 하인을 복직시켰습니다. 그리고 자주 파티를 열었습니다. 1946년의 연례 파티에선 당시 최고 인기를 누렸던 여배우, 디나 페트리가 로즈 레드에서 실종되는 사건이 생겼습니다. (그녀와 엘렌 사이의 우정이 일반 수준을 훨씬 넘는 것이라는 소문도 있었습니다.) 그것은 로즈 레드에서 벌어진 마지막 파티였습니다. 미국이 제2차 세계대전에 개입했을 당시, 하인의 수는 다시 15명으로 줄어들었습니다.

그리고 1950년, 엘렌 림바우어가 실종되었습니다.

1950년, 칠순에 가까워진 엘렌 림바우어는 거의 앞을 보지 못할 지경에까지 이르게 되었습니다. 조망 복도로 들어선 그녀는 영원히 돌아오지 않았죠. 그곳에서 일하던 하인은 그녀가 실종된 후부터 다락방에서 톱질과 망치질 소리가 들리기 시작했다고 주장했습니다.

임종의 순간에 다다라 있던 당시, 한때 시애틀의 상류사회에서 가장 아름답고 선망의 대상이었던 엘렌 림바우어는 주름투성이의 노인이 되어 있었습니다. 자제력과 시력을 잃고, 약간 실성해 있었죠. 가끔 로즈 레드의 웃음소리나 흐느낌 소리가 들려왔다고 합니다. 그리고 그 소리는 수마일 밖까지 흘러나갔고, 사람들은 그것을 야생동물이나 배의 기적소리로 착각하기도 했다고 합니다.

조만간 고성능 탐지 장비를 가지고 로즈 레드의 내부로 탐험을 시작할 계획입니다; 엘렌과 존 림바우어의 자손인 스티븐 림바우어와 예리한 직관력이 있는 '전문가들', 그리고 영매들이 동행하게 될 것입니다. 우린 그 거대한 건축물의 '영혼', 그 벽 사이사이에 갇혀 있는 이들을 깨우고, 가능하다면 에이프릴, 수키나, 엘렌, 아니면 로즈 레드와의 접촉을 시도해볼 생각입니다. 제가 가장 두려워하는 것은 바로 이 마지막 계획입니다.

이 일기장은 만만치 않은 무언가의 존재를 확실히 입증하고 있습니다. 심령현상에 대한 연구를 하다 보면 이런 미지의 것을 묵묵히 받아들여야 할 때가 종종 있습니다. 아직 답사되지 않은 것들. 지구본을 돌리고, 문을 열면 무슨 일이 벌어질지 누가 알겠습니까? 들어가서 직접 체험해보는 수밖엔 없겠죠. 어차피 인생, 그 자체가 모험 아니겠습니까? 로즈 레드는 일생 일대의 연구기회를 제공해줄 것입니다. 제 분야에서 이런 기회를 거절할 사람이 과연 있을까요? 그래서 전 불확실하지만 몹시 흥분되는 이 프로젝트를 성공적으로 이끌 것입니다. 그 안에 들어가 보지 않고선 심령적 경계의 존재를 확인할 수 없겠지요. 우리가 찾는 깃들은 우리에겐 순간적일지 모르지만, 과학의 세계에는 영원한 성과로 남게 될 것입니다. 난 그 소중한 순간을 잊지 못할 겁니다. 무엇이든 그 안에 숨어 있던 것들이 세상에 드러나는 순간, 그리고 오직 내 것으로 남게 될 바로 그 순간을 말입니다. 그런 눈으로 보는 세상은 무척 광대하게 보입니다. 나 자신도 더불어서 말입니다.

— 조이스 리어든, P.P.A., M.D., PH.D.

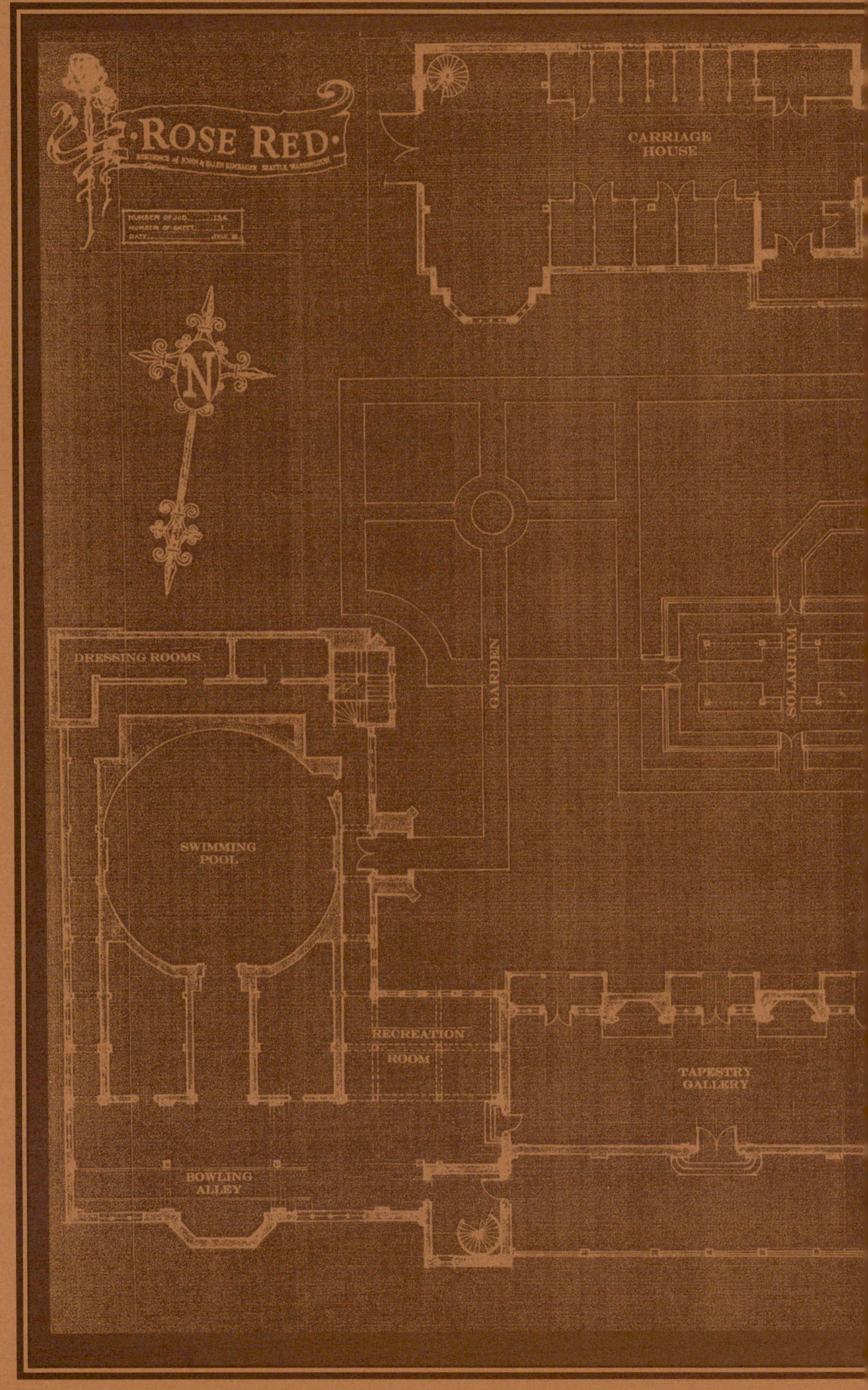

·ROSE RED·
RESIDENCE of JOHN & ELLEN RIMBAUER SEATTLE, WASHINGTON
NUMBER OF JOB 134
NUMBER OF SHEET 1
DATE .... JAN. 12
N
CARRIAGE HOUSE
DRESSING ROOMS
SWIMMING POOL
GARDEN
SOLARIUM
RECREATION ROOM
TAPESTRY GALLERY
BOWLING ALLEY

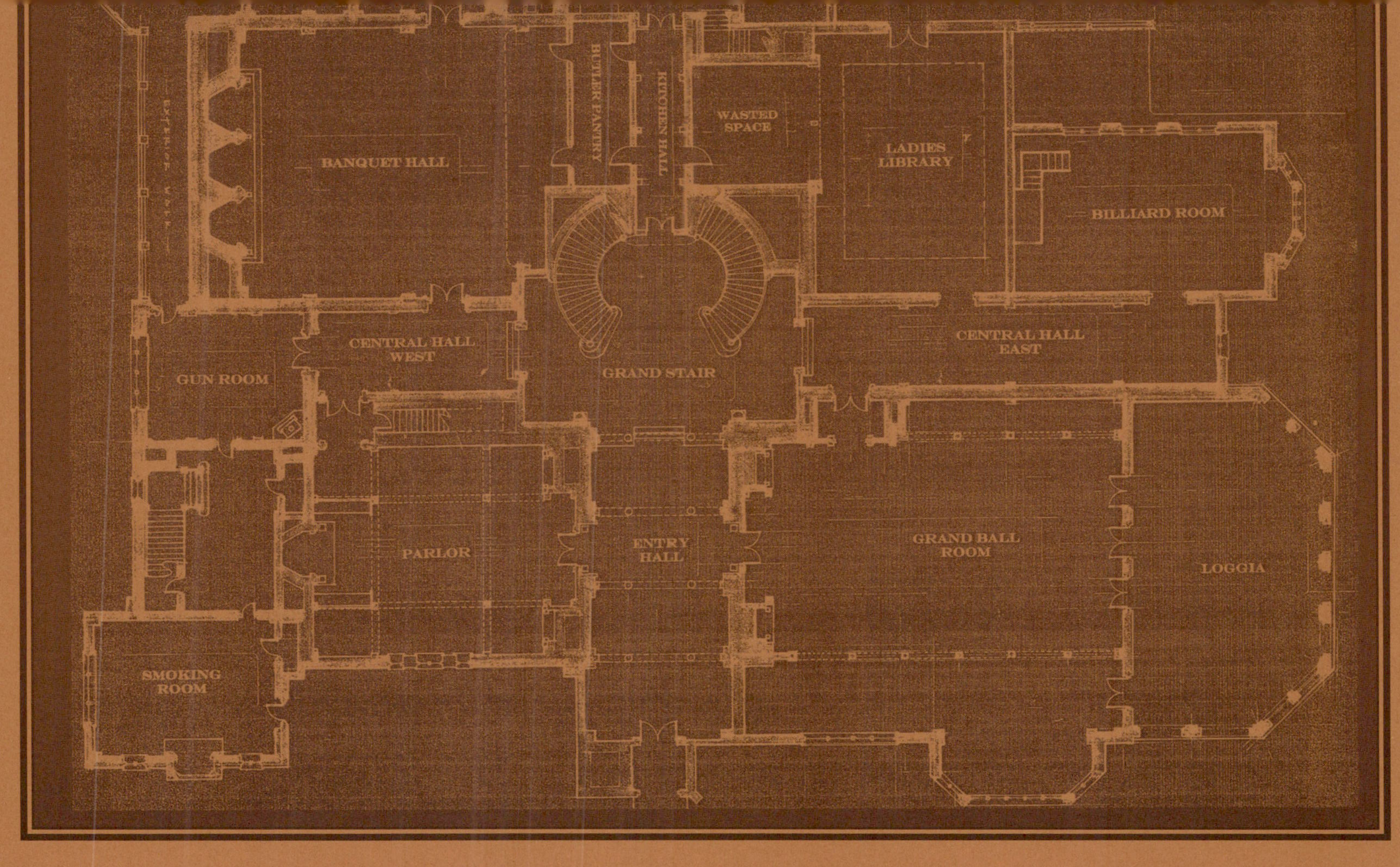

EXTERIOR WALL
BUTLER PANTRY
KITCHEN HALL
WASTED SPACE
LADIES LIBRARY
BANQUET HALL
BILLIARD ROOM
CENTRAL HALL WEST
GRAND STAIR
CENTRAL HALL EAST
GUN ROOM
PARLOR
ENTRY HALL
GRAND BALL ROOM
LOGGIA
SMOKING ROOM